D1135506

Verpand

VERPAND

ISABELLE VAN EWIJK

't Verschil

Antwerpen

© Isabelle van Ewijk, 2012
Uitgeverij 't Verschil, Minderbroedersrui 33, Antwerpen
Alle rechten voorbehouden

© foto omslag: Béatrice Casse
© foto auteur: Joke Van den heuvel

Omslagontwerp: Rudy Thewis
Druk: Drukkerij EPO, Berchem
Verdeling België: EPO Distributie, www.epo.be
Verdeling Nederland: 't Verschil, www.verschil.be

ISBN 9789490952105
NUR 301
D/2012/11.221/19
www.verschil.be

Jij bent er
Dat maakt alles de moeite waard

Dit is voor jou...

1

'Die nonsens geloof je toch zeker zelf niet!'
Met die woorden viel ze mijn leven binnen. Niet dat ze voor
mij waren bedoeld. Ze had het tegen haar gesprekspartner.
Een lange blonde man van eind veertig. Hij droeg een wit
maatkostuum van het soort dat ik eerder met bruiloften of
maffiabijeenkomsten dan met een doodgewoon bedrijfsfeest
associeerde. We bevonden ons namelijk in de overvolle zaal
die door mijn werkgever was afgehuurd voor een jaarlijks
terugkerend festijn. De gastenlijst omvatte een mix van
personeel uit binnen- en buitenland en klanten. Netwerken, dat
was de opdracht.
Ik ving haar zin puur toevallig op. In het voorbijgaan,
geduldig aanschuivend in de rij dorstigen voor de bar. Haar
stem was warm, haar woorden klonken koel. Ik had haar nooit
eerder gezien en haar felle blik, uiterlijk en lichaamstaal deden
mijn adem stokken. Ik was razend benieuwd naar haar volgende
woorden. Wat vond ze nonsens? Wat geloofde de man naast haar
niet? Helaas kreeg ik de kans niet om de rest van hun gesprek
te volgen, omdat ik aangesproken werd door een enthousiaste
jongen die sinds een paar dagen voor hetzelfde bedrijf bleek
te werken als ik. Hij deed iets in de informatica. Nu, dat kon
kloppen, want de ICT-afdeling was die bewuste week van
Brussel naar ons kantoor in Antwerpen verhuisd. Mijn hersens
klikten automatisch op slaapstand nadat hij de afkorting ICT
uitgesproken had en waren pas weer alert toen hij opmerkte:
'Nee maar, daar hebben we Tara Descamps.'
Gek, ofschoon ik haar naam op dat moment nog niet kende,
wist ik op slag dat het over haar ging: de vrouw met de uitstraling,
de vrouw die geen genoegen nam met nonsens. Op het ogenblik
dat de jongen haar naam noemde, schreed ze samen met de man
in het witte maatpak de zaal uit.
'Ken jij haar?' vroeg ik een beetje buiten adem.
'Wie?' vroeg de ICT-jongen.

'Wel, die Tara natuurlijk!'

Hij keek me wat verbaasd aan bij het horen van haar naam. Wellicht omdat die nu opeens uit mijn mond rolde.

'Wie kent haar niet?' vroeg hij wat raadselachtig. Plots werden zijn ogen groot, waarna hij blij op iemand aan de andere kant van de zaal afrende. Hij nam niet eens de moeite om mij te groeten. Er zat niets anders op dan zelf in actie te schieten. Ik plantte mijn halfvolle glas koppijnwijn op de eerste de beste tafel die ik tegenkwam en begaf me naar de uitgang. Genoeg genetwerkt voor vanavond. Enkele tellen later stond ik buiten op straat. Ik had geluk. Ik kon hun silhouetten nog net aan het einde van de straat in het licht van de lantaarns ontwaren. Ze liepen stevig gearmd. Tara's gladde, zwarte lange haar was duidelijk zichtbaar als een boei in de mist. De man in het witte pak leek geen hoofd te hebben. Niet dat hij onthoofd was of zo, zijn hoofd was op afstand gewoon niet zichtbaar door zijn blonde haar.

Ik deed wat iedereen in mijn geval zou hebben gedaan. Ik volgde hen.

Achteraf vraag je je meestal af wat je bezield heeft om zoiets impulsiefs te doen. Ik deed dat niet. Niet terwijl ik het deed en maar een heel klein beetje daarna. Terwijl ik het deed, zag ik erop toe dat er een flinke afstand tussen mij en mijn tweevoudig doelwit bleef, wat niet zo moeilijk was omdat ze flink doorstapten. Het was een vrij koele, rustige dinsdagavond, niet echt een avond voor een feestje, en het was nog vroeg, niet later dan een uur of elf. Zelfs met een uur oponthoud was ik nog van een royale nachtrust verzekerd. Ze stapten niet alleen stevig door, ze maakten ook een flinke wandeling. Ik was vastbesloten om ze niet uit het oog te verliezen en dat maakte dat ik me nauwelijks bewust was van mijn omgeving. Tegen half twaalf bevond ik me opeens in een soort parkje naast een gebouw – ik gokte op een school – dat ik bij mijn weten nooit eerder bewust had gezien. Ik verschool me achter een flinke boom en keek toe hoe de blonde man met zijn beide handen een opening maakte in de ligusterhaag, waar hij Tara galant eerst doorheen liet kruipen. Nu ja, galant, dat was in dit geval een rekbaar begrip.

Misschien was hij juist een softie en was hij als de dood voor wat hem aan de andere kant zou wachten. Voor alle zekerheid haalde ik mijn gsm uit mijn rugzakje en liet hem in mijn jaszak glijden, dan kon ik bij calamiteiten meteen de politie waarschuwen. Anoniem, dat sprak voor zich.

Ik wachtte een minuutje of twee voordat ik mij zigzaggend van boom tot boom naar de haag repte die niet verried zo-even doorkliefd te zijn geweest. Het kostte me flink wat kracht om me erdoorheen te wurmen en een afgebroken takje trok een venijnige striem over mijn linkerjukbeen. Aan de andere kant van de haag bevond ik me onverhoeds op een besloten terrein. In de verte zag ik een zwak schijnsel in iets wat een fietsenstalling of een berghok zonder deuren kon zijn. Ook al viel er op het eerste oog geen levend wezen te bespeuren, het leek me geen bijster goed idee om me daar te verschuilen, dat was vragen om ontdekking en dus koos ik voor een omweg langs een van de licht vervallen noodgebouwtjes – want daar leken ze nog het meeste op – die recht voor me opdoemden. Ik bukte me wat, zodat ik onder de raampjes door kon lopen, maar na de derde verlaten houten barak te zijn gepasseerd wist ik zeker dat hier niemand woonde of schoolging. De ruiten waren zonder uitzondering ingeslagen en er sijpelde een muffe, gronderige lucht door naar buiten die me enigszins misselijk maakte. Ondanks het feit dat ik in m'n eentje over een verlaten terrein struinde voelde ik geen angst. Eerder een lichte teleurstelling omdat het besef begon te dagen dat ze me te snel en te slim waren afgeweest. Niettemin bleef ik op mijn hoede en manoeuvreerde mijn lichaam heel voorzichtig langs het inmiddels vijfde of zesde huisje. En toen hoorde ik iets. Gestommel, licht gehijg en een bons. Voorzichtig stak ik mijn hoofd om de hoek van het laatste huisje en stond oog in oog met een telefooncel zonder deur een paar meter verderop. Met daarin een grote witte vlek, een witte vlek die zijn broek liet zakken en wat aanrommelde met iets dat hij uit zijn jaszak haalde. Mijn hand ging tot actie over en greep als buiten mezelf om naar mijn gsm. Ik had ze meteen in het vizier. Allebei waren ze uitstekend zichtbaar in het heldere maanlicht. Het ging er griezelig onromantisch aan toe, dat wel. Of liever gezegd, hij deed een poging haar te kussen maar zij draaide haar gezicht weg, waarna hij hop zo bij haar naar binnen schoof. Ongegeneerd filmde ik hun vluggertje van begin tot eind. Meteen daarna maakte ik dat ik wegkwam.

Thuis raken bleek minder makkelijk dan ik had gedacht. Het kostte me enkele minuten om me te oriënteren. Hun wandeling had me naar een randgemeente gevoerd die ik nauwelijks kende. Het was inmiddels tegen enen en het openbaar vervoer kon ik op mijn buik schrijven. Geen tram die nog reed. Ik had het geluk een taxi tegen te komen die me voor mijn deur afzette. Ik kroop zonder douchen in bed. De volgende dag moest ik een presentatie houden voor het directiecomité in Brussel en dat betekende dat ik ten laatste om acht uur aanwezig moest zijn om de beamer op te stellen, mijn laptop met de PowerPoint-presentatie op te starten en kopieën te maken van de hoofdlijnen die ze moesten onthouden en daarom na afloop op papier meekregen.

Daar, alleen in mijn bed, besefte ik pas wat ik gedaan had. Ik was als een soort slonzige paparazza achter twee wildvreemden aangehobbeld om het meest intieme dat een mens kon doen te filmen. Ik suste mezelf met de gedachte dat zich niks sacraals had voltrokken, integendeel. Zij konden zich beter schamen. Of liever gezegd hij. Het was geen gezicht geweest, hij met z'n broek op z'n knieën. Zij had alleen haar rokje omhoog hoeven sjorren. In het donker speelde ik het filmpje opnieuw af. Ik voelde me een drakerige voyeur, maar de drang om nog eens te kijken was sterker dan de som van mijn geweten en mijn gevoel voor ethiek. Tara had een goed stel benen, zag ik, lekker gespierd. Zijn conditie kon niet veel soeps zijn, want toen hij haar in een poging *9 1/2 Weeks* te evenaren optilde om haar viriel tegen de wand van de cel te pletten, liet hij haar vrijwel meteen weer los. Ze leek er niet moeilijk over te doen en leunde haast relaxed achterover terwijl hij met man en macht aan zijn gerief probeerde te komen. En kwam. Dat was duidelijk. Bij haar was het stukken minder duidelijk. Ik speelde het een paar keer opnieuw af, maar kon niet uitmaken of ze er al dan niet plezier aan had beleefd. Het stemde me wat droevig en tegelijkertijd stelde het me gerust. Ik weet namelijk niet of ik dat aan had gekund. Dat zij genoten zou hebben.

De presentatie kreeg een staartje.

Allereerst versliep ik me. Gelukkig niet zo heel erg zodat ik wel tijd had om te douchen maar niet om m'n haar te föhnen. Voor de meeste mensen is dat geen onoverkomelijkheid, hun kapsel droogt aan de lucht op tot een nette, glanzende doorluchtige coupe, in mijn geval was zoiets een ramp. Normaal föhnde ik mijn krullen er met kracht uit en dat kostte me zo'n twintig minuten. Tegen de tijd dat ik de chique Brusselse buurt binnenreed waar onze hoofdzetel zich bevond, was mijn haar droog, maar daar was dan ook alles mee gezegd. Voor de vorm keek ik in m'n autospiegel en haalde mijn hand er nonchalant door alsof dat onverwacht wonderen zou verrichten. Dat deed het niet. In zo'n geval is het maar het beste om de aandacht te vestigen op iets anders in je gezicht. Ik diepte een donkerrode lipstick op uit m'n tas, ik tekende zelfs eerst een lijntje met een lippotlood en zette mijn lippen vurig aan om de aandacht van mijn haardos weg te loodsen. Het resultaat was een karrenvracht ontembaar haar in, op en rond mijn gezicht met een verdwaalde knalrode vlek ergens in het midden. Toen ik uitstapte, ontdekte ik dat er een knoop aan mijn bloesje ontbrak. En dan niet ergens bovenaan, maar precies daar waar de twee cups van m'n beha samenkwamen. Op de koop toe priemde er een baleintje doorheen. Als het erop aankomt, ben ik redelijk vindingrijk. Ik boog een paperclip om en slaagde erin hem als knoop te laten fungeren.

Tegen de tijd dat ik alles had opgesteld in het voor mij gereserveerde zaaltje was ik nagenoeg buiten adem. Hoewel het voltallige directiecomité aanwezig zou zijn, was mijn presentatie vooral bedoeld voor de twee nieuwe directieleden die onlangs – ruim na de fusie – waren benoemd en inzicht wilden krijgen in wat er de komende zes maanden zoal aan opleidingen en *training events* op het programma stond. Ja, ik was opleider, trainer, animator, assessor, coach, allemaal termen die eenzelfde lading dekken, en ik gaf niet alleen opleidingen, sommige ontwikkelde ik ook. Ik was zo iemand die competentieprofielen opstelde voor medewerkers die wilden doorgroeien of die juist werden weggepromoot, die managers inwijdde in de evaluatietechnieken, het ontslaggesprek, empathisch denken, alle letters van SMART, teambuilding, enzovoort. Ik was er eentje van de 'soft skills'.

En ik was ook wat zenuwachtig. Ik had nog geen koffie gedronken en die had ik 's ochtends echt nodig om te functioneren. Ik zag dat ik vergeten was mijn horloge om te doen, maar op de laptop was het pas kwart voor negen – door de stress vergat ik even dat die klok steevast een eigen leven leidde – en dat gaf me net voldoende tijd om naar de koffieautomaat een verdieping hoger te racen. Voor mij stond een rij van tien wachtenden, maar ik wist uiteindelijk twee espresso's te bemachtigen. Een daarvan goot ik meteen naar binnen, de andere bewaarde ik voor onderweg.

Mijn zaaltje was vol toen ik terugkeerde. Iedereen zat al, verveelde blikken en grijze pakken alom en Dirk Mees, mijn directe baas, die geen lid was van het comité en dus slechts een gastrol vervulde, keek misprijzend zoals alleen hij dat kon. Op zulke momenten moest je laconiek reageren, anders kon je het bij de volgende fusie wel vergeten. Daarom wees ik speels op mijn koffie en vertelde ik wat ik allemaal niet had moeten doen om die te bemachtigen, waarop enkele heren begonnen te lachen en het ijs gebroken was. Mees bokte stuurs verder, dat gedrag was ik inmiddels gewend. Hij zou me na de presentatie ongetwijfeld bij m'n nekvel grijpen. 'De directie laten wachten, *not done*, Henri, *not done*.' Nee, ons directiecomité bevatte geen dames, geen enkele. Dat maakte ons beslist tot een unicum in België.

Ik begon meteen ijverig met de slides en draaide me daarna om naar mijn publiek. En daar zat hij, in het midden van de hoefijzervorm – wij stelden onze zalen altijd op in U-vorm, dat werkte zogenaamd verbroederend – pontificaal in mijn blikveld. Hij was in tweedelig grijs gekleed, maar ik zag alleen die afgezakte witte broek op zijn knieën. Ik moest met mijn ogen knipperen waardoor een haarlok in mijn linkerooghoek terechtkwam die ik samen met een flink deel van mijn mascara wegwreef. Daarna vatte ik mijn betoog aan.

Ik kende de presentatie van buiten, ik dreunde haar op en na anderhalf uur merkte ik dat ik ze naar tevredenheid en volgens de regels van de kunst, inclusief vragenronde, beëindigd moest hebben, want alle heren maakten aanstalten om op te krassen. Behalve Mees. Die stapte met de viriele *lover*, die ik de avond tevoren in vol ornaat had gefilmd, in zijn kielzog op mij af.

'Henri,' zei Mees, 'dit is Pierre Declerck, onze nieuwe directeur Human Resources. Het zou fijn zijn als jij hem apart nog even kunt briefen over je activiteiten, en daarmee bedoel ik het volledige programma van de opleidingsdienst in Antwerpen, meer specifiek van de komende weken.'

Eerlijk, ik zag Mees graag gaan en liefst nooit komen, maar ditmaal had ik er iets voor gegeven als hij was gebleven. Mees bleef niet. Die had een vergadering waar hij al een kwartier geleden had moeten zijn – ja, hij wreef het er nog eens fijntjes in, dat had ik kunnen verwachten – en daar stond ik dan. Tegenover mijn kersverse HR-manager. Een man die ik van boven tot onder de gordel kende.

'Meneer Declerck,' mompelde ik. 'Mag ik even opruimen en dan kunnen we misschien ergens anders rustig briefen?' Ik zag mezelf niet knusjes met Declerck in U-vorm zitten en als hij toehapte, had ik tenminste net genoeg tijd om bij zinnen te komen.

Declerck knikte minzaam voor zijn doen, voor zover ik daarover mee kon spreken, en wist te melden dat ik hem in zijn bureau op de zesde verdieping kon vinden. Dat wist ik heus wel. Op de zesde bulkte het van de topmanagers. Bij ons zaten ze letterlijk en figuurlijk hoog en allemaal broederlijk op een verdieping. Hij sjokte weg alsof hij spierpijn had en daar kon ik me wel iets bij voorstellen. Hij was dan misschien een hoge pief, dat zag je niet aan hem. Ik vond hem weinig indrukwekkend. Onopvallend eigenlijk. Ik begon Tara steeds minder te begrijpen.

Ik moest erop terugkomen. Op dat weinig indrukwekkend. Want in zijn kantoor was hij dat opeens wel. Ik had sterk het gevoel dat zijn luxueuze directeursstoel veel hoger was afgesteld dan mijn eenvoudige, niet in hoogte verstelbare bezoekersstoel met de harde plastic zitting. Hij keek dus op me neer maar hij glimlachte er vriendelijk bij. Voor alle zekerheid had ik mijn gsm uitgezet en veilig in een speciaal daarvoor ontworpen vakje in mijn handtas weggeborgen.

'Henri?' Hij klonk vragend.

Ik haastte me mezelf voor te stellen. 'Delvaux,' zei ik, 'Henri Delvaux.'

'Speciaal,' merkte hij op, 'heel speciaal.'

Ik vroeg me af wat hij speciaal vond. Dat ik de naam van een beroemd schilder droeg die in de verste verte geen familie van me was, of dat ik Henri heette.

Hij had hele lichte blauwe ogen en zijn gezicht was bezaaid met littekens of liever gezegd putjes, alsof hij vroeger daverende acne had gehad. Dat verleende zijn zware gezicht iets kwetsbaars dat me bijna raakte. Maar toen zag ik hem opnieuw met zijn broek op z'n knieën en was dat gevoel in een ademtocht voorbij.

'Familie van?' vroeg hij.

Altijd een goede binnenkomer, dat wist ik inmiddels uit ervaring. Ik zette een bescheiden glimlach op. 'Helaas niet, meneer Declerck.'

'Pierre,' bood hij aan. 'Zeg maar Pierre.'

Nu, dat was joviaal van hem. Hij boog zijn hoofd wat naar voren, zodat zijn blonde lok deels voor zijn gezicht viel. Dat stond hem wel. Iemand die hem voor het eerst zag, zou in hem een heel ver, flauw aftreksel van Robert Redford kunnen herkennen, maar die had hem dan vast onder andere omstandigheden leren kennen dan ik.

'Onze ICT'ers hebben dringend behoefte aan soft skills,' vatte hij de koe meteen bij de hoorns.

Ik schrok op. Zo'n directe intro had ik van hem niet verwacht. Of nee, dat was niet waar. Ik had het kunnen weten, de avond tevoren was hij eveneens vrij direct van wal gestoken.

'Ik heb vanmiddag om twee uur een eerste groep ICT'ers in Antwerpen,' lichtte ik hem in. 'Zoals u weet is die afdeling vorige week naar ons gebouw verhuisd.'

Dat wist hij. En hij wist nog veel meer. Ik luisterde geboeid naar hem. Hij was niet voor niets op de stoel van onze vorige directeur beland, dat stond buiten kijf.

'... technisch onderlegd zijn betekent niet automatisch dat je ook goed kunt communiceren en daar gaat het tegenwoordig wel degelijk om, communiceren is van cruciaal...'
Hij vertelde en vertelde en vertelde en tegen enen was ik hongerig en bekaf. Om twee uur diende ik echter aan te treden voor een kudde ICT'ers in Antwerpen, dus van lunchen zou niks in huis komen. Toen ik buiten kwam, regende het.

We zaten middenin een rollenspel – de ICT-jongen van het feest speelde de rol van de nerd (die hem op het lijf geschreven was) en een andere jongen, een zekere Hans, de rol van iemand met een informaticaprobleem – toen de deur openging en Tara wat verregend binnentrad. Gezien het tijdstip nam ik uit beleefdheid aan dat ze uit de regen en niet onder de douche vandaan kwam. Haar verschijning bezorgde mij een schok in de ouderwetse zin van het woord. Er joeg een bliksemschicht door mijn lijf die ergens in mijn tenen op een onaangename manier bleef natintelen. Ik deed alsof ik opkeek en haar voor het eerst zag en veinsde verrassing terwijl ik zoekend om me heen keek. We waren toch compleet? Althans op de manager na, maar managers waren erin getraind altijd jachtig en veel te laat te verschijnen, waar ze ook zijn moesten. Op de eerste schok volgde dus een tweede. Zij moest de manager zijn.

'Sorry, mannen,' verontschuldigde Tara zich in het algemeen en gebaarde met haar handen alsof ze een zwerm moordlustige bijen wilde wegjagen, 'sorry, ga gerust verder, ik ga gewoon achterin zitten, doe maar net alsof ik er niet ben.'
De ICT-jongen, wiens naam ik maar niet onthouden kon, keek schichtig en Hans werd vuurrood. Hij was duidelijk niet voor het acteurschap in de wieg gelegd. Beiden keken alsof ze alles zouden kunnen, alles, verdrinkende kinderen uit een kolkende zee redden, verse schotwonden stelpen met een geïmproviseerd verband, alles, behalve doen alsof zij niet aanwezig was. Ik begreep hen volkomen. Maar in deze klas was

ik de baas en dus mocht ik niks laten merken. Me niet laten meeslepen door gevoelens, hoe sterk, hoe oprecht of ontredderd die ook mochten zijn.

Ik zei: 'Prima Hans, prima, jij ook,' – dit met een knikje naar de naamloze jongen die blij keek dat hij opnieuw in het publiek mocht gaan zitten – 'we gaan nu over op een ander perspectief en een ander probleem.'

Ik richtte me tot de negentien jonge kerels tussen de twintig en dertig jaar oud, ook in dit segment van ons bedrijf viel geen vrouw te bekennen, die op slag allemaal moeite deden kleiner te lijken, in rook op te lossen of naar hun aantekenblokken staarden alsof dat hen zou vrijwaren van een gedwongen optreden. Mijn keuze viel uiteindelijk op een zekere Ronald omdat hij de enige was die mij zonder verpinken durfde aan te kijken. De rest redde ik manmoedig door zelf de overblijvende rol op me te nemen. Het was tenslotte mijn stiel en wie was ik om mensen onnodig door een hel te laten gaan? Ik speelde mijn rol met meer verve dan anders. Ronald en ik klikten op de een of andere manier en er werd gelachen en instemmend geknikt tijdens onze aangedikte communicatiestoornissen.

Toen het roedel mannen tegen half zeven eindelijk druppelsgewijs het zaaltje verliet, had ik het gevoel drie dagen aan een stuk te hebben lesgegeven. Ik was compleet uitgewrongen en snakte naar een liter water en een groot glas witte wijn. Terwijl ik mijn laptop ontkoppelde en dichtklapte, voelde ik iets raars. Ik voelde haar ogen in mijn rug. Ze zat nog steeds op haar plekje achterin. Nee, zij had vanzelfsprekend geen deel uitgemaakt van de U omdat zij geacht werd te observeren. Zo leerde zij haar team immers beter kennen en daar ging het tenslotte allemaal om. Ik keek over mijn schouder.

'Je hebt vast een lange dag gehad,' opende ze. Op neutrale toon weliswaar. Maar toch, ze klonk bijna menselijk. Ik wilde daar net enthousiast op inhaken, blij dat ze mij begreep, maar ze was me voor.

'Niettemin wil ik je vragen om nog even te blijven. Meer bepaald om wat dieper in te gaan op…'

Mijn hart sloeg bijna op tilt. Ik bukte me om een niet gevallen voorwerp op te rapen.

'... Hans,' vervolgde ze. 'Hij heeft het erg moeilijk volgens mij. Ik zou hem een tijdje willen laten coachen.'

Ik ging door met inpakken, ik kon haar niet aankijken, ik kon het werkelijk niet opbrengen.

'Ik vind alles best,' zei ik, 'maar niet hier. Ik ben toe aan een glaasje wijn en ik stel voor dat we ons gesprek voortzetten in het café hier juist aan de overkant, oké?'

Toen waagde ik het me om te draaien. Ze was al bij de deur. Haar haardos was droog en glansde weer.

'Tot zo dan,' zei ze en verdween.

Ze zat er al toen ik binnenkwam. Dat was geen wonder. Ik was op kantoor naar de toiletten gevlucht om snelsnel te redden wat er te redden viel. Dat wilde zoveel zeggen als verse mascara en lipstick, een borstelbeurt, enzovoorts. Het had niet veel opgebracht maar wel de nodige tijd gekost.

Ze zei er niets over. Over dat ze had moeten wachten.

Ik vond haar nog overweldigender dan de avond tevoren en hoopte dat ik niet zou gaan stotteren of wartaal uitslaan, zo alleen in haar gezelschap. Ik dacht aan de gsm in mijn tas en het filmpje dat ik had moeten wissen. Tegelijkertijd wist ik dat ik het nooit zou wissen. Een slordig meisje arriveerde met een flesje tomatensap en een glas. Ze schonk de helft naast het glas en er sprongen een paar spetters op Tara's zwarte blouse. Ook daar zei ze niks over. Was ze in een milde stemming of ronduit onverschillig?

'Een wijntje,' bestelde ik en blikte op de kaart, 'doe maar die chardonnay en een bruiswater.'

'Witte of rode?' vroeg ze.

'Chardonnay,' zei ik nogmaals en toen ze bleef staan treuzelen, 'de witte graag...'

Ze verdween met slepende tred, haar broekzomen afgetrapt.

'Je vindt het toch niet erg dat ik een glaasje wijn drink?' vroeg ik om maar iets te zeggen, het gesprek te openen. Zij had tenslotte geen barst over mij te zeggen. Ik viel niet onder haar persoonlijke supervisie en bovendien zat mijn werkdag erop.

17

'Ga je gang,' zei ze en daarbij keek ze me recht aan. Haar donkerblauwe ogen waren amandelvormig en hun vorm werd keurig gevolgd door de dikke donkere wenkbrauwen. Ze had een flinke neus, dat zag ik nu pas. En in haar bovenlip zat – links voor mij, rechts voor haar – een knipje. Ze had als kind waarschijnlijk een keer met een schaar gespeeld en per ongeluk in haar lip geknipt. De twee stukjes waren wat slordig weer aan elkaar gegroeid en dat had wel iets. Iets spannends, zeg maar. Wie weet had een ander kind die knip gegeven. Hier stokten mijn gedachten, ik wilde niet denken aan eventuele andere, veel minder schattige mogelijkheden die tot een knip in je lip konden leiden.

Mijn glas wijn arriveerde en het voelde kleverig aan. Ze moest onderweg flink wat hebben verspild, het meisje. Mijn water was ze vergeten. Nors verdween ze opnieuw in de richting van de bar.

'Santé,' wenste ik, hief mijn glas en nam een grote, gulzige slok.

'Ja, santé,' zei ze toonloos en liet haar glas staan waar het stond. 'Ik drink niet,' voegde ze eraan toe.

Deze plotse bekentenis was bijna choquerend. Ik kon me niet herinneren of ik haar de vorige avond had zien drinken. En ik nam aan dat ze het over alcohol had. Ze moest dus bloednuchter met de man in het witte pak, die sinds vanmiddag de naam Pierre droeg, zijn meegegaan. Ik wist niet goed wat ik met die wetenschap moest. Wat mij betrof had een dronken wanhoopsdaad veel minder zwaar geteld. Maar goed, als zij niet eens naar excuses zocht, waarom zou ik dat dan in haar plaats doen?

'O,' wist ik uit te brengen, inwendig smekend om een interventie van het bedienende meisje om mijn kalmte te hervinden. Het kind viel nergens te bespeuren.

'Nee,' zei ze en leunde wat achterover, rekte zich soepel uit als een kat, de handen ineengestrengeld boven het hoofd. Met een plotse beweging boog ze zich terug naar voren en leunde met haar ellebogen op de tafel. We zaten bijna neus aan neus. 'Ik word er onoplettend van!'

Ze grinnikte even en ging weer normaal zitten, dat wil zeggen op gepaste afstand. Ze had mooie, verzorgde tanden, zag ik. Wat bedoelde ze met 'onoplettend'? Dat ze beter niet kon drinken waarschijnlijk, omdat ze dan niet goed meer wist wat ze deed. Nu ja, als je zonder een druppel alcohol in je bloed al met zo'n wit pak meeging, kon je de kat maar beter niet op het spek binden. Het water arriveerde. Het was plat. Ik had geen zin om daar woorden aan vuil te maken.

'Laat ik me misschien eerst maar eens voorstellen, hè?' Ik stak mijn kleverige wijnhand over de tafel naar haar uit. 'Henri Delvaux,' zei ik en ze greep mijn hand vast, kneep hem bijna fijn en bleef hem tot mijn verbazing vasthouden.

'Tiens,' merkte ze op. 'Van die chique handtassen?'

Het zag er vast vrij knullig uit, twee vrouwen aan een tafeltje die elkaars hand in een soort houdgreep hielden.

Deze variant had ik nog niet meegemaakt al was hij vrij logisch. 'Nee,' antwoordde ik, 'in de verste verte niet.'

'Spijtig,' vond ze. 'Zoiets kan altijd van pas komen...'

Als je een tas nodig had, kon het handig zijn, dat was waar. Ze was verduiveld praktisch ingesteld, dat had natuurlijk met haar ICT-invalshoek te maken. Schilderen, dat was vast te zweverig voor haar. Ze liet mijn hand zo plots los dat hij met een plofje op tafel viel, in het plasje tomatensap naast haar glas.

Ik wist niet waar die gouden inval vandaan kwam, maar opeens dook het norse meisje naast ons tafeltje op met twee servetten.

'Dankjewel,' riep ik dankbaar uit. Ik had niet verwacht dat ze zo'n alziend oog had dat ze mijn kleine ongelukje had opgemerkt. Ik pakte er een van haar aan en wreef er mijn hand mee droog.

'Die zijn voor de miniloempia's...' Ze keek afkeurend.

'Die heb ik helemaal niet besteld,' verweerde ik me. Dat ongenaakbare kind zou me niet klein krijgen.

'Die heb ik besteld,' kwam Tara rustig tussenbeide. 'Misschien kunnen we nog een paar nieuwe servetjes krijgen samen met de loempiaatjes?'

Er brak een glimlach door op het gezicht van het meisje. Zonnig en haast zwevend liep ze weg om pakken servetten en bergen loempia's te halen als het moest. Als ze Tara daarmee kon behagen. Mijn zelfvertrouwen zakte onder nul. Ik zag hoe Tara haar hand naar mij uitstak en greep hem automatisch.

'Tara Descamps,' zei ze. 'Ik heb jaren op het hoofdkantoor in Parijs gesleten, daar de ICT-afdeling op poten gezet, maar nu hadden ze me hier nodig. Vandaar...'

O, vandaar. Ik bekeek haar eens goed en bedacht dat ze niet zo piepjong meer kon zijn als ze al zo'n carrière had uitgebouwd. Ik ontdekte twee rimpeltjes, net boven haar neusbrug, naast het begin van elke wenkbrauw eentje. De hand in de mijne was ringloos. Mijn ogen gleden naar haar andere hand die op tafel lag en getooid was met een brede zilveren, bewerkte ring. Rond haar duim. Ik staarde ernaar. Ik zag het meisje naderen met een bordje en een stapeltje servetten en liet de hand los. Net op tijd voor het lekkers dat voor ons werd neergezet.

'Loempia's én servjetten,' zei het meisje – ja, ze zei servjetten. 'Zo goed?'

Tara lachte. 'Heel goed,' complimenteerde ze. 'Dankjewel.'

'Kan ik u nog iets brengen?' vroeg het meisje lief.

Tara deed alsof ze diep nadacht. Misschien dacht ze echt heel diep na.

'Weet je wat, breng me maar een appelsap,' zei ze uiteindelijk.

Tara's Vlaams was onberispelijk en toch had ze een zweempje van een accent. Ze klonk een tikkeltje Frans. Was ze een met taalgevoel begiftigde Française of was ze een tweetalige Brusselse die ze voor een tijdje naar Frankrijk hadden uitgezonden?

'Mag ik die dan meenemen?' Het meisje wees naar het vrijwel onaangeroerde glas tomatensap. Ik kreeg het gevoel dat ze niet meer weg te branden was bij onze tafel.

Tara knikte. 'Neem dat maar mee en misschien heb je een doekje, ik heb een beetje gemorst, vrees ik.'

Tara beschikte over uitstekende communicatietalenten, stelde ik vast. Die had geen persoonlijke coach nodig, in geen honderd jaar. Hans, die had een coach nodig en daarom zaten we hier. Ik kon maar beter niet te veel afdwalen. Dit was een professionele situatie en ik moest me geen dingen in mijn hoofd halen.

'Ik ben subiet terug,' beloofde het meisje.

Ze klonk bijna enthousiast. Ik hoopte dat ze haar belofte niet zou waarmaken, maar binnen enkele seconden was ze al terug. Ik bestudeerde Tara's glanzende haar, terwijl het meisje met een viezig doekje onze tafel afnam, Tara's glas half volschonk zonder een druppel te morsen en zowel het flesje als het glas keurig op een bierviltje plaatste dat ze uit haar voorschoot tevoorschijn toverde.

'Anders nog iets?' vroeg ze als een volleerde winkeljuffrouw.

'Dat zal het zijn,' antwoordde Tara vriendelijk en nam een grote slok van haar appelsap. Ze leek bijna te schrikken van wat ze had besteld. Het was alsof ze voor het eerst in haar leven de smaak van appelsap proefde. 'Oei, zo zoet,' hoorde ik haar mompelen.

Ik besloot niet te reageren. 'Hans,' begon ik voorzichtig. 'Je wilde het over Hans hebben...'

'Juist ja, Hans.'

Ze leek van heel ver te komen, alsof het slokje appelsap haar de genadeslag had toegebracht. Haar ogen stonden opeens moe, melancholiek haast en ik kreeg zin om haar op te vrolijken, een kneepje in haar schouder te geven, een mop te vertellen, haar op te biechten hoe mooi ze was, maar ik klemde mijn kaken op elkaar.

'Ik begrijp jou heel goed, weet je.'

En wat wilde ze daarmee zeggen?

'Ik ben ooit begonnen als opleider,' vervolgde ze, 'in de informatica weliswaar, maar opleidingen zijn opleidingen. Dus ik weet hoe belangrijk jouw functie is. Ik volg Hans nu een maand of twee en hij heeft alle technische knowhow in huis, dat zeker, maar hij weet zich geen houding te geven. Niet binnen het team en niet naar de interne klanten toe. Als hij niet verandert, moet ik hem laten gaan. En dat wil ik niet, snap je.'

Over *people management* gesproken! Als ik haar nog niet zo innig in mijn hart had gesloten, had ik dat op dat moment terstond gedaan. Ons bedrijf was namelijk een ramp op menselijk vlak. Wie niet functioneerde, vloog zonder pardon buiten en dat bemoeilijkte ons werk, dat van de opleidingsdienst als geheel, nogal eens. We waren inmiddels een gigantische structuur. In de zeven jaar dat ik er werkte, waren er maar liefst drie fusies doorgevoerd en honderden medewerkers gedwongen van afdeling veranderd of weggebonjourd. Ons tienkoppige team mocht telkens weer de scherven bij elkaar vegen, huilende mensen troosten, woeste mensen temmen, doodongelukkige mensen omscholen en totaal overbodige mensen extra zout in de wonde strooien. We bespraken Hans zeker een uur, ik maakte zelfs aantekeningen. We overlegden hoe we de boodschap zouden aanbrengen, wat de precieze knelpunten waren en ineens was het half negen. De loempia's stonden onaangeroerd en zonder twijfel koud voor ons op tafel. Voor de gezelligheid bestelde ik nog maar een glaasje wijn bij een jongen van de avondshift door mijn lege glas op te lichten en heen en weer te zwaaien. Het zou wel even duren voordat die bestelling kwam, want de tent zat inmiddels helemaal vol. Ik zag Tara beide handen door het haar halen. Daarna schudde ze het even. Meteen zag ze er weer uit alsof ze net van de kapper kwam.

'Ik moet maar eens gaan,' zei ze.

Ik had geen flauw idee waar ze heen zou gaan. We waren dermate zakelijk bezig geweest dat ons gesprek geen enkele persoonlijke noot meer had vertoond. Moest ze terug naar Brussel, woonde ze in Antwerpen of in een randgemeente? Ik zag hoe ze opstond en zich in het soepele leren jackje wurmde dat over haar stoel had gehangen. Daarbij schoof haar bloesje dat over haar broek hing even omhoog zodat ik een stukje buik opving. Ik kon me vergissen, maar ik meende een piercing door haar navel te zien. Er schitterde iets. Een briljantje misschien? Het ging echter zo snel dat ik het niet met zekerheid kon zeggen. Wel zag ik dat ze gebruind was, alsof ze net van vakantie terug was. Ergens voelde ik me een beetje goedkoop. Ik zat me aan haar te verlekkeren terwijl zij zich van niks bewust was. Ik wist dingen van haar die ik eigenlijk niet hoorde te weten. Als zij mij gevolgd was en mij gefilmd had, dan had ik haar nooit meer onder ogen willen of durven komen. Ze wist echter van niks en dat moest ik koste wat kost zo houden. Ze hing haar tas over haar schouder – geen Delvaux zo te zien – liep om de tafel heen en schudde mij opnieuw de hand.

'Fijn dat je even tijd voor me vrij wilde maken,' zei ze en ze klonk oprecht. 'Ik zet jou en Hans voor vrijdag tien uur in mijn agenda.'

'Prima,' beaamde ik en baalde dat ik een tweede wijntje had besteld, nu moest ik wel blijven zitten, wilde ik geen gezichtsverlies lijden. Met mijn ogen volgde ik haar. Her en der trok ze geïnteresseerde blikken. Ze had een speciaal loopje, alsof ze op muziek liep. Ze was niet groot, een ruime meter zeventig schatte ik, maar ze oogde beslist niet klein omdat ze met trotse, rechte schouders liep. Het verwonderde me dat ze naar de bar toeliep en niet rechtstreeks naar buiten. Ze verdween in de massa mensen die aan en in de buurt van de toog hing. Op dat moment kwam iemand me vragen of de plaats tegenover mij nog vrij was, zodat mijn aandacht van haar werd afgeleid. Vijf minuten later arriveerde mijn wijn.

'Dank je,' zei ik tegen de jongen. 'Kan ik direct betalen?'

'De rekening is al voldaan,' antwoordde hij vormelijk en liep af op twee wuivende handen aan een tafeltje naast mij.

Ik nam pro forma een slokje van mijn wijn. Hij smaakte anders, hij smaakte naar niks. Ik stond op en vrijwel meteen was mijn tafel door nieuwe mensen ingenomen die blij naar mij knikten en mij gedienstig tas en notitieblok aanreikten. Als ze lang moesten wachten, konden ze alvast aan mijn wijntje beginnen. Ik haastte me naar buiten waar het had opgehouden met regenen. Tara was nergens te bekennen. Die was allang in een auto, bus of tram gestapt en weggereden. Of ze bevond zich dankzij het uptempo dat ik inmiddels van haar kende minstens zes straten verderop. En zo liep ik in mijn eentje naar de parkeergarage onder ons kantoorgebouw waar mijn auto stond. Terwijl ik startte, stelde ik bevreemd vast dat er tranen over mijn wangen liepen.

Niemand bij ons had nog een eigen bureau. Wij werkten met zogenaamde flexbureaus. Als je 's ochtends binnenkwam, nam je gewoon een desk in die vrij was en logde je met je laptop in op het netwerk en desgewenst het intranet. Ik was er een stuk slechter aan toe dan de vorige dag. Ik had geen oog dichtgedaan en om onverklaarbare redenen emmers vol gehuild. Mijn ogen waren rood, mijn huid pafferig. Voorzichtigheidshalve had ik mijn haar niet uitgeföhnd, omdat mijn gezicht dan tenminste wat verscholen bleef.

Ik stond niet te trappelen om aan de slag te gaan. Ik moest de rapporten schrijven van twee assessments die ik de vorige week had gedaan en de inhoud daarvan was niet bemoedigend. Geen van beide kandidaten was geschikt voor de functie waarvoor ze waren getest.

Tegen elven kwam mijn collega Katja binnenstuiven die min of meer hetzelfde deed als ik. Zij gaf vooral opleidingen, ze deed geen assessments, dat mocht je namelijk alleen als je psychologe was. Ik vond die regel onzin, maar binnen onze rigide structuur werden dit soort van hogerhand opgelegde dogma's strikt opgevolgd.

Katja smeet haar laptopkoffer naast mijn bureau op de grond en plantte haar handen in haar zij. Ze leek me vrij pissig.

'Jezus,' knalde ze eruit. 'Wat is die Declerck een ongelooflijke zak!' Verhit streek ze een haarlok uit haar gezicht. Haar staartje hing uit het lood alsof ze het zonder in de spiegel te kijken bijeen had gebonden.

Mijn interesse was gewekt. 'Pierre Declerck?'

'Wie anders?' vroeg ze geïrriteerd alsof er slechts een enkele Pierre Declerck op onze planeet rondwaarde.

We liepen samen routineus naar de koffiemachine, waar het rustig was, en zetten onze plastic bekertjes op een van de sfeerloze witte statafels, een configuratie die bij ons voor een 'coffeecorner' moest doorgaan.

'Vertel,' moedigde ik haar aan.

'Je weet toch dat ik bezig ben met dat "high potential"-programma.'

Ik knikte. Dat wist ik heel goed en ik was dolblij dat ze het Katja in de maag hadden gesplitst en niet mij. Met high potentials bedoelden ze bij ons pas afgestudeerden of jonge mensen die nog maar net in het bedrijfsleven meedraaiden en die door ons bedrijf werden geheadhunt in de hoop dat ze in de toekomst van onschatbare waarde voor ons bedrijf zouden blijken te zijn. Doorgaans waren ze niet ouder dan een jaar of zesentwintig maar konden ze bogen op een arrogantie waar een doorgewinterde manager nog een punt aan kon zuigen.

Katja keek spiedend om zich heen, ze wilde zich er waarschijnlijk van vergewissen dat we niet werden afgeluisterd, nam een slokje van haar koffie en stak van wal. 'Declerck komt van de zetel in Parijs, dat wist je waarschijnlijk al. Ik kan me zo voorstellen dat ze hem daar liever kwijt dan rijk waren, al heeft hij vast heel wat diploma's op zak, maar de officiële versie luidt dat hij plots zelf graag een overplaatsing naar Brussel wilde. Prima hoor, maar moet hij zich daarom in mijn HP-programma mengen?' Er verschenen rode vlekken in Katja's hals en decolleté. Daar had ze wel vaker last van als ze zich opwond, wist ik.

'Ik rapporteer tenslotte aan Mees en die vindt dat ze allemaal getest moeten worden en verplicht bepaalde basisopleidingen moeten bijwonen. Ik heb al die kandidaten voor een briefing tegenover me gehad en ja hoor, eentje doet er moeilijk. Zo'n moderne intellectueel met minstens drie diploma's op zak van studies waar ik zelfs nog nooit van gehoord heb en geen enkele werkervaring…' Ze verslikte zich haast in haar woorden.

'Rustig maar,' suste ik. 'Zo erg kan het toch niet zijn?'

Katja snoof. 'Die gast weigerde resoluut aan mijn opleiding deel te nemen. Ik ben verplicht om dat aan Mees te melden. Ik meld het Mees en die begint opeens te schutteren en rond de pot te draaien. Je kent dat, dat er uitzonderingen op de regel bestaan en meer van dat soort blabla. Ik had meteen zoiets van: o ja, is dat de nieuwe trend? Dan kunnen jullie mij ook best assessments laten doen als het er hier toch zo losjes aan toegaat. Dat was totaal iets anders, volgens Mees. Al gauw kwam de aap uit de mouw. Xavier Declerck, want zo heet de "high potential" in kwestie, is de zoon van Pierre Declerck en geniet een persona grata-status. Die mag dus meteen aan de top beginnen.'

'Je meent het!' Declerck had een zoon. Had hij misschien ergens ook een verdwaalde vrouw zitten?

'En of ik het meen. Onze dienst Rekrutering is er zelfs niet aan te pas gekomen.'

Dit moest ik even verwerken. Blijkbaar had ik Declerck

fout ingeschat. Dat was niet mijn gewoonte. Ik bezat een goede mensenkennis, anders had ik nooit in mijn job kunnen functioneren. Onlangs had Mees me beloofd dat hij me bij mijn eerstvolgende evaluatie zou voordragen als teammanager. Een nieuwe functie, direct onder hem.

'Wel wel,' mompelde ik.

'Je lijkt niet erg onder de indruk.' Katja klonk venijnig.

'Nee,' bekende ik, 'ik ben een beetje sprakeloos. Ik heb Declerck totaal verkeerd ingeschat. Ik dacht dat hij ongevaarlijk was. Maar goed, ik ken hem pas sinds gisteren.' Ik verzweeg dat ik hem sinds eergisteren kende.

'Hij ziet er goed uit, net als zijn zoon trouwens,' vervolgde Katja, meer tot zichzelf dan tot mij had ik de indruk, 'maar ik vind het een enge man. Ik heb het idee dat hij deel uitmaakt van zo'n *old boys network* en via zijn relaties iedereen manipuleert. Volgens Sylvie, die de vergaderingen van het directiecomité in Parijs notuleert – je weet wel, dat broze vogeltje – volgens haar was Descamps, onze nieuwe ICT-manager die ik nog niet in levenden lijve heb mogen ontmoeten, volgens haar was Descamps dolblij dat ze onder het juk van Declerck uit was.'

'Descamps,' vroeg ik. 'Descamps, wat bazel je, wat heeft Descamps daar nu mee te maken?'

'Je hoeft niet zo hevig te doen hoor, ik vertel alleen maar wat ik gehoord heb en als je geen interesse hebt, even goede vrienden.'

Ik herstelde me. 'Sorry Kat, sorry, slecht geslapen vannacht.'

'Ja, dat is je aan te zien!'

Katja was altijd recht voor z'n raap, meteen ook de reden dat we goed met elkaar konden opschieten.

'Ik heb iets geweldigs tegen bloeddoorlopen ogen,' meldde ze vergevingsgezind. 'Een oogwatertje, je zet een dopje van dat spul op je oog, 30 seconden spoelen en hopla, je hebt oogwit alsof je net drie weken met verlof bent geweest. Proberen?' Ze rommelde in haar tas.

Ik knikte wat afwezig. 'Wat zei je nou over Descamps?' wilde ik weten, terwijl ik het flesje van haar aannam dat mijn oogwit een ongekende boost zou geven.

'Ik weet er het fijne niet van. Mijn Frans is niet zo denderend en dat van Sylvie veel te rap, maar wat ik ervan begreep is dat het niet boterde tussen Descamps en Declerck. Descamps heeft de hele Parijse ICT-afdeling uit de grond gestampt. Ze is er ooit als stagiair begonnen in de tijd dat Lisette Beaumariage alles voor het zeggen had en...'

'Dat is lang geleden,' onderbrak ik haar.

'Ja, maar goed, laat Descamps eind dertig zijn, als ze vooraan in de twintig was toen ze begon, dan heeft ze al een hele carrière achter de rug. Beaumariage was er eentje uit het goede hout gesneden, dat weet je. Al wie intelligent was, dat liet blijken en werkte als een paard, kreeg kansen.'

'Beaumariage is ruim twee jaar geleden gestorven...'

Katja keek sip. 'Helaas ja, want ook al zetelde ze de laatste vijf jaar van haar leven alleen nog in de raad van bestuur, als één van de oprichters had ze nog altijd een flinke vinger in de pap. Als je de bescherming van Beaumariage genoot, was je zeker van je job. Goed, Declerck is in Parijs begonnen na haar dood. Hij heeft haar zelfs niet gekend. Een gat in zijn cultuur als je het mij vraagt. Waarschijnlijk was hij zelfs nooit aangeworven als zij hem had gekend. Ze had een uitstekende neus voor goed en kwaad.'

'Gaat dit niet wat ver?' bracht ik zwakjes in het midden. Katja keek zo boos dat ik meteen m'n mond hield.

'Ik wil maar zeggen dat Declerck misschien niet zover had gestaan als vandaag als Beaumariage nog had geleefd. Descamps als hoofd ICT viel niet onder Declerck, maar hij scheen zich wel met alles wat zij deed te bemoeien.'

'En nu zit ze weer met hem opgescheept...'

Katja keek nog sipper dan zo-even. 'Ja, daar heb je gelijk in, dat slaat nergens op. Waarom zou ze van Parijs naar hier verhuizen om Declerck te ontvluchten om vervolgens opnieuw met hem samen te werken?'

'Misschien wist ze dat niet op voorhand,' merkte ik slim op. 'Bij mijn weten heeft de Brusselse directie haar gevraagd om naar hier te komen en niet andersom.'

Katja leek te twijfelen. 'Dat weet ik nog zo net niet, maar het zou kunnen. En daarna volgt Declerck opeens, dat is toch raar?

Waarom zou hij dat doen, je zou juist verwachten dat hij blij was van haar verlost te zijn.'

'Nu ja, zij zit in Antwerpen, hij in Brussel, ze hoeven elkaars deur niet bepaald plat te lopen.'

'Maar in de beslissing om de ICT naar ons gebouw over te hevelen heeft Declerck volgens mij geen zeggenschap gehad.'

Ik kreeg er genoeg van. Van alle speculaties. Mijn hoofde tolde en ik werd wat nerveus. 'Wordt het geen tijd om aan de slag te gaan?'

Katja keek op haar horloge. 'Dju,' zei ze, 'ik moet om half een bij de tandarts zijn…' en weg was ze.

Ik voelde een lichte paniek opkomen. In plaats van terug te gaan naar mijn werkplek liep ik naar het toilet. Ik ging op het dichtgeklapte deksel zitten, haalde mijn gsm uit mijn tas en speelde het clandestiene filmpje opnieuw af. Wat had die vrouw in vredesnaam bezield? Het hele gebeuren begon een surrealistisch tintje te krijgen en ik kon er geen touw aan vastknopen.

Mijn gedachten keerden terug naar Lisette Beaumariage en hoe we met minstens vijf bussen naar Parijs waren afgereisd om haar begrafenis bij te wonen. Hoewel ik haar niet persoonlijk kende, was ik meegegaan, puur uit respect voor wat ze in een voordien exclusief door mannen bevolkte sector had bereikt. Driemaal had ik mogen genieten van de geestige inleidingen die ze tijdens internationale congressen in Parijs op uitdrukkelijk verzoek van de directie had gegeven. Buiten het feit dat ze een kei was in haar werk beschikte ze ook over een gouden gevoel voor humor. En rechtvaardigheid. Dat was meer dan ik op dit moment van Declerck kon zeggen.

Ik stopte mijn gsm in mijn tas en trok uit gewoonte door voordat ik naar buiten stapte. Voor de spiegel spoelde ik mijn ogen een voor een met Katja's wondermiddel. Het effect was inderdaad verbluffend. Maar ik oogde stukken frisser dan ik me voelde. Er was nog niks behoorlijks uit mijn handen gekomen deze dag en dat baarde me zorgen. Veel meer zorgen baarde me de reden daarvan. Die kon ik namelijk met niemand delen.

Piekeren, nauwelijks eten en weinig of niet slapen was een beetje een hobby aan het worden. Mijn gedachten werden zo in beslag genomen door het web dat Tara en Declerck voor mij aan het spinnen waren dat ik me donderdagavond onmogelijk op een televisieprogramma of boek kon concentreren. Het irriteerde me dat ik geen logische verklaring vinden kon voor het feit dat Declerck na Tara een functie in Brussel had geaccepteerd. Of zichzelf voor een functie had opgedrongen, maar dat was Katja's interpretatie en niet de mijne. In bed kwam ik tot de enige logische conclusie: al boterde het niet tussen Tara en Declerck, dat wilde niet automatisch zeggen dat het omgekeerde ook gold. Dat zou kunnen verklaren waarom Declerck zichzelf naar Brussel had laten overplaatsen. En z'n zoon in ons bedrijf pushte? Dat leek me meteen stukken minder logisch. Als Tara en Declerck een geheime liaison hadden, was het dan niet bespottelijk om dat zo'n beetje onder de neus van zijn zoon te doen? Stel dat zoonlief hen zou betrappen, dat zou Declerck in een bijzonder heikel parket brengen. Althans als hij getrouwd was.

Het duurde even maar toen zag ik dan toch het licht. Ik had ze nota bene betrapt! Ik, in hoogsteigen persoon. Ik kon de zondaar aan de schandpaal nagelen als het moest. Dat zou ik niet doen. In geen geval. Ik wilde Tara immers niet compromitteren en ik kon niet inschatten in welke mate mijn filmpje haar zou kunnen schaden. Wel vroeg ik me af hoe ze samen op dat feest verzeild waren geraakt en waarom ze met hem mee was gegaan als ze hem niet kon luchten. Zolang ik voor mezelf geen sluitend antwoord op die vragen had, moest ik me gedeisd houden. Een ding deed ik wel. Ik stond op, laadde het filmpje over op mijn pc en brandde het vervolgens op dvd. Daarna wiste ik het van mijn gsm.

Hoewel ik die nacht nauwelijks een oog dichtdeed, verscheen ik redelijk fris op mijn werk. In de anderhalf uur die ik had voordat ik in Tara's kantoor moest verschijnen, flanste ik een Hans-traject in elkaar. Maar liefst tien minuten te vroeg klopte ik op haar deur. Die was namelijk dicht. Dat was vreemd, want ons bedrijf voerde een opendeurenbeleid. Dat had niks met democratie te maken volgens mij, zo hadden zij van hun kant gewoon de garantie dat geen enkele werknemer ook maar een spat privacy had. Omdat ik niks hoorde, was ik zo vrijpostig om de deur zelf open te duwen. Tara stond met haar rug naar mij toegekeerd bij het raam en staarde naar de gsm in haar hand. Het leek alsof ze zojuist een onheilspellende sms had gekregen en niet geloven kon wat ze las.

Ik humde. Geen reactie. Ik hoestte luidruchtig. Toen draaide ze zich om. Ze keek me met grote ogen aan alsof ze me voor het eerst zag. Ze had een beetje een vreemde blik in haar ogen. Eentje die de positivist in mij als 'aangenaam verrast met een tikkeltje onzekerheid' zou benoemen en de negativist in mij als 'misnoegd en verstoord'.

'Ach, Henri,' begroette ze me. Het klonk als de inleiding van een zin die 'wat is het toch droevig met je gesteld' als vervolg zou kunnen hebben.

Ik schoot in actie, liep op haar af, schudde haar de hand en zei energiek: 'Hey Tara, ik heb een traject voor Hans uitgestippeld, misschien wil je dat eerst even doornemen nu hij er zelf nog niet is?'

'Juist,' zei ze, 'prima, ga zitten en neem een glas water.'

Ik ging zitten. Voor mij stond een volle fles *kiloremmende Contrex*. Volgens mij hadden ze die reclamekreet ooit veranderd omdat hij wat misleidend kon werken voor sommige mensen. Voor de vorm klokte ik een groot glas tot de rand toe vol.

Tara las mijn traject. Ze leek geboeid te lezen, haar ogen gleden langs de regels, verwijdden zich nu eens om zich dan weer te vernauwen. Ik nam aan dat dit op interesse duidde, maar het kon ook betekenen dat ze gewoon slechte ogen had. Ze droeg een wit bloesje met korte mouwtjes. Haar decolleté was diep uitgesneden maar toch discreet, niet uitdagend of zo. Daaronder droeg ze een wit linnen rokje tot op de knie. Dat had ik gezien toen ze bij het raam stond. Vooral haar schoenen waren me opgevallen. Ze waren van licht spijkerstofkleurig leer, hadden behoorlijk hoge hakken en toch oogden ze op een bepaalde manier lekker stoer. Ik vroeg me af of het dragen van een rok voor haar een speciale reden had, dacht vervolgens aan haar uitstapje met Declerck en probeerde me meteen af te sluiten voor deze gedachte.

'Wel, wel,' sprak ze toen ze uitgelezen was, 'zozo.' Ze pakte mijn glas water en nam er een grote slok van.

'Vind je...' begon ik, en toen ging de deur open en trad Hans geknakt binnen.

Het opendeurenbeleid gold volgens hem kennelijk ook als ze gesloten waren. Ik had hem althans niet horen kloppen. Hij zag eruit alsof hij voorbereid was op een doorgedreven SM-sessie onder supervisie van twee meedogenloze vrouwen die hem alle hoeken van de kamer zouden laten zien en hem daarna drie nachten in een bodybag ergens in de catacomben van ons gebouw aan zijn lot zouden overlaten. Hij droeg een hemd dat ooit wit moest zijn geweest. In de les van de week had ik hem ervan verdacht nog bij zijn moeder thuis te wonen. Dat idee zette ik nu resoluut van me af. Het was duidelijk dat hij al zijn was ongesorteerd in de machine pleurde en dat zou een zichzelf en haar zoon respecterende moeder nooit doen. Ik redeneerde puur vanuit mijn eigen situatie. Hoeveel huishoudelijke taken mijn moeder vroeger ook op mij overhevelde, nooit of te nooit had ik een vinger naar de was mogen uitsteken. Zij koos het wasmiddel, zij sorteerde de kleuren en stelde het programma in. Ik haalde hem uit de machine, hing hem te drogen en streek.

'Dag Hans,' begroette Tara hem vriendelijk en wees naar de stoel rechts van haar aan het hoofd van de tafel, zodat we een *cosy* driehoek zouden vormen. 'Ga zitten. Henri hier heeft een traject voor je uitgestippeld waarin je je wel zult kunnen vinden, denk ik. Maar als dat niet zo is dan willen we dat allebei graag van je horen. Het is de bedoeling dat jij je er goed bij voelt, begrijp je?'

Het daaropvolgende uur bestookten Tara en ik Hans met vragen en suggesties, lieten hem aan het woord, ontlokten hem diverse glimlachjes en een keer zelfs een schaterlach en eerlijk waar, na dat uur schreed hij kaarsrecht de deur uit. Ik sprak met hem af hem voorlopig wekelijks een uur te coachen en daar leek hij vrede mee te hebben.

'Je aanpak bevalt me,' merkte Tara op toen Hans door het gat van de deur was verdwenen.

'Dank je,' antwoordde ik.

Haar compliment voelde zoals een shot heroïne moest voelen. Natuurlijk hield ik mijn gezicht in de plooi. Ze moest zich vooral geen dingen in haar hoofd gaan halen. Tegelijkertijd wist ik heel goed dat na zo'n compliment meestal een vreselijke dooddoener volgde. Juist omdat ik dat zo goed wist, begreep ik niet van mezelf dat ik bleef zitten. Dat was vragen om moeilijkheden. Ik stond op.

'Ik regel het dus voortaan zelf met Hans en ik rapporteer maandelijks aan jou?'

Terwijl ik had zitten wegzwijmelen had zij fluks haar laptop opgestart, zag ik. Ze drukte op wat toetsen en staarde intens naar haar scherm.

'Tweewekelijks,' corrigeerde ze me zonder op te kijken.

Het was iets beschaafder dan 'D'ruit' maar minstens even duidelijk. Ik stond buiten haar kantoor voor ik er erg in had. Beschaamd besefte ik dat ik haar niet eens had gegroet.

2

Ik vulde mijn weekends vrijwel altijd op dezelfde manier. Zaterdagochtend om een uur of tien fietste ik naar het Nachtegalenpark en rende ik een klein uurtje. Niet dat ik mezelf afjakkerde tegen twintig kilometer per uur en daarna eindigde met zo'n indrukwekkende dampende driehoek op m'n shirt als Jodie Foster in die eerste Hannibal-film, nee, ik hield het menselijk. Als het zomer was, zoals nu, en ik niet te verfomfaaid uit de strijd kwam, trakteerde ik mezelf op een glas vers sinaasappelsap met een espresso op een terrasje. Daarna trapte ik terug naar mijn appartement op het Zuid, douchte ik en wijdde ik me een uurtje of wat aan huishoudelijke taken. Rond de middag zakte ik steevast af naar het centrum, waar mijn moeder een brillenwinkel runde, om daar samen met haar te lunchen.

Mijn zaterdagavonden bracht ik als een soort gulden regel met Ruud door. Ik had hem een jaar of twee, nee drie, geleden in een schoenenwinkel ontmoet. Ik was een paar eindeloze laarzen aan het passen, echt hele fraaie van een duur Spaans merk met een flinke hak, toen er opeens twee mannenbenen voor mijn neus opdoemden en iemand me vroeg: 'Wat denk je, zal ik deze kopen?'

Ik keek op en daar stond Ruud, met een paar lage cowboyboots in nep panterskin in de hand. Hij hield ze omhoog en keek mij vragend aan. Ik wist op dat moment natuurlijk nog niet dat hij Ruud heette. Ik zag wel dat hij leuk gekleed was, vrij klassiek, donkerblauwe jeans, wit hemd en donkerblauw colbert. Zijn outfit stond hem goed. Zijn voeten staken in van die Engelse brogues in donkerbruin suède, met van die leuke kleine gaatjes erin. De panterboots pasten voor geen meter bij hem.

Ik antwoordde: 'Dat zou ik zeker doen.'

Hij kwam naast me zitten en trok ze aan. 'Wat denk je?' vroeg hij.

Ik knikte geestdriftig van ja. 'Niet denken, gewoon doen,'

adviseerde ik hem.

'Doe jij het ook?' vroeg hij mij.

Ik keek naar mijn eigen laarzen, die op dat moment de mijne nog niet waren.

'Wat denk jij?' vroeg ik, omdat het eigenlijk wel prettig is als je zo'n beslissing niet helemaal alleen hoeft te nemen.

Voordat ik Ruud leerde kennen, ging ik altijd shoppen met Amber, mijn beste vriendin, maar sinds die in de klauwen van Claudia was gevallen, kon ik dat wel schudden.

'Ik vind ze geweldig,' zei Ruud, 'maar ja, wie ben ik?'

Daar had ik geen idee van en dus ging ik daar niet op in. De laarzen kocht ik. En hij de zijne. We rekenden samen aan de kassa af bij een knorrige juffrouw die het kennelijk doodnormaal vond dat haar streefomzet voor die dag door ons in één klap zeker werd gesteld. Er kon geen lachje af en ze groette ons zelfs niet toen Ruud en ik met onze trofeeën de deur uitschoven.

'Jazeker, en u ook nog een prettige dag,' riep Ruud haar toe voordat we de deur achter ons dichttrokken.

Met die opmerking veroverde hij mijn hart. We bleven even voor de etalage staan kletsen, wisselden onze namen uit. Toen het begon te gieten en Ruud voorstelde om samen ergens iets te gaan drinken vond ik dat een prima idee. We schoten het eerste het beste café dat we tegenkwamen binnen, een klein, ouderwets tentje waar ze geweldige kriek van het vat hadden. Ruud volgde mij in de kriek en toen wist ik pertinent zeker dat hij homo was. Niet dat homo's bij voorkeur kriek drinken, dat niet, het was meer vanwege zijn uiterlijk, kleding en vloeiende gebaren. We bleven zo ongeveer de halve middag in die tent hangen.

De vrijdag daarop belde Ruud me op mijn gsm om te vragen of ik zin had om die avond samen uit te gaan. Ik troonde hem mee naar de enige homodiscotheek die onze stad rijk is en die hij niet bleek te kennen, wat ik bijzonder vond. Hij leek zich er uitstekend te vermaken en oogstte ongelooflijk veel steelse en bewonderende blikken. Het was om jaloers van te worden, want het handjevol vrouwen dat ik met veel pijn en moeite tussen de hossende massa ontdekte, toonde zonder uitzondering geen greintje interesse voor mij. Mijn verbazing was groot toen hij mij rond half twee ergens midden op de dansvloer probeerde te kussen. Ik op mijn beurt trachtte hem beschaafd en toch doortastend van me af te duwen. Ik was altijd in voor een geintje, maar ik hield niet van lui die voor de show met elkaar kussen en al helemaal niet van lesbo's en homo's die dat in een holebitent doen. Ik vond het totaal niet bij hem passen, het choqueerde me zelfs een beetje. Ik wist niets beters te bedenken dan hem in mijn kielzog aan zijn arm de dansvloer af te trekken in de richting van de bar.

'Waar ben jij nou mee bezig?' vroeg ik ontstemd toen we ergens een vrije statafel hadden gevonden. Ik moest half schreeuwen om boven de muziek uit te komen. Zelfs in het gedempte licht zag ik dat hij krijtwit was. In zijn ogen lag een blik die ik niet van hem kende. Sowieso had ik hem tot dusverre vooral zien lachen.

'Ja, wat denk je?' riep hij boven het lawaai uit en hief zijn armen wat geagiteerd. 'Waar zou ík nou mee bezig zijn?'

Ik boog me wat dichter naar hem toe, omdat ik geen zin had om de hele goegemeente van ons gesprek te laten meegenieten. 'Wie gaat er nou in een homotent met een vrouw staan kussen?' siste ik hem toe.

'Jezus!' riep hij uit. 'Doe niet zo allemachtig ouderwets, wat maakt dat nou uit? Trouwens, jij hebt mij hier mee naartoe gesleept, ik had weinig opties, ja toch?'

De logica van zijn opmerking ontging mij volkomen.

Hij maakte een weids gebaar met zijn rechterarm. 'Denk je nou echt dat het die lui hier een bal kan schelen dat ik jou kus, ze hebben wel wat beters te doen, zeg!'

Ik keek om me heen. In dat opzicht had hij gelijk, moest ik toegeven. De hele meute danste vrolijk verder, er was niemand die ons enige aandacht schonk.

'Maar mij kan het schelen!' schreeuwde ik terug en wees daarbij wild op mijn hart om aan te geven dat het míj kon schelen. 'Ik kus namelijk niet met mannen, weet je!'

Toen viel hij stil. Niet dat dat hoorbaar was in die herrie, maar zijn mond bewoog niet meer en dus nam ik aan dat hij niks meer zei. Hij bleef me een minuut of wat sprakeloos aangapen om dan opeens heel hard weg te rennen. Ik griste mijn tas van de tafel en spurtte achter hem aan. Het was niet gemakkelijk om hem bij te houden, op mijn palen van hakken en zo tussen al die mensen door, maar ik zag nog net hoe hij zonder de portier te groeten, die hem verlekkerd maar ook wat venijnig nastaarde vanwege de gemiste fooi, naar buiten sjeesde. Ik verloor kostbare tijd omdat ik het ticket voor onze jassen had en gedwongen langs de vestiaire moest, duwde even later de buitenwipper een paar euro in zijn handen en belandde toen op de stoep. Ik zag Ruud aan het einde van de straat oversteken in de richting van de kaaien.

Ik vond hem in zijn overhemdsmouwen, zittend op een van de paddenstoelvormige aanlegpaaltjes langs de Schelde. Hij staarde in het water. Ik overhandigde hem zijn jack.

'Trek maar gauw aan,' sprak ik hem moederlijk toe. 'Anders vat je nog kou.'

Hij nam het van me aan en wierp me een verbolgen blik toe.

'Jezus,' zei hij toen. 'Had je dat niet even eerder kunnen zeggen?'

'Wat?' vroeg ik. Ik stond te klappertanden. We waren speciaal met de auto gekomen en hadden pal voor de discotheek geparkeerd, opdat ik niet te ver zou hoeven lopen in mijn nieuwe laarzen en de veel te dunne jurk en jas die ik droeg.

'Dat jij niet met mannen kust. Hoe kon ik dat nou weten? Ik dacht dat je mij wel zag zitten. Is dat zo'n vreemde gedachte van mij?'

Nu was het mijn beurt om hem aan te gapen.

'Ben jij hetero dan?!' flapte ik eruit en bedacht net iets te laat dat dit niet bepaald kies van mij was.

Hij keek me woest aan. 'Ik heb toch nooit gezegd dat ik homo was of wel soms?'

Nu, dat was waar. Ik had het voetstoots aangenomen. Ik die kon blindvaren op mijn gaydar. Op mannengebied was hij blijkbaar minder betrouwbaar.

'Nee,' gaf ik schoorvoetend toe.

'En jij valt dus op vrouwen?' vroeg hij toen. Voor zover ik het inschatten kon, had hij een gepijnigde blik in zijn ogen.

'Ja,' bekende ik. Ik zei het zo zacht dat ik het nog een keer moest herhalen van mezelf. 'Ja, ik val op vrouwen,' zei ik. Veel te hard.

Hij kromp ineen onder mijn woorden. Ik hurkte en sloeg een arm om hem heen. Hij duwde me zo bruusk van zich af dat ik naast hem op de harde natte kasseien neerplofte. Nu was het mijn beurt om verbolgen te kijken.

'Zeg hé,' riep ik uit. 'Zo kan ie wel weer, ja?' Ik kwam overeind en probeerde mijn jurk te fatsoeneren.

'Je ziet er verdomme totaal niet lesbisch uit,' ging hij verder zonder acht te slaan op mijn woorden. 'Kijk eens goed naar jezelf, kijk dan! Hoe kon ik nou weten dat jij op vrouwen valt als dat uit niets blijkt?'

Ik was sprakeloos. Ik vond hem uitzinnig ouderwets.

'O nee,' zei ik. 'Zeg me nu niet dat ik me lesbisch moet kleden of gedragen. Dat is heel discriminerend, weet je, ik bedoel om te veronderstellen dat er zoiets als een lesbisch prototype bestaat.'

'O ja, is dat zo? Dan moet jij me eens zeggen waarom jij in mij,' hij tikte met een vinger op zijn borstkas, 'waarom jij in mij een janet ziet! Tien tegen één omdat je vindt dat ík – weer die vinger – me zogenaamd zo kleed...'

'En omdat je op Jude Law lijkt,' vulde ik hem aan. 'Althans een beetje...'

Nu lachte hij. Een honende lach.

'In dat geval had je zeker kunnen verwachten dat ik toe zou slaan, of niet soms? Of is Jude Law buiten mijn weten om onlangs in de *gay scene* gespot?'

Nee, de stemming werd er niet beter op.

'Sorry, Ruud,' fluisterde ik, terwijl ik inwendig kookte omdat ik me moest staan verontschuldigen voor het feit dat ik toevallig lesbisch was, 'sorry, maar kunnen we er niet gewoon de spons over halen? Ik bedoel, het is koud, jij bent jezelf niet en...'

'De spons erover halen?' riep hij met overslaande stem en sprong op. 'Ben je nou helemaal zot geworden? Mezelf niet? Ik ben meer mezelf dan ooit. Zelden zozeer mezelf geweest! Ik doe jou een liefdesbekentenis en jij zegt ijskoud dat ik niet mezelf ben. En jij bent nota bene psychologe. Mooie psychologe ben jij, het schort je fenomenaal aan mensenkennis zo te horen.'

Hij mocht van mij vinden wat hij wilde, maar ik vond hem een *drama queen* van jewelste, iets wat je zeker niet van een heteroman zou verwachten. Die gedachte bracht me bij mijn positieven. Ík was geweldig in hokjes aan het denken, niet hij.

'Sorry,' mompelde ik. 'Ik had er geen idee van dat je mij wel leuk vond. Ik heb het echt niet gemerkt.'

'Wel leuk vond,' herhaalde hij mijn woorden schamper. 'Wel leuk vond. Nou, ik kan je verzekeren, dat is een mega-understatement, Henri!'

Gek, dat raakte me.

'Sorry,' zei ik opnieuw. 'Ik ben er niet zo aan gewend dat mensen op die manier interesse in mij hebben...'

'Correctie: dat vrouwen op die manier interesse voor jou hebben!'

Daarmee sloeg hij de spijker op de kop.

'Misschien moet je je wat meer als lesbienne profileren,' opperde hij vals. 'Misschien zien ze het niet genoeg aan je en gaat er daardoor allerlei lekkers aan je neus voorbij.'

Het was duidelijk dat zijn gevoelsmoment voorbij was.

'Dat geldt dan ook voor jou,' antwoordde ik venijnig.

'Heb ik gezegd dat er van alles aan mij voorbijgaat? Wat weet jij daar nou van?'

Hij klonk bijna triomfantelijk. Ik bedacht dat we op een volledig op elkaar uitgekeken dertig jaar gehuwd koppel leken dat elkaar overal wilde raken. Alle wapenen waren geoorloofd, zolang ze maar genadeloos kwetsten.

'Kom,' probeerde ik. 'Laten we nu gewoon naar de auto gaan. Ik breng jou thuis. We slapen er allebei een nachtje over in ons eigen bed en dan zien we morgen wel weer verder.'

'O nee!' riep Ruud uit. 'Daar komt niks van in, dat zou jou natuurlijk goed uitkomen. Nee, Henri, ik moet dit echt even verwerken. Ga jij maar, ik kom zelf wel thuis. Ik ben een grote jongen.'

Nu hing hij de gekwetste ziel uit. Desondanks begreep ik de strekking van zijn beslissing wel. In zijn geval zou ik ook liever even alleen zijn.

'Ach,' opperde ik quasiluchtig, 'dan ga ik maar, hè? We bellen nog wel, oké?'

Hij gaf geen antwoord, keerde mij zijn rug toe en beende weg in de richting van het Steen.

In de auto drong het tot me door dat ik met een stomme vooronderstelling en twee of drie knullige opmerkingen een potentieel grandioze vriendschap in de kiem had gesmoord. Tegen de tijd dat ik voor mijn huis parkeerde was ik ervan overtuigd dat ik Ruud nooit meer zou zien.

Dat viel gelukkig mee, want we werden alsnog dikke maatjes. Hij nam niettemin drie weken de tijd om onze eerste mislukte date te verwerken. Net toen ik geen enkele hoop meer koesterde, had hij gebeld.

We waren samen gaan eten en hadden het uitgepraat. Nu ja, er viel niet echt iets uit te praten. Het kwam erop neer dat Ruud accepteerde dat ik niet op hem viel en dat ik accepteerde dat hij wel op mij viel en dat we zouden proberen een leuke vriendschap op te bouwen. Dat was ons wonderwel gelukt. Soms deed hij nog wel eens klef, zeurde hij dat hij mijn borsten nooit in natura zou zien en meer van die onzin, maar als ik dan zei dat daar niets spectaculairs aan te zien viel, ging hij er verder niet op door. Ik wist eigenlijk niet of hij nog steeds verliefd op me was. Hij zei er niets over en ik vroeg er niet naar. Hij had me inmiddels in zoveel hopeloze stemmingen en situaties gezien dat ik me nauwelijks kon voorstellen dat hij het nog altijd was, maar de wonderen waren de wereld natuurlijk niet uit.

Soms vroeg ik me wel af wat er gebeuren zou als een van ons beiden de ware ontmoette. Een vaste relatie kan een vriendschap lelijk de das omdoen. Althans dat was mijn ervaring met mijn beste vriendin Amber die ik sinds haar relatie met Claudia veel minder vaak zag. Ruud en ik konden elkaar midden in de nacht bellen, ons samen bezatten als we daar zin in hadden... Hij viel ook reuzengoed bij mijn moeder. Ze vond hem knap en beschaafd en beleefd, de ideale schoonzoon kortom. En zijn job, hij was consultant, droeg eveneens niets dan haar goedkeuring weg. Tegenover de buitenwereld, de hare welteverstaan, deed ze dan ook net alsof wij een stel waren. Ruud en ik hadden vaak genoeg geprobeerd om haar van het tegendeel te overtuigen, maar mijn moeder geloofde per definitie wat ze zelf wilde geloven. Die liet zich door niemand de les lezen en zeker niet door mij.

Mijn moeder was een geval apart. Als ik de keuze had gekregen, had ik haar zeker niet als mijn moeder aangewezen. Mijn moeders grote ego liet nauwelijks ruimte over voor een ander naast haar. Althans voor mij. Voor mannen had mijn moeder steevast een onverwachte portie ruimte en aandacht over. Toch woonde mijn moeder niet graag samen, ze deelde hooguit wat tijd met een man, in geen geval haar huis. Het was dus niet zo verbazingwekkend dat mijn moeders minnaars steevast getrouwde mannen waren. Mijn moeder bestempelde zichzelf als een zelfstandige, moderne, feministische vrouw. Met dat feministische bedoelde ze vooral dat ze mij van kindsbeen af gedrild had om de afwas, de strijk en aanverwante vervelende huishoudelijke taken uit te voeren. Als het op mannen aankwam, was mijn moeder opeens light-feministisch. Dan wilde ze zelfs een pollepel ter hand nemen en iets lekkers voor de heer van haar hart klaarstomen. Ze was zo'n vrouw die compleet veranderde als er een aantrekkelijke man voorbijkwam. En mijn moeders definitie van het woordje aantrekkelijk deelde ik allerminst.

Ik had haar nog nooit op een aantrekkelijke man betrapt. Mijn aversie jegens het legertje foute mannen waarmee ze mij tot op heden geconfronteerd had, was in de regel wederzijds. Met uitzondering van Jos. Die was weduwnaar en liep zich uit de sloffen voor haar en ze liet het zich allemaal aanleunen en welgevallen zonder enig gevoel voor hem over te hebben. Hij was een tijdje handig geweest en dat was dat. Jos had twee gouden handen. De bewijzen daarvan sierden mijn moeders huis in de vorm van maatkasten, een stereomeubel, een vakkundig gelegde eiken plankenvloer inclusief korting op het hout en daarmee was de opsomming bij lange na niet volledig. In zijn gezelschap veranderde mijn moeder niet in een kirrende zangvogel, de benen wisselend over elkaar slaand, schaterlachend om ieder woord dat uit zijn mond kwam en veel en vaak met de ogen knipperend. In zijn gezelschap was ze een nurkse, ongenaakbare vrouw.

Je kon dus gerust stellen dat ik niet stond te springen als mijn moeder aankondigde dat ze een interessante man had ontmoet. Het enige voordeel ervan was dat zij mij dan wat minder opeiste. Minder opeisen was zwak uitgedrukt. Als mijn moeder een man in haar leven had, hield ik voor haar ronduit op te bestaan. Die bevliegingen duurden echter nooit lang en ik was natuurlijk extra hard nodig als de man in kwestie wegviel. Tijdens dergelijke rampperiodes moest ik de klok rond beschikbaar zijn en belde ze me waar ik me ook bevond. Tijdens een opleiding, een vergadering, zelfs in het buitenland. Instant aandacht, dat was wat mijn moeder op zulke momenten eiste.

Voorlopig verkeerde ik in de gelukkige omstandigheid dat mijn moeder iets aan de hand had met een geweldige man en zo hoefde ik alleen zaterdag bij haar langs voor de lunch en kon ik op zondag iets anders leuks doen. De man in kwestie leek als twee druppels water op een pad. Dat vonden Ruud en ik allebei à la minute toen we door haar aan hem werden voorgesteld. Hij was altijd in een soort jachttenue gekleed. Een loden jas, een groene broek, een donkergroen gebreid vest en een loden hoedje met een veertje op zijn brede hoofd. En hij droeg orthopedisch schoeisel met dikke beige crêpezolen waarin zijn voeten enorm leken.

'De pad' was sinds een week of zeven in beeld. Volgens mijn moeder kwam hij op een druilerige maandagmiddag haar winkel binnenwapperen – alsof de dag daarmee opeens een onverklaarbare glans verkreeg – en verdween hij een half uur later met een Mikli op zijn neus. Of beter gezegd: zij kletste hem die bewuste dag een Mikli-montuur aan – als je echt een goed beeld van een vlag op een modderschuit wilde, dan was het wel een Mikli in combinatie met het profiel van de pad – nam zijn recept in ontvangst en een week of wat later kon hij zijn kant-en-klare bril komen afhalen. Goed, de dag dat hij letterlijk met de Mikli-bril op zijn neus de deur uitliep, nodigde hij mijn moeder uit om met hem te gaan dineren. In Brussel. Ik wist meteen dat de pad getrouwd moest zijn, hoe ondenkbaar het ook zijn mocht dat hij in een ver verleden een vrouw zover had weten te brengen, en dat hij vast geen blijvertje zou zijn. Nu, daar was ik niet rouwig om.

Ondertussen was de pad nog altijd in de picture en hoe meer

ik over hem te weten kwam des te minder ik hem zag zitten. Volgens mijn moeder had hij een 'intellectueel beroep'. En hij ging iedere zomer in zijn eentje drie weken lang naar Phuket. Ik zag haarscherp voor me hoe de pad zich aan allerhande weerloze Thaise meisjes vergaapte en vergreep, maar dat kon ik natuurlijk moeilijk tegen m'n moeder zeggen. Haar kennende sloot zij haar ogen welbewust voor zijn status. Meer specifiek: zijn gehuwde status. Hoewel mijn moeder een feilloze neus had voor het daten van gehuwde mannen, daarvan weten wilde ze niet. Ze deed alsof het doodnormaal was dat zo'n man op de raarste tijdstippen en op de meest ongebruikelijke plekken met haar afsprak. En wie was ik om haar uit de droom te helpen?

Die zaterdag was het heerlijk weer. Ik kocht onderweg naar de stad bij de biobakker een belegd broodje voor mijn moeder.

Die was niet zichtbaar aanwezig in de winkel toen ik binnenkwam. Ze ging er schijnbaar klakkeloos van uit dat ik het was want van achterin het keukentje schalde haar stem mij tegemoet: 'Draai jij het bordje even om, Henri?'

Dat deed ik en ik liep door naar achteren. Ergens in het midden van de winkel achter de toonbank bevond zich een spiegelwand waarachter mijn moeders werkplaats schuilging, de ruimte waar zij haar optometrie bedreef, met alle mogelijke apparatuur, een onderzoeksstoel en drie kuipzeteltjes voor eventuele wachtenden of toeschouwers. Het sprak voor zich dat de spiegelwand aan mijn moeders kant gewoon van glas en dus doorzichtig was. Zo kon zij alles nauwlettend in de gaten houden. Daarachter bevonden zich vervolgens nog een klein keukentje en een toilet. Mijn moeder kwam uit het keukentje te voorschijn en plofte in een van de kuipjes neer. Ze had een verbeten blik op haar gezicht. De huid van haar lippen leek op de een of andere manier extreem strak over haar tanden gespannen. Dat zag je wel bij honden, dat hun tanden zich als het ware achter hun lippen aftekenden, alsof ze je ieder moment naar de strot konden vliegen of luid konden gaan blaffen.

Mama blafte niet. Ze zei: 'Ik zou wel een kopje koffie lusten.'

Ze klonk zo ijzig dat ik meteen naar de keuken draafde om

het espressoapparaat aan te zetten, zodat het kon opwarmen. Ik nam een bordje uit de kast, haalde het biologisch verantwoorde broodje uit zijn zakje, sneed het in tweeën, stopte een helft terug in het zakje en legde de andere helft op het bordje. Ik zette aansluitend twee kopjes espresso en liep terug naar mijn moeder.

Ze nam niet eens een slok van haar koffie, ze stak meteen van wal. Of liever gezegd, ze raasde.

Het kwam erop neer dat ze ongeveer een uur geleden een telefoontje had gekregen. Van de echtgenote van de pad. Of zij, mijn moeder dus, de pad a.u.b. stante pede met rust wilde laten, dat de pad het zakelijk anders wel schudden kon.

Nee, natuurlijk refereerde mijn moeder niet aan hem als de pad. Ze had het uiteraard over Henry. Inderdaad, hij heette ook Henry, maar dan keurig met een y en niet met een i.

De vrouw van de pad wist te vertellen dat de winkel die zij samen met de pad dreef juridisch gezien op haar naam stond. Er stond dus heel wat op het spel voor de pad. Liet mijn moeder de pad niet gaan, dan zou zijn echtgenote hem de zaak uitbonjouren. De paddenvrouw wist er meteen bij te vermelden dat haar eega het vanzelfsprekend nooit zover zou laten komen.

Ik vroeg me af waarom ze mijn moeder dan zo nodig had moeten bellen. Dan had ze het net zo goed tegen de pad kunnen zeggen als hij zo volgzaam was, ja toch? Ze was duidelijk het type vrouw dat aannam dat haar man ongewild in de netten van mijn moeder verstrikt was geraakt omdat ze zijn adembenemende uitstraling niet had kunnen weerstaan. Een slachtoffer van zijn eigen onweerstaanbaarheid, zeg maar.

'Om wat voor een winkel gaat het?' vroeg ik, mijn hersens ondertussen pijnigend welke winkels veel intellectueel vermogen vergden. Een apotheek wellicht, een computerzaak?

'Een cognacerie!' snauwde mijn moeder mij toe.

Ik had geen idee hoe je dat schreef en volgens mij bestond zoiets niet eens, was het een creatief experiment naar analogie van patisserie of zo.

'Luxe cognacs die nergens elders verkrijgbaar zijn, een hele chique winkel,' preciseerde mijn moeder.

Vandaar natuurlijk dat hij op haar naam stond, dacht ik, veel en veel te chic voor de pad *himself*. Ik zag hem opeens wel in het juiste perspectief, zo in zijn cognacerie. Elke fles die hij verkocht vierde hij wellicht met een glaasje op zijn eigen gezondheid, getuige de fleurige tint van zijn aardappelneus. Dat zei ik natuurlijk niet, want zo te zien was mijn moeder diep bedroefd door het verlies van de pad. Typisch mijn moeder. Ze schoof meteen alle schuld op zo'n vrouw af. De pad trof geen enkele blaam. Nee, die ging gewoon vreemd en had een lastig wijf.

Mijn moeder begon te jammeren. Daar was ze bedreven in. Er blonken tranen in haar ogen.

'Wat is dat toch met mij?' snikte ze. 'Waarom wordt mij altijd alles afgenomen? Waarom mag ik nooit eens simpelweg gelukkig zijn?'

Ik schoof het halve broodje naar haar toe.

'Toe,' zei ik. 'Eet lekker wat, de dag is nog lang. Je kunt je klanten toch niet betraand te woord staan.'

Het werkte. Het huilen hield terstond op en voor de vorm snifte ze nog wat na. 'Henri, alsjeblieft. Hoe kan ik nu eten na zo'n bericht. Ik krijg geen hap door m'n keel, dat begrijp jij zelfs, hoop ik.'

Ik zuchtte. 'Mam,' suste ik. 'Hij was nou niet bepaald de ideale man, hè, die pad…'

Het was eruit voordat ik er erg in had.

'Wat?' riep ze uit en sprong op uit de kuip. 'Hoorde ik dat goed, zei je pad?'

'Dat meen ik toch niet zo, dat was gewoon geestig bedoeld om jou een beetje op te peppen, aan het lachen te maken.'

Ze zeeg opnieuw neer in het kuipje.

'Je bereikt anders het tegenovergestelde. Henry is een erudiete, serieuze verschijning.'

'Eentje die zijn vrouw bedriegt, ja. Heb je daar al eens bij stilgestaan? En die jaarlijks drie weken zonder zijn vrouw naar Phuket afreist…'

'En wat is daar verkeerd aan?' Hautain als de pest. 'Zijn vrouw houdt gewoon niet van verre reizen.'

'Verre reizen, laat me niet lachen.'

Nu kreeg ik het serieus op mijn heupen. Het ging hier om

een vent die ze nauwelijks twee maanden kende. En dan zo'n verdriet.

'Wat wil je eigenlijk insinueren, Henri?' vroeg ze fel. 'Is er iets dat ik moet weten?'

Ik gaf het op.

'Nee,' zei ik bedeesd. 'Helemaal niet. Ik wil je alleen maar troosten. Ik denk namelijk niet dat Henry een groot verlies is. Ik, ik bedoel maar, wellicht blijf je dankzij zijn vrouw van een hoop ellende bespaard...'

'Zoals Benjamin mij gespaard heeft? Zoals jij mij een hoop ellende bespaard hebt, bedoel je zeker? Alsof ik niet al genoeg meegemaakt heb in mijn leven, zonder dat mijn dochter per se...'

Die slachtofferhouding van haar kende ik zo door en door dat ik me er niet meer door zou mogen laten vangen. Toch deed ik het. Er verscheen een waas voor mijn ogen. Toegegeven, puur van pijn, en ik zei precies wat ik niet had moeten zeggen. Gewoon om haar te raken, omdat ze mij weer eens had weten te kwetsen zoals niemand anders dan zij dat kon.

Ik zei: 'Ik vind hem het type dat zich in Thailand aan jonge meisjes opdringt.'

Ja, ik zei opdringt en niet vergrijpt, zo lucide was ik wel.

Het mocht niet baten. Ze veerde op uit de kuip en gaf me een mep in mijn gezicht. Haar ring kletste tegen mijn jukbeen, waar het ligustersneetje van de afgelopen dinsdagavond net tot een keurig korstje was geheeld. Het bloed spoot eruit. Ik depte het met een van de tissues die mijn moeder klaar had staan voor cliënten met een neiging tot tranerigheid.

Het was zeker niet de eerste klap die ze uitdeelde. Mijn jeugd was gelardeerd geweest met haar befaamde meppen. Altijd met de buitenkant van haar rechterhand en telkens weer kwam die gemene platina ring met de grote zwarte steen in zijn puntige zetting op mijn jukbeenbot terecht. Ik wist dus precies hoe het voelde, het was niks nieuws. Met dat verschil dat ik inmiddels eenendertig was en van mezelf vond dat ik dit niet meer hoefde te pikken. Van niemand, zelfs niet van mijn moeder. Herstel, zeker niet van mijn moeder.

Ik liep naar de keuken, graaide het zakje met het halve broodje als een soort statement van het aanrecht en stormde de winkel uit. Ze riep me nog iets na, maar ik verstond het niet. Ik stapte op mijn fiets en trapte keihard weg. Zo hard mogelijk om zo ver mogelijk uit mijn moeders buurt te geraken.

Op de fiets sloeg het berouw vrijwel ogenblikkelijk toe. Mijn moeder was drieënzestig en zojuist door een wrede interventie van een derde van de door haar zo gekoesterde minnaar beroofd. Dat hij een lomperik was, was bijzaak, zij zag het volkomen anders. Het was aan mij om mijn moeders eer te verdedigen. Ik was jong en had nog een heel leven voor me. Mijn moeder was misschien niet de ideale moeder, maar desondanks mijn moeder. Met losse handjes, een grote bek en een piepklein hartje.

Ik wist perfect waar die befaamde 'cognacerie' van de pad zich bevond. Dat was niet zo moeilijk, want er was maar één cognacspeciaalzaak in onze stad. Ik fietste er recht op af. Het was een somber etablissement. Op de glazen deur stond in onverwacht sierlijke letters te lezen: 'Henry A. Van Dun, Rookwaren & Spiritualiën'. Ik kon me zo voorstellen dat de oude heer Van Dun zijn zaak had overgelaten aan de heer Van Dun de jongere, en die op zijn beurt aan... enfin. Het was me een raadsel hoe de zaak uiteindelijk op naam van de paddenvrouw was beland. Ik zette mijn fiets op slot en trad binnen. Er tinkelde een belletje. Ik bedacht dat mijn moeder weer eens overdreven had. 'Cognacerie', waar haalde ze het vandaan? Die term viel nergens te bespeuren.

Een kralengordijn achterin de winkel week met ingehouden geweld uiteen en er verscheen een rondborstige moeke. Ze droeg een bril die zeker niet uit mijn moeders assortiment afkomstig was en een dikke *perle fine* rond de stierennek gedrapeerd.

'Kan ik u ergens mee van dienst zijn?' vroeg ze met een stem die getraind was om gedempt en gewillig te klinken.

Ik zag de pad als een wilde op haar tekeergaan en haar zonder mededogen tot orale seks dwingen en riep mijn uit de klauwen gierende gedachten abrupt een halt toe.

'Ja,' antwoordde ik op dezelfde toon. 'Ik ben op zoek naar een heel speciale cognac. Een cognac voor een vrouw die net een ontstellend telefoontje heeft gekregen waardoor heel haar leven op z'n kop staat.'

'Juist,' mompelde ze, 'juist.' Ze liep naar een kast met wel twintig schappen met daarop honderden cognacs, streek met een behoedzame hand van etiket naar etiket.

'Zacht of scherp?' vroeg ze op een gegeven moment.

'Zacht,' bepaalde ik. 'Scherp zou haar vloeren.'

'Hm,' prevelde de vrouw. 'Hm.' Opnieuw gleden haar vingers langs talloze etiketten. 'En de prijs?' informeerde ze.

'Van geen enkel belang,' antwoordde ik zakelijk. Flauwekul natuurlijk, maar dat kon zij niet weten. 'De vrouw in kwestie,' lichtte ik haar in, 'was tot op heden gelukkig met een man. Geen leuke man, dat moet me van het hart, maar zij vond hem leuk en dat is wat telt, vindt u ook niet?'

De vrouw met het parelsnoer knikte alsof ze mij volkomen begreep.

'Juist,' mompelde ze weer, 'juist.'

'Ze kreeg een telefoontje van de echtgenote van de man in kwestie. En die meldde haar dat ze de man voortaan met rust moest laten, snapt u? Een enorme schok als je niet eens weet dat de man van je dromen getrouwd is.'

Zo, nu moesten er toch klokken gaan beieren, dacht ik.

Uit niets in haar houding bleek echter dat zij het gewraakte telefoontje had gepleegd.

'Dit is een heel bijzondere,' mompelde ze en pakte een fles van een schap ter hoogte van haar knie.

Ik kon me niet voorstellen dat een fles op die hoogte heel bijzonder kon zijn.

'O ja?' vroeg ik cynisch. 'En wat is er dan zo bijzonder aan?'

Ik kreeg een uitleg van ruim vijf minuten die mij inwijdde in de geheime wereld der spiritualiën, eikenhouten vaten en een stiel die nooit verloren zou gaan. Ik luisterde met een half oor en dacht aan het halve biologisch verantwoorde broodje in mijn tas. Ik had honger. Ik wilde hier weg. Het was een onzinnig idee geweest om mijn moeders verloren minnaar te wreken. Haar betoog eindigde met de prijs van de fles. Die was te gek voor woorden.

'Weet u wat?' zei ik. Zelfs ik hoorde dat ik licht agressief klonk.
'Weet u wat? Geeft u mij maar gewoon een pakje sigaretten.'

'Een pakje sigaretten?' De vrouw klonk licht ontzet.

'Ja,' zei ik. 'Een pakje sigaretten. Hoe zou u zelf zijn als de vrouw van uw minnaar u net telefonisch had gesommeerd voortaan met uw poten van hem af te blijven?'

Daar had ze niet van terug. Ze staarde me aan als een koe in de wei die zich van geen schuld bewust is, maar ik wist wel beter.

'Geef mij maar een pakje L&M,' zei ik streng.

'Light, rood, blauw of gewoon?' vroeg ze.

'Light,' zei ik op goed geluk.

'Dat is dan vijf euro zestig,' zei ze.

'Mag ik met bancontact betalen?' vroeg ik. Dat mocht. Gewapend met het pakje sigaretten stapte ik op mijn fiets. Ik had gedaan wat ik moest doen. Maar mijn moeder kon de pot op. Die zou ik voorlopig niet bellen en ik hoefde haar al helemaal niet te zien.

Ruud en ik aten die avond de aardappelsalade die ik na het hachelijke avontuur met mijn moeder en het bezoek aan haar rivale in een vlaag van bezigheidstherapie had bereid. Daarna keken we naast elkaar op de bank naar een zeemzoete film op Vitaya die totaal langs me heen ging.

Ik vertelde hem niet over mijn gevoelens voor Tara, dat was allemaal nog een beetje te pril, wel over mijn moeders eenakter die ze die middag had opgevoerd.

Dat was het leuke met Ruud. Hij zei altijd iets waardoor ik er achteraf om kon lachen. Bij mijn relaas over mevrouw Van Dun had hij echter zijn bedenkingen. Hij vond het, net als Mees placht te zeggen, 'not done'. Nu, dat kon me geen zier schelen. Hij moest eens weten dat ik Tara en het witte pak op de gevoelige plaat had vastgelegd. Als hij al over een miniakkefietje als dat met Van Dun struikelde, zou hij mijn cinematografische experiment zeker afkeuren.

Nee, ik was niet in de *mood*. Ruud voelde het kennelijk aan, want hij verdween schielijk nadat de hoofdrolspelers uit de film elkaar na veel omzwervingen hadden gevonden en een toekomst tegemoet gingen waarvan wij helaas nooit weet zouden hebben. En zo bleef ik achter op de bank met een afwas en de zoveelste slapeloze nacht in het vooruitzicht.

Ik had zin om Amber te bellen, maar dat leek me geen bijster goed idee op zaterdagavond om elf uur. Claudia zat rond die tijd gewoonlijk voor de tv en zo ongeveer op de telefoon, althans die indruk kreeg ik omdat zij zonder uitzondering opnam, zelfs als ik naar Ambers mobiele nummer belde. Amber had me trouwens zelf gevraagd haar niet meer op haar mobieltje te bellen. Als ik naar het vaste toestel belde, gaf ik ze namelijk allebei de kans om op te nemen en dat gaf Claudia het gevoel dat er niets verdachts aan de hand was. Ik verdacht hen ervan dat ze hem op luidspreker zetten als ik belde om alle mogelijke misverstanden uit te sluiten. Ik snapte dat echt niet, ik kon er met mijn pet niet bij dat iemand zo jaloers was zonder dat daar enige aanleiding toe was. Ik was geen ex van Amber en ik kende haar inmiddels acht jaar. Als wij iets met elkaar hadden willen beginnen, hadden we dat allang gedaan. Maar nee hoor, Claudia's adagio was 'wat niet is, kan komen' en daar mocht ik de rest van onze vriendschap voor boeten.

Ik dacht aan Tara en aan haar leuke benen. Dat zag je niet vaak, werkelijk aantrekkelijke benen. Ik vroeg me af of ik verliefd op haar aan het worden was. En als dat zo was of ik het dan een halt moest toeroepen. Onze bedrijfscultuur was nogal rigide. Men moedigde relaties tussen werknemers niet aan. Ik vreesde zelfs dat ze taboe waren. En als het op de koop toe om twee vrouwen ging, nee, ik dacht niet dat zoiets applaus zou oogsten. Niemand wist het van mij, op het werk. Niemand had me er ooit naar gevraagd, vandaar. Soms had ik de indruk dat ik dankzij mijn kinder- en partnerloze status veel meer uren mocht kloppen dan mijn getrouwde collega's en daar zelden voor bedankt laat staan financieel beloond werd. Met schouderklopjes was mijn bedrijf evenmin scheutig. Geen wonder dat ik opgetogen was over Tara's recente complimentje. Daar leefde ik helemaal van op.

Van tijd tot tijd vroeg ik me wel af waar mijn fascinatie voor vrouwen eigenlijk vandaan kwam. Extreem fantastische ervaringen had ik tot nog toe niet met ze gehad. Ik was opgevoed door een dominante moeder. Er waren geen vaderfiguur, broertje of zusje in mijn omgeving bij wie ik mijn hart eens kon luchten. Ja, behalve Benjamin misschien, maar hij was er maar tot mijn zevende geweest en had niet eens in hetzelfde huis gewoond als ik.

Nee, ik was geen psychologie gaan studeren vanuit de ambitie mijn moeders afwisselend nurkse en hysterische buien met terugwerkende kracht te ontleden en te doorgronden. De reden voor die keuze was griezelig praktisch en relatief egoïstisch geweest. In Antwerpen had ik talen, diergeneeskunde, tand-heelkunde, communicatiewetenschappen, schone kunsten en een heel resem andere interessante onderwerpen kunnen studeren. Maar ik moest dwarsliggen, ik moest per se psychologie studeren.

Dat kon namelijk niet in Antwerpen. Die ontdekking vormde een van de hoogtepunten van mijn weinig opwindende jeugd. Als ik geen psychologie was gaan studeren, woonde ik vandaag wellicht nog steeds bij mijn moeder. Het had behoorlijk wat inzet van mijn kant gekost om haar van mijn onstuitbare verlangen psychologie te studeren te overtuigen. Het eind van het liedje was dat ze me met veel tegenzin naar Gent liet gaan en als eis stelde dat ik de weekends thuis bij haar zou doorbrengen. Op die voorwaarde van haar had ik nooit mogen ingaan. Haar tweede voorwaarde was dat ik tijdens die weekends zou werken. Studeren in Gent was tenslotte stukken duurder dan wanneer ik in Antwerpen zou zijn gebleven.

Ik wilde met alle plezier voor de huur werken. Voordat ik naar Gent vertrok, had ik mezelf al van een prima job verzekerd. Ik kon elke zaterdagnacht bardienst draaien in een Antwerps discotheekje.

Mijn moeder was razend toen ik haar die heuglijke mededeling deed. Ze veegde verbaal de vloer met me aan. Zij voorzag onze stad van brillen en ik ging doodleuk de stadsslons uithangen in een discotheek en haar goede optometristische naam te grabbel gooien. Eerlijk gezegd had ik wel verwacht dat ze niet bijster ingenomen zou zijn met nachtwerk en voor de zekerheid had ik een plan B achter de hand gehouden. Ik had gesolliciteerd bij onze bakker en die kon op zaterdag best wat hulp gebruiken. Dat leek me een eerzaam alternatief. Ook dat werd met grof geschut van tafel gemaaid. Hoe ik het in mijn hersens haalde haar zo te koeioneren. De bakker! Onze bakker, waar mijn moeder en ik al die jaren broodjes en taartjes hadden gehaald. De bakker zou denken dat ze niet eens voor het onderhoud van haar eigen dochter kon instaan. Goed, het kwam erop neer dat ik mijn zaterdagen in mijn moeders winkel zou doorbrengen. Ik het commerciële, zij het technische pakket. De ideale tandem als het ware.

Als ik daaraan terugdacht, werd ik meteen opstandig. Nee, natuurlijk was het geen zwaar werk. Er kwamen best toffe mensen langs, inclusief ex-klasgenoten, bekenden, ja soms zelfs beroemde figuren, daar ging het ook niet om, het ging om het principe, mijn moeders principe dat ik in haar winkel moest werken en nergens anders. In haar ogen was ik voor iedereen, voor elke job te goed, in de praktijk was ik voor haar nooit goed genoeg.

Ik vond het op den duur niet eens zo erg dat ik geen weekend-leven had. Ik bediende op zaterdag braaf mijn moeders klanten en op zondag studeerde ik. Door de week kwam ik op sociaal vlak heus wel aan mijn trekken, ik moest alleen in de weekends altijd verstek laten gaan en dat waren meestal de momenten waarop er echt iets te beleven viel. Ik nam me heel rationeel voor deze in mijn latere leven in te halen.

En toen gebeurde het. Het was ergens halverwege mijn voorlaatste jaar. Ik werd op een woensdagavondfeestje – ja, gelukkig waren er ook doordeweekse party's – voorgesteld aan een studente uit Antwerpen, een zekere Natassja.

Het was liefde op het eerste gezicht. Het werd trouwens hoog tijd dat ik eens verliefd was. Ik had misschien geen overdreven libido, maar zelfs ik vond dat ik lang genoeg op een houtje had zitten bijten.

Vanaf dat moment zat ik met een probleem. Tijdens de week kon Natassja onmogelijk naar Gent komen en ik evenmin naar Antwerpen. Wij waren niet gezegend met vette bankrekeningen, laat staan met eigen vervoer. Gelukkig waren er de weekends.

Ja, die positieve conclusie trok Natassja toen. Al had ik mijn moeder dan enkele maanden tevoren op de hoogte gesteld van dit in haar visie compleet verwaarloosbare aspect aan mezelf – het feit dat ik op meisjes viel – ik had zo'n vermoeden dat ik beter niet met een vriendin van vlees en bloed op de proppen kon komen.

Twee maanden lang zagen Natassja en ik elkaar in gestolen uurtjes. Ik ging op zondag opeens veel vaker in mijn eentje wandelen, of zaterdag tussen de middag boodschappen doen.

Op een gegeven moment werd de nood te hoog kortom, en daarom smeedden we een illuster plan. Ik zou mijn moeder wijsmaken dat ik met mijn werkgroep arbeidspsychologie een weekend naar Parijs moest om diverse lezingen bij te wonen op een internationaal congres. Dat gaf Natassja en mij de kans om stiekem een heel weekend samen te zijn. Zij zou mij met de tickets op het perron in Centraal opwachten.

Die bewuste vrijdagavond moest en zou mijn moeder me met de auto wegbrengen. Ik stond duizend angsten uit en was vreselijk opgelucht toen er geen enkele parkeerplaats vrij bleek te zijn en bovendien de halve directe omgeving van het station was opgebroken, zodat ik mijn moeder ervan kon overtuigen dat het niet nodig was om mij uit te zwaaien.

Ik was ruim op tijd en dus wachtte ik geduldig tot ik mijn moeders auto als een klein stipje aan het einde van de straat linksaf de Leien had zien opdraaien.

Het weerzien was intens en de trein was te laat. Maar dat kon ons niks schelen, wij hadden een heel weekend samen voor de boeg.

Later dacht ik wel eens dat er een soort van wraakengel op mijn moeders schouder moest zitten. Waarom weet ik niet, maar halverwege de Frankrijklei besloot ze terug te keren. Misschien hadden Natassja en ik niet zo innig gearmd moeten staan. Wellicht was er dan niks gebeurd. Het lot wilde dat we omstrengeld stonden, aangenaam anoniem op een uitgestrekt perron.

Ik had haar niet zien aankomen. Natassja zou haar vanuit haar positie hebben kunnen opmerken, maar had mijn moeder nooit eerder gezien, anders had ze haar ongetwijfeld aan haar roodgeverfde haardos herkend. Ik zag haar niet, ik voelde haar. Uit het niets sleurde iemand me bij mijn haren hardhandig het perron af.

Ik was tweeëntwintig en zat in mijn voorlaatste jaar. Ik was tweeëntwintig en mijn moeder sleurde me voor de ogen van al die onbekende mensen en het meisje waarvoor mijn hart sneller klopte het perron af. Omdat ik haar een heel weekend in de steek liet? Omdat ik tegen haar gelogen had? Omdat ze mij geen liefde gunde? Ik zou het nooit weten, mijn moeder kwam nooit op de schade die zij aanrichtte terug. Ik zou het dus nooit weten. Ik wist alleen dat ik het haar nooit zou vergeven.

Mijn moeder moest hebben aangevoeld dat ik een aanzienlijk deel van mijn zaterdagnachtrust aan haar persoontje had opgeofferd.

Op zondagmorgen lag ik rond twaalven, onuitgeslapen en in peignoir, met mijn laptop op de bank een in oktober gepland teambuildingsweekend voor een groep van onze ingenieurs uit te werken toen ik hoorde hoe de sleutel in het slot van mijn binnendeur werd gestoken.

Nu had ik mijn moeder in een ontoerekeningsvatbare bui ooit een reservehuissleutel toevertrouwd om voor mijn reusachtige palm en enkele bloeiende plantjes en struiken in mijn stadstuintje te zorgen toen ik met vakantie was. Ik bewoonde namelijk de parterre van een oud herenhuis.

Veel liever had ik een huis gekocht. Het liefst van al het huis drie huizen naast mij. Dat telde geen vijf appartementen zoals het mijne maar drie knusse verdiepinkjes. Het was een vriendelijk huis met zo'n uitnodigend rond erkertje op de eerste etage. Niet overdreven groot maar groot genoeg voor twee volwassenen en voor mijn part een kind, en met een flinke tuin.

Natuurlijk was het te duur voor in mijn eentje, maar een mens mag dromen, toch?

Dankzij mijn moeder leefden de planten bij mijn terugkeer nog. Maar kennelijk was ik vergeten haar de sleutel terug te vragen.

Het was inderdaad mijn moeder. Eerst verscheen er een stuk arm met een hand om de hoek van de deur, daarna volgde haar rode haardos. Ik vond het jammer van dat haar. Ze verfde het in een onbarmhartig paarsrood en dat gaf haar hele gezicht iets hards, zeker in combinatie met de zwarte, rechthoekige bril die ze droeg. Mijn moeder was niet eens officieel draagplichtig, ze vond evenwel dat je als brillenwinkelier op zijn minst zelf moest brillen wilde je in haar universum serieus overkomen.

'Vrede?' riep mijn moeder vanuit het deurgat. Ze trad energiek binnen, deed de deur dicht en gooide mij de sleutel toe.

'Hm,' antwoordde ik nors in de hoop dat ze me tenminste niet zou proberen te zoenen of omhelzen. Ik ging rechtop zitten en keek haar peinzend aan. 'Ik kan me niet herinneren dat wij gister in staat van oorlog verkeerden voordat jij mij zo nodig een mep moest verkopen,' merkte ik fijntjes op.

Het deed me goed mijn moeder tijdens die woorden ongemakkelijk op de bank te zien verschuiven.

Ze snoof. Dat deed ze wel vaker als ze geen plausibel excuus voor haar daden wist te verzinnen. Prima, van mij mocht ze snuiven zoveel ze wilde, op het moment dat ze begon te huilen kon ze vertrekken. Ze huilde niet, ze snoof nogmaals.

'Ik had je niet mogen slaan,' zei ze uiteindelijk met een klein stemmetje.

'Kun je me zeggen wat je op zo'n moment bezielt?'

Ik had nooit de behoefte gevoeld om een therapeutische praktijk te beginnen, maar haar eventuele antwoord interesseerde me oprecht.

'Nja,' bracht ze uit en ze streek met een dramatisch gebaar over haar voorhoofd alsof ze ieder moment in katzwijm kon vallen. Daar was ze een crack in. 'Onmacht, onmacht, Henri, jij kan me soms zo, zo wanhopig maken, me zo doen voelen dat ik niets voorstel en me met de verkeerde mannen omring, me zo buiten zinnen brengen, me er zo van doordringen dat ik je jeugd heb verpest, dat je een vaderfiguur hebt gemist, dat ik het allemaal verkeerd heb aangepakt, terwijl ik alles, alles voor jou heb gedaan. Ik heb je naar de beste school gestuurd, ik heb je psychologie laten studeren, terwijl ik daar totaal niet achter stond, ofschoon ik moet toegeven dat je vrij redelijk terecht bent gekomen... En natuurlijk, jij hebt bepaalde zaken moeten ontberen, je hebt geen vader gehad, geen lange vakanties in het buitenland, maar ja, het is het een of het ander, jij had een alleenstaande moeder, een moeder die hard moest werken om het hoofd boven water te houden, die geen tijd had om te lummelen of te luieren...,' raasde ze.

Mijn moeder kon alleen al rondkomen van wat ze maandelijks aan huurinkomsten opstreek. Mijn moeder had vliegangst, waardoor het buitenland taboe was. Mijn moeder kreeg claustrofobische aanvallen in de trein. Mijn moeder had een auto die ze alleen in de stad gebruikte. Ik had daar absoluut begrip voor. Ze moest het alleen niet met een altruïstisch sausje proberen te overgieten.

'Ik wil maar zeggen, voor het overige ben je niets maar dan ook niets tekortgekomen...'

'Mama,' zei ik wat vermoeid, 'die zaken waren gister helemaal niet aan de orde. Ik wil gewoon weten waarom je een volwassen vrouw een dreun verkoopt. Dát wil ik weten!'

Ze had een grote tas bij zich, een soort veredelde Big Black Bag, en ze boog voorover om daar iets uit te pakken.

'Hij is koud,' verduidelijkte ze toen ze een fles witte wijn omhooghield en ze bewoog hem met een ongeduldig gebaar op en neer als wilde ze zeggen: 'Schiet op mens, haal een kurkentrekker en twee glazen en zit niet zo te zaniken.'

Ik liep naar haar toe, pakte de fles wijn van haar aan, haalde glazen en een trekker uit de keuken, ontkurkte de fles, schonk de beide glazen goed vol, zette er eentje voor haar op tafel neer en plofte weer op mijn eigen bank.

'Nu ga jij eens even goed naar me luisteren,' zei ik en probeerde streng te klinken. 'Ik heb jou nooit verweten dat ik geen vader had, ik vind het hooguit jammer dat je me zijn naam zelfs nooit hebt willen geven. Over het feit dat wij tijdens mijn jeugd nooit naar het buitenland met vakantie gingen, heb je mij evenmin horen klagen. Eerlijk mama, ik kan me niet herinneren dat ik daar gister ook maar over heb gerept. En zelfs als ik dat had gedaan, dan nog was dat geen reden geweest om mij te slaan.

Ik snap niet dat ik jou een gevoel van onmacht geef, agressie bij je opwek. Mijn hele leven is een open boek voor jou. Ik loop perfect in het gareel. Jouw leven daarentegen is een groot mysterie voor mij en ik vrees dat het, als je zo doorgaat, met jou mee het graf in zal gaan. Ik heb niet alleen geen vader, ik heb geen oma of opa, geen tantes en geen ooms. Ik heb geen zusje en de halfbroer die ik had, heb je in een pleeggezin ondergebracht totdat hij oud genoeg was om op kamers te gaan wonen. Heb je je ooit bewust afgevraagd waarom Benjamin al die tabletten met anderhalve liter wodka heeft weggespoeld?'

Ze trok wit weg en dronk haar glas wijn in twee teugen leeg.

Toen vroeg ze: 'Heb je misschien een sigaret voor me?'

Ik diepte het pakje L&M op uit mijn handtas, trok het cellofaantje eraf, presenteerde haar een sigaret, bood haar vuur. Ze inhaleerde diep.

'Jakkes,' mompelde ze, 'light, dat smaakt naar niks.'

Ik herinnerde het me als de dag van gisteren. Het was woensdagavond half negen. De avond waarop Benjamin wekelijks bij ons kwam eten. Ik verheugde me er steevast op. Er kwamen zelden mannen of jongens bij ons over de vloer en al gedroeg Benjamin zich niet als een echte broer, hij was altijd lief voor me en bracht meestal iets voor me mee. Kinderbueno of een barbiepop van een nepmerk waar ik nooit mee speelde.

Ik was geen poppenkind, maar het was het gebaar dat telde. Het was dus half negen en dat betekende dat Benjamin ruim anderhalf uur te laat was. Absoluut niet zijn gewoonte. Tegen negenen begon mijn moeder werkelijk zenuwachtig te worden. Alsof ze aanvoelde dat er iets ernstigs aan de hand was. Ze belde naar zijn studentenkot, er werd niet opgenomen. Ze belde zijn huisgenoten. Die beloofden bij hem te gaan aanbellen. Om drie uur 's nachts belde de politie bij ons aan. Tegen die tijd was mijn moeder al een uurtje of twee hysterisch. De twee agenten probeerden haar vergeefs te kalmeren. Wij reden achterin de politiecombi mee en mochten uitstappen voor een groot gebouw. Ik herinnerde me vaag dat de twee agenten zeiden dat ze wel op mij zouden passen maar daar wilde mijn moeder niet van weten, zij hield mijn handje stevig vast en bleef dat doen. Zo kwam het dat ik samen met haar in het mortuarium belandde en samen met haar toekeek hoe een meneer in een witte jas een soort reusachtige koelkastdeur opendeed en daaruit een lade trok met daarop mijn negentienjarige halfbroer Benjamin.

Natuurlijk ging ze niet op mijn rechtstreekse en bewust botte referentie aan Benjamin in. Dat had ik kunnen weten. Het stelde me voor de zoveelste keer diep teleur.

'Mag ik nog een sigaret?'

Ik wierp haar het pakje sigaretten toe. Ze ving het behendig.

Uit gewoonte besloot ik zelf om bakzeil te halen.

Ik zei: 'Weet je waar ik die sigaretten heb gekocht?'

Ze was meteen een en al aandacht. Alles beter dan lastige vragen. Ze blies de rook in mooie strakke kringels uit. 'Verras me eens.'

'Bij de cognacerie van Henry!'

Haar gezicht vertrok tot een grimas. 'Echt?'

'Ja,' knikte ik. 'Ik dacht, weet je wat, ik ga eens poolshoogte nemen. En ik moet je teleurstellen. Het was echt niet zo'n chique tent als jij dacht, al hadden ze heel erg veel verschillende soorten cognac, en die vrouw, nou ja…'

'En hoe heette die winkel dan wel als ik vragen mag?'

'Henry A. Van Dun, Rookwaren & Spiritualiën,' herhaalde ik plechtig de tekst die ik zo sierlijk op de glazen deur had zien staan.

'Hier in de stad?'

Mijn moeder klonk bijzonder pienter. Dat had ze soms. Als ze wist dat ze je ieder moment kon aftroeven.

'Ja, waar anders? Dacht je dat ik even naar Brussel was gefietst?'

'De Cognacerie, Henri, zit helemaal niet in Antwerpen.'

Mijn mond viel open. 'En waar dan wel?'

'Dat doet er niet toe,' maakte mijn moeder zich ervan af. Ze haalde uit eigen beweging nog maar een van die smakeloze lightsigaretten uit het pakje en gaf zichzelf vuur. 'Bovendien heet Henry niet Van Dun, hoe kom je erbij?'

Het leek me volslagen nutteloos om te vragen hoe hij dan wel heette, als het aan mijn moeder lag zou ik daar nooit achter komen. Het stond voor mij in elk geval vast dat ik nooit meer een voet in het etablissement van de Van Duns zou zetten. Al was de nood nog zo hoog, al moest ik op doktersadvies aan de cognac, nooit. Ik voelde hoe ik kleurde.

'Je hebt je toch wel een beetje gedragen, hè?' vroeg mijn moeder.

3

Er volgde een doodsaaie week. Nu kwam dat eigenlijk wel goed uit na alle emotionele toestanden van het weekend.

Het was niet alleen stil en saai omdat tachtig procent van mijn collega's met vakantie was – de kinderloze én partnerloze medewerkers werden met klem verzocht geen vakantiedagen tijdens het hoogseizoen op te nemen en de louter kinderloze werknemers kregen het vriendelijke verzoek niet meer dan een week tegelijk op te nemen, vandaar dat Katja en ik wat verloren als de laatste der Mohikanen op onze werkplek ronddwaalden – maar bovenal omdat ik Tara slechts één keer zag. Volgens Hans moest ze veel in Brussel vergaderen en daarnaast het ICT-team in Luik briefen. Ik had geen idee wat briefen in dit verband inhield.

Het was in de toiletten, ons treffen.

Of all places. Gelukkig had ik al geplast. Veel gênanter was dat ik bij haar binnenkomst voor de spiegel met mijn blouse wijd open aan het pielen was aan weer zo'n baleintje dat dwarslag. Ik had mijn kin zo ongeveer op mijn borstbeen liggen om te kunnen zien wat ik precies deed en dat sorteerde bij mij onherroepelijk het 'driedubbele-onderkineffect'. Ik had haar niet horen binnenkomen en kreeg dus zowat een hartverzakking toen ik opkeek en haar in de spiegel achter mij zag staan.

'Ach, Henri,' groette ze naar gewoonte en glimlachte er maar eens vriendelijk bij. 'Het is hier warm, hè?' merkte ze ten overvloede op.

Nu, daar had ze gelijk in. De zomer was onverhoopt toch nog in alle hevigheid losgebarsten en het was bloedheet in de toiletten. Mijn gezonde rode gelaatskleur had daar echter niks mee te maken, maar dat kon zij gelukkig niet weten. Ik zag wat ontreddderd dat mijn blouse nog steeds openstond. Ze bleef rustig achter me staan tot ik ze knoopje voor knoopje had dichtgeknoopt. Ik stikte bijna, ik knoopte mijn blouses nooit tot boven toe dicht en ik begreep al helemaal niet waarom ik dit bij deze extreme temperatuur opeens wel deed. Ik deed alsof ik mijn krullen fatsoeneerde.

'Ja,' zei ik, 'Ik heb de laatste tijd iets met baleintjes die door de stof heen komen en dat geeft een ongemakkelijk gevoel.' Ik vond dat ik naar omstandigheden tamelijk nonchalant klonk.

'Ja,' viel Tara mij bij, 'dat prikt zo lekker in je vel. Weet je wat je het beste kunt doen?'

Ze zette een stap in mijn richting waardoor ik het ergste begon te vrezen.

'Nee?' vroeg ik wat angstig alsof ze zou vragen of ik de beha even voor haar uit wilde doen zodat ze perfect kon laten zien hoe het moest.

Ze maakte een beweging met de duim van haar rechterhand alsof ze op een afstandsbediening drukte.

'Je drukt hem eerst naar beneden en dan,' ze leek het serieus te menen, want nu stak ze haar duim omhoog en bewoog hem iets opzij, 'duw je hem naar opzij, zodat ie vast komt te zitten onder dat stevige stukje stof dat hem vervolgens op zijn plaats houdt.'

'Zijn ICT-vrouwen altijd zo praktisch aangelegd als jij?' vroeg ik enigszins van mijn stuk gebracht.

Toen giechelde ze. Echt waar. En heel schattig. Ze leek opeens achttien, ik had haar bij wijze van spreken kunnen knuffelen. Ze was pijlsnel uitgegiecheld.

'Oefening baart kunst,' liet ze er wat cynisch op volgen en verdween in een van de drie hokjes, het verste, dat ik ook altijd koos. Waarom wist ik eigenlijk niet, want ze waren alle drie van boven en van onder open. Ook hier gold immers een, weliswaar lichtjes geadapteerd, opendeurenbeleid – zodat privacy ver te zoeken zo niet onbestaande was. Ik aarzelde dan ook geen moment en verliet de ruimte beleefd.

Opeens was het zaterdagochtend. Ik had geen plannen. Ruud was met zijn vriend Olaf naar de Ardennen afgezakt voor zijn jaarlijkse rafting-weekend en mijn moeder bracht het weekend in Knokke door bij Suzanne, de enige echte vriendin die ze had. Ja, dergelijke uitstapjes deed ze bij hoge uitzondering met de trein. Anderhalf uur zonder hyperventileren, dat ging nog net.

Bij afwezigheid van de twee pijlers van mijn leven stond ik dus voor een kaal weekend. Ik besloot me niet uit het veld te laten slaan en moedig aan mijn routine vast te houden. Ik rende een uurtje, genoot daarna wel anderhalf uur op een terrasje van de zon op mijn gezicht, armen en benen en fietste vrolijk naar huis. Ik douchte, maakte schoon en tegen enen lag ik in een ligstoel in korte broek en bikinibovenstuk in mijn tuintje te lezen. Tegen tweeën ging mijn mobieltje.

Het was Amber. Ik begreep dat ze overgeleverd was aan een Claudialoos weekend. Of ik zin had om samen iets te doen?

We spraken af om tegen vijven te gaan terrassen en dan zouden we wel zien waar we eindigden. Ik had er zin in, ik had haar ruim twee maanden niet gezien.

Rond kwart voor vijf wandelde ik mijn straat uit naar het café op de hoek waar we hadden afgesproken en ik zag haar van verre al zitten. Amber had witblond gemillimeterd haar en het stond haar fantastisch. Ze was zesendertig en oogde fris en jongensachtig alsof ze vooraan in de twintig was. Ik benaderde haar van achter, sloeg mijn beide armen om haar heen en gaf haar een dikke kus. Amber was zo iemand die nooit opschrok.

'Hé, Henri'tje,' begroette ze me blij toen ik tegenover haar ging zitten. 'Fijn om je te zien.'

'Zeg dat wel,' beaamde ik. 'Het werd hoog tijd. Waar zit Claudia?'

'In Brussel. Haar zus kreeg vanmorgen weeën en Ludo, dat is haar man, die van de zus, wil er natuurlijk bij zijn, en nu vangt Clau hun dochtertje Babette op en beredderd hun huishoudentje zo'n beetje in de hoop dat de kleine snel komt.'

Ik bedacht wat beschaamd dat Claudia kennelijk ook haar goede kanten had. Amber zag het aan me.

'Het ligt niet aan jou, hoor, ze is gewoon wat jaloers, maar ze heeft een gouden hart weet je, en ik hou van haar zoals ze is.'

Ik knikte, bestelde een glas wijn en meteen nog eentje voor Amber.

'En voor de rest?' vroeg ik toen we allebei een glas witte wijn voor ons hadden staan.

Amber droeg een lichtblauw onderhemdje, een lichtblauwe

501 en zwarte afgetrapte hoge All Stars. Ik kende haar niet anders dan in T-shirt, met in de winter versterking van een trui, jeans en boots. Het was een soort uniform waarin je haar kon uittekenen. Ze droeg geen beha omdat ze zo plat was als een dubbeltje en buiten de drie ringetjes in haar beide oren droeg ze geen enkel sieraad. Ik hield van haar puurheid.

'Ach, z'n gangetje. O ja en we willen trouwen.'

Ik keek haar wat geschrokken aan. 'Meen je dat nou?'

Amber haalde haar schouders op. 'En waarom niet? Ik wil alles goed geregeld hebben met het huis, de erfenis. Ik bedoel, we willen elkaar beschermen, zeker nu we over kinderen denken…'

Ik kwam uit de lucht vallen. O ja, ze hadden een jaar of anderhalf geleden een krot van een huis in een buitenwijk gekocht dat ze beetje bij beetje opknapten en dat steeds gerieflijker werd, zodat ik wel begrepen had dat ze het serieus meenden, maar een kind…

'Wat is dat toch met jou?' vroeg Amber zacht en boog zich wat naar mij toe. Haar ronde bruine ogen keken me haast meewarig aan. 'Waarom schrik jij altijd zo van doodnormale dingen als relaties, trouwen en kinderen krijgen?'

Ik probeerde de knoop in mijn maag te negeren.

'Ik schrik niet, ik moet eraan wennen. En je weet hoe ik daarover denk, over twee vrouwen die een kind krijgen. Ik heb het zelf zonder vader moeten stellen. Wat je niet kent, kun je niet missen, zeggen ze, maar ik heb het wel gemist…' Hier stokte ik.

Amber legde een warme hand op de mijne. 'Daarbij vergeet je wel dat jij een vrij uniek geval bent. Ons kind zal door twee mensen worden opgevoed die hem of haar bewust gewild hebben. Of dat nu een man en een vrouw, twee mannen of twee vrouwen zijn, dat maakt toch niet uit? Jij bent door een erg dominante moeder opgevoed waarvan je niet eens weet of ze je wilde en je had verder niemand om je heen waaraan je je spiegelen kon. Logisch dat jij je bedenkingen hebt, dat begrijp ik, maar probeer het niet op anderen te projecteren. Ik weet, ik heb makkelijk praten. Ik kom uit een groot, gezellig gezin en juist daarom wil ik dat zelf ook. En Clau is nog maar dertig, dus we hoeven het niet bij eentje te houden.'

'Gaat Clau ze krijgen?' vroeg ik wat verward.

Amber kuchte. 'Ik ben niet vruchtbaar.'

Ik keek haar geschokt aan. 'En dat vond je niet belangrijk genoeg om me er even over te bellen?'

'Ik weet het pas sinds woensdag. Bovendien wilde ik het je *face to face* zeggen. Het plan was dat ik eerst zwanger zou worden, omdat ik de oudste ben van ons tweetjes, en het lukte maar niet. Inmiddels weet ik dus waarom.'

Ik vond het verschrikkelijk dat mijn beste vriendin mij niet ingelicht had over haar pogingen zwanger te raken. Zei dit iets over haar of veeleer over mij?

'Dat "denken over" is dus een zwaar understatement.'

'Ja,' gaf ze toe.

'Vind je het heel erg?' vroeg ik voorzichtig terwijl ik troostend in haar hand kneep.

'Dat ik onvruchtbaar ben?' Ze zuchtte. 'Heel eerlijk gezegd was ik behoorlijk bang om zwanger te raken. Ik hou van kinderen, ik wil graag kinderen, maar zwanger zijn is zo op en top vrouwelijk… Ik heb me altijd beter gevoeld in de wat meer mannelijke rol, weet je, dus ja, ik moest aan het idee wennen. Al leek het resultaat me grandioos. Ik weet eigenlijk niet goed of ik het aan zou kunnen, al die lichamelijke veranderingen, hormonen, misschien is het maar beter dat ik…'

Wat ben jij door en door eerlijk, dacht ik. 'Dan is het maar beter dat Claudia die verantwoordelijkheid van je overneemt, vind je ook niet?'

'Lief dat je dat zegt en ja, je hebt gelijk, ik ben ergens op een vreemde manier opgelucht.'

'Claudia is toch wel vruchtbaar?' wilde ik wat angstig weten. Want nu ik erover nadacht zou ik het ontzettend leuk vinden als zij een kleintje kregen, waarvan ik op mijn manier ook een beetje zou mogen meegenieten.

'Ik hoop het,' zei Amber eenvoudig. 'Ik hoop het oprecht.' Ze gaf me een vette knipoog. 'Heb ik het mis of zie je het ergens wel zitten?'

Ik bloosde. Dat overkwam me vrij zelden, behalve dan de laatste tijd binnen de actieradius van Tara. Ik knikte. 'Het lijkt me super. Denk je dat ik kans maak om meter te worden? Ik bedoel, jullie zijn geen vrome katholieken, maar zo'n kind heeft een meter nodig, niet?' Ik voegde eraan toe: 'Of denk je dat Claudia daar op tegen is?'

Amber grinnikte. 'Ik zal haar eens voorzichtig polsen en je weet wat ze zeggen hè, een zwangerschap doet wat met je, dus misschien stelt ze het tegen het einde van de rit spontaan zelf voor.'

'Jaja,' merkte ik wat schamper op. Straks werden Claudia en ik nog dikke vriendinnen. Er waren wel degelijk grenzen aan mijn verbeeldingskracht. Amber ging niet op mijn opmerking in, die voorzag al dat we anders binnen de kortste keren in een Claudiadiscussie verwikkeld zouden zijn die de sfeer onvermijdelijk zou verpesten. Toch wilde ik nog één ding weten. 'Zeg, misschien is dit een domme vraag, maar hoe komen jullie aan sperma?'

'Van Jef,' verklaarde Amber alsof het de gewoonste zaak van de wereld was dat haar jongste broer kwistig met sperma om zich heen strooide. 'Althans voor Claudia, ik heb het met dat van Jonathan geprobeerd,' en toen ik wat schaapachtig keek, 'dat is Claudia's broer, die is homo en had er geen moeite mee.'

'Maar Jef is toch getrouwd?' vroeg ik naar de bekende weg. Was ik conservatief?

'Kom, trek jij je daar nu maar niks van aan, wij hebben dat zo afgesproken en we komen er wel uit. Hoe is het op je werk?' veranderde ze slim van onderwerp.

Daar was het goed en redelijk rustig vanwege de vakantieperiode. Dat zei ik haar. Ik zei haar niet dat onze bedrijfscultuur me steeds meer de keel begon uit te hangen. Ik vertelde haar evenmin van 'de pad' en de aanvaring met mijn moeder. Een ding vertelde ik haar wel.

'Ik heb een hele leuke vrouw ontmoet,' flapte ik eruit, en werd voor het gemak weer knalrood.

Ik zag hoe Amber voor mijn verhaal ging zitten. Ze barstte van nieuwsgierigheid. Die kon ze nooit verbergen, ze was gek op persoonlijke nieuwtjes, dat maakte het zo leuk om geheimen met Amber te delen. Meteen ook een van de redenen waarom ik haar vaak miste. Tegenover Ruud verzweeg ik mijn liefdesperikelen liever uit angst dat ik hem er nog mee zou kwetsen.

'Zo te horen een waanzinnig toffe madam,' constateerde Amber nuchter. 'Verliefd?'

Ik dacht aan de wilde fantasieën over Tara die me 's nachts wakker hielden, ik dacht aan haar lippen met het decoratieve knipje, aan haar sportieve benen, haar charmante accentje.

'Ach,' zei ik luchtig, 'die term zou ik in dit stadium niet willen gebruiken.'

'Niet willen nee. Helaas staan verliefd zijn en het begrip "willen" haaks op elkaar, ja toch? Tegen verliefdheid kan je namelijk lekker helemaal niks beginnen, die moet je gewoon over je heen laten komen.' Ze keek me vorsend aan. 'En dat is precies waar jij moeite mee hebt, hè?'

Daar ging ik niet op in. Wel gaf ik haar wat meer informatie. Vanzelfsprekend liet ik het incident in het parkje weg, ik deed gewoon alsof ik haar voor de eerste keer had gezien toen ze mijn cursuszaal binnenviel. Met enkele woorden schetste ik haar uiterlijk – waarop Amber opmerkte: 'Echt jouw type dus' – en gaf een korte samenvatting van mijn indrukken van haar, wat helaas niet veel was. Declerck vermeldde ik niet. Het was, zo zonder man in het spel, al hopeloos genoeg.

'Niet ideaal, hè?' vond Amber. 'Weten ze het eigenlijk al op je werk?'

'Nee,' antwoordde ik stug.

'Waarom nou niet? Toen we bij de RVA werkten, wist iedereen het en deed niemand moeilijk. Waarom dwing je jezelf in vredesnaam in een keurslijf als dat nergens voor nodig is. Je hebt de klok zelf teruggedraaid, Henri. En ja, als je dat zeven jaar met man en macht doet, mag je de nodige verbazing en zelfs onbegrip verwachten als je daar plots verandering in brengt.'

Daar had ik niet van terug. Ik zweeg wat verslagen.

'Jij kent onze bedrijfscultuur niet,' verdedigde ik me. 'En er wordt toch al zo geroddeld. Nee, het lijkt me geen goed idee. Bovendien, niemand is het bij ons. Ik zou de enige zijn. Nee, dankjewel.'

Ik zag dat Amber zich begon op te winden. 'Toe zeg.

Hoeveel mensen werken er bij jullie in totaal en internationaal? Zes-, zevenduizend? Jij bent vast de enige, arme schat.' Ze zag waarschijnlijk wel dat ik me geen houding wist te geven, want ze voegde eraan toe: 'Oké, je bent nu eenmaal niet uit de kast, dus laat het nog maar even zo voor alle veiligheid. Los daarvan is het weinig snugger om binnen zo'n cultuur als de jouwe' – ze liet dit wat spottend klinken – 'op een collega te vallen, dat besef je zelf vast ook wel…'

'Jij zei net dat je verliefdheid moet toelaten.'

'Ja,' gaf Amber toe, 'maar in dit geval is dat wat moeilijk vrees ik. Valt zij op jou, denk je?'

Er gebeurde iets heel verrassends op het moment dat ik Amber die vraag hoorde uitspreken. Het drong namelijk voor de allereerste keer tot me door dat ik daar nog geen seconde bij stil had gestaan. Oké, ik had het hele voorval met Declerck voor mezelf weggeredeneerd om ongestoord van haar te kunnen dromen maar ik had me niet afgevraagd of zij op mij viel. Daar was ik niet aan toegekomen.

'Nee, totaal niet,' hoorde ik mezelf tot mijn grote teleurstelling zeggen. 'Ze is meestal heel ver weg met haar gedachten en vrij neutraal, noem het desinteresse als je wil.'

Ik vertelde Amber wel van de opmerking over haar niet-drinken.

'Dat vind ik anders nogal wat,' vond Amber.

Dat was ik met haar eens. Ondertussen schoot ik geen millimeter op. Misschien moest ik het Amber vertellen, van Tara en Declerck. En dan? Amber zou me onomwonden zeggen dat de zaak duidelijk was: Tara was hetero. Ze zou zeggen dat ik mezelf niet onnodig moest kwellen en haar uit mijn hoofd moest zetten. Dat was precies wat ik niet wilde horen. Althans voorlopig niet. Ik wilde iets om te koesteren, iets om voor te leven in mijn eenzame momenten. Dus hield ik m'n mond.

Maandag was een drukke dag. Tussen de bedrijven door belden zowel mijn moeder, – 'Ik ben terug, Henri en heerlijk bruin, wanneer kom je langs?' – als Ruud die wat aangeslagen vertelde dat hij zijn pols had verstuikt tijdens een onhandig manoeuvre en nu met zijn arm in een mitella liep. Een mitella die volgens hem qua kleur voor geen meter bij zijn kleren paste. Misschien was Ruud toch gewoon gay, maar had hij het zelf nog steeds niet door. Hij stelde voor om na het werk in het café tegenover mijn werk samen wat te drinken.

In de zomerperiode waren er weinig of geen opleidingen. Dan hielden wij ons vooral bezig met de voorbereiding van cursussen en evenementen die voor september en oktober op stapel stonden. Ik was een van de teambuildingprogramma's verder aan het uitwerken toen ik opeens een aanwezigheid voelde. Ik draaide me om.

'Waar is Katja?' vroeg Mees kortaf. Hij deed geen moeite mij te begroeten.

Ik groette hem evenmin. Ik wees naar Katja's volgestouwde flexdesk. 'Tot enkele minuten geleden zat ze daar,' zei ik behulpzaam.

Mees wreef over zijn crewcut. 'Ik meen me te herinneren dat wij hier een cleandeskbeleid voeren,' sneerde hij.

Hij was duidelijk in een rotbui.

'Dirk alsjeblieft,' probeerde ik hem wat te temperen, 'dat is voor na de uren, je kunt toch niet werken zonder rommel te maken. Bovendien is iedereen met vakantie...'

'Dat maakt geen enkel verschil,' vond Mees en begon te ijsberen. Of nee, hij draaide rondjes rond mijn bureau en dat maakte me nerveus.

'Wil je koffie?' vroeg ik. Niet omdat ik hem mild wilde stemmen, maar gewoon om uit zijn buurt te zijn.

'Water,' blafte hij. 'Het is hier om te stikken, waarom zetten jullie de ramen niet open?'

'Omdat die niet open kunnen,' herinnerde ik hem fijntjes aan ons voorkom-zelfmoord-beleid dat zelfs op de parterre gold, 'en de airconditioning is stuk. Er komt straks iemand langs.'

'O ja, fijn, dat wordt tijd,' mekkerde Mees.

Wij zaten al een week zonder airco, maar na vijf minuten vond hij het hoog tijd dat er iets aan de hitte gedaan werd.

Op de gang kwam ik Katja tegen.

'Mees is er voor jou,' fluisterde ik haar toe. 'En hij ziet eruit alsof hij een moord gaat plegen...'

'Anders ik wel,' zei Katja.

Ik bleef staan. 'Hoe bedoel je?'

'Dat met die zoon van Declerck is nogal uit de hand gelopen...'
Ze klonk zwakjes, maar meer liet ze niet los.

'O,' zei ik om tenminste iets te zeggen.

Uit mijn ooghoeken zag ik aan het einde van de gang, waar
de entree was, de gestalte van Declerck opdoemen en direct
in het zaaltje links verdwijnen dat je voor vergaderingen kon
reserveren. Daarop verscheen een lange, oudere mij onbekende
man die eveneens in het zaaltje verdween.

Katja keek angstig. 'Ik ga maar eens naar Mees,' zei ze en liep
op een drafje weg.

'Sterkte,' riep ik haar na en liep voor de vorm naar de keuken
om het water te halen, dat Mees waarschijnlijk niet meer nodig
zou hebben. Zo gunde ik ze in ieder geval even wat privacy.

Bij mijn terugkeer in onze werkruimte was er, op Katja's en
mijn spulletjes na, niets of niemand te bekennen. Ik wierp me
opnieuw op mijn bezigheden. Toen ik zag dat het half vijf was en
Katja nog altijd niet terug was, werd ik wat ongerust.

Tegen vijven ontkoppelde ik mijn laptop en begon mijn
bureau leeg te ruimen. Ineens stond ze naast me, een lijkbleke
Katja. Haar ogen schoten paniekerig heen en weer in hun
kassen, ik had haar nooit zo gezien, relativerend en monter als
ze doorgaans was. Ik sprong op.

'Katja,' begon ik.

Ze keek alsof ze het liefst keihard wilde huilen. Dat deed
ze niet. Ze liep op haar desk af en met haar rug naar me toe
vertelde ze zacht: 'Op staande voet ontslagen, maar ik heb wel
moeten tekenen dat ik mijn ontslag zelf heb genomen, omdat ze
er anders een vermelding van een zware fout zouden bijzetten
die me de rest van mijn leven zou achtervolgen...'

Mijn hart sloeg een paar slagen over. Wat wankel liep ik naar
haar toe.

'Wat zeg je nou?' vroeg ik onthutst.

'Declerck, Mees en een jurist uit Brussel, daar kon ik echt
niet tegenop,' fluisterde ze. 'Ze hebben drie uur op me ingepraat,

gezegd dat ik de deur niet uitkwam voordat ik tekende. Wat moest ik doen?'

Ik pakte haar bij de schouders vast en schudde haar een beetje. Ik klonk oprecht ongelovig toen ik zei: 'Dit meen je niet, zeg me dat je het niet meent, dat het niet waar is.'

Nu begon ze toch te huilen.

'Katja,' zei ik terwijl ik haar bij de kin vastpakte en haar gezicht naar me toedraaide. 'Ben je lid van de vakbond?' En toen ze haar hoofd schudde: 'Heb je dan tenminste met de vakbond gebeld? Je weet toch dat ze je altijd helpen, zelfs als je geen lid bent?'

'Ik heb gebeld,' snikte ze. 'Maar al onze vakbondsafgevaardigden zitten in Brussel. Er wordt al vijf dagen gestaakt zoals je misschien weet...'

God, dat was zo. En die smeerlappen hadden dat maar al te goed geweten en er mooi misbruik van gemaakt.

'Katja,' begon ik opnieuw, maar ik werd onderbroken door Mees.

'Ben jij nog altijd hier?' snauwde hij tegen haar, en tegen mij: 'Bemoei je er niet mee, Henri, laat ons alsjeblieft alleen.'

Mees was niet mijn grootste vriend, maar zo beneden alle peil had ik hem niet eerder meegemaakt, zo bot en onderkoeld. Ik werd er zelf koud van. Ik pakte mijn tassen en liep daarna met stroeve benen naar Katja, kneep haar even in de schouder.

'Ik bel je wel,' beloofde ik en keek vuil naar Mees.

Hij sloeg zijn ogen neer, wat me tenminste iets opleverde dat aan een goed gevoel grensde. Katja antwoordde niet. Ik hoorde Mees iets zeggen over dat ze geen enkel intern document mocht meenemen en dat ze haar laptop aan de balie moest inleveren.

Ik maakte me diep geschokt en trillerig uit de voeten. Voordat ik buiten ging, wierp ik een snelle blik in het zaaltje waar het drama had plaatsgevonden. Declerck en de jurist zaten met de koppen dicht bijeen tegen elkaar te smoezen. Ze waren waarschijnlijk aan het brainstormen over wie ze nog meer konden wippen of vernederen, dacht ik bitter. Ik had die twee tronies het liefst met grof geweld tegen elkaar gebeukt.

Dat deed ik niet. Ik wilde zo vlug mogelijk naar buiten voordat zij mij zouden ontdekken. Misschien was dat laf. Tegelijkertijd wist ik dat er weinig terug te draaien viel als Katja werkelijk voor haar ontslag getekend had.

Waarom? Dat vroeg ik me af terwijl ik de straat overstak en Ruud op het terras zag zitten. Waarom? In mijn verwarde toestand liep ik bijna tegen een fietser op. Ik zag Ruud opspringen.

'Jezus, Henri, wat zie jij eruit! Het lijkt wel alsof je een spook hebt gezien.'

Ik bedacht dat ik liever tien spoken had gezien dan het trio Mees, Declerck en de jurist. Ruuds mitella was knalrood.

Ik plofte tegenover hem neer en plantte mijn tassen naast mijn stoel op de stoep. 'Hoe kom je in vredesnaam aan een rode mitella?' vroeg ik hem.

'Dat zal ik je zo vertellen. Wijn?'

Ik schudde mijn hoofd. 'Nee, doe maar een gin-tonic.'

Op dat moment zag ik Katja naar buiten sjokken, ik zwaaide naar haar, ze leek me niet te zien. Misschien was het beter dat ze even alleen was voordat ze thuis zou komen en geconfronteerd werd met een partner die van niets wist en er net zo kapot van zou zijn als zij.

Ruud kwam terug met een biertje voor hem en een gin-tonic voor mij. Ik voelde me schuldig. Ik stond op het punt te gaan genieten van een lekker drankje terwijl Katja ontgoocheld in haar uppie naar huis liep. Ze had haar bedrijfswagen ongetwijfeld mogen inleveren of liever gezegd laten staan.

'Zeg het eens,' spoorde Ruud me aan nadat we allebei een slokje van ons drankje hadden genomen. Ondanks zijn vermorzelde pols zag hij er kek uit. Lekker bruin en met stralende blauwe ogen.

'Moet je horen...' stak ik van wal.

Een half uur lang voerden Ruud en ik een verhitte discussie over rechtvaardigheid, ethiek, bedrijfsculturen, machtsmisbruik en wat al niet meer. We kregen het steeds warmer en vlogen er lekker in. We werden volledig door ons onderwerp in beslag genomen, zodat we weinig oog voor onze omgeving hadden. Toen iemand me aansprak, had ik dan ook geen idee wie dat kon zijn. Ik had beter moeten weten, want de bewuste stem zei: 'Ach, Henri.'

Ik draaide mijn hoofd met een ruk om. 'Tara!' riep ik uit.

Ruud keek alarmerend geïnteresseerd. Zo keek hij altijd als ik een op het eerste oog boeiend iemand bleek te kennen die hij niet kende. Ik nam mezelf voor uiterst neutraal te blijven, voor zover dat een optie was na je derde gin-tonic.

'Mag ik bij jullie komen zitten?' vroeg Tara.

Ik keek haar aan alsof ik water zag branden, herstelde me toen snel. 'Ga zitten, ga zitten,' nodigde ik haar uit.

'Er is geen enkel tafeltje meer vrij,' voerde ze verontschuldigend aan terwijl ze plaatsnam. Daarbij leek ze vooral tegen Ruud te spreken.

'Geen enkel probleem,' vertrouwde Ruud haar met zijn meest charmante glimlach toe en stak zijn hand uit. 'Ruud Van Herweeghe, aangenaam.'

In mijn totaal verziekte geest zag ik al vonken over en weer springen en hoe ze straks gearmd zouden weglopen en mij moederziel alleen zouden achterlaten.

'Tara Descamps,' introduceerde Tara zichzelf minstens even charmant. Ze leken aan elkaar gewaagd.

'Zin in een stevige borrel?' vroeg Ruud jolig. Het was duidelijk dat wij een kleine voorsprong op haar hadden.

'Doe maar een Perrier,' zei Tara en terwijl Ruud opstond, 'o, en doe ook maar een wodka, puur, met ijs.' Na die woorden werd zij voor de verandering rood. Dat ontging Ruud gelukkig, hij bleef met zijn mitella aan de zijleuning van zijn stoel haken en had daar al zijn aandacht bij nodig.

'Komt eraan,' riep hij nadat hij zich bevrijd had en verdween bedrijvig naar binnen.

Misschien was het brutaal van mij, maar ik keek Tara vragend aan.

Ze glimlachte. 'Eentje maar,' zei ze, 'daar word ík zelfs niet onoplettend van.'

Ik zei maar niet dat ik zat te popelen om haar onoplettend te zien. In ieder geval was ze niet vergeten wat ze me onlangs had gezegd, dat was een goed teken.

'Is er iets?' vroeg ze opeens, terwijl ik zo onopvallend mogelijk naar haar mooie benen gaapte.

'Nee. Ja,' zei ik.

'Nee of ja?'

'Ze hebben Katja vanmiddag ontslagen,' zei ik, waarop ik uitgebreid moest uitleggen wie Katja was, want Tara bleek Katja niet te kennen. Tara zat ondertussen op een droogje, Ruud leek niet van plan terug te komen.

'Mag ik een slokje van jou?' vroeg ze midden in mijn uitleg.

'Het is wel gin en geen wodka,' waarschuwde ik haar.

'Wat kan het schelen?'

'Wie hebben haar ontslagen?' wilde ze vervolgens weten.

'Mees en Declerck onder het toeziend oog van een van onze juristen,' lichtte ik haar in. Nauwlettend hield ik in de gaten hoe ze op de naam Declerck reageerde. Er gebeurde niks, haar blik veranderde niet.

'Zo,' zei ze, 'zo.'

Op dat ogenblik arriveerde Ruud met een plateautje met daarop water en wodka, dat hij gevaarlijk schuin in zijn ongeschonden hand hield, en werd ons gesprek algemeen.

'Sorry, maar ik kwam iemand tegen die ik in geen tijden had gezien, vandaar...' Hij liet in het midden van welke kunne de iemand was. Wel zo spannend natuurlijk.

Tara concentreerde zich op al het vocht dat plots voor haar stond en voor het grijpen was. Ze kieperde haar halve glas water in een gulzig gebaar naar binnen en gooide er toen een flinke slok wodka achteraan.

'Dat doet goed,' mompelde ze.

Ik vroeg me af waar ze vandaan kwam, bij mijn weten was ze de hele dag niet in Antwerpen geweest. Ik onderdrukte het verlangen haar daarnaar te vragen.

Ruud lanceerde het onderwerp rafting en dat oogstte een geestdriftige reactie van Tara's kant. Laten we zeggen dat het fenomeen haar niet onbekend was. Ik bedacht dat ik bijzonder weinig van haar wist en het irriteerde me dat Ruud meteen het juiste onderwerp bij haar aansneed. Ze tetterden alsof ze wekelijks samen squashten, tennisten en aan rafting deden, kortom alsof ze elkaar al jaren kenden. Ik zat er naar mijn mening voor spek en bonen bij.

Mijn gedachten dwaalden af naar Katja en ik nam me voor haar meteen te bellen als ik thuis was. Ik was mijn enige vertrouwenspersoon binnen ons team kwijt. Althans degene die dat begrip het dichtst benaderde. Voortaan zou ik het met mijn resterende acht collega's moeten doen. Stuk voor stuk aardig, daar niet van, maar ze haalden het niet bij Katja.

'Zeg, hoor je me? Ik moet nu echt gaan,' hoorde ik Ruud zeggen.

Blijkbaar waren mijn gedachten ver afgedwaald.

'Gaan?' vroeg ik.

'Naar de film,' zei Ruud, 'in het filmhuis, met Olaf.'

Het was zo te horen dik aan met Olaf.

'Welke?'

'*Ratatouille,*' verklaarde Ruud terwijl hij opstond. 'Olafs zoontje gaat mee, vandaar.'

'O leuk,' zei Tara. '*Ratatouille.*'

Ze klonk alsof ze dolgraag zou meegaan. Misschien had ze nog ergens een dochtertje achter de hand, wel zo leuk voor Olafs zoontje.

'Ja, leuk hè?' zei Ruud gezellig en kreeg vervolgens de door mij gevreesde inval. 'Zin om mee te gaan?'

'Nee,' sloeg Tara zijn genereuze aanbod af, 'vanavond niet, maar toch bedankt.' Ze zond hem een guitige knipoog toe.

Er werd van mij duidelijk ook een antwoord verwacht. Ik wees naar mijn glas. 'Ik vrees dat ik binnen de kortste keren in slaap zou vallen, dus ik ga zo naar huis, maar een andere keer graag…'

'Ja zeg, ik ga hem geen twee keer zien.' Ruud klonk wat verongelijkt. Dat had hij wel vaker als je niet direct op zijn voorstellen inging.

'Ik huur hem wel een keertje,' maakte ik me ervan af.

Ruud schudde Tara de hand en gaf mij een onhandige kus die half op mijn kin en half op mijn onderlip terechtkwam. Ik weet dit vergevingsgezind aan de mitella en de evenwichtsstoornissen die zo'n ding ongetwijfeld met zich meebracht.

We zwaaiden hem na, Tara en ik, en zagen hem naar de tramhalte rennen. Het drong tot me door dat rijden momenteel lastig moest zijn voor hem.

'*Sympa*,' zei Tara. Ze sprak het echt op z'n Frans uit. 'Knappe man ook.'

Welja, waarom niet? 'Een beetje een Jude Law-type, vind je niet?'

Tara leek diep na te denken. Er verscheen een intellectueel ogende frons in haar voorhoofd. 'Nee, ik zie het niet voor me. Niet echt, nee, sorry.'

Ik kreeg de kans niet om een resem voorbeelden aan te halen van waarom ik dit wel vond, want ze vroeg er meteen achteraan: 'Vakantieplannen?'

Twee weken met de rugzak door Noord-India. Delhi, Calcutta. En afsluiten met een week Tibet. 'Mallorca,' bekende ik. 'Acht dagen in september.'

'Leuk, Mallorca,' vond Tara. 'September is een goede maand voor Mallorca.'

Ik ging naar Mallorca omdat vrienden van Ruuds ouders daar een huis hadden en ons dat voor een billijk prijsje een week hadden aangeboden. Het was fijn om te horen dat Tara mij van diepere gronden verdacht. Ik bedacht dat ik niets meer te zeggen had en dat ik weg wilde. Ik sloeg mijn restje drank achterover en zette mijn tas besluitvaardig op mijn schoot.

'Ik…' ga maar eens, wilde ik zeggen.

'Wacht,' onderbrak Tara me en sprong op. 'Ik haal er nog eentje voor ons…'

Had zij mijn gebaar, de tas op mijn schoot, voor het voorstellen van een laatste rondje aangezien? Ik wist niet of ik het aankon, nog een gin-tonic. Gelukkig keerde Tara niet alleen met drank maar ook met water voor mij terug. Ik hoopte dat dit mijn alcoholpercentage gunstig zou beïnvloeden. De auto zou ik in ieder geval laten staan. Zelf dronk ze ditmaal alleen water. Ik kon haar onoplettendheid maar beter voorgoed uit mijn hoofd zetten.

'Kennen jullie elkaar al lang?' Bij deze vraag keek ze me aan met een vrij felle blik die me lichtjes uit m'n evenwicht bracht.

'Drie jaar.' Ik klonk wat beneveld. Ik had helemaal geen zin in vragen, ik wilde gewoon stilletjes van haar aanwezigheid genieten, me in mijn lot schikken nu ik onverwacht op een verlenging van ons samenzijn getrakteerd werd.

'Ga jij nog?' vroeg ik abrupt.

Nu was het haar beurt om vragend te kijken. Op dat moment zag ik Mees met Declerck en de jurist in zwaan-kleef-aanformatie ons gebouw verlaten en vreesde ik het ergste. Declerck wierp even een blik in onze richting maar tot mijn grote opluchting doken ze de parkeergarage in.

'Met vakantie…'

'Ik ben nog niet zo lang terug,' biechtte ze op.

Vandaar die bruine buik natuurlijk. Ik vroeg me af hoe lang we zouden kunnen doorgaan met het uitwisselen van non-informatie. Onze vragen en antwoorden leken zich te beperken tot het lukraak uitspreken van drie tot acht woorden, waarna we zonder enige logica van de door ons aangekaarte onderwerpen afdwaalden. Verveelden we ons in elkaars gezelschap? Of sprongen we bewust van de hak op de tak om maar aan de praat te blijven, zodat we een legitieme reden hadden om aan een en dezelfde tafel te blijven zitten? Beiden leken we ons verre te houden van enige diepgang en als dat in dit stadium al opviel, voor mij althans, dan was ons ontluikend contact ongetwijfeld een ultrakort leven beschoren. Ik was er onderhand in gespecialiseerd mensen die me op gevoelsvlak werkelijk boeiden dankzij de oppervlakkige, licht onnozele vragen die ik uit onzekerheid stelde tot oninteressante antwoorden te verplichten. Misschien moest ik mijn gewoonte eens doorbreken. Misschien moest ik eens spontaan vragen waar ik echt benieuwd naar was. Ik besloot de daad terstond bij het woord te voegen.

'Waar ben je geweest?' vroeg ik.

Haar ogen vernauwden zich tot twee kleine blauwe golfjes. Ik zag haar languit liggen op een stretcher aan het zwembad van een luxehotel, genietend van een koele cocktail, omringd door gespierde mannen die naar haar gunsten dongen. 'India,' zei ze. 'Kerala, Goa, Tamil Nadu. Met de rugzak.'

Dat maakte indruk. Ik dacht aan Declerck en zijn bruine kop. 'Alleen?' Dat was de vraag die op mijn lippen brandde, uitspreken deed ik hem niet.

Ze zuchtte. 'Ik wilde het al heel lang, weet je. Maar het kwam er niet van. Gek, zoals bepaalde dingen in je leven er gewoon niet van komen. Door omstandigheden, natuurlijk. Dat ken jij vast ook.'

Ik zag haar torsend onder het gewicht van een rugzak. In een korte broek, met die lekkere kuiten van haar boven stevige schoenen, zigzaggend tussen al die Indiërs met hun fascinerende gezichten en kleurrijke sari's.

'Ja,' zei ik zacht. 'Dat ken ik zeker. Heb je ervan genoten?'

Ze knikte. Een kort knikje, maar de woorden die erop volgden, waren vloeibaar van de warme herinneringen. 'Het was adembenemend,' fluisterde ze. 'En ik ben blij dat ik het niet eerder heb gedaan, nu was ik er tenminste klaar voor. Onthecht genoeg, zal ik maar zeggen.'

Het verwonderde me. Het verwonderde me welk effect een oprechte vraag sorteerde. En ik verwenste mezelf dat ik het niet eerder had gedaan. Want hoe heerlijk het ook was om Tara eindelijk te horen praten, zinnen te horen formuleren die op emoties, een hartslag, ja zelfs een geheel eigen gevoelswereld duidden, ik voelde mijn aandacht wegsijpelen omdat ik totaal bezopen was. Het enige dat ik op zo'n moment kon doen, was me heel sterk concentreren op mijn eigen woorden. Op die manier wist ik tenminste dat ik zelf geen rare of onbeschaamde dingen zei. Helaas ging dat ten koste van de ander, omdat ik me onmogelijk op twee fronten tegelijk kon focussen. En zo kwam het dat ik me geen woord meer kon herinneren van wat ze tijdens het resterende halfuur over haar reis naar India vertelde.

Wat ik me dan weer wel herinnerde was dat we afscheid namen, waarbij zij mij uit mijn stoel overeind hielp en wat bezorgd naar me keek. Dat zij een taxi belde en mij daarin duwde. Dan een tijdje niks meer en even later was ik opeens thuis. Zoiets overkwam me bij hoge uitzondering, zelden was ik te dronken om te luisteren laat staan dat ik een black-out kreeg. En ja hoor, net met Tara gebeurde dat wel.

4

De eerste zaterdag van september was mijn moeder tijdens ons lunchuurtje in een praatbui. Of nee, in een openhartige bui. Praten deed ze altijd en gretig. De meeste dingen die ze zei, gingen bij mij het ene oor in en het andere uit omdat ze totaal niet ter zake deden.

Mijn leven had een maand stilgestaan. Het was een doodsaaie, flauwe maand zonder wezenlijke downs en gespeend van ups. Het enige vermeldenswaardige feit was misschien dat werken zonder Katja een nog veel hardere dobber was dan ik me had kunnen voorstellen. Helemaal toen de collega's terug van vakantie waren en pas goed opviel hoe weinig wij elkaar te melden hadden. Collegialiteit was ver te zoeken en ik wist niet langer of ik op deze manier verder wilde. In ons bedrijf welteverstaan.

Ik moest daar van mezelf serieus over na gaan denken en dat leek ik uit te stellen. Dat was angst. Angst voor het onbekende. Die kweekte je automatisch als je te lang voor één specifieke werkgever werkte. Je begon te geloven dat je blij moest zijn met wat je had en het zeker niet in de waagschaal moest stellen voor iets dat je niet kende en dat kon tegenvallen. Dat maakte dat je de dagelijkse douche teleurstellingen dapper over je heen liet gutsen.

Ruud zei dat ik voor een kleiner bedrijf moest gaan werken, voor een consultancy van het type waarvoor hij werkte. Dat ik daar beter tot mijn recht en meer aan mijn trekken zou komen. Ik moest erover nadenken, ik moest over veel dingen nadenken. Ondertussen leek ik alles op de lange baan te schuiven. Zelfs mijn vermeende verliefdheid stond *on hold*. Dat hing wellicht samen met het feit dat ik haar niet meer gezien had sinds de met gin-tonic overgoten avond. Daar had ik overigens een volle nacht en dag van na kunnen genieten.

Tara was momenteel erg actief in andere filialen van ons bedrijf. Het kwam erop neer dat ze tussen Luik, Charleroi en

Brussel heen en weer pendelde, vandaar haar vrijwel continue afwezigheid in Antwerpen. Was het zo dat je iemand vaak moest zien om verliefd te blijven? En moest er voortdurend spanning zijn om een verhaal spannend te houden? Want aanvankelijk was ik in de ban geweest van het clandestiene filmpje, maar de betovering doofde akelig snel, zeker toen er geen vervolg kwam. Ook was ik nog steeds geen steek wijzer. Diep in mijn hart wilde ik eigenlijk helemaal niet weten hoe het tussen Tara en Declerck zat. Dat zette de rem op mijn contact met haar, op mijn nieuwsgierigheid kortom en die had ik juist hard nodig om het mysterie te ontsluieren.

Eén klein voorvalletje in die maand was misschien toch de moeite waard. Ik was een keer in Brussel voor een opleidingsaanvraag. Mees die de hele week in Antwerpen zat, had mij enkele documenten in de handen geduwd met het verzoek om die bij Declerck af te geven als ik toch naar Brussel moest. Daar had ik bijzonder weinig zin in. Rond drie uur, na mijn gesprek met de klant, nam ik de lift naar de zesde om zoals beloofd de Mees-documenten af te geven.

Declerck was een en al glimlach en donkerbruin. Hij droeg een lichtgrijze broek met daarboven een zachtroze hemd waarvan hij de mouwen nonchalant had opgerold, een behoorlijk gewaagde actie in een bedrijf als het onze als je het mij vroeg. Hij kwam vrolijk op me afgestapt, gaf me een stevige hand en, geloof het of niet, met zijn vrije hand een speels tikje op mijn rechterbil. Het ging heel snel en was waarschijnlijk puur amicaal bedoeld. Ik vond het raar. Of nee, dat was wat zwak uitgedrukt, ik vond het zonder meer *not done*.

Omdat het de eerste keer was, gunde ik hem het voordeel van de twijfel. Wel zette ik een donkere blik op, waaruit mijn afkeuring hopelijk zou blijken.

'Henri, alles goed met jou?' Hij klonk alsof ik aan zijn geluk ontbrak en ik verdacht hem van het bezit van een zeilboot, want zo bruin werd je alleen op het water.

'*Ça va*,' meldde ik wat stug om zijn enthousiasme tot bescheiden proporties te herleiden.

'Ach kom,' riep Declerck jolig. 'Het leven lacht een mooie

jonge meid als jij toch zeker toe?'

Niet gelogen! Declerck noemde mij een mooie jonge meid. Waar haalde hij het lef vandaan? Ik negeerde zijn opmerking en duwde hem de documenten in zijn handen.

'Van Mees,' zei ik omdat ik op zijn minst moest verduidelijken van wie ze kwamen.

'Dank je,' reageerde hij vriendelijk. 'Zeg, Henri, je bent toch niet somber, hè?'

Een logische gevolgtrekking. Als het leven mij niet toelachte, moest ik stellig somber zijn. 'Totaal niet,' verzekerde ik hem met klem.

Gek, in het gezelschap van een man als Declerck vond ik het opeens veel minder erg geen vader te hebben. Alles beter dan een vader als Declerck. Hij deed een teken met zijn hand. Met een beetje fantasie kon het voor 'Zit!' doorgaan.

'Ik moet terug naar Antwerpen,' lichtte ik hem in om een gehoorzaam opvolgen van zijn gebaar te omzeilen.

'Heb je zo'n haast?'

'Ja,' zei ik en was al bij de deur.

Hij was er bijna even snel en hield hem galant voor me open. 'Laten we je dan zo hard werken, meisje?'

Van meid naar meisje, toe maar. Ik kon zijn adem ruiken terwijl hij die licht cynische vraag uitsprak. Hij rook naar tandpasta. Declerck was een frisse man. Of wellicht probeerde hij daarmee een veel te lange lunch met sloten wijn te maskeren. Ik zou het nooit weten en het zou me worst wezen. Ik wilde weg en wel ogenblikkelijk. Mees mocht voortaan zelf zijn papierhandel bij Declerck gaan deponeren, dacht ik strijdvaardig toen ik met de lift naar de parkeergarage zoefde.

Voor de lunch met mijn moeder kocht ik nu eens geen broodje in een biologische, zuurdesem-, exotische of politiek correcte bakkerij, maar gewoon bij de kaaswinkel bij mama in de straat. Ik liet voor elk van ons een half stokbroodje met pittige graanmosterd besmeren en met stokoude brokkelkaas beleggen.

Mama was bezig met een klant toen ik binnenkwam, zodat ik direct doorliep naar achter om onze bescheiden lunch klaar te zetten. Terwijl ik met de koffie bezig was, hoorde ik mijn moeder enthousiast oreren over Mikli.

Ondanks de vele merken die ze verkocht, bleef ze een fanatieke Mikli-adept. 'Die staat ons allemaal,' zou mijn moeder durven beweren en geloof me, dat was niet zo. Ik hoorde de klant iets over Dior mompelen, waarop mijn moeder eieren voor haar geld koos en uitweidde over de ongeëvenaarde kwaliteiten van dit Franse topmerk. Ik meende te begrijpen dat haar loflied de keuze van de dame in kwestie bespoedigde, want nog geen drie minuten later deed mijn moeder haar met de belofte 'U kunt hem volgende week komen afhalen' en de wens 'Een heel prettig weekend!' uitgeleide.

'Acht monturen en vier paar nieuwe glazen op één ochtend!' zei ze terwijl ze me een luchtkus gaf. 'Niet slecht, hè?'

'Jij bent de beste,' complimenteerde ik haar en zette haar het broodje voor.

'Rosbief?' informeerde ze verlangend.

Ik voorzag al rampen. 'Nee, brokkelkaas.'

'O, brokkelkaas, heerlijk.'

Soms waren de goden mij gunstig gezind, bedacht ik en nam verheugd aan mijn moeders werktafel plaats. Mama zat naar gewoonte in een van de kuipjes. Ruim vijf minuten hapten wij tevreden van onze broodjes. Mijn moeder was degene die de serene stilte verbrak.

'Ik heb je halfbroer niet in een pleeggezin gedaan. Hij is geplaatst.'

Mijn hersens probeerden snel te werken. Ik spoelde de hap in mijn mond met mijn laatste restje koffie weg. Ik verkeerde in dubio. Moest ik haar vragen stellen, haar onderbreken? Of moest ik haar de ruimte geven om het ongebreideld te laten komen? Ik koos voor het laatste.

'Ik werkte indertijd bij een optiek in Deurne, bij Dalemans, ik zal het nooit vergeten. Ik klopte dagen van acht tot half zeven en in mijn avonduren en de weekends studeerde ik. Heb ik je eigenlijk verteld dat ik mijn studie voor Benjamin heb moeten onderbreken?'

Ik wist niet wat ik hoorde en schudde het hoofd.

'Nee? Nu, dat was wel zo. Ik zal eerlijk zijn, ik wist aanvankelijk zelfs niet precies van wie hij was, ik was vrij promiscue in die tijd. Ik kwam er pas na vier maanden achter dat ik zwanger was. Ik menstrueerde gewoon, alleen voelde ik me regelmatig duizelig en wat misselijk waardoor ik bij mijn huisarts te rade ging. Die vertelde mij het onvoorstelbare nieuws. Vier maanden, stel je voor. Anders had ik hem in Nederland of elders weg laten maken, maar dat was zelfs geen optie meer.'

Mijn hart kromp samen, maar ik hield me aan mijn afspraak met mezelf. Ik liet haar praten. Ik liet het komen zoals het kwam.

'De zwangerschapstijding viel in een gunstige periode. Net nadat ik mijn examens voor dat jaar met onderscheiding had afgelegd. Niemand hoefde ervan te weten. Ik zou er een jaartje of wat tussenuit knijpen en tegen de tijd dat ik terug zou komen, zouden er nieuwe studenten zijn. Ik verhuisde van het bruisende Brussel naar het onopvallende Deurne, waar ik werk vond bij Optiek Dalemans.'

Door haar onverhoedse zwangerschap werd mijn moeder door haar ouders geëxcommuniceerd. In de praktijk betekende dit zoveel als dat haar vader haar toelage introk, zodat zij financieel volledig op zichzelf werd teruggeworpen. Met het geld dat ze verdiende kon ze net in haar levensonderhoud en dat van Benjamin voorzien en een plaatsje voor hem bij een soort voorloper van de onthaalmoeder bekostigen.

Pa en ma Dalemans waren op de hoogte van mijn moeders gezinssituatie en daar was alles mee gezegd. Zij wensten hiervan in geen geval hinder te ondervinden. De zomer van Benjamins tweede levensjaar confronteerde mijn moeder met een groot praktisch probleem. De familie Dalemans, de onthaalmoeder en haar oppas voor noodgevallen waren allen in dezelfde week met vakantie. De eerste twee dagen van die bewuste week smokkelde mama Benjamin mee naar de winkel en zette hem achterin het keukentje in een kleine box. Op de ochtend van de derde dag werd ze verrast door een controlebezoekje van zoon Dalemans die haar duidelijk te verstaan gaf dat dit niet kon. Terwijl ze dit vertelde, verscheen opnieuw de paniek in haar ogen die ze toentertijd moest hebben gevoeld. Ik had werkelijk met haar te doen en legde een hand op de hare alsof ik voorvoelde wat er komen ging.

'Ik kon niet anders, Henri, ik moest de winkel openhouden...'

'Je hebt hem alleen thuis gelaten?'

Ze knikte. En ze vertelde erbij dat ze er om de zoveel uur even tussenuit kneep om hem te checken en dat het telkens oké met hem was. Wat mijn moeder niet wist, was dat Benjamin het op een brullen zette zodra zij haar hielen had gelicht. En dit drie dagen lang van 's ochtends vroeg tot het moment, rond half zeven 's avonds, waarop zij thuiskwam. Nee, de mensen van de kinderbescherming die door de buren waren ingeseind en op vrijdagmiddag onder het toeziend oog van de wet haar voordeur forceerden, hadden geen goed woord voor mijn moeder en haar wanpraktijken overgehad. Een kind van twee in een tuigje vastgebonden in zijn bedje met een uiterst beperkte bewegingsvrijheid, dat getuigde niet bepaald van verantwoord ouderschap.

Ik zag mijn moeder wazig door de tranen. 'Mama toch,' fluisterde ik en liet haar hand los.

'Ik weet het, Henri, ik weet het. Maar toen zag ik het niet zo. Ik was radeloos en ik ging hem echt om de zoveel uur checken. Nu zou ik zoiets niet meer doen. Nooit, nooit!'

Toen Benjamin na jaren zelf de keuze kreeg om terug te gaan naar zijn moeder of in zijn pleeggezin te blijven, koos hij voor het laatste. Terwijl ze dit vertelde hief mijn moeder haar beide handen ter hoogte van haar oren en blies wat alsof ze daarmee wilde aangeven: 'Tja en wat doe je daaraan?'

'Je maakt wel een enorme sprong in de tijd,' onderbrak ik haar.

'Ik zag hem al die jaren af en aan in de weekends, hij mocht trouwens komen wanneer hij maar wilde, maar op de een of andere manier wilde hij niet. Hij had het kennelijk naar zijn zin met zijn broertjes en zusjes en surrogaatouders op het platteland...'

Alsof het over een volslagen vreemde ging.

'Waarom heeft hij dan in vredesnaam zijn leven beëindigd?' vroeg ik met trillende stem. 'Waarom? Als hij het zo naar zijn zin had?'

Mama zuchtte. 'Misschien wel omdat hij niet alleen kon functioneren in de grote stad. Ik weet het niet, Henri, ik weet het echt niet. God weet dat ik er nachten van wakker heb gelegen, maar ik weet het niet. Ik kende hem nauwelijks.'

'Hij was je kind!' Mijn stem klonk vreemd hees door de brok achterin mijn keel. 'Hij was je zoon, mama.'

Ze slikte en staarde naar de punten van haar schoenen. Toen hief ze haar hoofd en keek me recht aan. 'Ik denk niet dat ik geschikt was voor een zoon, Henri.'

Ze leek het oprecht te menen.

Ik schraapte mijn keel. 'En voor een dochter, ben je wel geschikt voor een dochter?' Hoewel ik de vraag zelf stelde, schrok ik er toch van.

'En of!' Het kwam eruit als een snik en eindigde in een soort gejammer.

Voor het eerst zag ik mijn moeder worstelen met échte gevoelens. Haar tranen vloeiden spontaan zonder dat ze een dramatisch effect beoogde. Haar make-up liep door, haar wangen kleurden rood en haar hals werd vlekkerig. Ze deed geen moeite om het tegen te houden en toen ik uiteindelijk de moed vond om mijn armen om haar heen te slaan en haar te troosten, trok ze me dicht tegen zich aan en snikte ze nog een hele tijd in de holte van mijn schouder na, losse zinnen en woordjes mompelend die ik nauwelijks kon verstaan.

Eén flard ving ik op. Het klonk als: 'Jij gaf me een stukje Henriette terug...'

Nadat ze die woorden had uitgesproken, vluchtte mijn moeder het toilet achter het keukentje in en liet ze mij beduusd achter.

De volgende dag pas kreeg ik de rest van het verhaal te horen. Bij mijn moeder kwam in de regel alles in brokken en met horten en stoten. Ik had de hele nacht nodig gehad om te wennen aan het feit dat ik een opa en een oma had of had gehad en mijn hersens liggen pijnigen over wie de geheimzinnige Henriette zou kunnen zijn.

Normaal ging ik zondags pas rond drie uur naar mijn moeder, ditmaal was ik er om klokslag tien uur. Mama liet me zwijgend binnen en gebaarde me aan de eettafel te gaan zitten. Ze had haar best gedaan, zag ik. Er stond een mandje met verse croissants en pistolets op de gedekte tafel, naast elk van onze bordjes prijkte een groot glas versgeperst sinaasappelsap. Ik had geen trek en wachtte geduldig terwijl ik mijn moeder in de keuken espresso hoorde zetten. Naast haar bord lag een zwartleren fotoalbum dat ik niet kende. De drang om het even in te kijken was groot.

In plaats daarvan liet ik mijn ogen door de kamer dwalen en nam mijn moeders interieur in mij op.

Mijn moeder was het type van het nieuwe antiek. In haar huis geen meubels waar anderen in een ver verleden op gekliederd en in gekerfd hadden. Voor haar geen eeuwenoude patina maar glanzende onbezoedelde stoeltjes, tafeltjes en kasten. Kersverse Louis XVI en Napoleon III. Marines en stillevens waarvan de lijsten het duurste element vormden. Desondanks was het er knus en tegelijkertijd een beetje damesachtig. Je kon duidelijk zien dat aan mijn moeders interieurkeuze geen man te pas was gekomen.

Ik had zitten mijmeren en niet gemerkt dat mijn moeder naast mij was aangeschoven.

'Toen ik bijna negen was, kreeg ik een zusje,' bekende ze zacht.

Ik keek haar met grote ogen aan.

'Mijn moeder mocht medisch gezien eigenlijk geen kinderen meer krijgen, maar ze wilde het zo graag dat ze het risico toch nam. Ik was een moetje, zie je, door mij moest ze met mijn vader trouwen en dat heeft ze me nooit vergeven. Ik denk dat ze het nodig had, een werkelijk gewenst kind…' Mama nam een slokje van haar koffie en scheurde een pootje van een croissant zonder aanstalten te maken om het op te eten. 'Aanvankelijk was ik wantrouwig, een beetje jaloers wellicht. Ik had geen goede band met mijn moeder, maar ik wist tenminste wat ik had en dat weinige zou met de komst van mijn zusje op de helling kunnen komen te staan. Dat deed het niet. Met de geboorte van Henriette kwam het zonnetje bij ons in huis. Zij was een kind van het licht. Ze deed er niets speciaals voor, ze strooide gewoon van nature blijdschap om zich heen. Ze kreeg alle aandacht van mijn ouders zonder die naar zich toe te trekken. Dat maakte dat ik ermee leven kon. Want Henriette zelf had aandacht voor iedereen, die beperkte zich niet tot mijn ouders.'

Mijn moeders ogen glansden koortsachtig terwijl ze over haar zusje sprak.

'Ik was zoals gezegd eenentwintig toen mijn ouders alle contact met mij verbraken vanwege de komst van Benjamin. Waarschijnlijk hadden ze al jaren op een goede reden zitten wachten om zich met mij te brouilleren. Kort daarop aanvaardde mijn vader een aanstelling als onderwijzer aan een lagere school in een dorpje onder de rook van Luik. Niettemin nam mijn kleine zusje de moeite om één keer in de drie weken de trein te pakken om mij in het verre Deurne te komen bezoeken.'

Mijn moeders verhaal had op mij het effect van een beeldroman. Ik was zo zielsblij dat ze een verleden bleek te hebben dat ik me gulzig liet voeden door de flarden die ze me ervan gunde zonder me wezenlijk af te vragen waarom ze mij die al die jaren had onthouden. In mijn fantasiebeeldenreeks zag ik Henriette tuttelen met Benjamin, ik zag haar samen met hem en mijn moeder wandelen, een bezoekje aan de Zoo brengen en een ijsje eten. Ik volgde haar op haar achttiende naar Brussel, waar ze op kot ging om rechten te studeren. Ze was een soort vage jonge kopie van mijn moeder. Alleen het schelle rood van mama's haardos verving ik vrijpostig door kastanjebruin, zodat ze ook een beetje op mij zou lijken.

'Ze was briljant! Ze studeerde cum laude af en had al een stageplaats te pakken bij een van de bekendste advocatenkantoren in Brussel, ik was zo verschrikkelijk trots op haar...'

Ik hield mijn adem in.

'... en nauwelijks anderhalve maand later, eind augustus 1976, was ze er niet meer.' Mijn moeders ogen waren droog terwijl ze deze woorden uitsprak. De pijn en het verdriet moesten zich ergens permanent en veel dieper hebben genesteld.

'Acute lymfatische leukemie,' prevelde ze. 'Bij jonge mensen noemen ze zoiets vliegende kanker, geloof ik.' Met haar rechterhand schoof ze het leren album naar me toe.

Ik sloeg het met trillende vingers ergens in het midden open. Het was raar om jezelf te zien, jezelf te zien en heel goed te weten dat je het niet was. De gelijkenis nam af naar het begin, haar prille jeugd, vanaf haar puberteit nam ze daarentegen griezelig toe.

'Henriette,' fluisterde ik.

Mama knikte. 'Nu weet je meteen op wie je lijkt,' deelde ze nuchter mee, 'en ik kan je verzekeren, op je vader lijk je absoluut niet... voor zover ik me dat nog herinner.'

Ik keek haar vol aan. 'Ik ben als ik het goed heb nog geen jaar na haar dood geboren...'

Ik vroeg erom, dat was waar, en de waarheid was niet de waarheid die ik me had gewenst. Was dat niet meestal het geval met de waarheid? Mama was vreselijk dronken geworden op de dag van de begrafenis van haar zusje. Allereerst had ze zich moed ingedronken om de confrontatie met haar ouders aan te kunnen en daarna was ze stevig blijven doordrinken omwille van het feit dat beiden haar volkomen negeerden. Tijdens de koffietafel vond ze een drinkmaatje in de professor die haar zusjes thesis had begeleid. Verbroederd door hun gedeeld verdriet waren ze 's avonds samen aan de boemel gegaan en in een goedkoop hotelletje geëindigd.

'Mijn moeder verkondigde altijd dat vermoeide mannen meisjes produceren,' zei mijn moeder. 'Ze heeft gelijk gekregen!'

Het zaadje dat mij had verwekt, was afkomstig van een professor in het strafrecht. Zijn naam was ze vergeten. Althans dat beweerde ze. Ze vermoedde dat hij begin veertig was geweest. Hij had een leuk gezicht en dik grijzend haar gehad.

Daar moest ik het mee doen. Daar wilde ik het mee doen. Ik had er geen behoefte aan te weten of hij op dat moment al dan niet getrouwd was of andere kinderen had. Ik werd duizelig van de overdosis informatie die er het afgelopen etmaal over me uit was gestort en heel even zag ik vlekken voor mijn ogen.

Mijn moeder had het in de gaten en reikte me een glas water aan. 'Het is wat veel, hè, Henri?'

Ik knikte stil. 'Leven je... leven opa en oma nog?' wilde ik weten.

Ze schudde het hoofd. 'Daar ga ik het nu niet over hebben. Je hebt voor het moment genoeg te verteren, dunkt me.'

Dat was geen understatement. Ik voelde me doodmoe, al wist ik dat slapen geen optie was. Mijn moeder liet me zonder morren gaan. Ze hiled me bij het afscheid alleen wat langer tegen zich aangedrukt dan ik van haar gewoon was en toen ik al buiten stond, kwam ze nog even naar me toe rennen om me een kneepje in mijn wang te geven. Op de fiets overviel het me dat ik er geen idee van had wat mijn moeder onder liefde verstond en hoe je die volgens haar moest uiten. Ik wist alleen dat ze ontiegelijk veel van me moest hebben gehouden om me aan mijn haar op een station weg te sleuren van de kaapster op de kust en koste wat kost te verhoeden dat ik ver zou reizen. Mijn moeder hiled verschrikkelijk veel van me, omdat ik de enige was die ze had en omdat ik op de koop toe griezelig veel op haar geliefde, veel te vroeg gestorven zusje leek. Ze hiled zelfs zoveel van me dat ze met de zelfmoord van haar zoon had leren leven. Ik wist bij God niet wat ik met die liefde aan moest.

5

De woensdag na de biecht van mijn moeder belde Ruud mij rond tienen met de vraag of ik tijdens de lunch even nonchalant een restaurant op de Leien wilde binnenstruinen, om hem daar toevallig te zien zitten en op zijn verzoek een kwartiertje aan te schuiven voor een koffietje. Ik begreep helemaal niks van zijn onsamenhangende verhaal, nu was ik zelf emotioneel nog steeds behoorlijk van de kaart, dat speelde zeker mee, maar hij klonk zo nerveus en smekend dat ik er niet moeilijk over deed en beloofde rond half twee op de afgesproken plaats op te duiken.

Het was redelijk zonnig en tegen kwart over één haastte ik me met grote passen over de boulevard naar het restaurant dat volgens Ruud een opvallende luifel had waaraan ik het zonder problemen zou herkennen. Ik spotte Ruud al op veertig meter afstand op het terras. Hij droeg een felroze trui met V-hals waarin ik hem nooit eerder had gezien en begon meteen enthousiast te zwaaien. Natuurlijk was hij niet alleen. Dat had ik ingecalculeerd. Hij had niet voor niets zo zenuwachtig geklonken. Zelfs als Ruud niet aan de tafel zou hebben gezeten waar hij zat, zou ik automatisch vaart hebben geminderd om even een steelse blik te werpen op de vrouw die tegenover hem zat.

'Henri,' riep Ruud uitbundig, 'Henri, wat een toeval...'

Terwijl hij opsprong, constateerde ik dat zijn arm mitellavrij was. Dat was een geruststelling, gezien de kleur van zijn trui. Terwijl hij mij een vriendschappelijke kus gaf, bekeek ik zijn disgenote vanuit mijn ooghoeken. Ze was waarschijnlijk niet mooi volgens het boekje, maar ik vond haar schoonheid tamelijk verpletterend. Haar huid was mokkakleurig, haar dikke rasta-achtige krullen waren beigeblond en haar ogen bijna lichtgevend groen.

'Mil,' stelde ze zichzelf voor en greep mijn hand stevig vast. 'Hartstikke leuk om jou eindelijk te ontmoeten.'

Ik bespeurde een onmiskenbaar Amsterdams accent. Niet

plat of zo, vrolijk en een beetje zangerig.

Ik was kennelijk niet de enige die geheimpjes had. Ik voelde een klein steekje rond mijn hartstreek. Het was gelukkig zo voorbij.

Voor ik iets kon uitbrengen werd er een stoel voor me bijgetrokken en stelde Ruud zijn spontane vraag: 'Zin om even een koffietje met ons te drinken of heb je weinig tijd?'

'Dat gaat nog net,' antwoordde ik zo luchtig mogelijk en wapperde wat met mijn linkerhand om mezelf een houding te geven.

Mil schonk me een lach van oor tot oor en ontblootte daarbij een haast beschamende tandenpracht.

'Ik moet even, hoor,' zei ze verontschuldigend, 'bestel ik binnen meteen even de koffie, oké?'

Ruud en ik staarden haar beiden minstens even intens na. Ze liep wat heupwiegend. De zilveren riem om haar zwarte jeans fonkelde in het zonlicht.

'Wow,' fluisterde ik bewonderend, 'waar heb je haar opgeduikeld?'

'Ze doet een audit bij ons.'

Een cijfervrouw.

'Zo groot is jullie bedrijf nu toch ook weer niet,' merkte ik op, denkend aan audits voor multinationals als de onze die soms wel weken tijd in beslag namen en je ruim de tijd gaven om de auditor in kwestie te leren kennen.

'Nee, nou, ja, we hebben al een paar keer afgesproken, de audit is inmiddels allang achter de rug natuurlijk.'

Precies. Dat zei mij genoeg.

'En is ze speciaal vanuit Nederland ingevlogen voor jullie audit of werkt ze op vaste basis in ons land?'

Ruud begon te stralen. 'Ze werkt bij mij om de hoek, je weet wel, bij…' Hij noemde een ingewikkelde samenvoeging van enkele Amerikaanse achternamen.

Dat bood perspectieven, bedacht ik en toen was Mil terug. 'Wat zijn dat toch voor rare vliegjes in die Antwerpse toiletten, net van die minitorpedo's,' wilde ze weten.

'Motmuggen,' lichtte ik haar in.

Gedurende ons babbeltje, dat ongemerkt van een kwartiertje tot een dik half uur uitliep, verwees niets naar audits of welke professionele bezigheden dan ook. Ten afscheid kreeg ik een dikke kus van Mil onder begeleiding van de wens: 'En geniet van jullie vakantie, hè?'

Toen ik die avond een telefoontje naar Ruud pleegde voor wat inside-information over Mil, hoorde ik haar op de achtergrond vrolijk roepen: 'Ruud, waar staat de *ketsjup*?' Ik wist genoeg.

Enkele dagen later vertrokken we naar Mallorca. Mijn vakantie had geen dag later mogen beginnen. Tijdens de vlucht deed ik Ruud mijn moeders verhaal dat me niet in de koude kleren was gaan zitten en dat ik af en toe onderbrak om een hap van mijn tonijnsandwich of een slokje witte wijn te nemen. Ruud hoorde mij stil en aangedaan aan. Toen ik Henriettes foto naar hem toeschoof meende ik hem te zien schrikken.

'Allemachtig, Henri!'

Het was fijn om het tegen Ruud te vertellen. Puur en alleen om het vertellen. Het was eruit, ik had het gedeeld en het was goed. Nu was het aan mij om het een plaats zien te geven.

We reden Port d'Andratx na dik een half uur snelweg en een kwartiertje kleine wegen binnen in een Fiat Uno die Ruud op het vliegveld had gehuurd. Het was geen dorpje, het was een lustoord. We passeerden het aanlokkelijke centrum met zijn gezellige terrasjes, het haventje met zijn smaakvolle hardhouten steigers, waaraan een keur van kostbare zeil- en motorboten lag aangemeerd. Net buiten het centrum sloegen we af om de berg te bestijgen waarop het vakantiehuisje van Ruuds vrienden gelegen was. Het beloofde huisje ontpopte zich als luxe villa met een bak van een zwembad en een terras met vol uitzicht op de baai en de haven. Het was lang geleden dat ik zo'n mooi vakantieoord had gezien, laat staan dat ik er zelf mocht gaan logeren. Tara had gelijk. Mallorca was geweldig in september. De bewuste vrienden waren vrienden van Ruuds ouders, gepensioneerde zakenlieden en naar mijn idee steenrijk. In de koelkast lagen twee flessen cava, chorizo en olijven voor onze eerste avond met een vriendelijk welkomstbriefje van de bezitters. Ik waande me in de zevende hemel en bedacht licht bedrukt dat Ruud hier ook met zijn nieuwe vlam had kunnen tortelen als hij niet met mij opgescheept had gezeten. Ik maakte hem erop attent, hij lachte mijn bedenkingen weg. Hij gaf mij een duw en ik hem. Voor we het wisten lagen we alle twee te spartelen in het zwembad.

Het was ongelooflijk hoe snel je in een nieuwe omgeving rituelen ontwikkelde. Iedere ochtend daalden Ruud en ik in onze vinnige Uno af naar het centrum, waar we vers brood, watermeloen en perziken van het eiland haalden, waarna we een café solo aan het water dronken. Tijdens de anderhalf uur die dit in beslag nam, praatten we vooral. Daarna reden we terug naar het topje van onze berg, ontbeten we en trokken onze eerste reeks baantjes van de dag. Aansluitend was het uren soezen, lezen en luieren. Tegen zessen daalden we te voet af naar de haven, voor een aperitiefje en soms om wat te eten, maar meestal kochten we op onze terugweg wat verse vis en groenten om boven zelf te koken.

'Ik wist niet dat jij zo graag wandelt,' bekende Ruud me tijdens onze afdaling van de derde dag.

'Ik wandel zelfs bijzonder graag. Ik wandel alleen niet graag in mijn eentje,' zei ik.

Op dag vier namen we het befaamde kusttreintje dat ons dwars door de bergen naar het pittoreske Sóller zou voeren en merkte ik pas goed hoezeer ik genoot. Het was misschien geen India, het was een weinig avontuurlijke en een, op een bezoek aan de kathedraal van Palma na, cultuurvrije reis, maar het voelde vertrouwd en sereen. Voor het eerst in lange tijd voelde ik me ontspannen.

Ik mijmerde over mijn moeder, Henriette en Benjamin. Aan Tara dacht ik nauwelijks. Omdat ik me dat had voorgenomen. Ruud doorprikte mijn tactiek.

Toen we, met de cadans van het treintje nog nadenderend in ons lijf, tegen de avond aan de rand van 'ons' zwembad van een caipirinha zaten te genieten, allebei in short, de benen bungelend in het water, vroeg hij vanuit het niets: 'En, mis je die

Tara van je niet?'

Oprecht verbaasd keek ik hem aan.

Hij sloeg een arm om me heen en zei: 'Ik geloof dat je er ditmaal werkelijk in geslaagd bent om jezelf zand in de ogen te strooien, hè?'

'Ik zou deze vakantie met niemand anders willen doorbrengen,' antwoordde ik naar waarheid.

'Ik ook niet,' zei Ruud, 'maar ik kan niet ontkennen dat ik het leuk zou vinden als Mil nu eventjes voorbijkwam...'

Zijn gezicht stond serieus en wat dromerig.

'Heb je het zo te pakken, jongen?' vroeg ik zacht. Hij kleurde, ja hoor, dwars door het bruin heen, en ik moest lachen. 'Hebben jullie al...?'

'Kappen, Henri!' Hij klonk opeens furieus.

'Jeetje,' stamelde ik geschrokken. 'Dat mag ik toch gewoon vragen?'

Hij wreef met zijn hand over de stoppeltjes op zijn kin. Ik had hem tot dan toe uitsluitend gladgeschoren gezien. 'Ik kan hier niet met jou over praten,' deelde hij me wat bot mee.

'En waarom niet? Wat is dat nou voor flauwekul?'

Ik gaf hem een speelse por in zijn zij, hij duwde mijn hand geërgerd opzij. Ik slikte mijn teleurstelling dapper weg en staarde naar het laatste zonlicht dat de boten beneden in de haven bescheen.

'Sorry,' verontschuldigde Ruud zich. 'Sorry, Henri. Het is alleen, ik heb het wat moeilijk. Ik ben zo langzamerhand rijp voor een echte relatie. En op de een of andere manier sta jij die in de weg. Als ik alleen ben met Mil is er geen vuiltje aan de lucht, dan wil ik ervoor gaan, maar als ik jou zie of spreek, begin ik meteen te twijfelen. Dan weet ik opeens niet meer wat ik wil. Na deze vakantie moeten we, moet ík het op een andere manier gaan aanpakken, anders heb ik geen leven. Begrijp me niet verkeerd, ik vind het heerlijk hier met jou, maar ik kan zo niet doorgaan...'

Hij drukte zich wat stuntelig uit, niettemin begreep ik perfect wat hij bedoelde. Binnenkort zou het nooit meer hetzelfde zijn. Na deze vakantie was een stuk van onze vriendschap voltooid verleden tijd. Dat was mooi en triest tegelijk. De aanleiding was mooi, aan het trieste aspect wilde ik voorlopig niet denken.

'Denk je dat het wat wordt met die Tara?' vroeg Ruud even later toen we op het terras een verdieping hoger achter een schaal gebakken gamba's zaten die we om beurten pelden en elkaar aanreikten.

'Ja, wat denk jij?' antwoordde ik stekelig terwijl ik een spiernaakte gamba in de knoflooksaus doopte, wegkauwde en een nieuwe van hem aannam.

'Wat ik denk, is dat jij dolgraag wilt weten wat ik denk om het daarna tot op het bot te gaan ontleden en totaal af te breken. Dat doe je immers altijd als het om jou gaat. Dan steekt binnen de minuut die verdomde, oervervelende onzekerheid van jou de kop op, dat bespottelijke minderwaardigheidscomplex van je waar je al jarenlang mee rondzeult en dat kant noch wal raakt...'

'Kan het even?' onderbrak ik hem verontwaardigd terwijl ik een slecht gepelde gamba diep in de saus onderdompelde en in zijn mond propte. 'Man, waar komt die modder opeens vandaan? En waar heb je het eigenlijk over? Waarom veronderstel je dat er iets is tussen Tara en mij? Zat ik toen op dat terras zo hongerig te kijken, soms?'

Ik keek toe hoe hij de glibberig geworden gamba uit zijn mond trok. Hij mompelde iets dat op een vloek leek en verdween naar de keuken. Ik hoorde de vuilnisbakklep open- en dichtgaan en water lopen.

'Zij keek eerder hongerig,' merkte hij op toen hij opnieuw tegenover mij was komen zitten. 'Als je het per se zo wilt noemen, ik voor mij vind hongerig geen prettig woord.'

'Ik sta open voor suggesties,' zei ik stoer, maar hij had iets bij me losgeweekt, dat voelde ik dondersgoed. Nauwelijks aan Tara gedacht, ha, dat had ik gedacht!

'Ze keek geïnteresseerd,' opperde Ruud terwijl hij mij een gamba voerde, 'of nee, laat ik zeggen verlangend, ja, dat lijkt me meer het juiste woord. Ze keek verlangend, een beetje broeierig als het ware, zoals je dat vrouwen in films wel ziet doen, blikken die duidelijk meer dan woorden zeggen, snap je wat ik bedoel?'

Mijn hart sloeg een halve slag over en ik slikte de gamba bijna in zijn geheel door. Het lukte me niet om te reageren.

'Hoor jij nu niet te zeggen: doe niet zo belachelijk, Ruud! Stel je niet zo aan, hoe kun jij als vent nou zien of een vrouw verlangend naar een andere vrouw kijkt? Jij ziet spoken, Ruud, jij ziet water branden, jij ziet dingen die er niet zijn.'

Ik zag de schrik op zijn gezicht toen hij mijn tranen ontwaarde.

'Henri, hé, komaan, wat is er nou?'

'Niks,' prevelde ik stug en vol zelfmedelijden als een recalcitrant kind. 'Niks! Mijn vader is een professor zonder naam en ik lijk sprekend op een dode tante die ik nooit heb gekend. Volgend jaar word ik tweeëndertig, maar van de liefde ken ik niets.'

Ruud kwakte een deksel op de schaal en doopte zijn handen in de kom met lauw water en citroensap die naast hem stond.

'Genoeg gamba's voor een jaar,' hoorde ik hem mompelen. Toen keek hij op en wierp mij zijn zachtste Jude Law-blik toe. 'Je kunt pas liefhebben als je jezelf dat toestaat, Henri. Je bent een oester van jewelste. En van mij mag je zielig zijn en je wentelen in het verdriet dat je je vader nooit zult kennen, maar wat brengt het je uiteindelijk op?'

En toen ik hem niet antwoordde: 'Kom, zeg het. In plaats van hier te zitten simpen, kun je ook gewoon blij verrast zijn dat ik toevallig, of nee, dat ik liever gezegd zo opmerkzaam ben geweest dat ik een verlangende blik van die Tara naar jou heb onderschept, ja toch? Waarom moet jij daar nu weer zo nodig vraagtekens bij plaatsen, waarom?'

'Omdat ik haar met eigen ogen met een vent heb zien vrijen, daarom,' antwoordde ik venijnig. Daar had hij niet van terug.

Hij kwam er uiteindelijk toch op terug. Heel toepasselijk op de terugvlucht. Hij zei: 'Jij bent niet goed wijs, jij, met je veronderstellingen over die Tara.'

Maar ik had ervan geleerd. Ervan geleerd dat ik mijn mond voorbijgepraat had. En dus antwoordde ik: 'Concentreer jij je nou maar op Mil, dan schat ik m'n kansen bij Tara zelf wel in. Nihil dus,' liet ik er tussen mijn tanden door op volgen, maar hij had me gehoord.

'Kijk dat bedoel ik...' Hij nam een grote hap van zijn tonijn-sandwich en draaide met zijn ogen.

Hij zag er goed uit, we waren allebei schandalig bruin.

'Wat heb jij van deze vakantie geleerd?' vroeg ik streng.

'Dat jij heel graag wandelt, maar niet in je eentje, dat ik mijn bek moet houden over Tara...'

'En?'

'... en dat ik kennelijk verliefd ben op Mil en daar iets mee ga doen...'

'Juist,' complimenteerde ik hem.

'We hebben het er nog over, Henri,' zei Ruud voor zijn doen dreigend om dan ostentatief zijn iPod in zijn oren te pluggen.

6

Vakantie vieren was één ding, opnieuw gaan werken iets totaal anders. Het viel me loodzwaar. Het enige waaraan ik me kon vastklampen, was dat het om een krappe halve week ging die hopelijk vliegensvlug voorbij zou zijn. Ruud en ik hadden afgesproken elkaar tot na het weekend niet te zien en evenmin te bellen. Ook dat viel me zwaar. Gelukkig kon ik me verheugen op vrijdagavond, waarop de inmiddels drie keer uitgestelde afspraak met Katja eindelijk doorgang zou vinden. Dat was zo'n beetje het enige lichtpuntje. Mijn moeder was hervallen in haar kwekkende, egocentrische zelf en zeurde dat ik altijd maar met vakantie ging terwijl zij in haar winkel ploeterde. Op een zeker moment tijdens ons eindeloze telefoongesprek dacht ik haast met weemoed terug aan 'de pad' die haar op zijn manier tenminste wat afleiding had bezorgd.

Meteen al op donderdagmorgen liep ik in onze cosy coffeecorner Tara tegen het lijf. Ze vertrok geen spier en informeerde wat lijzig naar mijn vakantie 'met Ruud'.

Ik kon me niet herinneren haar van dit saillante feit op de hoogte te hebben gesteld. Kennelijk bleek dat wel uit mijn reactie. Ze vermeldde geheel uit eigen beweging: 'Frederik heeft jullie toevallig op Zaventem gezien toen jullie vertrokken en hij zijn broer ging wegbrengen...'

Ik had geen idee wie Frederik was en het kon me eigenlijk geen lor schelen, behalve dan dat Tara nu waarschijnlijk dacht dat Ruud en ik iets hadden. Prima. Ze mocht denken wat ze wilde, besloot ik, zij haar pleziertjes, ik de mijne. Waar Ruud het in vredesnaam vandaan had gehaald om te beweren dat zij in een onbewaakt moment verlangend naar mij had gekeken, was mij een compleet raadsel. Haar zogenaamd vriendelijke opmerking dat ik lekker bruin zag, ging nagenoeg langs me heen en eerlijk gezegd was ik blij toen ze door iemand geroepen werd en opkraste. Nee, ik was niet in de stemming. Mees was klieriger dan ooit en leek zelfs niet in de gaten te hebben gehad dat ik negen dagen was weggeweest en de collega's meenden zich er met een 'Fijn verlof gehad?' en een knikje zonder een antwoord af te wachten vanaf te kunnen maken. Mijn vliegtuig had gekaapt kunnen worden, ik had in de Middellandse Zee kunnen verzuipen, het zou niemand zijn opgevallen, zo geliefd was ik na zeven jaar. Ik was niet snel chagrijnig tijdens mijn workshops, maar de eerste twee werkdagen na mijn verlof was ik dat wel en iedereen mocht het weten.

Toen ik vrijdagavond tegen half acht bij Katja voor de deur stond, was ik opgefokt en hongerig. Ik kon me niet herinneren of ze gezegd had dat ze met eten op me zou rekenen. Ik hoopte hartstochtelijk van wel.

Het was de eerste keer dat ik bij Katja thuis kwam. Zeven jaar waren we collega's geweest en nooit hadden we er zelfs maar aan gedacht elkaar thuis uit te nodigen. Daarvoor moest een ontslag de aanleiding vormen. Toen zij de deur voor mij opentrok en ik bij haar binnenstapte dacht ik in eerste instantie dat ik in Ikea was beland. Alles in Katja's appartement leek rechtstreeks afkomstig uit de Ikea-catalogus. Zelfs de opstelling van haar meubelen meende ik me uit een gids te herinneren.

'Je ziet er goed uit,' zei ik toen ik een beetje van mijn groot-warenhuisgevoel bekomen was. Ik meende het. Ze straalde veel meer dan vóór haar ontslag en ze had iets met haar haar gedaan. 'Leuk kapsel,' complimenteerde ik haar, terwijl ze mijn jas aannam en aan de handige Ikea-kapstok met daaronder de ingebouwde schoenenberging ophing.

'Dank je,' antwoordde ze met een warme klank in haar stem en gebaarde naar de driezitter naast het handige televisiemeubel dat de afgelopen tien catalogi glansrijk had overleefd en uit hoofde daarvan ongetwijfeld een evergreen mocht worden genoemd.

'Gezellig,' riep ik, terwijl Katja in de keuken – eveneens van Ikea – een fles wijn ontkurkte.

'Ikea!' riep ze terug.

Ik wist niet of ze op de keuken of op de rest van de inrichting doelde. Ik hield mijn antwoord even neutraal: 'Ah.'

Ze keerde terug met een dienblad met daarop twee glazen,

een bakje chips en een fles Sauvignon.

'Ik ben gek op Ikea,' vertrouwde ze me toe. 'Sören trouwens ook.'

Ik nam aan dat Sören haar partner was. Ik kon me alleen totaal niet herinneren zijn naam ooit eerder uit haar mond te hebben gehoord.

'Is Sören misschien Zweeds?' vroeg ik belangstellend. Het was alsof ik bij een vreemde op bezoek was, ik kon er niet bij dat twee ex-collega's zo pijlsnel uit elkaar konden groeien.

'Zweeds?' vroeg ze verbaasd terwijl ze mijn glas bijna tot de rand toe vol klokte en het hare slechts voor een kwart vulde. 'Waarom zou hij Zweeds zijn?'

'Omdat hij gek is op Ikea en Sören heet,' legde ik geduldig uit.

Ze grinnikte. 'Wat grappig,' vond ze, 'zo had ik het nog nooit bekeken.'

We toostten.

'Je hebt toch hopelijk al gegeten, hè?' informeerde Katja bezorgd, als goede gastvrouw. 'Op vrijdag eten wij namelijk altijd heel vroeg, omdat Sören dan zaalvoetbal speelt.'

'Spaghetti bolognese,' loog ik. 'Twee volle borden, dus maak je geen zorgen.' De reusachtige breedbeeldtelevisie naast mij was afgestemd op MTV en zond onrustige flikkeringen de kamer in.

'De muziek stoort je toch niet?' vroeg Katja. 'Ik vind het wel gezellig, wat leven in de brouwerij en op de koop toe goede muziek.'

Ik knikte en vroeg me ondertussen wat verwilderd af of ik wel bij de juiste deur had aangebeld.

'Ik zal het je maar zeggen,' bekende Katja opeens. 'Ik ben zwanger.'

'Het is niet waar!' riep ik uit.

Natuurlijk was het waar. Ik had het kunnen weten, ze gaf bijna licht.

'Zo zie je maar waar een ontslag goed voor is.'

Dit leek me een waarheid als een koe, maar dat zei ik haar niet.

'Het is nog maar vijf weken, hoor,' vertrouwde Katja mij toe. 'Maar jij mag het weten en ik vind het heerlijk om het te vertellen, dat begrijp je.'

Ik knikte weer en nam een grote slok wijn. Ruim tien minuten liet ik me meeslepen door spannende details als de geplande kleurstelling van de babykamer, Sörens hoop dat het een jongen zou worden – liefst met een stevig paar voetbalbeentjes, voegde ik er in gedachten aan toe – de nadelen van ochtendmisselijkheid en de vele voordelen van niet meer werken. Dit laatste vormde een prima bruggetje naar ons volgende onderwerp.

'Hoe is het met dat stelletje etters daar?' Daar was dan toch de oude Katja.

'*Alive and kicking...*'

Het was alsof ik op een knop had gedrukt, want opeens stroomde het naar buiten, het hele relaas.

Ze had het niet bepaald tactvol aangepakt. Ze had eenvoudigweg niet gepikt, niet willen pikken, dat Declercks zoon een uitzonderingsstatus genoot. Ze was op hoge poten naar Declerck getogen en had hem daarover persoonlijk de les gelezen. Hij had haar zonder omwegen op haar plaats gezet en meegedeeld dat ze zwaar buiten haar boekje ging. Daarop had ze iets van 'Hufter' gesist, zijn deur achter zich dicht geknald en tijdens de drie dagen die volgden met kloppend hart op een blaambrief gewacht. Die kwam niet. Een week later werd ze daarentegen op staande voet ontslagen of liever gezegd tot het indienen van haar ontslag gedwongen. De rest was geschiedenis. Zwanger of niet, het verhaal deed Katja's woede opnieuw oplaaien.

'Het is een rat, die Declerck,' spuwde ze me toe. 'Pas alsjeblieft op voor die vent. Het is niet zozeer door zijn functie dat hij macht heeft als wel door de mensen die hij kent. Die houden hem de hand boven het hoofd en maken hem zo goed als onaantastbaar.'

Ik dacht aan de hand van Declerck die een tikje op mijn bil had gegeven. Ik dacht aan het clandestiene filmpje dat ik minstens zes weken niet meer had afgespeeld. Ik dacht aan mijn eigen knusse appartementje en het feit dat ik naar mijn bed verlangde. Ik dacht aan mijn moeder, aan Ruud, aan Henriette en probeerde te wennen aan de wat trieste slotsom dat Katja en ik niet langer iets deelden. Ik bedacht dat je mensen pas echt leerde kennen als je hen in hun eigen vertrouwde omgeving zag, hoe kort dat ook zijn mocht.

'Je bent moe,' merkte Katja op.

Ik was twee dagen terug van vakantie en moe. Viel dat te rijmen?

'Sorry,' zei ik.

'Ik begrijp het maar al te goed,' antwoordde Katja meelevend. 'Ik moet er niet aan denken om momenteel te werken. Om dáár terug te gaan werken.'

Ik klopte met mijn hand vriendschappelijk op haar dij. 'Jij bent zwanger, daar moet je nu vooral aan denken en van genieten. Laat de rest maar lekker van je afglijden...'

'Met wie was je eigenlijk op Mallorca?' wilde Katja weten terwijl ze mij in het met minstens 500 watt verlichte halletje mijn jas aanreikte.

'Met Ruud,' zei ik. Ik had geen idee of ik haar ooit over Ruud had verteld.

'O ja, die knappe gast die op Jude Law lijkt,' merkte Katja tot mijn verbazing enthousiast op. 'Ik heb jullie eens na het werk op een terrasje gezien en toen heb je mij aan hem voorgesteld, weet je nog? Is hij homo?'

Onhandig trok ik mijn jas aan. 'Nee,' antwoordde ik, 'hoezo?'

Er verscheen een blosje op Katja's wangen. 'Gewoon, ik dacht, omdat jij, je weet wel... dat hij daarom ook...'

'Dat ik wat?' Ik keek haar oprecht vragend aan.

'Nu ja, iedereen weet toch dat jij hét bent, vandaar...'

'O,' liet ik me ontvallen en zocht steun bij de knop van de voordeur.

'Daar hou ik wel van, hoor, van wat diversiteit op de werkvloer, anders wordt het allemaal zo saai en voorspelbaar, vind je niet?' Bij deze wijze woorden knikte ze me bemoedigend toe.

'Je hebt helemaal gelijk,' wist ik uit te brengen terwijl ik dankbaar de koele avondlucht langs mijn warme wangen voelde strijken. De hitte van de halogeenspots kon zich meten met die van een efficiënte rode lamp.

'Volgende keer bij jou thuis?' vroeg Katja me onder begeleiding van een vette knipoog.

'Volgende keer bij mij!' beloofde ik plechtig.

Tijdens de wandeling naar huis had ik de kans mijn verwarde gedachten omtrent Katja's uitlatingen wat te ordenen en de opkomende koppijn door het glas barslechte wijn te doen vervliegen. Na een minuutje of twintig belandde ik op mijn vertrouwde stukje Zuid. Het was een drukte van jewelste in mijn straat. Een volslagen andere drukte dan 's morgens vroeg. Dan struikelde je over de moderne bakfietsversies met daarin een-, twee- en drielingen uitgedost volgens de allerlaatste mode, die milieubewust door hun yuppieouders met een minimale piëteit voor de overige weg- en voetpadgebruikers naar school werden getrapt.

Nu waren de stoepen aan beide kanten bevolkt met café-bezoekers. Op deze zoele nazomeravond bleken de terrassen te klein om iedereen een plekje te bieden, de massa was in groepjes naar links en rechts uitgewaaierd, bierglazen in de hand of op de vensterbank neerzettend. Uit diverse open deuren stroomden lounge-, r&b- en rockklanken naar buiten die vrijwel ogenblikkelijk overstemd werden door gelach en geklets. Ook tegen mijn vensterbank stonden bezoekers van het cafeetje vier huizen verderop geleund. Het zou niet de eerste keer zijn dat ik daags na een dergelijke avond mijn glazencollectie kon aanvullen met een kriek-, Duvel- of wijnglas dat nonchalant in mijn kozijn was achtergelaten. Niemand leek acht op mij te slaan terwijl ik in mijn tas naar mijn sleutel zocht en bedacht dat ik in tegenstelling tot een half uur geleden totaal geen zin had om thuis op de bank te gaan hangen of in mijn bed te kruipen. Op het moment dat ik de buitendeur open duwde, greep iemand me bij mijn heupen vast en gaf me een kus ergens in m'n haar.

'Henri!'

Nieuwsgierig draaide ik me om. Het was Mil. Ze droeg een mouwloos spierwit T-shirt, een witte lange broek met opgerolde pijpen en teenslippers en zag eruit alsof ze zo van het strand was weggelopen. Ze had elegante, verzorgde voetjes.

'Hé Mil,' begroette ik haar, niet goed wetend of ik haar binnen moest vragen.

'Ik zag je vanaf de overkant,' zei Mil. Ze klonk schor als een kraai. 'Heb je iets te doen?'

Dat had ik niet. Ik schudde het hoofd. Mil trok mijn deur resoluut dicht, overhandigde mij de sleutelbos, nam me bij mijn rechterhand en trok me de straat over naar een piepklein cafeetje dat uitsluitend in de weekends open was en waar ik eigenlijk nooit kwam. We moesten ons door de massa op het terras heen wringen en ook binnen was het druk. Daar wist Mil raad mee. Ze voerde me de trap op naast de bar naar een mezzanine waar enkele lage tafeltjes en fauteuils stonden. Hier zat gek genoeg niemand. Ze duwde mij neer op een fauteuil en ging naast mij zitten.

'Zo,' constateerde ze tevreden, 'hier kunnen we tenminste rustig praten.'

Dit klonk mij enigszins ironisch in de oren, want er hing een geluidsbox net boven ons hoofd. Er dreunde reggae uit.

Mil sprong op en boog zich lenig over de balustrade. Opnieuw moest ik vaststellen dat haar achterkant er zijn mocht. Wat beschaamd sloeg ik mijn ogen neer.

'Joehoe,' hoorde ik haar roepen naar de jongen achter de bar beneden, 'breng ons eens een flesje van die bubbeltjes!' Daarna plofte ze opnieuw naast mij neer.

'Ken jij die tent hier?' wilde ik weten.

'Welnee, nooit eerder geweest. Maar ik ben rond een uurtje of negen met bonje bij Ruud vertrokken en ik kwam hier voor de deur een jongen van mijn fitnessclub tegen waar ik een tijdje mee heb staan kletsen, vandaar.'

Ze keek me blij aan. De bonje met Ruud leek haar goede humeur niet in de weg te staan. Haar ogen waren dermate felgroen dat ik besloot dat ze gekleurde lenzen droeg. Mooi waren ze wel.

Ik wist niet wat te zeggen. Er verscheen een decoratieve jongen met een rastamutsje op zijn dikke donkere haar die een koeler voor ons op tafel neerpootte met daarin een zwarte fles. Het was Freixenet en hij schonk hem uit in wijnglazen.

'Sorry, geen champagneglazen meer. De helft staat buiten en is ondertussen waarschijnlijk al gesneuveld,' deelde hij ons mee om dan meteen te verdwijnen. Hij nam de trap acrobatisch in slechts twee sprongen.

'Nou ik hoop dat je dorst hebt,' wenste Mil me schor toe en nam een flinke slok.

'Bonje?' vroeg ik nadat ik mijn eerste slok had doorgeslikt. Ik had moeite met het beantwoorden van haar open blik. Ik kon me zo voorstellen dat Ruud mijn tête-à-tête met Mil allerminst zou kunnen waarderen.

'Yep,' antwoordde Mil. Ze leunde naar opzij en kneep in mijn linkerdijbeen. Het was niet omdat ze in mijn dijbeen kneep, god weet hoe vaak ik mensen even in hun dijbeen kneep of een hand op hun dijbeen liet rusten. Het was de plek en de manier waarop ze het deed. Ze kneep en schoof toen haar hand langs de binnenkant van mijn dij naar boven tot ergens tegen mijn schaambeen. Daar liet ze hem enkele tellen rusten, trok hem dan heel achteloos terug om ermee door haar eigen haardos te strijken. Ik wipte ongewild op van de stoel, er gulpte een scheut wijn over de rand van mijn glas.

'Hij ging over jou.' Haar ogen schitterden.

Ik kende haar onvoldoende om er een gemoedstoestand uit af te lezen. Ze boog voorover, diepte een pakje sigaretten op uit haar beige linnen schoudertas die slordig op de vieze vloer lag, stak er eentje op, overhandigde hem aan mij om er dan nog één voor zichzelf op te steken. Het was het minste dat ik voor haar kon doen, haar vriendelijk aangeboden sigaret oproken. De ruzie was immers om mij begonnen. Ik rookte dan wel niet officieel, maar het gaf me iets te doen en dat was prettig.

Misschien was Mil schor omdat ze tegen Ruud had staan schreeuwen. Of wellicht ook omdat ze intensief aan karaoke deed, wie zou het zeggen? Ik nam voor de zekerheid een flinke slok Freixenet om de rook weg te spoelen die onaangenaam in mijn mond bleef hangen. Het inhaleren was ik helaas niet machtig.

'Weet je,' viel Mil met de deur in huis, 'hij is gewoon niet over jou heen. En dan tegen beter weten in toch aan iets beginnen, hè?'

Ik probeerde haar hese verhaal, dat een onfaire krachtmeting met Angie Stone's ferme stemgeluid moest aangaan, te volgen. Zo leerde ik dat ze inmiddels bijna drie maanden samen waren en dat Mil in alles wat ze deed met mij vergeleken werd, dag in dag uit. Dat ze daar helemaal krankjorum van werd. Nu, dat kon ik begrijpen. Wat ik niet begreep was dat Ruud haar ruim twee maanden voor mij verzwegen had.

'En dan moet je weten dat ik niet eens moeilijk doe over jou, hij is zo eerlijk geweest om me vanaf het begin op te biechten dat jij in zijn hart zit, zoals hij dat zo mooi omschrijft...' Ik werd afgeleid door de peuk die bij zijn filter was aanbeland en de huid tussen mijn linkerwijsvinger en middelvinger schroeide, zodat ik een stuk van haar zin miste en pas weer bij de les was nadat ik het eindje in de vieze, overvolle asbak had uitgedrukt. 'En ook omdat ik het wel zag zitten, weet je, ik ben nu eenmaal bi en daar ben ik net zo goed van meet af aan eerlijk over geweest, maar jongens, dan is-ie opeens een partij ouderwets, jeezes!'

Bij die ontboezeming ademde ik van de weeromstuit krachtig uit door mijn neus. Verrast zag ik hoe dit twee rookwolkjes opleverde.

'Bi?' vroeg ik. Ik moest toch iets zeggen. Dan maar beter rechtstreeks tot de kern doordringen.

'Ja, bi,' bevestigde Mil. Het voortbrengen van geluid leek haar de grootst mogelijke inspanning te kosten, ze was nauwelijks hoorbaar en de aderen van haar hals zwollen op bij ieder woord dat ze uitsprak. 'Zoiets zou jij meteen moeten doorhebben, toch?'

In geen duizend jaar dus.

'Wat zag jij wel zitten?'

'Nou jou, wij met z'n drietjes, waarom niet?'

Opnieuw stak Mil een sigaretje op. Ik zag ons binnen het halfuur overgeleverd aan gebarentaal als ze zo doorging. Hoe ging ik haar duidelijk maken dat ik geen triomens was? Dat ik wel de laatste was die in was voor zoiets? Ik vond drie ronduit een slecht getal. Aan drie vrouwen moest ik evenmin denken, die overdaad kon ik niet aan.

'Zeker nadat jullie op Mallorca...' Ja, dat verstond ik goed, ondanks het feit dat het op fluistertoon werd uitgesproken.

'Op Mallorca?' Mijn wangen gloeiden van verontwaardiging. 'Wat denk jij eigenlijk wel niet van mij?' Van pure agitatie kwam ik wat overeind uit mijn fauteuil, waardoor Mil achteruitdeinsde in de hare. Die geste kalmeerde me enigszins. Ik mocht me niet laten meeslepen door een halve zin. Ik schoof wat naar achter, wreef over mijn dijbenen en kuchte. 'Wat is er met Mallorca?'

Zoals ik half en half verwacht had, was het *hineininterpretieren* van Mils kant geweest. Zij had bij zijn terugkeer gezinspeeld op de intimiteit van een vakantie samen met je beste vriendin en Ruud had dat bevestigd noch ontkend. Waarop ze overmoedig had voorgesteld om het eens met z'n drieën te proberen, dan hadden we er tenminste allemaal iets aan. Die suggestie was niet geheel onlogisch moest ik voor mezelf toegeven.

'Drie is echt niet mijn ding,' zei ik eenvoudig.

Mil lachte. 'Ach, ik wil me in het geval dát heus over Ruud ontfermen, hoor.'

Nu, dat vertrouwde ik haar wel toe.

'Ging de ruzie daar specifiek over?'

Ze zuchtte en legde met een vliegensvlugge beweging een knoop in haar loshangende haar. 'Ik heb hem gekwetst met mijn voorstel. Jij bent en blijft van hem. Als hij jou niet hebben kan, dan ik ook niet. Maar ik vertik het om voor surrogaat te blijven spelen. En toen hij dat vanavond zei, hij zei iets over hoe rustig jij tijdens jullie vakantie sliep, terwijl ik enorm woel, dat was weer zo'n stomme vergelijkende opmerking van hem, toen had ik het even helemaal gehad...'

Ruuds kamer en die van mij waren door een brede hal met balustrades langs beide kanten gescheiden geweest op Mallorca, dus daar had hij die wijsheid onmogelijk kunnen opdoen. Had Ruud mij ooit al zien slapen? Misschien waren we wel eens een uurtje op de bank weggedommeld na een avond stappen of zo...

'En twee?' vroeg Mil uit het niets.

Ik schrok op. 'Twee?' Ik zag toe hoe ze opstond en over mij heen kwam hangen.

'Gewoon, met z'n tweetjes,' fluisterde ze in mijn linkeroor. 'Jij en ik, zonder pottenkijkers...'

Ze rook lekker, naar lelietjes-van-dalen of zoiets, en haar adem voelde warm in mijn hals. Ik wist niet of dat de doorslag gaf, ik wist alleen dat ik mezelf hoorde zeggen: 'Dat lijkt me wel wat...'

Ja, stom. Ontzettend stom natuurlijk. Maar zo voelde het op dat moment niet. Niet toen we giechelig en bijna samenzweerderig de straat overstaken en mijn gang binnen boemelden, Mil met de halfvolle fles in haar hand – 'ja zeg nou zelf, we hebben er toch voor betaald?' – en ik met onze tassen. Terwijl ik binnen mijn mp3-speler in de stereo plugde, dwaalden mijn gedachten onwillekeurig af naar Ruud. Veel tijd om bij hem stil te staan kreeg ik niet, omdat Mil opeens achter me stond en me meetrok naar de bank. Op een spierwit slipje met aangeknipte pijpjes na was ze naakt.

Ik liet me op de bank vallen en staarde naar haar.

'Wat heb jij een ontzaglijk goed lijf!' wist ik uit te brengen.

Met het uitspreken van dat haantjesachtige compliment drong het tot me door dat dit de crux was tussen Mil en mij. Op Ruud na deelden we nauwelijks een interesse, wat ik voor haar voelde of liever gezegd wat ik in haar aanwezigheid ervoer, was puur chemisch. Ik kende haar achternaam niet, laat staan haar achtergronden, ik wist alleen dat ze voor me stond met dat perfecte lichaam van haar en dat we zouden gaan vrijen omdat ze daarvoor was gekomen. Die zekerheid vervulde me met een mengeling van opwinding, gewetenswroeging en angst. Gewetenswroeging omdat het tegen mijn karakter indruiste, seks om de seks, angst omdat het de allereerste keer zou zijn. Opwinding omdat ik het eindelijk ging doen.

Met de vriendin van mijn beste vriend.

Die vaststelling verlamde me.

Ondanks de fysieke verstarring liet ik toe dat Mil mijn jeans uitsjorde, mijn shirtje over mijn hoofd uittrok, mijn beha behendig loshaakte en schrijlings op me kwam zitten. Haar huid was mokka, de mijne roodbruin.

We spraken geen woord tijdens deze praktische handelingen. Wellicht was Mil zelfs niet langer bij stem. Haar fraaie gezicht, stevige borsten, smalle taille en afgetrainde buik verstilden tot een reclamefoto voor een frivool lingeriemerk. Haar lippen waren vol en zacht en haar kus smaakte prikkelend zoetig, alsof ze net op een zuurtje had gezogen. Ik sloot mijn ogen… en dat had ik beter niet kunnen doen.

Mil leek mijn tweestrijd te registreren. Ze onderbrak onze kus. 'Waarom heb ik het gevoel dat we toch met z'n drieën zijn?' lispelde ze heser dan hees.

Ik vertelde haar maar niet dat we met z'n vieren waren, dat leek me bijzonder ongepast. Ik kon dit niet. Het verbaasde me niet. Ik boog het hoofd, niet bij machte om te spreken.

Mil liet zich met een zucht opzij vallen om dan knusjes tegen me aan te kruipen.

Daar zaten we, schouder aan schouder en nagenoeg naakt op mijn bank, Mil in een wit, ik in een donkerblauw slipje. Toen ik eindelijk durfde op te kijken blonken er tranen in haar ogen. Ze vertederde me. Ik pakte haar rechterhand en drukte er een voorzichtige kus op.

'Sorry, Mil,' fluisterde ik en slikte.

Ze trok haar knieën op tot tegen haar buik en kroop dichter tegen me aan. Ik sloeg mijn armen om haar heen en duwde haar warme natte wang tegen mijn borst.

Minuten verstreken en ik begon het koud te krijgen. Ik was niet de enige. Mil rilde over heel haar lichaam. Ze maakte zich los uit mijn omhelzing en ging overeind zitten. We keken elkaar een moment diep in de ogen.

Toen zei ze: 'Ik kan vannacht onmogelijk alleen zijn, doe me dat alsjeblieft niet aan...'

Het was onwennig en tegelijkertijd gezellig om samen in bed te liggen. Als twee schoolvriendinnetjes die van hun ouders bij elkaar mochten logeren.

Het nachtlampje aan mijn kant brandde, we lagen met onze gezichten naar elkaar toegekeerd, de knieën opgetrokken.

'Mil,' mompelde ik, 'wat is dat voor een naam?'

'Mildred,' zei Mil met een stem die ieder moment verstek kon laten gaan, 'naar mijn oma van papa's kant... Papa is Surinaams, mama een blonde Friezin. En wat krijg je dan? Een mokkakleurige dochter met beige pijpenkrullen en groene ogen...'

Ik pakte haar beide armen vast en kneep er even in.

'Sorry,' prevelde ik schuldig, 'ik verdacht je van groene lenzen.'

Ze grinnikte. 'Je bent niet de eerste…'

'En Ruud?' Ik kon het niet laten.

Ze draaide zich op haar rug en legde haar handen onder haar nek. 'Ach Ruud,' fluisterde ze, 'hij is lief, hij is aantrekkelijk, hij is gevoelig… en intelligent.'

'De beste,' droeg ik aan als om ons verraad te verzachten.

Mil draaide zich terug op haar zij zodat we elkaar opnieuw aankeken. 'Ik denk het wel,' zei ze, 'ik denk het wel, maar ik weet niet of ik hem zekerheid kan bieden. Niet echt.'

'Nee,' zei ik om maar iets te zeggen, terwijl ik geen idee had van de zekerheden tussen Ruud en Mil.

'Ik mis Amsterdam,' bekende Mil, 'ik mis de openheid van de Nederlanders, hun botheid die ik tot voor een jaar geleden verfoeide, ik mis de hypocrisie van niet drinken vóór vijf uur en daarna je schade schromeloos inhalen, ik mis…'

Ik smoorde het vervolg van haar zin met mijn lippen die zij heel even met haar tong opende om mijn gezicht dan zachtjes maar beslist weg te duwen. Ja, ditmaal was Mil de verstandigste van ons tweetjes. Ze gaf een plagerig kneepje in mijn kin.

'Ik moet hier echt mee oppassen…,' verzuchtte ze. Ze sprak ongetwijfeld tot zichzelf.

'Waarmee?' wilde ik weten.

'Met kussen. Met vrouwen. Ik vind het gewoon fijner om een vrouw te kussen dan een man.'

Mils haarvracht lag als een kunstzinnig touwvlechtwerk over haar kussen uitgewaaierd en omkranste haar fijne gezicht met de matbruine huid en de volle lippen. Zelfs op dit late uur stonden haar ogen helder. Ik probeerde me haar vader voor te stellen, haar moeder, de trots die ze moesten hebben gevoeld toen dit unieke schepseltje ter wereld kwam.

'Je zoent trouwens goed.'

Dat had ze eventjes empirisch vastgesteld, ik had niks geen brevetten hoeven voorleggen. Haar compliment maakte me verlegen.

'Dank je.'

Mil sloeg haar armen rond haar knieën en bolde haar rug. Ze keek peinzend. 'Seks daarentegen vind ik dan weer beter met een man, ik mis toch iets, zo zonder…'

Ik hakte het vervolg van haar zin bruusk af. 'Ja Mil, *I get the picture*, oké?'

Ze grinnikte en gaf me een duwtje.

'Hou jij het nou maar fijn bij mannen…' adviseerde ik haar terwijl ik mijn lampje uitknipte.

'Ja, laat ik dat maar doen,' waren de laatste woorden die ik haar hoorde prevelen.

Ik schrok wakker van de wekkerradio. Het display knipperde op kwart voor acht. In mijn hoofd was het wazig. Ergens daagde het besef dat het weekend was. Waarom had ik de wekker dan gezet? Ik keek naast me en toen drong het tot me door. Mil. In alle consternatie moest ik vergeten zijn de wekker op een later tijdstip te zetten. Ik kwam met een vaartje overeind. Was ze weg? Het leek me niks voor Mil om er stiekem tussenuit te knijpen. Ik griste een singlet uit de bovenste la van de commode tegenover het bed en bolderde het trapje af dat toegang tot de open keuken gaf. Daar stond ze. Achter mijn fornuis. Ze was iets aan het bakken. De afzuigkap loeide en overstemde de cd van Erykah Badu die ze had opgezet.

'Mil,' riep ik boven het lawaai uit, omdat ik haar niet onnodig wilde laten schrikken door haar te besluipen. Ze was net heel hard *Honey, you're so sweet* aan het meezingen maar hoorde me toch en draaide zich om.

Net als de vorige avond was ze in het wit gekleed. Alleen prijkte er nu een fikse vetvlek tussen haar borsten die ze kennelijk met water vergeefs had proberen weg te deppen.

'Hoi,' begroette ze me zonnig. Ze had zowaar een stem. Ze wees met de schuimspaan die ze in haar hand hield in de pan. 'Eieren,' meldde ze.

Ik ging zitten op één van de twee barkrukken die ik bezat en liet mijn ellebogen steunen op het beukenhouten toogblad. 'Dat ruik ik.'

'Je had geen spek.'

'Ik lust geen spek.'

'Er is ook geen brood.' Mil klonk aarzelend.

Ik schudde m'n hoofd.

'Gelukkig had je eitjes en tomaten.'

'Ik eet op zaterdag altijd na het lopen,' lichtte ik haar in, 'en zonder uitzondering bij mijn moeder in haar brillenwinkel.'

Het was misschien wat veel informatie in een zin. Mil moest ineens zien te verstouwen dat ik én een vaste zaterdagmorgengewoonte had, niet ontbeet én een moeder die op de koop toe een brillenwinkel had.

'Prima, dan sla je maar een keertje joggen over en drink je straks gewoon een kopje koffie bij je moeder,' stelde Mil laconiek voor.

Ze verdeelde het roerei met de tomaten snel en behendig over twee diepe borden die ze voor me neerzette. Uit de koelkast toverde ze twee glaasjes sinaasappelsap tevoorschijn die ze eerder moest hebben geperst. Ze liep om de bar heen, overhandigde mij een vork en kwam naast me zitten.

'Cheers,' wenste ze en wierp me een knipoog toe.

Als uitgehongerde wolven vielen we op de eieren aan.

'Jij kan eieren bakken,' feliciteerde ik haar nadat ik mijn bord schoon leeggegeten had.

'Goed hè?' zei Mil zonder een spoortje bescheidenheid en toen: 'Weet je, Henri, het is niet netjes wat we hebben gedaan, maar ik heb er geen spijt van, jij?' Ze keek me onderzoekend aan.

Ik kleurde niet en dat vond ik een positief teken. 'Nee,' antwoordde ik naar alle eerlijkheid.

Ik had ook geen spijt. Ik was eerder verrast. Door een sterk gevoel van verbondenheid of ontluikende vriendschap. Het overrompelde me een beetje, maar dat kwam denk ik vooral door de onconventionele weg die ik met haar had afgelegd om tot dat besef te komen.

Mil stapelde de borden op elkaar en spoelde ze af onder de kraan.

'Zullen we het dan maar gewoon voor onszelf houden?' vroeg ze met haar rug veilig naar mij toegekeerd.

'Afgesproken,' beloofde ik.

Ooit zouden we erop terugkomen, ooit zouden we er losjes

over kunnen praten en lachend op terugkijken, maar daarvoor was het vooralsnog te vroeg, ons contact te broos.

Toen ik Mil tegen tienen naar de voordeur begeleidde, zag ik dat aan het einde van mijn straat een podium werd opgebouwd. Op het pleintje even verderop was een grote groep mensen in de weer met het opzetten en inrichten van allerhande kraampjes. Het was duidelijk dat ik er een tijdje tussenuit was geweest, ik had geen idee van de festiviteitenagenda in mijn buurt.

'Dat wordt feesten,' kondigde Mil aan, die naast mij in de deuropening stond en mijn blik had gevolgd. 'Maak je borst maar nat…'

Alsof ik in mijn uppie zou gaan feesten.

'Zal je die keel van je een beetje verzorgen?'

'Ik ben heel snel mijn stem kwijt,' zei ze. 'Vooral als ik emotioneel ben. Meestal volstaat een dropje om het euvel te verhelpen.'

'En ik had geen dropjes…'

'Nee, jij bent een Belg, Belgen hebben nooit dropjes in huis. Het zij je vergeven.' Ze pakte mijn beide handen vast en stapte van het afstapje op de stoep zodat ik op haar neerkeek. 'Als vannacht me één ding geleerd heeft, dan is het wel dat ik Ruud veel beter heb leren begrijpen.' Ze klonk ernstig en hield mijn handen stevig vast. 'Ik vond hem altijd zo onwijs overdrijven en dwepen als hij weer eens vertelde hoe sexy, hoe lief en hoe geestig je wel niet bent…'

Ik knipperde met mijn ogen, ik wilde mijn handen losmaken uit de hare, ik wilde terug naar binnen, alleen zijn, maar dat liet Mil niet toe.

'Maar hij heeft gelijk, weet je, en als jij van mij was, dan, dan zou ik je zeker nooit met iemand delen.'

Ik beet op mijn lip en sloeg mijn ogen neer. Mil trok mij de stoep op en liet mijn handen los om haar armen om me heen te slaan en me stevig tegen zich aan te drukken. Ze gaf me geen kus. Wel fluisterde ze in mijn oor: 'Dat is een compliment, Henri, niet meer en niet minder.'

Ik knikte wat verdoofd en zag haar met grote vloeiende passen weglopen, een ranke witte zwaan met zwarte roots en begiftigd met een bewonderenswaardige noordse nuchterheid.

Haar vertrek sloeg een gat in mijn zaterdag. Ik voelde me akelig alleen. De lust om te gaan joggen was verdwenen. Ik dacht er serieus over mijn moeder af te bellen. Onrustig liep ik naar boven om mijn bed op te maken. Misschien werd mijn gevoel van eenzaamheid versterkt doordat ik na lange tijd weer eens samen had geslapen. Met Mil. Ik streek de plooitjes van het onderlaken aan haar kant glad. In een impuls drukte ik haar kussen tegen mijn gezicht. Het was alsof ze er niet was geweest, ik onderscheidde slechts een vaag vleugje *Omino Bianco*. Ik schopte mijn schoenen uit en kroop weg op Mils plekje, mijn knieën opgetrokken, mijn rechterwang op haar kussen.

We hadden een onafgemaakte kus uitgewisseld, meer niet. O ja en later in bed nog een soort halve. Meer niet.

Ik had Ruuds vertrouwen geschonden. Meer niet.

Ik had op het punt gestaan mijn gevoelens voor de onzichtbaar aanwezige vierde te verloochenen. Meer niet.

Werkte dat zo? Ging je als je maar lang genoeg alleen was gretig in op wat je op een plateautje werd aangeboden? En was het vervolgens niet liederlijk laf om zo'n aanbod af te slaan? Pijnlijk, onavontuurlijk, ambigu. Of kende ik mijn grenzen gewoon te goed en had ik bij voorbaat geweten dat ik het nooit zou hebben kunnen verantwoorden, niet tegenover Mil noch tegenover Ruud en al helemaal niet tegenover mezelf? Was ik een moraalridder? Nauwelijks twee weken geleden had mijn moeder ruiterlijk toegegeven in haar jonge leven promiscue te zijn geweest. Getuigde dat van dapperheid?

Ik verdacht mijn moeder ervan dat ze drieste uitspraken deed vanuit de zekerheid dat er van mijn kant weinig of geen kritiek kwam. Als zij iets als een voldongen feit poneerde, wie was ik dan om haar er vervolgens jaren mee rond de oren te slaan?

Tegen tweeën hakte ik de knoop door en belde mijn moeder af. Ik probeerde me af te sluiten voor de litanie die op mijn mededeling volgde.

'Wat ben je toch grillig, Henri, kon je dat niet eerder zeggen?

Nu heb ik niet gegeten en kan ik mijn klanten de rest van de dag bedienen met een knorrende maag. Waarom moet jij mijn geregelde leven altijd zo in de war sturen? Ik word hier te oud voor, Henri.'

Ik verontschuldigde me ettelijke malen en paaide haar uiteindelijk met de belofte van een uitgebreid ontbijt op zondag.

Na het telefoongesprek was ik uitgeteld. Op het moment dat ik in slaap dreigde te vallen werd ik echter opgeschrikt door een oorverdovend kabaal. Heavy metal-klanken drongen zich door het open raam naar binnen. Het concert op de hoek moest zijn losgebarsten.

Besluiteloos liep ik naar mijn kleerkast. Ik had na het douchen gemakzuchtig mijn kleren van de vorige avond aangetrokken. Ze stonken naar de rook en de wijn die ik erop gemorst had. Ik rommelde door de stapeltjes bloesjes en T-shirts.

Mijn ogen dwaalden over de planken en ik wist dat het donkerblauw zou worden. Donkerblauwe blouse, donkerblauwe jeans, donkerblauwe boots. Ik realiseerde me dat ik *blue* gestemd was. Ik zag op tegen maandag. Maandag zou ik Ruud bellen. Alsof er niets was gebeurd. Er was niets gebeurd. Dat waren Mil en ik overeengekomen.

Ik dropte mijn vieze kleren in de wasmand in de badkamer en trok de verse aan. In de manshoge spiegel naast de wastafel kwam ik mezelf tegen. Ze keek me wat weifelend aan. Ze leek iets te verbergen te hebben. Ik zag het aan haar ogen. Ik bekeek mezelf als een buitenstaander. Zag de vreemde die mijn spiegelbeeld eeuwig zou blijven.

Mil had me lief genoemd. Haar hele zin was weldadig geweest, maar dat ene woordje was eruit gesprongen.

Lief wilde ik zijn. Liever nog wilde ik lief worden gevonden. Door mijn vrienden. Op een schone dag door de vrouw van mijn leven. Door mijn moeder. Dat bleef echter een utopie. Ook al wist ik sinds kort dat ze oprecht van me hield, die liefde impliceerde nog niet dat ze me lief vond.

Onder het luide gejank van elektrische gitaren liep ik naar mijn computerhoek achterin de kamer die uitgaf op de tuin. Ik startte mijn computer op en nam plaats achter mijn bureau. Of bureau, het was geen officieel bureau, het was een sikkelvormig teakhouten tafelblad waar ik zelf vijf taps toelopende matstalen poten onder had geschroefd. Het leek in niets op de anonieme cleandesks bij ons op kantoor. Daar was het me ook om te doen geweest.

Terwijl mijn bureaublad zich met icoontjes vulde, viel mijn oog op de foto die half onder de muismat lag. Ik pakte hem op. Henriette staarde me aan. Ik staarde terug. Het was veel prettiger naar haar te kijken dan naar mijn spiegelbeeld. Ze lachte, haar lippen krulden. Aan haar linkervoortand ontbrak een klein hoekje. Even charmant als Tara's knipje. Nee, ze lachte niet naar mij. Ze lachte naar de fotograaf. Een natuurlijke, ongedwongen lach. Kende ze hem? Haar? Lachte ze het leven toe? Was ze al ziek op de foto? Ik gaf normaal de voorkeur aan zwart-wit, absoluut. Ditmaal zou ik er iets voor hebben gegeven als het een kleurenfoto was geweest. Die zou me zoveel meer hebben verteld. Over de kleur van haar ogen, haar en huid.

Mijn rechterwijsvinger streelde haar wangen, volgde de contouren van haar gezicht. Ze lachte. Dat was wat telde. Ze was cum laude geslaagd. Had een moeder die van haar hield. Een vader die van haar hield. Een zus die van haar hield. Een zus van wie zij hield. Een zus die het zonder de liefde van haar ouders moest stellen. Die zij voor drie moest liefhebben. Ik slikte. Ik had mijn moeder afgebeld. Wie was ik om mijn moeder af te bellen?

De bevolkingsdichtheid in mijn straat was op enkele uren tijd extreem toegenomen. De avond met Mil was er niets bij. De band op de hoek speelde zich de ziel uit het bezwete lijf. Ik haastte me tussen het kluwen volwassenen, kinderen, kwispelende huisdieren, fietsen, bakfietsen door naar de bakker verderop in mijn straat waar het aangenaam rustig was. Ik negeerde mijn moeders lijn en rekende een chocolademousse voor haar af. Haar onbetwiste zoete favoriet. Vanuit de bakker zag ik de tram aankomen. Ik trok een sprint. Geen tijd te verliezen. Terug kon ik lopen. Amper vier minuten later stapte ik vlak voor mijn moeders deur uit. De winkel was leeg. Ik had de deur nauwelijks geopend of ze schoot als een speer achter haar spiegelwand vandaan.

'Kan ik u helpen?' vroeg ze vanuit een verte van nauwelijks drie meter.

Ik vermoedde dat haar ogen aan wat sterkers toe waren dan vensterglas.

Ik grinnikte.

Dat geluid herkende ze. 'Henri...' Mat. 'Wat kom jij hier doen?' Kattig.

Ik gaf haar een kus op haar koon. 'Ik doe boete...,' zei ik en overhandigde haar het doosje van de bakker.

Enigszins argwanend nam ze het van me aan. Aan termen als boete en schuld had mijn moeder een broertje dood. Tussen de auberginetint van haar kapsel kropen enkele oranje lokjes, zag ik, terwijl ik achter haar aan naar haar werkruimte liep.

'Ben je naar de kapper geweest?'

Ze draaide zich naar me om. Haar ogen lichtten op.

'Ja. Ik had opeens zin in iets anders. Fraai hè?'

Ik knikte. Het stond haar. 'Heel fraai!'

Mama dook de keuken in. 'Een koffietje?' riep ze en zonder mijn antwoord af te wachten: 'Is er iets, Henri?'

'Wat zou er zijn?'

Voor de verandering ging ik maar eens in een kuipje zitten.

'Complimentjes, chocolademousse, komen als je net hartstochtelijk hebt beweerd niet te komen... zo van die dingen!'

Ze stond voor me met twee kopjes espresso.

'Een nieuwe smaak,' zei ze vriendelijk. 'Uit India, meen ik.' Ze trok het kuipje naast mij wat opzij en ging zitten.

Haar mantelpakje was auberginekleurig en afgebiesd met een fijn oranje randje. Ze had het vast tijdens haar kappersbezoek gedragen om exact aan te geven welke kleurstelling ze wenste.

'Je bent uitzonderlijk in stijl,' merkte ik op. Met mijn lengte zou ik ronduit bombastisch zijn in een dergelijke outfit, zij kon het hebben, petieterig en koket als ze was. Ze kleedde zich graag extravagant.

'Ik moet het dus nogmaals vragen? Bij deze dan: wat is er loos, Henri?'

Ze lepelde haar potje mousse met smaak uit.

Ik keek van haar weg. Met mijn blik op haar apparatuur scandeerde ik: 'Ik wil gewoon… dat je weet… dat ik je appricieer. Dat ik je…. lief…. vind.' Ik keek wat verlegen naar haar op.

Mijn moeder verslikte zich. 'Wat zeg je nu?' Ze klonk op het randje van gealarmeerd.

Ik haalde mijn schouders op. Zweeg.

Ze zette het lege potje mousse met een klapje op het tafeltje naast mij.

'Ik ben nog niet dood hoor,' merkte ze koeltjes op. 'Dat soort uitspraken bewaar je maar voor op mijn grafsteen.'

Ik kuchte en liet mijn ogen langs het plafond glijden om mezelf een houding te geven.

'Aha, maar ik heb je door,' hoorde ik mijn moeder zeggen. 'Dit is een soort psychologische test. De ultieme test tussen moeder en dochter. En nu is het aan mij. Nu moet ik zeggen hoezeer ik jou waardeer en hoe lief ik jou vind.' Ze grinnikte om haar eigen spitsvondigheid. 'Alsof ik daar zou intrappen,' mompelde ze hoofdschuddend.

Ik voelde me wee worden van schaamte. Ik had geen idee wat ik hierop kon antwoorden. Het lot was met mij. De zoemer ging, een klant trad binnen, mama sprong op en haastte zich de winkel in. Ik bewonderde de punten van mijn laarzen. Mijn gezicht begon te gloeien.

'Goedemiddag,' hoorde ik mijn moeder wensen. 'Kan ik u ergens mee helpen?'

'Ik denk dat ik dringend een leesbril nodig heb,' deelde een bekende stem haar mee.

Geschrokken stond ik op en liep naar de doorkijkspiegel zodat ik buiten beeld was. Ze was het! Tara had mijn moeders winkel aangezocht om zich een bril te laten aanmeten. Voor een bril was er in Antwerpen namelijk één enkel adres: *C'est à voir*.

Ik realiseerde me dat ik na jaren speculeren eindelijk wist waarom mijn moeders winkel een Franse naam had. Ze was in het Frans grootgebracht. Horen deed je het niet aan haar. Ze had haar wortels al die jaren uitstekend weten te verbergen. Misschien kon ze Tara in het Frans bedienen, dat was eens wat anders. Tara stond midden in de winkel. Het linkerbeen over het rechter gekruist. Rechterhand in de zij. Haar linker haalde ze vluchtig door het zwarte, glanzende haar. Net als ik was ze volledig in het donkerblauw. Alsof we het hadden afgesproken.

'Hebt u een recept?' Mijn moeder.

'Nee.' Tara. 'Is dat een probleem?'

'Ik ben optometriste,' wijdde mijn moeder mijn collega in. 'Ik zal u even onderzoeken, dat is vanzelfsprekend een service van de zaak, en dan weten we meteen hoe de vork in de steel zit. Het is zo gebeurd en ik zal u geen pijn doen.'

Nu lachte Tara. 'Ik vertrouw u volkomen.'

Dat was niet mis. Nu was het een feit dat mijn moeder vertrouwen inboezemde in haar winkel. Je merkte aan haar dat ze wist waarover ze het had. Ze bediende haar instrumenten met vaste hand, wist blindelings waar alles lag. Ieder voorwerp in mijn moeders werkplaats blonk, bij haar zou je geen infecties oplopen. Ik kon me zo voorstellen dat Tara niet eens vreemd zou opkijken als mijn moeder achteloos zou opperen: 'Meteen ook maar een uitstrijkje nemen, nu u hier toch bent?'

'Komt u maar even mee,' hoorde ik mijn moeder zeggen. 'Dan bepalen we eerst de sterkte en zoeken we daarna een mooi montuurtje voor u uit.'

Ik besefte dat ik geen kant op kon, behalve schuilen in het toilet. Daar had ik nu net geen zin in. Ik leunde dus maar wat tegen mijn moeders werktafel in de hoop dat dit redelijk naturel zou overkomen. Een voordeel had ik. Ik was voorbereid. Tara niet. Ze schrok oprecht. Of nee, schrikken was niet het juiste woord. Door de confrontatie met mij hield ze abrupt halt en er verscheen een blije uitdrukking op haar gezicht. Zo blij dat ik er blij van werd. 'Henri!'

Zonder ach, gewoon Henri.

'Tara!'

We schudden elkaar enthousiast de hand. Van teen tot hals waren we tweelingen. Ik zag Tara's ogen mijn vaststelling overdoen.

Mijn moeder zei niets. Ze leek een beetje uit het veld geslagen. Dat kwam haar reputatie natuurlijk niet ten goede.

'Tara, dit is mijn moeder,' haastte ik me te zeggen. Ik hoorde de trots in mijn stem. Mijn moeder was optometriste. Zij ging Tara zo dadelijk onderzoeken en van haar leesproblemen verlossen.

'Céline Delvaux.' Mijn moeder klonk als haar ferme zelf, ze had zichzelf weer helemaal in de hand.

'Tara Descamps. Uw dochter en ik werken voor hetzelfde bedrijf.'

'Wat enig.'

Mijn oren klapperden.

'Wat u zegt. Henri begeleidt een aantal mensen van mijn afdeling...'

Mijn moeder bood Tara een kuip aan met een vriendelijk gebaar van haar hand. Nu we toch zo gezellig aan het keuvelen waren, konden we er evengoed bij gaan zitten.

'Maak jij even koffie?' commandeerde mama, 'ik neem aan dat u wel een espresso lust?' Dit schalks tegen Tara die vol overtuiging knikte. Alsof ze daarvoor gekomen was. Voor haar wekelijkse espressomoment bij brasserie C'est à voir.

'Uw afdeling?' hoorde ik mijn moeder vol interesse informeren.

Ik wachtte even met het laten doorlopen van het apparaat. Dat zou zo'n herrie maken dat het Tara's antwoord zou overstemmen.

'Ik ben hoofd van de informatica-afdeling,' vertelde Tara. 'Net als die van Henri, zit onze afdeling in Antwerpen.'

'Dan bent u vast technisch aangelegd. Ik heb nog steeds veel moeite met mijn pc hoor. Het is dat ik hem broodnodig heb, hier in de winkel, maar het heeft me heel wat cursussen gekost om hem en al zijn eigenaardigheden onder de knie te krijgen...'

Tara lachte voor de tweede keer. 'Dat veronderstellen de meeste mensen. Het zal wel zo zijn, denk ik. Ik ben dol op mijn werk, hoewel ik er buiten de werkplek zelden over spreek...'

Ik zette achtereenvolgens drie kopjes koffie. Tegen de tijd dat ik die bracht, waren ze overgestapt op het onderwerp brillen.

'Wat dacht u van een charmant én stijlvol Mikli-montuur? Dat lijkt mij perfect bij uw gezichtsvorm te passen,' opende mijn moeder haar offensief naar gewoonte.

Tara fronste. 'Is zo'n chic montuur niet wat overdreven? Ik zet hem tenslotte alleen maar op als ik lees of achter mijn computer zit. Nee, ik dacht meer aan zo'n kant-en-klare leesbril, als u begrijpt wat ik bedoel...'

'Dat behoort tot de mogelijkheden,' deed mijn moeder gedwongen water bij de wijn. 'Althans, als het om iets simpels als +1, +1,5 of +2 gaat en uw ogen qua sterkte niet teveel verschillen. En dat weten we op dit moment nog niet!' liet ze er slim op volgen.

'U hebt helemaal gelijk.'

Dat was een schot in de roos van Tara. Mama hoorde niets liever dan dat ze gelijk had.

'Tara, komt dat van Tamara?' wilde mijn moeder daarop weten.

'Juist,' complimenteerde Tara haar. 'Niet echt mijn lievelings-naam, maar in deze heb je niets te kiezen natuurlijk.'

'Ik vind hem anders erg mooi.'

Mijn verbazing bleef met de minuut groeien.

'Ik vind de uwe dan weer mooi.'

Ja, die viel te verwachten.

'Dat is een feit,' constateerde mijn moeder bescheiden. 'En het grappige is dat Céline jarenlang een kledingwinkel was in Antwerpen en Delvaux...'

'Een tassenwinkel...' vulde Tara haar aan. 'Ja, u heeft duidelijk de verkeerde professie gekozen.'

Ze lachten gelijktijdig.

'En Henri?' wilde ze vervolgens weten. 'Had uw keuze voor die naam een speciale reden?'

Mama deed alsof ze de vraag woog. 'Ik vind het gewoon een leuke, korte, welluidende naam.' Ze vuurde een veelbetekenende blik op mij af. Die wilde zoveel zeggen als: hou je snavel, Henri! 'Zullen we dan maar?' nodigde ze Tara uit.

'Zal ik even verdwijnen?' stelde ik beleefd voor.

'Welnee,' zei Tara vrolijk, 'blijf er gezellig bij.'

De zorgeloze Tara-variant was uit haar cocon gepopt. In de winkel van mijn moeder nota bene. Het licht drukkende massief dat haar meestal omringde, leek volledig opgeklaard. Ik keek toe hoe mijn moeder Tara in de behandelstoel installeerde en haar trukendoos opentrok. Luchtpufjes, lichtjes die aan- en uitfloepten, instemmend gemompel en geknik en pro forma ook nog even de kaart. Tara las de letters braaf en hardop voor. Ruim de helft benoemde ze verkeerd. Tot slot liet mama haar door wat brillenglaasjes kijken. Ik gokte op +2. Het bleek mee te vallen, +1,5. Na het onthullende onderzoek struinden wij gedrietjes naar de winkelruimte, waar mama acht monturen met de juiste sterkte voor Tara op de toonbank uitlegde. Tara bekeek ze alsof ze aan een quiz meedeed en ze over enkele minuten stuk voor stuk uit het blote hoofd tot in de kleinste details zou moeten beschrijven. Ze nam de tijd om ze goed in zich op te nemen. Toen pakte ze een donkerblauw, min of meer rechthoekig montuur dat langs de neuskanten was afgeschuind, plantte het op haar neus, wierp een achteloze blik in de spiegel en besliste: 'Dit wordt hem!'

Mijn moeder opende haar mond om iets in het midden te brengen als: 'Zou u ze voor de zekerheid niet even allemaal passen?'

'Ik ben een snelle beslisser,' zei Tara. 'Ik vertrouw per definitie op mijn eerste indruk.'

Juist, dat was meer dan duidelijk. Het was trouwens geen slechte keus. Voor zover een bril een goede keus kon zijn. Persoonlijk vond ik een bril hoegenaamd niet bijdragen tot de verfraaiing van het gelaat. Dat gold ook voor Tara. Ze oogde ogenblikkelijk strenger en een pak saaier. Nu het haar nog in een knot en ze kon zo aan de slag als de bibliothecaresse in een softpornofilm die zich binnen het halfuur als seksbom zou ontpoppen dankzij twee simpele ingrepen van de prins die op het punt stond haar te bestijgen: het bevrijden van haar knot en het afzetten van haar bril.

'Wil jij niet een mooie zonnebril, Henri?' suggereerde mijn moeder zonder enige aanleiding.

Deze middag begon hallucinante vormen aan te nemen!

'Een zonnebril?'

'Ja, kies een leuke zonnebril uit. Mama trakteert. Je vond die Boss toch zo mooi? Of anders dat modelletje van Prada? Je hebt geluk, dat had ik vanmorgen bijna verkocht...'

'Mama...' Ik registreerde het ongeloof in mijn eigen stem. 'Zo'n ding kost honderden euro's!'

'Reden te meer om er lekker eentje te kiezen,' vond Tara en volgde mijn moeder naar haar vitrine met topstukken die ze met een rank sleuteltje opende.

Mama reikte mij het Boss-montuur aan dat mij terstond tot een verloren gewaande zuster van de *The Blues Brothers* bombardeerde.

'Neeeeee!' schalden ze in koor. Mijn moeder leek in Tara een soulmate voor het leven te hebben gevonden.

Ik gaf de Boss terug en schoof de Prada op mijn prominente neus. Er bleef niet veel van mijn gezicht over.

'Jaaaaa!' riepen de dames.

Ik monsterde mezelf in de spiegel. Met dit gevaarte zou ik incognito de straten en kroegen van Antwerpen kunnen afschuimen.

'Is hij er niet een beetje over?' vroeg ik aarzelend.

'Hij is super,' vond Tara. 'Je bent net een diva, geweldig gewoon!'

Tijdens deze jubelzin blikte mijn moeder verbluft naar Tara. Haar mond viel een beetje open, wat haar een sullig voorkomen gaf. Het leek alsof ze haar dochter voor het eerst goed bekeek. Dat wonder kon vanzelfsprekend alleen een bril bewerkstelligen. Ik was benieuwd. Ging ze haar gezworen gewoonte doorbreken? Ging ze mij een compliment maken? Ik hield mijn adem in.

'Je moet zelf kiezen, Henri,' zei mama stijfjes. 'Hij is gratis, dus laat je hart spreken.' Gratis in combinatie met een hart dat spreekt. Dat was mijn moeder ten voeten uit.

'Verkocht.'

Als dank gaf ik haar een kneepje in haar arm. Kussen leek me wat overdreven, zo in het openbaar.

'Krijg ik geen kus?' vroeg mijn moeder die Tara teruggaf van twintig euro.

Ik vond het knap hoe ze het goedkoopste object in mijn moeders winkel had weten op te sporen. Of nee, daglenzen, die waren nog goedkoper. Onder het welwillend oog van Tara gaf ik mijn moeder een klapzoen. 'Dankjewel, mama, ik zal hem dagelijks dragen.'

Mama trok een laatje open. 'Hier,' zei ze en overhandigde me een brillenkoker die bijna nog chiquer was dan de bril zelf. 'Jou kennende heb je die hard nodig.'

'Ik moet hier in de straat nog wat boodschappen doen,' zei Tara. 'Wat doe jij straks, Henri?'

'Wat ik straks doe?'

Tara borg haar juist verworven kleinood behoedzaam weg in haar tas. 'Ja, er is toch feest bij jou in de straat?'

'Bij mij in de straat?' bracht ik uit. Hadden Tara en ik mijn straat ooit al besproken? Mijn moeder leek onze conversatie vol interesse te volgen.

'Op het Zuid,' herstelde Tara zich, 'op het Zuid, jij zei toch laatst dat je op het Zuid woont?'

Ik knikte dociel. 'Ja, zeker, natuurlijk, en er is feest en markt en van alles.'

'Zin om er over...,' ze raadpleegde haar horloge, 'een half uurtje samen heen te gaan? Dan kom ik je hier wel oppikken...'

Ik knikte wat verdoofd, terwijl Tara mijn moeder de hand schudde en in extenso voor haar bewezen diensten bedankte. Het geluid van de deurzoemer. En weg was ze.

Haar plotse vertrek liet ons in stilte achter. Mama verbrak ze.

'Wat een enige vrouw!'

Bij mijn weten gebruikte ze dat woord voor de tweede keer die dag. Een unicum. Mijn moeder had namelijk niet de gewoonte andere vrouwen dan zijzelf in mijn bijzijn te bespreken laat staan aan te prijzen. Hoe modern zij volgens zichzelf ook zijn mocht, zij moedigde lesbianisme niet aan. Voordat ik reageren kon, voegde ze eraan toe: 'Niet zoals jij vrouwen enig vindt, Henri, denk dat nu niet.'

We verhuisden opnieuw elk naar een kuip.

'Ken je haar al lang?'

'Nee.'

'Een heel aparte vrouw. Echt een brillengezicht.'

'Mama, alsjeblieft...'

'Kijk,' mijn moeder zond mij een veelzeggende blik toe, 'kijk, als je nu met zo'n vrouw zou thuiskomen, dan zou ik je misschien begrijpen...'

Ik kreeg het benauwd.

'Helaas,' verzuchtte ze. 'Vrouwen als Tara zijn niet voor andere vrouwen weggelegd. Die vallen op een viriele vent. Ik kan me voorstellen dat jij soms wanhopig moet zijn.'

Daar kon ik het mee doen.

'Tara is gewoon een collega,' hoorde ik mezelf zeggen. 'Meer moet dat niet zijn.'

'Ach, we dromen allemaal wel eens van een filmster of een onbereikbaar iemand, dat is heus geen schande.'

'Precies,' beaamde ik. Over levenswijsheden gesproken.

Weer werd ik gered door de zoemer en een klant. Een man van rond de zestig. Halflang grijs haar, slank, klassiek en toch vlot gekleed. Hij droeg een brilletje zonder montuur. Ik ging aan mama's werktafel zitten en speelde met de gekregen zonnebril. Vandaag was vervuld van toevalligheden. Tara die de winkel binnenviel. Tara die iets met mij wilde ondernemen. Op haar vrije zaterdag nog wel. In mijn straat. Het Zuid was niet reusachtig, maar het kende heel wat meer straten dan de mijne.

Mijn moeder die iemand zomaar leuk vond. Iemand die ik aan haar had voorgesteld. Een vrouw die ze onomwonden 'enig' noemde. De Natassja die ze jaren geleden tien seconden op een Antwerps station had zien staan, was in enkele rake bewoordingen door haar neergesabeld. En Amber. Amber vond ze een pot. Dat woord had ze slechts één keer in de mond genomen. 'Ze ziet eruit als een pot, Henri! Als je naast haar over straat loopt, weet iedereen meteen ook hoe laat het is met jou.' Nee, die opmerking van haar had ik nooit doorgebriefd, ik keek wel uit. Niettemin meed Amber mijn moeder instinctief. Ruud, Ruud was daarentegen geweldig. Was hij ietsje ouder geweest, dan was ze zelf als een blok voor hem gevallen.

'Nou ja, iedereen weet toch dat jij hét bent,' hoorde ik Katja's openbaring van vrijdagavond nagalmen. Ze zou mijn moeder helemaal van haar stuk hebben gebracht. Maar wat vond ik er zélf van?

Ik zag hoe mama een vrij zwaar montuur op de neus van haar klant schoof. Hij was een stuk langer dan zij, ze moest op haar tenen gaan staan. Het ontlokte hem een lage lach, haar een hoge giechel. Dit was de manier waarop mijn moeder haar contacten legde. Zij hield zich niet in kroegen op, wachtend op de ware. Waarom zou ze als ze zich vanzelf aandienden? Keer op keer, in de veiligheid van haar winkel? Pierre, Johan, Bart, Jos, Paul, Thierry, Jan, Dirk. En hekkensluiter Henry.

Ik stelde vast dat het me volkomen koud liet, wat ze van me dachten op het werk. Eigenlijk begreep ik niet meer waarom ik er al die jaren zo schoorvoetend over had gedaan. Iedereen wist het en niemand leed eronder. Mijn voorkeur voor vrouwen, of liever gezegd het gebrek aan een vrouw in mijn leven, was niet van invloed op mijn werk. Geen issue dus.

Ik zag mijn moeder met de man op mij afkomen. Ik sprong op, stopte de bril in mijn handtas.

'Ik ga maar eens,' kondigde ik aan.

Mijn moeder deed geen poging mij tegen te houden.

'Je komt er zelf wel uit, hè?' riep ze me na terwijl de man plaatsnam in de behandelstoel.

Met enkele passen was ik buiten. Het zonnetje scheen. In de verte zag ik Tara aan komen lopen.

Even later wandelden we samen naar mijn straat. We stapten stevig door. De boodschappen die ze had gedaan waren niet zichtbaar. Als ze al iets had gekocht, moest het in haar handtas zitten. Onze passen waren mooi synchroon alsof we gewend waren naast elkaar te stappen. Dankzij haar hoge hakken waren we even groot. Twee snel voortbewegende donkerblauwe objecten. *Sisters in crime.* Ik had alle muizenissen resoluut van me afgezet. Ik wilde een middagje, een avond zonder achterdocht of dubbele bodems. Ik kon wel zingen. Ik genoot van iedere stap die ik naast haar mocht afleggen. Het fijnste van alles was dat ik me beschermd wist door mijn zonnebril. Die gaf me de moed om te vragen: 'Mis je Parijs?'

'Ik mis het Parijs van lang geleden. Het Parijs van vóór de rellen en de alomtegenwoordige ontevredenheid. Het Parijs van vandaag mis ik als kiespijn.'

'Heb je veel vrienden achter moeten laten?'

Stap, stap, stap. Mijn energie leek tomeloos. Tara keek strak voor zich uit.

'Ik ben een eenling.' Het klonk droog. Als een feit waaraan ze duidelijk geen emoties verbond. 'Ik heb weinig mensen nodig. Natuurlijk heb ik mensen achter moeten laten. Fijne mensen, halve vrienden, collega's en bekenden.' Ze bleef zo abrupt staan dat ik drie stappen nodig had om terug naast haar te zijn. Ze richtte zich rechtstreeks tot de donkere glazen van mijn bril. 'Vanaf het moment dat mijn partner stierf, had ik er eigenlijk nog bitter weinig te zoeken, weet je.'

Het was alsof iemand mijn ventiel eruit trok. Plotsklaps liep ik leeg. Alle vrolijkheid was in een zucht vervlogen. Ontredderd zette ik mijn bril af. Domme zet.

Ze streek langs mijn rechterwang met de buitenkant van haar rechterwijsvinger. Nauwelijks langer dan een seconde. Een schroeiplek die ik koesteren zou. Midden op straat tussen schetterend verkeer en langsgierende trams werd ik bevangen door liefde. Liefde in de zuiverste zin. Ik was volkomen over-geleverd. Aan een gevoel. Mijn allesverzengende gevoel voor haar. Dit kwam nooit, nooit meer goed.

'Trek het je niet aan, Henri, het is inmiddels ruim twee jaar geleden. Die dingen gebeuren.' Nuchter. Berustend. 'Bovendien was het leeftijdsverschil tussen ons zo enorm dat...' Haar stem stierf weg.

We liepen weer. In de pas. De bril in ere hersteld op mijn neus, mijn opwellende tranen teruggedrongen, haar verse brandmerk onzichtbaar voor eenieder behalve voor mij.

Na veel omzwervingen – kraampjes, een half beluisterd op-treden, een vernissage in de buurtgalerie – streken we rond zeven uur neer op het terras van het weekendcafeetje bij mij aan de overkant dat ik dankzij Mil had leren kennen en waar ik ineens vaste klant leek te zijn. Ik hoopte met heel mijn hart dat Mil bij Ruud was. Bij voorkeur in zijn armen. Ik bood aan om te bestellen.

'Koffie,' zei ze kortaf.

Ik drong me naar binnen en keerde eeuwen later terug met twee glazen witte wijn.

'Sorry.' Ik wees verontschuldigend naar het glas dat ik voor haar neerzette. 'Ze hebben geen koffiemachine. En het was me een aanschuiven van jewelste, vandaar…'

Ik zakte neer op de stoel schuin naast haar. Het was ongelooflijk dat we een plekje hadden weten te bemachtigen.

'Ik heb je toch gezegd dat ik niet drink!'

Haar heftigheid kerfde als een mes.

'Sorry,' herhaalde ik mezelf, 'sorry…' En dan, in een vlaag van adrenaline: 'En die wodka dan, laatst?'

Ik kon m'n tong wel afbijten, maar gezegd was gezegd. Mijn uitval leek haar te kalmeren.

'Sorry, Henri.' Ze fluisterde bijna. 'Sorry, hier kan jij niets aan doen, dit heeft niks met jou te maken.'

'Zal ik water voor je halen?' Ik kwam tot de ontdekking dat mijn bril nog steeds op mijn neus stond en zette hem wat gegeneerd af. De zon was gelukkig nog niet onder.

'Nee,' deed ze luchtig, 'nee, met jou kan ik een glas wijn wel aan.'

Opeens verlangde ik niet langer naar haar onoplettendheid. Integendeel. Ik wilde dat ze gefocust was, supergeconcentreerd, totaal bij de les. Ik zag haar een voorzichtig slokje nemen.

Uit solidariteit nam ik eveneens een slok. Hij was barslecht, de wijn, ik had Mils verstandige voorbeeld van de Freixenet moeten volgen.

'Laat staan,' raadde ik haar aan. 'Hij is niet te zuipen en hij kost bijna niks.'

Ze glimlachte droevig. De zorgeloze Tara-variant van deze middag was een zachte dood gestorven. 'Ik heb me een hele tijd laten gaan.'

Ik dacht aan haar partner. Aan de dood. Ik begreep. Ik zweeg.

'Na mijn werk was het wodka, wodka, wodka.'

We waren niet langer collega's.

'Ik heb me vreselijk laten gaan, Henri.'

Het kostte me immens veel moeite. Het lukte me desondanks. Ik legde een hand op de hare. Die met de duimring. 'Niks zeggen,' mompelde ik, 'niks zeggen waar je later spijt van krijgt.' Ik verplaatste mijn hand van haar hand naar mijn glas.

'Oké,' prevelde ze terug, 'dank je.'

Beiden zwegen we. Zeker vijf minuten.

Toen hield ik het niet langer uit. Ik vroeg: 'Was je lang samen met je partner?'

Ze knikte. 'Bijna vijftien jaar.'

Ik klapte dicht. Zo potdicht dat Tara uiteindelijk op haar beurt opstond en wegliep. Ik zag haar het café binnengaan. Eindeloos veel later was ze terug. Met een gin-tonic voor mij en een wodka met ijs voor haar. Ik hield mijn hart vast. Ik zei niets. Alles beter dan die vreselijke wijn. Haar vreselijke pijn. Alles was gerechtvaardigd om haar demonen te verdrijven.

'Cin cin,' wenste ze en nam een gulzige slok.

Zou die haar aan de rand van de afgrond brengen? Terug naar de staat die ze hekelde? Ik keek naar haar. Dronk haar hele wezen in terwijl zij dronk. Haar glas was definitief leeg. Ze legde een hand achter mijn nek en trok mijn gezicht met kracht naar zich toe. Midden op dat terras! Het drong tot me door dat ze me iets in het oor wilde fluisteren. 'Je moet…' meende ik op te vangen toen ze opeens haar hoofd met een ruk terugtrok en ik de greep van haar hand voelde verslappen. Iets moest haar aandacht hebben gevangen. Haar blik, die even tevoren zacht en wat weemoedig was geweest, bevroor.

'Wat?' vroeg ik geschrokken en draaide me om in de richting waarin zij keek. Ik registreerde een massa pratende, feestende, luidruchtige mensen, auto's die inparkeerden of wegreden. Niets speciaals. Ik keek Tara onderzoekend aan.

Er ging een huivering door haar heen. 'Ik, ik moet gaan… ik ben helemaal vergeten… Sorry Henri, sorry, ik leg het je nog wel eens uit. Ik moet nu echt gaan…'

Verloren keek ik toe hoe ze haar tas pakte en opstond. Ze liep weg in de richting van het stuk straat dat voor auto's was afgesloten, stak een hand op zonder om te kijken. Haar passen groot. Haar schouders recht.

Ik bedacht dat ik niet wist waar ze woonde, waar ze heen zou lopen. Ik bedacht dat ik haar nu zou moeten volgen. Dat dit hét moment was om haar te volgen. Erop toe te zien dat ze veilig thuiskwam. Ik kon het niet. Ik bleef verslagen zitten.

Nog geen kwartier later was ik thuis. Ik zette de televisie aan. En uit. Ik had geen zin in gekwek van vreemden om me heen. Daarna knipte ik enkele lampen aan, schonk in de keuken een glas water in. Jaren aan een stuk had mijn leventje gekabbeld. Zonder enige overgang bevond ik me in woeste wateren. Ik kwam zowat om in de gevoelens. Opeens was het zwemmen of verzuipen.

Op de bank luisterde ik stil naar Róisín Murphy's *Overpowered*. Ik wist precies wat zij voelde. Exact wat zij bezong.

'Je moet...' Wat? Wat moet ik?

'Je moet me helpen...' Waarmee?

'Je moet niet denken dat...' Wat? Wat in vredesnaam?

'Je moet nu even niet kijken, want ik zie...' Wie? Wat?

'Je moet niet denken dat ik jou niet doorheb...' Heb je me door, Tara?

Ik haalde diep adem. Eerlijk gezegd had ik geen idee wat haar drijfveren waren. Wat haar overeind hield sinds haar partner er niet meer was. Had een leven zonder je partner van vijftien jaar überhaupt nog zin? Vijftien jaar geleden had ik volop in mijn puberteit gezeten, onkundig van het parallelle Parijse leven van Tara Descamps. Was ik een kind geweest terwijl zij een volwassen bestaan leidde. Met een partner. Die stukken ouder was dan zij. Een man? Een vrouw? Ik mocht me niet door mijn moeder laten doen. Me niet door haar vooringenomenheid laten leiden. Mijn moeder had de waarheid niet in pacht. Mijn moeder kende Tara pas sinds vandaag. Mijn moeder had toch zeker zelf gezien dat Tara míj had gevraagd om de rest van de middag met haar door te brengen? Haar naar het Zuid te vergezellen om de festiviteiten aldaar samen te beleven? Was dat niet een teken? Mocht ik daar geen conclusies uit trekken?

Misschien beter van niet. In mijn passionele toestand was ik in staat om alles verkeerd, of liever gezegd in mijn voordeel, te benoemen. Een fluisterpoging voor een poging tot kussen aan te zien. Een half woord voor een zwaarwegende bekentenis. Ik moest mezelf onder controle zien te krijgen voordat ik haar opnieuw onder ogen kwam.

'Kijk, als je nou met zo'n vrouw zou thuiskomen, dan zou ik

je misschien begrijpen…'

Dat was een regelrecht compliment geweest. Aan Tara's adres, weliswaar. Mama achtte mij niet in staat om een vrouw als Tara over de streep te trekken. Waarom niet? Waarom was ik zo'n minkukel in haar ogen? Waarom als ik nota bene zo sprekend op haar zusje leek? Haar zusje, haar oogappel, waarvoor ze alles zou hebben gegeven?

Of ging het mijn moeder daar helemaal niet om? Ging het er haar niet om of ik mijn hart aan een vrouw dan wel aan een man zou verpanden? Ging het haar puur om het feit dát ik het zou verliezen? Aan een persoon die niet mijn moeder was. Aan iemand die mij van mijn moeder zou afpakken. Zodat zij alleen achterbleef. Was dat het soms?

Vandaag hadden mijn moeder en ik een twee-eenheid gevormd, die van moeder en dochter. Met Tara als publiek. Tara als buitenstaander. Mijn moeder was op haar best geweest, had gefloreerd, omdat ze niet alleen had gestaan. Zelfs mijn moeder was sterker met z'n tweetjes.

Blindweg toetste ik haar nummer in.

'Ja, Henri?' De vele voordelen van nummeridentificatie. Precies om die reden had ik een modern toestel voor mijn moeder gekocht.

'Henriette, mama, had Henriette een relatie?'

Het bleef stil aan de andere kant van de lijn. Ik hoorde haar ademhalen. Ik herkende mijn moeders ademhaling uit duizenden.

'Een relatie?'

'Ja, een relatie. Was ze gek op iemand, was er iemand met wie ze iets had voordat ze ziek werd en stierf?'

Mama kuchte. 'Ik weet niet… ik denk… ik geloof van wel, ja.'

'Was het een vrouw, mama?'

Mijn moeder legde in.

Zondagochtend rond negen uur belde mijn moeder zelf terug. Ik lag nog in bed.

'Je hoeft niet te komen,' deelde ze opgewekt mee.

Met een schokje van schaamte herinnerde ik me haar een

ontbijt te hebben beloofd. In de stroom der emoties was ik mijn belofte glad vergeten. 'O nee?' vroeg ik.

'Nee, ik ga om twaalf uur lunchen, dan wordt een ontbijt wat veel, vind je niet?'

'Met die man van gisteren?'

'Ja, met die man van gisteren, is daar iets mis mee?'

Ik beet op mijn onderlip. 'Helemaal niet, hij leek me een aardige man.'

'Fijn dat ik jouw zegen heb, Henri. Nou, amuseer je, zou ik zeggen, ik bel je nog wel…'

Ze was me opnieuw te snel af door in te haken. Het antwoord op mijn vraag van de vorige avond kon ik voorlopig op mijn buik schrijven.

De leegte van een lange zondag in mijn eentje gaapte me aan. Dat kreeg je als je twee dagen achter elkaar verwend was met onverwacht bezoek. Ik toetste Ambers mobiele nummer in, op straffe van de gramschap van Claudia.

Ze nam direct op. 'Hoi, Henri, jij bent er vroeg bij!'

'Jij ook!'

'Wij zijn onderweg naar ons kersverse neefje,' vertelde Amber.

Ik kreeg een vrolijke opsomming van zijn gewicht, zijn lieve smoeltje, zijn blakende gezondheidstoestand. Ik feliciteerde haar. Hartelijk, zo te horen.

'Je klinkt niet goed,' vond Amber.

Ik legde haar in het kort uit dat ik smoorverliefd was en me geen raad wist.

'Ze is verliefd!' zei Amber tegen Claudia die op de achtergrond een enthousiaste kreet slaakte. 'Wow, dat werd tijd!'

Mijn verliefdheid maakte alvast iemand gelukkig.

'Henri, ik zie een politiecombi verderop, ik moet echt hangen, ik bel je nog wel.'

Bij het horen van de kiestoon toetste ik Ruuds nummer in. Ik kreeg zijn voicemail. Ik sprak niets in.

Nu ik mijn volledige vriendenkring had afgeweild, viel er niemand meer te bellen. Mijn blik viel op mijn blote bruine benen die me heel even aan Mallorca deden denken. Aan de zon, het geruststellende gezelschap van Ruud.

Bruusk schudde ik de herinneringen van me af. Ik moest aan mijn heden gaan werken. Heel hard werken.

Te beginnen met een uurtje lopen.

7

Mijn week bleek volgepropt met opleidingen. Dat had ik kunnen weten als ik in het weekend even de tijd zou hebben genomen mijn tijdens mijn afwezigheid door Mees volgestouwde elektronische agenda in te kijken. Opgeslokt door mijn overrompelende gevoelens voor Tara was ik daar niet toe gekomen.

De maandag en dinsdag waren gereserveerd voor twee opleidingen evaluatietechnieken in Luik. Een dag voor de bedienden, een dag voor de managers. Beide dagen kwam ik tegen half acht en doodop thuis. Waarna ik een muizenhap at, het nieuws keek, in bed rolde en met het verstand op nul insliep. De onderwerpen Tara, Ruud en mijn moeder schoof ik welbewust op de lange baan.

Ook woensdagochtend begon met een opleiding. In Antwerpen ditmaal. Een flutopleiding, de inleiding tot de telefonie of zoiets. Bestemd voor het callcenter. Iedereen van het callcenter was ervan overtuigd het telefoneren machtig te zijn. Ik had er dan ook reusachtig veel zin in hen ervan te doordringen dat ik ze met mijn geweldige cursus nog iets kon bijbrengen.

Tegen elven liet ik mijn klasje voor een uurtje achter om een aantal oefeningen te maken.

Ons team was vrijwel compleet, zag ik toen ik onze afdeling binnenliep. Ik koos voor een vrij bureau tegenover Linda.

'Hoi,' begroette ik haar en begon mijn laptop uit te pakken.

Ze glimlachte. 'Heb jij Mertens eigenlijk al ontmoet?'

'Mertens?' Die naam zei me niets. Toen begon me iets te dagen. Ik had Mees iets horen mompelen over een zekere Mertens, naar aanleiding van het opvullen van Katja's functie, meende ik me te herinneren. 'Is dat niet degene die Katja komt vervangen?'

'Katja vervangen?' Linda keek me verwonderd aan. 'Welnee, daar gaan ze intern voor rekruteren. Iemand van interne com heeft belangstelling naar het schijnt. Nee, Mertens krijgt de functie van Mees.'

Het was alsof ze een bak koud water over mijn hoofd uitstortte.

'Mees z'n functie, hoe bedoel je?'

'Ach dat is waar ook, dat weet jij natuurlijk niet, jij was er niet tijdens die vergadering, jij was met vakantie. Kom, we halen even koffie.'

Ik volgde Linda's wapperende rok in de richting van de coffeecorner. Het was haar favoriete model dat ze sinds haar laatste zwangerschap in alle kleuren van de regenboog had aangeschaft. 'Om de kilo's te verbergen,' had ze me enkele maanden geleden toevertrouwd, 'totdat ze eraf zijn.'

Ik nam een bekertje koffie van haar aan en probeerde het trillen van mijn hand tegen te gaan. Ik wachtte gespannen op wat Linda zou gaan zeggen.

'Henri, kijk niet zo somber, voor ons verandert er helemaal niets. Mertens is een heel aimabele man, een pedagoog van eind dertig. Hij werkte voor die ene externe consultancy in Brussel, waar wij een jaar of twee geleden zelf nog eens een opleiding hebben moeten volgen, weet je nog? Daar hebben ze hem kennelijk weg gesnaaid. Nu Stevens vertrokken is, schuift Mees op en krijgt zijn functie, waardoor hij direct onder Declerck komt te staan en Mertens neemt Mees z'n plekje in. Zo simpel is dat.'

Ik dacht aan de tot op heden onbestaande functie van team-manager die Mees van plan was voor mij in het leven te roepen. Ik vroeg me af wat daarvan in huis zou komen. Dat eitje kon ik onmogelijk bij Linda kwijt. Dat had Mees mij laten beloven. Het was iets tussen hem en mij. Én het voltallige directiecomité waarschijnlijk.

'Fusies brengen altijd verandering met zich mee. En de naweeën ervan werken vaak langer door dan je denkt,' vervolgde Linda. 'Dat Mees je dat niet verteld heeft, dat hij promotie heeft gekregen. Nou ja, het werd ook wel tijd, vind je niet? Weet je zeker dat hij het je niet heeft verteld?'

Met Stevens had ik alleen in het begin van mijn carrière te maken gehad. Sinds zijn komst vijf jaar geleden rapporteerde ik altijd rechtstreeks aan Mees. Wel wist ik dat Stevens de afgelopen anderhalf jaar twee hartaanvallen had gehad. Vormden die de reden voor zijn vertrek? Ik was net terug van vakantie. Ik had twee dagen in Luik gezeten. Ik was er niet bij geweest met m'n hoofd. 'Nee,' zei ik.

Linda wierp haar bekertje in de vuilnisbak naast haar. 'O, voor ik het vergeet, Tara Descamps vroeg een half uurtje geleden naar jou. Of je tussendoor even bij haar kan langskomen.'

'Zei ze ook waarvoor?'

Zo dadelijk zakte ik nog door m'n knikkende knieën. Gelukkig waren mijn broekspijpen wijd genoeg om ze voor Linda te verbergen.

'Iets over een coaching?' Linda haalde haar schouders op. 'Zeg, ik ga terug, ga je mee?'

'Ga maar, ik moet even naar het toilet,' poeierde ik haar af.

God, ik moest alleen zijn, een minuutje voor mij en mezelf. Dat kon ik wel vergeten. Op twee meter van de toiletten botste ik op Mees die me meedeelde dat ik de volgende dag om half een stipt in Brussel voor een werklunch diende aan te treden.

'Dat gaat niet,' zei ik strijdvaardig, denkend aan Katja's 'High Potentials'-programma waarmee hij mij sinds haar ontslag had opgescheept en waarvoor hij mijn donderdagen voor het komende jaar had volgeboekt.

Hij keek me onbewogen aan. 'Doe niet zo para, Henri, je gaat lunchen met Declerck en geloof me, het is *in your own interest*.'

Para… Mees die modewoorden bezigde.

'Ik heb…,' begon ik.

'We hebben allemaal wel iets,' sneed Mees verdere confidenties af. 'Half een, Brussel, in *La Roue d'Or* in de Hoedenmakersstraat. O, en Henri, voor het geval het over die HP-afspraak gaat, die neemt Richard van je over.' En weg was Mees. Ik zag hem in een noodtempo de lange gang doorrennen en naar buiten verdwijnen.

Lunchen met Declerck bij *La Roue d'Or*. Bij *La Roue d'Or* ging je eten met je lief of met je vrienden, om te genieten, maar niet met Pierre Declerck. Ik zag op mijn horloge dat ik een klein kwartiertje had voordat ik terug moest naar mijn telefoonklas om de oefeningen door te nemen.

De deur van Tara's kantoor stond open. Ik stak mijn hoofd om de hoek en zag haar achter haar laptop zitten. Ze keek op.

'Kom binnen,' noodde ze en zette haar blauwe brilletje af.

Ik sloot de deur achter me en schoof tegenover haar aan. Haar ogen leken steun te zoeken in de mijne.

'Het spijt me,' zei ze zacht. 'Het spijt me dat ik zo plots vertrokken ben.'

Ik schokschouderde. 'Het is oké. Echt.'

Tara kon koppig zijn, leerde ik. Ze schudde het hoofd beslist. 'Nee, het is niet oké. Daarom spijt het me ook. Wil je dat van me aannemen?'

Ik knikte. 'Je wilde me iets zeggen...' herinnerde ik haar.

Haar blik was vragend, het blauw geprononceerd. 'Ik wilde je iets zeggen?'

'Ja, je wilde me iets zeggen, zaterdagavond, vlak voordat je wegging.' De schaduw die over haar gezicht trok, vertelde me dat ze perfect wist waarover ik het had.

Ze sloeg haar ogen neer, zoog haar lippen naar binnen en liet ze terug in hun vorm veren. Toen keek ze me vol aan.

'Waarom ook niet?' Gelaten. 'Ik ging zeggen: je moet niet meteen omkijken, dat valt op, maar we worden in de gaten gehouden.'

Het borrelde een beetje in mijn darmen. Dat had ik wel vaker als de zenuwen door mijn keel gierden. 'In de gaten gehouden?' Ik legde een hand op mijn buik om het knorren te stillen.

'Ja.'

'En je kon je zin niet even afmaken, je moest direct weg?' vroeg ik.

Tara tikte ritmisch met het linkerpootje van haar bril op het bureau.

'Nee, want net op dat moment keek hij me recht aan... Misschien moet ik wat duidelijker zijn. Ík werd in de gaten gehouden. De hele middag al waarschijnlijk. Ik heb zijn auto ook voor jouw moeders winkel zien staan. Alleen drong het op dat moment niet tot me door. Het was hem niet om jou te doen. Dat weet ik zeker. Alleen wilde ik jou er niet in betrekken en...'

'Daarom besloot je weg te gaan?'

'Ja...'

'Met het risico dat je zou worden gevolgd?'

Mijn suggestie ontlokte haar een glimlach. 'Nee, in de zékerheid dat ik zou worden gevolgd. Ik kon jouw straat zo uitlopen terwijl hij met zijn auto niet verder kon. Dat gaf mij een ruime voorsprong. Hij moest zijn auto niet alleen keren, maar op de koop toe een paar blokken omrijden... Het was de enige manier om hem af te schudden. Voor jou en voor mezelf.'

'We hebben het toch over Declerck?' gokte ik.

Het getik met het brillenpootje hield abrupt op. Mijn opmerking sorteerde effect. Haar lichaam verstrakte, er verscheen een diepe frons in haar voorhoofd, haar linkerhand zocht bescherming bij haar oorlelletje. Ze haalde diep adem door haar neus, plantte haar elleboog op het bureau en liet haar kin tussen duim en wijsvinger rusten. Door die houding leek het net alsof ze zich opmaakte om mij iets toe te schreeuwen. Dat deed ze niet. Ze staarde me zwijgend aan.

Ik zag dat de tijd drong voor mij. Ik had nog precies vier minuten voordat ik aan het einde van de gang in 2.11 moest zijn. Ik stond op. Het was mijn beurt om me te verontschuldigen.

'Ik moet weg Tara, ik zit midden in een opleiding. Kunnen we er later op de dag op terugkomen?'

'Ik moet zo naar Brussel.' Mat. 'Je hebt hem dus gezien?'

Ik gaf haar een kort knikje. Het leek me beter dat ze dat zou denken. Anders moest ik wel erg veel gaan uitleggen.

'Daarna dan?' stelde ik voor. Ik had de deurklink vast.

'Nee, ik blijf in Brussel,' hoorde ik haar zeggen. 'Ik ga na mijn vergadering naar m'n ouders en blijf daar eten en slapen.'

'Veel plezier dan,' wenste ik haar toe en wachtte haar reactie niet af.

Onderweg naar 2.11 beving me een wee paniekgevoel. Morgenmiddag was ik overgeleverd aan een lunch met Declerck. Als Tara hem had gezien en hij haar, dan had hij mij ook gezien.

En wat dan nog? stelde ik mezelf gerust. Ik mocht toch zeker met Tara op een terras zitten? Of had hij mij die keer gezien toen ik hem en Tara impulsief had gevolgd? Was ík zijn target? Bij die gedachte brak het klamme zweet me uit. Het water stond in mijn handen. Ik had Tara gewoon moeten vragen om mij later te bellen. Was dat nu zo moeilijk? Ja, aartsmoeilijk. Daarom had ik het nagelaten, lafaard die ik was.

Voor 2.11 haalde ik diep adem en opende de deur, mijn hersenspinsels met man en macht verdringend. De aanblik van een klas vol pennende mensen kalmeerde me. 'De tijd is om,' zei ik.

Toen ik tegen half zeven voor mijn huis parkeerde, zag ik Ruud voor mijn deur staan. Aan zijn blik te zien, zou het echt niet meer mijn dag worden. Ik treuzelde met uitstappen. Ruud liet er van zijn kant geen gras over groeien en trok mijn portier met kracht open.

'Jezus, schiet eens op,' schimpte hij. 'Ik sta hier al een half uur te hangen.'

'Je had me even kunnen waarschuwen.' Ik deed m'n best hooghartig te klinken. Ik liet de centrale vergrendeling bliepen, opende mijn voordeur en liet hem voorgaan.

Hij wiebelde van het ene been op het andere.

'Ik moet dringend plassen,' zei hij ongeduldig. Niettemin nam hij de tijd mij op een groot groen makelaarsplakkaat drie huizen verderop te wijzen: 'Heb je gezien dat je droomhuis te koop staat? *Now is the time* zou ik zeggen Henri...'

Ja hoor, ik had het geld voor het opscheppen. Ik opende de binnendeur en liet hem nogmaals voorgaan. Ruud verdween in de richting van de badkamer. Van die dertig seconden moest ik profiteren, hield ik mezelf voor. Ik kon helaas niet langer helder denken. Dan maar iets inschenken. Verwachtingsvol trok ik de koelkastdeur open. Geen druppel drank te bespeuren. Ik bukte me om een blik in de groentela te werpen. Daar spotte ik twee blikjes kriek die ik uit het oog moest hebben verloren. Ik keerde ze om. Ze waren pas een maand over datum. Dat moest kunnen.

Ruud was terug. Hij hing aan mijn bescheiden toog en monsterde mij met een donkere blik.

Ik hield de blikjes triomfantelijk in de lucht. 'Een frisse kriek?'

'Ja, daar is het tenslotte allemaal mee begonnen, hè?'

Ruuds humor was ver te zoeken. Ik diepte een Grimbergenteil en een Bollekesglas uit mijn glazenkast op. Ruud opende zijn aanval nog voordat ik goed en wel zat.

'Wat heb jij verdomme met Mil zitten konkelfoezen?'

Hierbij trok hij het krieklipje met zo'n ruk open dat het bier eruit spoot. Ik zei er niets van. Mijn hersens barstten bijna door de snelheid waarmee duizenden gedachten door mijn hoofd raasden. Daar had ik al mijn aandacht voor nodig. Ik moest tijd zien te winnen. Wat ik vooral niet mocht doen, was ongevraagde informatie verschaffen. Eerst achterhalen wat Mil had gezegd. En, belangrijker nog, wat ze niet had gezegd.

'Konkelfoezen?' herhaalde ik.

Ik liet het zo verrast mogelijk klinken, me ondertussen afvragend wat dat woord ook alweer precies wilde zeggen. Positief was het in geen geval. Het riekte naar bedrog en gekonkel. Wat had Mil hem in vredesnaam verteld? Wat verstond Mil überhaupt onder een belofte als 'zullen we het onder ons houden'?

Ruud had niet de moeite genomen om zijn kriek in het glas uit te gieten, zag ik. Hij klokte het bier rechtstreeks uit het blikje naar binnen.

'Jullie hebben elkaar gezien, vrijdagavond,' en toen ik niet meteen bevestigend knikte of antwoordde: 'Ontken het maar niet, Henri, want dat heeft ze me zelf verteld!'

Hier kon ik duidelijk niet onderuit. Ik knikte van ja, me voorbereidend op zijn volgende uithaal. Ik dacht aan Tara. Aan de gezellig gedekte tafel waaraan ze zat. Aan haar moeder die met een grote zilveren lepel geurige zelfgemaakte kippensoep in een diep bord voor haar uitschepte. Aan haar vader die haar belangstellend vroeg: 'En kind, vertel eens, hoe was het op je werk vandaag?'

'Zit daar niet zo onschuldig te kijken, trut!'

Het ideale gezinsplaatje viel voor mijn ogen in gruzelementen.

'Moet je nu echt zulke lelijke woorden gebruiken?' zei ik. 'Je weet dat ik daar niet tegen kan…'

'Nee, je verwoest levens, maar vloeken doe je niet. Brave Henri.'

Hij kruiste zijn armen en kneep hard in zijn eigen vel, waardoor zijn bicepsen opbolden. Iets vertelde me dat hij dit deed om zichzelf ervan te weerhouden op te staan en mij een mep te verkopen. Was ik levens aan het verwoesten? Was ik daartoe in staat? Ik keek hem gekwetst aan.

'Wat heb ik precies gedaan, Ruud? Gooi het eruit, zou ik zeggen.'

'Je hebt haar zitten opstoken.' Verwijtend. 'Je hebt haar zitten aanpraten dat ze terug naar Nederland moet gaan.'

'Heeft Mil dat zo gezegd?'

Ruud leek geen raad te weten met zijn surplus aan energie. Hij sprong overeind uit zijn stoel, propte beide handen in de respectieve achterzakken van zijn jeans en draaide rondjes voor mijn boekenkast.

'Ze heeft jou gezegd dat ze Amsterdam mist en jij hebt haar daarin aangemoedigd, dat is duidelijk. Ze wil terug.'

'Ik…,' opende ik mijn zin.

'Weg, Henri, ze wil weg, verdomme! Een uur met jou in een voze kroeg en ze wil weg. En waar blijf ik dan? Hier in Antwerpen, eeuwig wachtend op jou?'

Het hoge woord was eruit. Of Mil al dan niet weg wilde, was van secundair belang. Het was onmiskenbaar een wapen dat ze hanteerde. Het enige dat ze had om hem wakker te schudden. Misschien moest ik voor een keertje ingrijpen. De harde taal bezigen waar Ruud naar leek te snakken.

'Zie jezelf daar nu eens staan,' sneerde ik, 'zak die je bent!' Het was alsof ik een pijl met curare had afgeschoten die hem secuur in het hart trof. Hij zakte met een ontzette blik terug in zijn stoel. 'Heb je Mil ooit al laten voelen dat je echt om haar geeft? Dat zij belangrijk is voor je?' Ik bewoog mijn wijsvinger beschuldigend heen en weer. 'Wedden van niet? Nee, wat doe jij? Jij verveelt haar met zeververhalen over een vrouw die niet eens een ex van je is. Jij zeurt tegen haar over een lesbienne die gewoon een vriendin van je is en nooit meer zal worden. Denk je dat zoiets bevorderlijk werkt voor een leuke relatie? Iemand constant vergelijken met een ander? En dan Mil, zo'n mooie, oprechte, slimme vrouw. Je moest je schamen. Ik heb haar niet weggejaagd, jij veroordeelt iedereen die iets te dichtbij komt tot ballingschap zolang je de waarheid niet onder ogen ziet. Jij en ik zullen nooit samen zijn. Niet in de zin die jij voor ogen hebt. Ik ben geen veilige thuishaven waarnaar je kunt terugkeren nadat je de zoveelste ontluikende relatie om zeep hebt geholpen, omdat je zelf het lef niet hebt om eens iets door te zetten. Daar pas ik voor. Snap je dat, Ruud? Dringt dat tot je botte hersens door?' Mijn stem sloeg over. Zijn gezicht was verwrongen van pijn. Een schepje erbovenop van mij en hij zou gaan huilen. Dat wilde ik hem besparen. 'Vecht eens een keertje voor een vrouw, dat zal je goed doen,' besloot ik kalm.

Het werd stil na mijn woorden. Maar niet voor lang.

'Zoals jij vecht voor de vrouwen die je leuk vindt?' schreeuwde Ruud hartstochtelijk. 'Jij hebt totaal geen kloten aan je lijf, je bent de grootste lafaard die ik ken. Alles, alles om maar geen gezichtsverlies te lijden. Alles verbergen, inhouden om maar niet afgewezen te worden!'

'Sta ik hier terecht?' informeerde ik fijntjes, mijn bonzende hart en zijn vlijmscherpe waarheden negerend. 'Hebben we het hier over mij? Ik dacht van niet...'

Zijn borstkas bewoog zwaar op en neer. Nu vocht hij. Voor zichzelf. Tegen zijn tranen.

Genadeloos ging ik verder: 'Nu we precies weten hoe ik in elkaar zit dankzij het ijzersterke psychologische profiel dat jij zojuist van mij hebt geschetst, kunnen we het hopelijk weer over jou hebben. Ik ben jouw geestelijk masochisme meer dan beu. En tot daaraan toe als je het voor jezelf zou houden. Dat doe je niet. Je viert het bot op anderen, waardoor ze zich klein gaan voelen. Dat is gemeen. Dat is lelijk van je, Ruud. Dat heeft Mil niet verdiend.'

'Ja, verdedig jij haar maar. Jullie grieten met jullie eeuwige solidariteit. Geen slecht woord over elkaar, gadverdamme...'

Ik stond op, pakte zijn trui die hij bij binnenkomst slordig op het tafeltje naast mij had gesmeten. Ik mikte hem in zijn schoot. 'Hier,' beval ik kil. 'En nu opkrassen, m'n huis uit!'

Totaal gechoqueerd staarde hij me aan. Niets aan hem bewoog. Ik greep zijn linkerarm hardhandig vast. 'Opstaan,' snauwde ik. 'Wegwezen en snel een beetje.'

Hij kwam in een onnatuurlijk gekromde houding overeind uit de stoel, maakte een ontwijkend boogje om mij heen alsof hij een rammeling vreesde. Toen was hij in drie stappen bij de deur die hij zachtjes achter zich dichttrok. Pas nadat ik de buitendeur in het slot had horen vallen, waande ik me veilig. Veilig genoeg om in snikken uit te barsten.

Een parkeerplaats vinden in de buurt van de Grote Markt is een ramp. En zo arriveerde ik ruim twintig minuten te laat en oververhit in *La Roue d'Or*. Ik had mijn laptop niet in de auto durven achterlaten en de beamer die er al drie dagen in lag evenmin, zodat ik zwaarbeladen was. Een Declerck in driedelig grijs met wit overhemd en donkergrijze das zwaaide naar mij.

'Sorry,' verontschuldigde ik me, terwijl ik mijn laptoptas en de beamer op de vrije stoel naast hem plantte. 'Brussel is hels tussen de middag en ik zweer dat ik op tijd uit Antwerpen ben vertrokken…'

Hij glimlachte minzaam en wees op de fles in de koeler die voor hem op tafel stond. '*Alors*… champagne!'

Dat begon goed. Mijn rivaal die me champagne aanbood. Zouden we op een goede dag de degens kruisen? Ik ontdeed me van mijn verkreukelde donkerblauwe linnen colbertje, knoopte de manchetten van mijn dito kleurige blouse los en sloeg ze twee keer om.

'Sorry,' zei ik nogmaals en blies een paar wilde lokken voor mijn ogen weg.

'Tijd om te relaxen, Henri,' zei Declerck, terwijl hij een glas champagne voor mij inschonk.

Ik hief mijn hand. 'Ik moet nog rijden,' waarschuwde ik hem en met een blik om me heen: 'Wachten we nog op iemand?'

Mijn vraag leek hem te verbazen. 'Nee, ik wilde jou alleen spreken.'

'Brand dan maar los,' zei ik brutaal.

In plaats van te antwoorden hief hij zijn glas. 'Laten we klinken op jouw toekomst,' zei hij mysterieus.

We toostten. Mijn gedachten leken een geheel eigen leven te leiden. Ze sleurden me genadeloos terug naar achtereenvolgens zaterdagavond, het onafgemaakte gesprek in Tara's kantoor, en Ruuds verwijten van de dag voordien. Ik moest mezelf met geweld losrukken uit mijn overpeinzingen toen Declerck voorstelde om de kaart te bestuderen. Ik wees bij het verschijnen van de ober op goed geluk twee dingen aan, kaaskroketjes gevolgd door een stuk vis waarvan ik de Franse naam niet meteen herkende.

'Rook je?' vroeg Declerck uit het niets.

Ik schudde het hoofd. 'Nee, vaak geprobeerd, nooit in geslaagd.'

'Goed van je,' complimenteerde hij, 'heel gezond.'

Ik vroeg me af welke valstrikken hij nog meer voor me zou uitzetten en nam me voor zeker niet meer dan twee glazen te drinken.

'Ik hou anders wel van rokers,' daagde ik hem uit. 'Ze zijn zoveel minder opgefokt dan niet-rokers.'

'Bedankt voor het compliment.'

Ik kon wel door de grond zakken, maar liet het niet merken. Ik had hem niet voor een roker gehouden.

Declerck boog wat naar voren, waardoor zijn blonde lok Robert Redford-achtig over zijn voorhoofd viel.

'Henri,' zei hij, 'vertel me eens, hoe zie jij jouw carrière binnen ons bedrijf evolueren?'

Hij was perfect tweetalig. Ondanks zijn Parijse avontuur was zijn Vlaams accentloos gebleven. Ik moest extra goed letten op wat ik ging zeggen. Ik schraapte mijn keel om tijd te winnen.

'Mees,' begon ik en herstelde me snel, 'ik bedoel Dirk, heeft me een tijdje geleden verteld dat er een nieuwe functie tussen hem en ons team in het leven zou worden geroepen.'

'Die van teamleider…,' droeg Declerck welwillend aan.

Ik knikte bevestigend.

'En die zie jij wel zitten?'

Ik keek naar het brood dat door de ober op tafel werd gezet en luisterde hoe Declerck een fles witte wijn en water bestelde. Waar woonde deze man? Wat deed hij op zijn vrije zaterdag in Antwerpen? Had hij niks beters te doen dan voor detective te spelen? Mijn ogen gleden langs de plafondschilderingen van wolkjes en bolhoedmannen in Magritte-stijl, een van de redenen buiten het eten waarom dit restaurant door velen werd geroemd. Toen ik mijn blik opnieuw liet afdalen zag ik Declerck mij recht aankijken. Ondanks zijn gezonde bruine teint was zijn huid nog steeds megapokdalig.

Waarom toch, Tara? kreunde het in mij. Waarom met hem?

'Ja,' antwoordde ik kort en krachtig. 'Mees, ik bedoel Dirk, heeft me gezegd dat hij mij geschikt acht voor die functie en zal me hopelijk na het eerstkomende evaluatiegesprek voordragen.' Ik nipte van mijn champagne, net genoeg om mijn lippen te bevochtigen.

Declerck haalde beide handen door zijn zo te zien versgewassen haar en leunde wat achterover.

'Juist,' zei hij binnensmonds en dan op een normaal volume: 'dat is allemaal goed en wel, maar ik heb andere plannen met jou, Henri.'

Dat klonk akelig definitief.

'Andere plannen?'

'Ann Seghers heeft besloten om haar ontspoorde kinderen weer wat in het gareel te krijgen, met andere woorden: ze heeft haar ontslag ingediend...'

Ik vertrok geen spier.

'Zoals je weet is ze hoofd Rekrutering, Henri, dat zou een serieuze promotie voor je betekenen...'

Hoofd Rekrutering & Selectie, waar zag hij mij voor aan? Elke dag naar Brussel, veel minder afwisseling, nog meer protocol, nee dankjewel.

'*This is an offer you can't refuse,* Henri.'

Ook het Engels was hij machtig. De kaaskroketten gaven mij de kans om mijn woorden af te wegen.

'Luister, Pierre,' begon ik. Ik sneed voor de vorm een klein hoekje van het walmende linkerkroketje. 'Het is een fantastisch aanbod, dat ben ik met je eens, maar ik ben eenendertig, ik ben hier nog niet rijp voor. Als ik eerst teamleider kan worden, geeft me dat de kans om aan het leiding geven te wennen. Ik heb mijns inziens onvoldoende overwicht om vanuit mijn huidige functie zomaar aan het hoofd van Rekrutering & Selectie te komen staan. Ik zou het gevoel hebben dat ik een cruciale etappe oversloeg...'

Declerck werkte een flap gerookte zalm naar binnen, waarop hij kauwde alsof het taaie biefstuk was. Het kostte me moeite zijn blik te lezen: zag ik verrassing, woede dan wel misnoegen? Eén ding wist ik zeker, zijn blik beviel me niet.

'Nonsens,' sneerde hij uiteindelijk nadat hij de zalm met een half glas witte wijn had weggespoeld. 'Ik acht je er rijp voor en dat is het enige dat telt.'

'Maar...' begon ik.

Declerck negeerde mijn aanhef volkomen en vervolgde: 'Bovendien sta je niet alleen. Er zijn mensen om je te helpen en te begeleiden. Daarnaast mag je de opleidingen volgen die je noodzakelijk vindt. Extern of intern, aan jou de keuze.' Hij nam het grote witte servet op van zijn schoot, veegde zijn mond ermee af en legde het naast zijn bord.

Declerck wist niet dat ik hem had gefilmd! Dat wist ik opeens heel zeker en het stelde me enigszins gerust. Tegelijkertijd drong het tot me door dat ik met geen mogelijkheid onder zijn aanbod uit zou komen. Hij had zijn zinnen op iets gezet en dat zou gebeuren ook. Was Tara iets dergelijks overkomen? Die gedachte maakte me angstig. Deze man was vastbesloten mijn lot te gaan bepalen en ik stond erbij en keek ernaar. Ik was gewend om heel zelfstandig te werken en mijn taken zonder al teveel gehijg in mijn nek uit te voeren. Mees blafte wel, maar liet me ook erg vrij. Die vrijheid wilde ik niet verruilen voor een bedompt plaatsje onder Declercks vleugels. Het weigeren van een promotie was per definitie levensgevaarlijk, dat wist ik ook wel, maar ik had geen idee hoe ik deze promotie zou kunnen aanvaarden. Het zou gelijkstaan met professionele zelfmoord.

'Het is nogal overrompelend,' wist ik uiteindelijk uit te brengen nadat er een entrecote voor Declercks neus was neergeplant en vis zonder naam voor de mijne. 'Ik moet hierover nadenken.'

Declerck grijnsde. Zijn ogen waren schelvisblauw, zag ik nu. Ze weerspiegelden zijn uitgekookte ziel voortreffelijk. Hij pakte mes en vork en begon aan de kant van het drillerige vet.

Ik volgde zijn voorbeeld. Althans, ik begon te eten, ik ging natuurlijk niet in drildingen zitten snijden. Mijn vis mocht dan onbekend en naamloos zijn, hij smaakte me goed. Stukken beter dan de kaaskroketten die ik – hoe smakelijk ook – onder het arendsoog van Declerck nauwelijks had durven beroeren en die daarom in ietwat verbouwde versie met de ober mee terug waren gegaan.

'Je hebt bedenktijd. Ann vertrekt pas per januari. Maar ik wil je antwoord half november hebben, en geloof me Henri,' hierbij boog hij wat naar me toe en nu rook ik de schrale geur van wijn op zijn adem, 'ik ken het antwoord al.'

Dat zullen we nog wel eens zien, dacht ik strijdlustig. Ik had anderhalve maand respijt en november voelde zalig ver weg, langer dan een mensenleven.

De opluchting duurde helaas niet lang. Terugrijdend naar Antwerpen bedacht ik namelijk dat Mertens er ondertussen ook was en ik nog steeds niet wist welke impact zijn komst op de mij door Mees beloofde nieuwe functie zou hebben.

Op het moment dat ik ons kantoor binnenstapte, kwam Mees op mij afstormen. Hij leek bijna enthousiast.

'En?' vroeg hij. 'Wat vond je van zijn voorstel?'

Het was alsof ik een klap in mijn gezicht kreeg. Mees was op emotioneel en sociaal vlak hopeloos maar hij was wel een fidele baas. Ik had ergens verwacht dat hij mij niet kwijt wilde en op zijn minst een poging zou doen of hebben gedaan om mij te houden.

'Ik moet erover nadenken,' zei ik afgemeten. Voor het eerst zag ik Mees iets registreren. Ik zag het achter zijn ogen gebeuren. Hij wreef met twee verstrengelde handen over zijn borstelige crewcut.

'We hadden het toch besproken?' Hij klonk weifelend.

'Wij hebben de eventuele functie van teammanager besproken.' Ik kon het niet helpen, opeens werd ik fel, ja bijna agressief. Mees was kennelijk een kei in barometer lezen, want hij trok mij aan mijn blauwe mouwen 2.11 in waar niemand was, drukte mij op een stoel neer en sloot de deur.

'Rustig nou,' sprak hij sussend, 'vertel me gewoon wat je op je lever hebt,' en liet zijn billen op de tafel tegenover mij steunen.

Ik had geen zin om hem te sparen. 'Jij weet heel goed dat ik die nieuwe functie van teammanager, die je me nota bene zelf hebt voorgesteld, wil.'

Er verscheen een ontregelde blik in Mees' donkerbruine ogen. 'Ja, natuurlijk heb ik dat zelf voorgesteld. Alsof ik dat zomaar zou vergeten. Maar ik sta vanzelfsprekend niet alleen in zo'n beslissing, die moet ik eerst aan het hogere management voorleggen, wat ik keurig heb gedaan. Dus vertel op, Henri, wat is nu eigenlijk je probleem?'

Ik had het gevoel dat we langs elkaar heen praatten. 'Ja, wat is mijn probleem?' kaatste ik zijn vraag terug.

Mees raakte geagiteerd, zag ik, hij was toch al zo'n opgewonden standje. Zo meteen gingen we nog op de vuist. Eerlijk gezegd had ik daar best zin in.

'Stel je niet zo aan, Henri. Ik kan jou niet zomaar in een nieuwe functie proppen. Zoiets moet ik eerst voorleggen aan Declerck, maar hij, ik en ook jij weten dat dit puur een formaliteit is. Ik heb je van de week voorgedragen en per 1 januari ben jij wat mij betreft teammanager van de opleiders.' Hij wreef de muizen van zijn handen langs elkaar alsof hij er wat zandkorrels afveegde. 'Zo eenvoudig is dat,' besloot Mees en ik zag dat hij er vanaf meende te zijn.

'Als het aan Declerck ligt, begin ik anders in januari als het nieuwe hoofd Rekrutering & Selectie in Brussel,' merkte ik fijntjes op. 'Valt dat volgens jou onder de functie teammanager?'

Mees liep rood aan, waarna hij vreemd wit wegtrok. Hij zweeg zeker een minuut, terwijl hij heel hard over zijn haardos wreef met zijn blik gebiologeerd op zijn schoenen gericht. Ik liet hem de tijd. Het moest kennelijk allemaal even een weg vinden bij hem. Net toen hij zijn mond opende om mij van repliek te dienen, ging de deur open en kwam Tara binnen. Ze leek oprecht te schrikken toen ze ons zag, terwijl Mees en ik toch allebei geheel gekleed waren en we ons op minstens anderhalve meter afstand van elkaar bevonden.

'Stoor ik?' vroeg ze wat nerveus. Dit laatste leek me terecht, want Mees wierp haar een allemachtig vuile blik toe.

'Dat kan je wel zeggen ja,' hanteerde Mees de botte bijl. 'Henri en ik hebben een en ander te bespreken…'

In Tara's plaats zou ik presto zijn opgekrast, maar dat deed ze niet. Ze bleef gewoon staan. Ik genoot van hoe ze rook. Ze was helemaal in het zwart, een lange tuniek over een strakke broek, waardoor ze tengerder leek dan anders. Haar pose deed me denken aan Anne Bancroft in *Mrs. Robinson*. Het was een melancholiek beeld. Een beeld uit een ander tijdperk.

'Ik heb hier over vijf minuten een bespreking,' zei Tara onverwacht zakelijk.

'Fijn, dan gun je ons die vast wel,' antwoordde Mees ijzig.

'Vanzelfsprekend, geen enkel probleem,' zei ze beleefd waarna ze zich op de hakken van haar zwarte laarzen omdraaide.

Ze had iets met hakken en deze waren qua hoogte op het ordinaire af, ofschoon ze haar niet misstonden.

Mees wachtte totdat ze de deur achter zich had gesloten. 'Hoogbegaafd maar vermoeiend,' hoorde ik hem mompelen.

'Vermoeiend?' vroeg ik. Mees had duidelijk geen geduld met vrouwen.

Hij maakte een gebaar met zijn hand alsof hij een vlieg ving. 'Laat maar...' Hij keek me wat moedeloos aan. 'Henri, je moet weten dat ik... dat ik hiervan niet op de hoogte was. Ik begrijp het niet. Dit moet iets van het laatste moment zijn geweest. En Ann heeft mij zelfs niet gezegd dat ze erover dacht weg te gaan laat staan dat ze al een definitieve beslissing... Niks.' Het leek alsof hij dit laatste nog het meest betreurde. 'Het is natuurlijk een geweldige opportuniteit...'

'Mees!'

Hij wierp me een kwade blik toe.

'Dirk...' probeerde ik het nog een keer.

Hij gaf zich gewonnen. 'Maar ik wil jou niet kwijt, dat spreekt voor zich. Waarschijnlijk heb ik het onbewust over mezelf afgeroepen. Ik heb Pierre op jouw kwaliteiten gewezen en hij vond je direct heel geschikt, had het zelfs over je "grote potentieel" en stelde voor om je er vandaag zelf over aan te spreken. Dat van Ann moet dus heel recent zijn, dat kan niet anders. Niettemin is het vriendelijk van hem dat hij eerst aan jou heeft gedacht, ja toch?'

Ga nooit te drastisch tegen je baas in. Iets van die strekking was me in een van mijn eerste managementseminars verteld. Ik deed het desondanks te pas en te onpas, Mees duidelijk niet. Het was de tweede keer in korte tijd dat ik hem op lafheid betrapte.

Ik koos voor de aanval als beste verdediging.

'Als je maar niet denkt dat je mij zomaar in Brussel kunt dumpen. Ik wil mensen zien, op pad, opleiding blijven geven. Jij moet mijn pleitbezorger zijn, Dirk, dat wil je toch hopelijk wel voor me doen?'

Na Tara leek hij mij plots ook vermoeiend te vinden, want hij zuchtte diep. 'Hoeveel tijd heb je?' vroeg hij praktisch, én om er zo snel mogelijk vanaf te zijn, ik kende Mees langer dan vandaag.

'Half november wil hij een antwoord.'

'Juist,' zei Mees.

Ook dat kende ik van hem.

'Wat vind je eigenlijk zelf?' vroeg ik brutaal. 'Hoe vind je het dat iemand zogezegd onder je duiven schiet, al is het dan de grote baas? Vind je dat collegiaal?'

'Het gaat hier niet om collegialiteit, Henri.' Hij kuchte. 'Maar dat neemt niet weg dat hij mij had kunnen inlichten. Hij zal wel zijn redenen hebben die ik ongetwijfeld te horen zal krijgen. Ik zal mijn best doen voor jou… en voor mezelf,' voegde hij er vriendelijk aan toe. 'Meer kan ik niet doen, dat begrijp je.'

En toen deed Mees wat hij vooral niet had moeten doen. Hij liep zonder groeten en gehaast het zaaltje uit. En ik, ik bedacht dat ik vergeten had hem te vragen naar zijn eigen nieuwe functie. Ik kon mezelf wel voor m'n kop slaan. Ik liet mijn hoofd in mijn handen steunen en zuchtte diep. Ik rook Tara nog steeds. Toen ik opkeek stond ze pal voor me.

'Welk parfum draag jij?' vroeg ik haar.

Ze duwde haar pols onder mijn neus. Haar vertrouwde gebaar maakte me week.

'Het is iets Frans.'

Kon het nog vager?

Ik drukte mijn lippen op de fijne adertjes net onder de muis van haar hand.

Natuurlijk deed ik dat niet. Godzijdank niet. Ze was namelijk niet alleen.

'Lekker,' zei ik luchtig en sprong op, daarbij vriendelijk

knikkend naar de onbekende man die zijn colbertje over een stoel hing en een afwachtende houding aannam.

'Ik zie jou om vier uur nog even?' Tara wierp mij een blik van verstandhouding toe.

'Zoals afgesproken,' bevestigde ik.

Onderweg naar Tara's bureau liep ik Hans tegen het lijf. Hij keek ongelukkig.

'Ga je naar haar?' vroeg hij met een vage hoofdbeweging naar enkele deuren verderop.

Ik knikte.

'Ze is keichagrijnig,' vertrouwde hij me toe. 'Ik maak geen vorderingen volgens haar. Daar is ze niet blij mee.'

Hij zocht een bondgenoot. Daar had ik alle begrip voor. Dat nam niet weg dat ik Tara's gezag hier in geen geval zou ondermijnen.

'Kop op, Hans.' Het klonk wat halfslachtig.

Niettemin begreep hij de hint. 'Doe je alsjeblieft een goed woordje voor me?' vroeg hij toch nog.

Dat wilde ik hem wel beloven. Ik zag hem als zijn oude geknakte zelf van vóór de intensieve coaching wegwandelen.

Wat nerveus klopte ik op Tara's deur. Ze stond bij het raam. Dat leek me haar geliefde plekje als iets of iemand haar dwarszat.

'Hey,' begroette ze me met zachte stem.

Opeens verlangde ik terug naar haar 'Ach Henri'. De hele atmosfeer ademde Tara's parfum.

'Ik heb het zaterdag voor mezelf gekocht,' las ze mijn gedachten. 'Nogal heftig, hè?'

Wilde ik me niet aan haar vergrijpen, dan moest ik ogenblikkelijk gaan zitten. Dat deed ik dus. Tara bleef staan waar ze stond.

Er hing een haast tastbare massa gedachten tussen ons in.

Tara klakte met haar tong. Het klonk bijna onbetamelijk in de stilte die ons omringde.

'We zijn hier geen van beiden erg sterk in, hè?' merkte ze fijntjes op.

'Nee,' gaf ik schoorvoetend toe.

'Heb je soms een voorstel?' Ze liet haar hand op de vensterbank steunen en hield het hoofd wat schuin.

'Ergens waar we rustig kunnen praten...' begon ik.

'Bij jou thuis?' onderbrak ze me. En toen ik haar wat onzeker aankeek: 'Geloof me vrij, ik zou je graag bij mij thuis uitnodigen, maar op een droger, een wasmachine, een bed, enkele eetstoelen en een tafel na is het droevig met mijn huisraad gesteld. Ik zit nog midden tussen de verhuisdozen.'

Tara bij mij thuis. Het idee alleen al.

'Vanavond?' Door de krop in mijn keel was ik nauwelijks verstaanbaar.

Ze fronste haar wenkbrauwen. 'Liever morgenavond... als dat geen probleem is tenminste.'

Er was naar mijn idee geen enkele reden om langer te blijven. Stuntelig stond ik op. De stoel wankelde even. Met trillende handen voorkwam ik dat hij viel. Ik was al onderweg naar de deur toen ze me de pas afsneed, me een Post-it en een pen aanreikte.

'Een adres zou handig zijn, Henri.'

Ze keek mee terwijl ik het in het handschrift van een volslagen vreemde neerkrabbelde. We stonden wang aan wang. Ik kon de warmte van haar huid voelen en deed een stap opzij.

'Half acht?'

Ze schonk me een instemmende glimlach die door het knipje wat scheefgetrokken werd. 'Half acht.'

God, laat de tijd stilstaan. Dat was de smeekbede die de dag daarop om de vijf minuten als een soort elektronische agendaherinnering door mijn hersenen schichtte. De seconden, minuten en uren lieten zich niet beteugelen en brachten mij dichter, steeds dichter bij het gevreesde tijdstip van half acht. Vanuit het werk reed ik rechtstreeks naar de supermarkt. Ik haatte supermarkten. Helemaal als ik van tevoren geen lijstje had opgesteld. Dan pakte ik dingen die ik even later van mezelf moest terugleggen. Dan zwierf ik verloren van afdeling naar afdeling, verzuipend in de overdaad aan keuze. Vroeger was het leven goed, goed en simpel. Toen stond er Kwatta in de kast en lagen er ham, kaas en eieren in de koelkast. Dat was het vaste assortiment waaruit ik als kind kon kiezen. En als er op zaterdagochtend als klap op de vuurpijl salami en brie op tafel kwamen, was ik in de wolken. Een kinderhand is gauw gevuld ja. Vroeger was voorbij. Vroeger bepaalde mijn moeder wat ik at. Nee, ik ging niet koken. Ik keek wel uit. Dat was niet bijster gastvrij van mij, bedacht ik, terwijl ik het Japanse hoekje in de koeling passeerde. Sushi. Dat was gezond en lekker. En als Tara er geen zin in had, kon ik de volgende dag alles weggooien. Geen sushi dus. Voor mij verrees een koelkast vol smeerseltjes. Pesto, tapenade, Marokkaanse wortelmelange. Dat was een idee. Ik koos voor rode pesto, tapenade van groene olijven en vrolijk ogende worteltjesbrij. Op naar het bruine stokbrood. Dat hoorde erbij. Mijn kar snelde naar de broodafdeling. Het bruine stokbrood was op, het werd noodgedwongen artisanaal wit. Wat zou Tara graag drinken? Ik bracht een klein kwartier oog in oog met enkele strekkende meters thee door. Zelf was ik een Earl Grey-mens. Maar als je zoals Tara niet dronk of liever gezegd niet wilde drinken, neigde je misschien eerder tot groene of kruidenthee. Ik gooide een pakje groene Earl Grey, sterrenmix en zoethoutthee in mijn kar. Of fris? Hield ze meer van fris? Ik had haar ooit tomatensap zien drinken. Terug naar het sappenrayon. Tomatensap, ananassap, jus. En tot slot terug naar af. Terug naar de wijn aan de ingang. Een weekend zonder wijn was ondenkbaar. Twee rosé, twee flessen wit en bier. Voor als Ruud kwam. Die zou voorlopig niet komen. Het bier was goed tot volgend jaar zomer, zag ik, vooruit maar. En toen gebeurde het. Ongemerkt was ik voor de wodka aanbeland. Ruim tien soorten gaapten me vanachter hun verschillende venstertjes aan. Ik reikte naar een fles in het middensegment toen de schaamte toesloeg. Geschrokken trok mijn hand zich terug en omknelde de duwstang van mijn kar. Zat ik zo in elkaar? Werd ik gedreven door zulke lage driften dat ik haar onoplettendheid met wodka wilde aanwakkeren? Welke vuige verwachtingen had ik eigenlijk van onze avond? Ik sjeesde achter mijn kar aan naar de kassa alsof ik deelnam aan een zeepkistenrace en rekende met een knalrood hoofd af.

Met al mijn supermarktgedraal was ik pas na zevenen thuis. Het goot terwijl ik mijn boodschappen uit de kofferbak haalde. Binnen legde ik een fles wijn in de vriezer, stelde de ovenklok in op dertig minuten en rende naar boven om me om te kleden. Ja, de waakzaamheid van de ovenklok had ik hard nodig. Het zou niet de eerste keer zijn dat er een fles bubbels of wijn in mijn vriesvak door langdurige onderkoeling ontplofte. Bloednerveus hulde ik me volledig in het zwart, haastte me terug naar de badkamer beneden, poetste mijn tanden, fatsoeneerde mijn haar, waste mijn handen. Ik had willen douchen maar het ontbrak me hopeloos aan tijd. In de spiegel ontwaarde ik een vrouw in diepe rouw, te laat om er iets aan te doen – de bel.

Ik trok de buitendeur open voor een verregende Tara. Ze stapte de hal binnen, schudde zich als een hondje en drukte mij een supermarkttasje in de hand. De inhoud kon ik wel raden, maar ik wilde het niet weten.

'Gooi je jas uit en ga zitten,' riep ik haar gastvrij toe, goed wetende dat ze geen jas aanhad. Ik liep regelrecht door naar de keuken en borg haar fles met zak en al in de vriezer weg.

'Thee?' suggereerde ik vanaf mijn veilige plekje achter de bar. 'Ik heb groene, iets met kruiden en zoethout...'

'Liever water, als je het niet erg vindt...'

Dat was een nobel alternatief. Ik schonk twee glazen water in en zette ze op het tafeltje tussen beide banken in. Tara had haar bank al gekozen, zag ik. Haar witte blouse was doorweekt. Haar tepels stonden stijf. Ik wendde mijn blik af en schoot in actie om kaarsen en theelichtjes te ontsteken. Nadat ik zo'n beetje de voltallige voorraad paraffine in mijn huis had doen ontvlammen, bleef ik treuzelen in mijn stereohoekje. Uiteindelijk opteerde ik gemakzuchtig voor een lokale zender die non-stop niets-aan-de-handmuziek speelde. Daarna kon ik de confrontatie met Tara niet langer met goed fatsoen uitstellen en nam ik het uiterste hoekje van de bank haaks op de hare in.

Ze hief haar glas water en ik het mijne.

'Santé,' wenste ze me met glanzende ogen en nat haar toe. 'Wat een ontzettend knus thuis, heerlijk gewoon.'

Thuis. Ze zei thuis. Dat woordje ontroerde me.

'Ik doe mijn best.' Toen vroeg ik nieuwsgierig: 'Waarom ben je zo nat?'

'Ik ben van het Kiel komen lopen…'

Van het Kiel. Dan moest ze minstens een half uur onderweg zijn geweest. Met de auto was je er vanuit mijn straat via de snelweg binnen vijf minuten.

'Tara toch.'

Ze grinnikte.

We zwegen. Het batist van haar bloesje droogde zienderogen. Opnieuw wendde ik mijn blik af om hem beschaafd naar haar denim dijen af te laten glijden. Ze vertoonden hier en daar donkere plekken die beduidend minder tot mijn verbeelding spraken en me mijn kalmte deden hervinden. De muzak die uit mijn boxen stroomde probeerde met man en macht afbreuk te doen aan de zojuist door Tara geprezen gezelligheid van mijn huisje. De liederlijke gebroeders Brouwer-achtige trompetversie van Earth Wind & Fire's *September* werkte op mijn lachspieren. Ik kon er niks aan doen, ik schaterde het uit.

Ze reageerde aanvankelijk met een verraste blik om vervolgens met me mee te lachen. We lachten en lachten totdat ons plezier verstoord werd door een biep.

'Wat is dat?' vroeg Tara nalachend. Het moment was voorbij, wist ik.

'Mijn vriesvak,' wees ik. 'Ik was te laat thuis om de wijn klassiek te koelen.'

Ze zweeg en keek toe hoe ik naar de keuken liep, de wijn vanuit het vriesvak naar de koelkast overhevelde. Alle vrolijkheid leek verdwenen, weggelekt als na een bommelding. Ik rekte tijd door een fles wijn te ontkurken. Keerde terug met één enkel glas. Voor mezelf. Ik trok mijn rechterbeen onder me op. Alsof ik extra huiselijkheid wilde uitstralen.

'Je leert snel,' merkte ze op.

Ik kon uit haar toon niet opmaken of ze het schertsend dan wel cynisch bedoelde. Dus knikte ik. Ja, ik leerde snel.

Tara liet het hoge waterglas op haar linkerhand balanceren en schoof met de duim en middelvinger van haar rechterhand omhoog en omlaag langs het glas, omhoog en omlaag. Ze schraapte haar keel.

'Ik ben je een uitleg schuldig, geloof ik. Daarvoor moeten we een stukje terug in de tijd. Een periode waarvan ik dacht dat die achter me lag. Ik had ze althans afgesloten.' Ze lachte een lach zonder vreugde. 'Maar zeggen ze niet dat het verleden je altijd inhaalt? Wel Henri, ik vorm geen uitzondering op die regel. Ik vrees dat ik een groot cliché ben.'

Hier stokte ze. Ik onthield me van commentaar. Ze vervolgde haar relaas vrijwel direct.

'Een jaar of twee geleden, ik was in volle rouw, in mijn zesde week schat ik, ben ik zo onnadenkend geweest om naar een nachtwinkel te gaan. Of liever gezegd te zwalpen. De wodka was op, zie je.' Hierbij liet haar rechterhand het glas even los en hief zich in een waarschuwend gebaar. 'Als ik je een goede raad mag geven, zorg dan dat er altijd voldoende wodka in huis is. Ik weet namelijk wat er kan gebeuren als hij op is.'

Ik sloeg mijn handen rond de knie van mijn rechterbeen. Me als het ware schrap zettend voor wat er komen ging.

'Wat is er nu handiger en onschuldiger dan een nachtwinkel? In een wereldstad als Parijs? Anoniemer kan haast niet. Ik had echter de pech dat ik er werd herkend door een man die een pakje Gitanes kocht. Hij zag mij een fles wodka afrekenen en wachtte me buiten op. Hij liep met me mee over de Rue de Rivoli. Hij liet zich niet afschepen voor mijn deur. En ik, ik deed niks om hem tegen te houden.'

Er trilde iets onder de huid van mijn hals. Ik trachtte me op de muziek te concentreren. Mooie muziek ditmaal. *This woman's work* van Kate Bush in Maxwell's uitvoering. Ik slikte. Mijn keel was droog. Ik snakte naar een slok wijn. Ik durfde niet. Ik luisterde. Haar melodieuze stem tilde me over mijn dorst heen.

'Erger nog, ik liet toe dat hij mee naar boven ging. Naar mijn kale appartement op de derde verdieping waar totaal geen sfeer heerste, niks geen gezelligheid zoals hier bij jou. Naar mijn keuken met de talloze lege flessen als stille getuigen à charge. Ik, die niemand verantwoording diende af te leggen, ik had geen moeite gedaan ze te verbergen. Waarom zou ik? Die onachtzaamheid, nee die hovaardigheid, keerde zich tegen mij.'

'Een feestje,' bracht ik vergoelijkend in het midden. 'Je had je kunnen beroepen op een feestje...'

Ze schudde het hoofd. 'Op dat moment kon het me geen bal schelen. Nada. Ik was ziek van verdriet, ik had niks te verliezen. Dacht ik. Want ik had veel te verliezen. M'n job, m'n enige houvast. Als je zwak bent, straal je dat uit, Henri, dat weet jij vast als geen ander.'

Omstandigheden. Had ze daar niet al eerder op ingepikt? Ik keek haar vol aan, ze keek terug. Ik las geen schaamte.

Ze nam een slok water. 'Die nacht versjacherde ik mezelf. Dat had ik toen natuurlijk niet door. Welnee, ik niet, beneveld als ik was. Ik onderging het gewoon en dacht er de volgende dag vanaf te zijn. Een week later wist ik dat er sprake was van een abonnement. Een gratis abonnement. Eenzijdig opzegbaar. Door hem welteverstaan. Ik bevond me in een hoogst penibele situatie, ik was uiterst chantabel. Dat vond hij sexy. Voor mij was hij geen van beide, sexy noch chantabel.'

Wilde ik dit weten? Wilde ik deze ontluisterende rit door haar verleden mee beleven? Ze gunde me geen keuze. De molen was in gang gezet, ik draaide mee.

'Hij was mijn baas niet, had niks over mij te zeggen. Niettemin hield hij me in de gaten. Nauwlettend in de gaten. En hij zweeg. Verzweeg de reden van de fouten die ik op professioneel vlak een tijdlang maakte. Daar hing een prijskaartje aan vast. Gek, je voelt heel snel aan of iemand je kan maken of breken.'

Ik nam een slok wijn. Het filmpje drong zich op. Ik haatte het filmpje meer dan ooit. Ik haatte mezelf.

'Vorig jaar rond kerst nam de behoefte af, verdween zelfs totaal. Ik had mezelf weer in de hand. Ik kon het drinken laten. Als bij toverslag. Dat klinkt raar, dat weet ik, ik heb het mezelf vaak genoeg afgevraagd. Waarom ik opeens zonder kon. Maar het was een feit. En toen diende de fusie zich aan. Begin januari. Pierre was op wintersport. Ik kreeg het aanbod vanuit Brussel om de ICT in België te reorganiseren. Ik hapte toe. Het enige dat ik hoefde te doen was mijn vertrek voorbereiden en dat deed ik. Ik deelde het hem twee maanden later, net voordat ik de overstap maakte, vol zelfvertrouwen mee. Ik was niet langer chantabel. Mijn drankprobleem was bedwongen, mijn toekomst gepland. Hij liet me zonder enig protest gaan. Of gaan… Hij reageerde nauwelijks, wenste me slechts succes. In maart begon ik in Brussel. Eind april kreeg ik te horen dat mijn afdeling halverwege mei naar Antwerpen zou verhuizen. Die overgang kwam me bijzonder goed uit. Eindelijk kon ik eens flink wat vakantiedagen opnemen. Naar India gaan. Als herboren terugkomen…' Ze wuifde met haar hand. 'Natuurlijk kom je niet als herboren terug, bespottelijk gewoon, dat heb ik je al eens uitgelegd' – hierbij wierp ze me een veelzeggende blik toe, goed wetend dat haar Indiabiecht van die bewuste avond volkomen langs me heen was gegaan – 'maar het laatste dat ik had verwacht, was hem daar te zien. Op dat feest, die dinsdagavond in Antwerpen, de dag na mijn terugkeer. En zelfs toen ik hem zag, kon ik met geen mogelijkheid vermoeden…'

'Dat hij onze nieuwe *Human Resources Manager* België was?' droeg ik aan. Ik kreeg een flashback van Tara in haar kantoortje, de vrijdag na het feest, staande aan het raam, haar gsm in de hand. Had ze het nieuws toen vernomen?

Tara boog zich wat voorover. 'Mag ik mijn schoenen uitdoen?' vroeg ze zacht.

Lieve schat van me, dacht ik, jij mag alles, alles. Ik gaf een ingehouden knikje en zag toe hoe ze haar halfhoge laarzen met de torenhoge hakken los ritste en slordig voor zich op de houten planken gooide, haar benen onder zich optrok. Ik volgde haar voorbeeld.

'Misschien is dit naïef van me,' zei ze peinzend, 'maar ik waag het erop. Ik ga je iets in vertrouwen zeggen, Henri.'

Alsof het voorgaande voor haar part in de Gazet van Antwerpen mocht worden uitgespeld. Ik hield mijn adem in. Wat wist ze van mij? Minder dan niks. Waaraan dankte ik haar vertrouwen?

'Declerck heeft geen enkele claim meer op mij, dat kun je van me aannemen. Ik heb een jaar of anderhalf zijn gratis hoer gespeeld, dat wel. Daar ben ik niet trots op, maar dat ligt achter me. En wat doet hij nu?' Ze lachte. Honend. 'Hij claimt mijn liefde. Hij is mij gevolgd naar België, omdat hij zichzelf heeft wijsgemaakt dat hij van me houdt. Sterker nog…' – het knipje in haar lip bolde op van onbegrip – 'sterker nog, hij meent dat ik ook van hem hou maar te trots ben om het toe te geven.'

Ze leunde achterover, haar ogen dwaalden langs de moulures van mijn plafond, haar handen wreven langs de contouren van de bank.

'En?' vroeg ik met trillende stem van ingehouden spanning.

'Ach Henri,' zei ze. 'Waar zie je me voor aan?' Ze wierp me een uitdagende blik toe. Het blauw van haar ogen verdiepte zich tot lapis lazuli.

Verwachtte ze een reactie van mij? Het leek erop. Wat verwachtte ze? Dat ook ik dacht dat ze inderdaad te trots was om toe te geven dat ze van hem hield? Dat ik het de gewoonste zaak van de wereld vond dat je seks had met een man waar je niks voor voelde? Ik wist het nota bene. Ik wist het. Ik had zelf gezien hoe ze niks voor hem voelde. Keer op keer had ik het filmpje opnieuw afgespeeld om me ervan te vergewissen dat ze niets voelde. Geen wonder, hij bleek een miese chanteur. Dát zat me dwars, dat zij zich door hem had laten chanteren. Maar dan! Ze zwoer hem af, maakte de overstap naar België, bezon zich in India en wat deed ze? Ze deed het opnieuw. Met hém.

'Ik, ik snap niet…' hakkelde ik, 'ik snap niet hoe je met een man…'

'… met een vrouw, dat zou je wel snappen?' Het was alsof ze me in volle vaart tackelde. Van binnen ging ik languit.

Vanaf haar bank zag Tara, in relaxte pose, elleboog op de zijleuning, rechterwang rustend in de palm van haar rechterhand, mijn ontreddering haast geamuseerd aan.

'Je laat me niet uitpraten,' verweerde ik me zwakjes, beseffend dat alleen humor me nog redden kon. Maar die liet me in de steek. 'Waarom doe je dit?' hoorde ik mezelf zielig vragen.

Aan Tara's lippen ontsnapte een grinnik, aan haar pose veranderde niks. 'Ach Henri, met die opmerking wilde ik je gewoon een beetje uit je tent lokken, dat mag toch wel?'

Mijn door schaamte verstijfde kaken gloeiden. Wilde ik wel uit m'n tent komen? Ik zei: 'Ik ging dus zeggen: ik snap niet hoe je met een man kunt vrijen die je…' Weer was ze verrassend snel.

'... chanteert, die je koud laat?' De lach verdween uit haar ogen en maakte plaats voor een mix van pijn en hooghartigheid. 'Misschien zou je het zelf moeten meemaken, Henri, wie weet zou je me dan snappen...'

Daar had ik niet van terug. Ik slikte. Toen ik een beetje angstig opkeek, had het hautaine iets kwetsbaars gekregen. Dat raakte me.

'Ik praat het niet goed,' ging Tara verder, 'het zou me nu trouwens niet meer overkomen. Dat weet ik heel zeker, maar helaas pas sinds kort. Sinds ik weer voel. Ik heb ruim twee jaar niet gevoeld. Niet kunnen voelen maakt veel dingen gemakkelijk, weet je. Veel te gemakkelijk. Mijn grenzen vervaagden tot ik geen grenzen meer had.' Hier stokte ze, kwam overeind zitten, bukte zich, pakte haar laarzen.

Ik keek met bonzend hart toe hoe ze ze aantrok. Ze ging me verlaten! Zo meteen zat ik hier alleen. Ze was vrij om te gaan. Ik zou haar niet tegenhouden. Op slag was ik misselijk. Ze mocht niet gaan. Ik spande al mijn spieren, alsof ik hoopte dat ik zo telekinetische krachten kon bundelen om haar hier te houden. Maar ik kon niet verhinderen dat ze opstond. Mijn hart explodeerde haast toen ik haar naar de keuken zag lopen en recht op de koelkast zag afstevenen. Met een geroutineerd gebaar trok ze de supermarktzak met inhoud uit het vriesvak, haar blik zoekend.

'In de glazenkast,' riep ik en wees.

Dankbaar keek ze me aan. Ik hoorde de ijsblokjes tinkelen op het ritme van haar passen. Ze keerde niet terug naar haar eigen plek. Ze kwam naast mij zitten met het glas wodka in haar hand. Ze hief het even.

'Cheers,' wenste ze.

Ik knikte, liet mijn eigen glas staan en keek toe hoe zij dronk. Ze wist ongetwijfeld perfect wat ze deed.

'Weet je eigenlijk waarom ik je dit allemaal vertel?' informeerde ze en legde de hand met de duimring op mijn onderarm.

Daar was de rush. Hij joeg door mijn arm omhoog naar mijn schouder en nestelde zich in mijn halsslagader.

'Vanwege zaterdagavond?' suggereerde ik voorzichtig, hopend

dat haar hand zou blijven waar hij was.

Ze nam hem terug, streek een lokje haar opzij, glimlachte wat onzeker.

'Ook al heb ik mijn gevoel terug, ik blijf een mens van de logica, Henri. Ik dacht zo, als ik haar maar flink veel vertel, zal zij op een gegeven moment vast ook wel gaan vertellen. Zo dacht ik. Ik wil heel veel van jou weten, zie je...'

Op de radio bezong Astrud Gilberto *The Girl from Ipanema* met evenveel verve als vijfentwintig jaar geleden op mijn moeders pick-up. *Yes, I would give my heart gladly*, bedacht ik, me warmend aan het beeld van Tara op mijn bank. Aan deze realiteit zou ik kunnen wennen. Haar aanwezigheid hier tegenover me, in mijn keukentje, in mijn badkamer. Ik riep de soap in mijn hoofd een halt toe. Er werd een antwoord van mij verwacht.

Ze mocht wat mij betrof alles van mij weten. Op het filmpje na had ik weinig te verbergen. Er was echter een ding dat ik eerst van haar wilde weten. Ik schraapte mijn keel. 'Voordat we het over mij gaan hebben, zou ik je iets willen vragen...'

'Toe maar...'

Ik wees naar de hand met de duimring. 'Hoe kom je daaraan?'

Haar schouders rechtten zich, de ringvinger en duim van de ringloze rechterhand draaiden de dikke ring enkele slagen.

'Deze ring,' zei ze droevig, 'is het enige persoonlijke dat me van Lisette rest...'

Lisette. Die naam zei me iets. Mijn gedachten snelden onwillekeurig terug naar de honderden aanwezigen op die indrukwekkende begrafenis. Naar de echtgenoot, de zoons, de twee dochters van Lisette Beaumariage die ik mijn respect had betuigd. 'Lisette? Als in: Lisette Beaumariage?'

Ze knikte. Gelaten.

'Jeetje,' zei ik happend naar lucht. 'Jij hebt vijftien jaar met Lisette Beaumariage gedeeld?'

Hoe oud was ze geworden, die struise, geestige vrouw met haar dikke roestbruine carré, haar kleurrijke Chanel-pakjes? Vijfenzestig? Ik kon Tara met geen mogelijkheid met haar associëren en tegelijkertijd versmolten ze voor mijn ogen tot de meest hechte eenheid aller tijden. Ik zocht bevestiging in Tara's blik. Ik keek naar haar en bedacht dat ik nog nooit zoveel van iemand had gehouden. Ik vroeg me af of zij net zoveel van Lisette Beaumariage had gehouden. Vast wel. Die vaststelling deed gek genoeg geen pijn. Ik vond het alleen maar mooi. Ik vond het verschrikkelijk voor haar dat Lisette haar was ontvallen. Dat wilde ik tegen haar zeggen. Ik wilde haar troosten, een arm om haar heen slaan. Maar het lef ontbrak me. Waarschijnlijk omdat ik haarfijn aanvoelde dat het een surrogaat was voor wat ik veel en veel liever met haar zou doen. Je mocht mensen niet overvallen op een zwak moment. Dat wist ik als geen ander, het vormde een van de basisregels van elke cursus die ik schreef. Dus kéék ik, met heel mijn hart en alles wat ik aan tederheid en goeds in me had.

'Zij was vijftig en ik nauwelijks vierentwintig toen onze clandestiene relatie begon.'

Ze sprak zo zacht dat ik haar met moeite verstond. Ik schoof wat naar haar toe. Het leek of zij ook wat naar mij toeschoof of misschien hoopte ik dat alleen. Ik schoof nog wat dichter naar haar toe. Om haar beter te kunnen verstaan.

'Ik wil hier nu niet op ingaan, Henri,' fluisterde Tara. 'Later misschien, maar niet nu. Ik wil alleen dat je weet dat ik dankzij jou opnieuw heb leren voelen. Jij hebt me mijn gevoel teruggegeven.'

Bestond er iets beters? Ik dacht het niet. Ik proefde haar woorden. Liet ze door me heen stromen. Ik staarde haar aan. Ze staarde terug. Wat ik zag, verdreef alle futiliteiten naar de achtergrond. Het tikje op mijn bil. Het zwaard van Rekrutering dat boven mijn hoofd hing.

Haar blauwe ogen glansden. Haar donkere haar zat verward. Voelen. Ik mocht voelen. Voor een keer zou ik niet vluchten. Ik pakte haar bij de schouders vast en trok haar met een snelle beweging naar me toe totdat mijn lippen vlakbij de hare waren en gaf haar een kus vol op de mond. Daarna week ik een ietsje terug alsof ik haar de kans wilde geven het moment ongedaan te maken. Ik liet haar onwillekeurig los. Ik had moeite met ademhalen, alles trilde van binnen. Wat ben je mooi, dacht ik vol ontzag, wat ben je prachtig, maar ik sprak het niet uit.

Toen legde zij haar rechterhand achter mijn nek en trok mij zonder aarzeling naar zich toe. Haar kus was van een heel ander kaliber dan de mijne. Sexy, gretig, geil. Stevig, dat vooral. Ik proefde haar tong, en de mijne herkende het knipje in haar lip. Ik wist eerlijk gezegd niet dat een kus zo diep, zo ver kon gaan, zo allesoverheersend en levensnoodzakelijk kon zijn. En hoewel ik doorgaans niet iemand was die makkelijk het initiatief nam tot een volgend stadium deed ik dat nu wel. Ik bevrijdde me uit onze kus en gaf toe aan mijn handen die haar witte bloesje open rukten. Het waren godzijdank drukknoopjes. Ze trok het zelf vrij ongeduldig uit, waarna mijn handen haar behasluitinkje vonden en openden.

Ik was sprakeloos. Ze was namelijk waanzinnig sexy. Haar borsten klein en rond, haar tepels stijf. Alleen al door ze te zien gebeurde er van alles met me. Ik streelde haar borsten voorzichtig, maar Tara legde haar handen over de mijne, leunde wat achterover zodat haar rug tegen de leuning kwam te liggen en trok mij half over zich heen. Ik was bang haar pijn te doen, zo hard drukte ze op mijn handen.

Opeens waren we naakt. Haar huid was eerder glad dan zacht, alles aan haar voelde glad en stevig alsof haar vel heel strak over haar botten was gespannen. Het briljantje in haar navel glinsterde. Stevig bleek een sleutelwoord. Ze pakte me stevig vast, ze pakte me even later stevig en ze hield zelf van stevig. Ik wist tot op dat moment niet dat het in me zat. Ik had niet geweten dat ik van stevig hield. Totdat zij zich over mij ontfermde.

Ze vroeg niet wat ik lekker vond, ze sprak zelfs geen woord. Misschien maar goed ook, ik zou er vast niet om hebben gevraagd. Wellicht zou ik zelfs hebben beweerd dat ik er niet van hield als ze me had laten kiezen. Tara liet me niet kiezen. Ze nam mij eerst. Inderdaad, ze nám me. Ze was behoorlijk voortvarend en ik vond het zalig, overrompelend. Het was op het randje van ruw, ruw genoeg maar net niet te ruw om pijnlijk te zijn. Tegen de tijd dat zij met mij klaar was, was zij klaar voor mij. En niet zo'n beetje. Ze gaf onomwonden aan dat voorspel inmiddels totaal overbodig was en daarom deed ik wat mijn instinct mij op dat moment ingaf, ik maakte kortom een keuze, net als zij dat voor mij had gedaan. En toen ze kwam, keek ze me recht aan en zag ik alles wat ze voelde, alles, alles van al haar gevoelens die zich vanuit alle vezels in haar lichaam een weg naar mijn hand baanden. Toen ik wist hoe ze keek als ze voelde, louter en alleen voelde, toen ik dat wist, was het filmpje voorgoed gewist. Of nee, ik had het overschreven. Met liefde, en met een aan schaamteloosheid grenzende portie lust.

Tara hield mijn hand nog een tijdje waar hij was. Toen ik hem uiteindelijk voorzichtig terugtrok, prevelde ze plagerig: 'Dit is nu precies waar ik zin in had toen ik je die eerste keer in dat rollenspel met mijn ICT'ers betrapte.'

De volgende dag waren we beduidend minder vlot in de omgang.

Ik werd als eerste wakker. Alleen op mijn bank. Tijdens mijn slaap moest Tara zijn terugverhuisd naar de hare. Met mijn badjas over zich heen lag ze te slapen. Ze maakte geen enkel geluid en bewoog evenmin. Haar gezicht oogde volkomen ontspannen. Ik sloeg het dekentje waarmee zij me zorgzaam moest hebben toegedekt rond mijn naakte schouders en knielde voor haar neer. Vanuit die nederige positie keek ik geboeid toe hoe ze sliep. Haar wimpers waren gitzwart en krulden iets naar boven. Onder haar ogen zaten enkele vlekjes uitgelopen mascara. Zo zonder lipstick was haar knipje beter zichtbaar. Het litteken was iets donkerder roze van kleur. Daar zat ik dan. Starend naar de vrouw die me van meet af aan zo heftig had beroerd en die nu plots binnen handbereik was. Het had iets surrealistisch. Ik streek voorzichtig over het knipje. Haar lip trilde alsof de zenuwuiteindjes de pootjes van een klein insect ontwaarden. Tara sloeg haar ogen op en leek meteen op haar hoede. Ze verroerde zich niet.

'Hoi,' fluisterde ik.

Er verscheen een bedeesd glimlachje op haar lippen. 'Henri...'

Ik kwam overeind, mijn fleece als een geïmproviseerde kazuifel rond mijn lichaam schikkend en nam het enige vrije plekje op haar bank in, het driehoekje dat haar opgetrokken benen vrijlieten. Ik legde een hand op haar onderbenen die schuilgingen onder de beschermende laag badstof. Ze had haar ogen opnieuw gesloten. Heel even flitste de uiterst recente *morning after* met Mil door me heen die stukken luchtiger was geweest.

'Vertel me eens over het knipje,' fluisterde ik. Nu had ik haar aandacht. Ze keek me vol en vragend aan. 'In je lip,' hielp ik haar op weg.

Ze kwam wat overeind zitten en wreef met haar rechterwijsvinger over het litteken. 'O dat.' Ze klonk onverschillig.

Het was niettemin een vrij sappig verhaal. Vijftien was ze geweest toen ze tijdens een ijshockeywedstrijd een reuzensmak maakte en met haar lip op de schaatspunt van een teamgenoot terechtkwam. Het was een bloedbad geweest en ze had haar lip op de spoedafdeling moeten laten hechten. Ik dacht aan mijn schaarvariant. Ik bedacht dat ik ondanks onze nacht vol intimiteit bitter weinig van haar wist.

'Welke posters hingen er vroeger bij jou aan de muur?' wilde ik weten. Ik voelde me akelig kwetsbaar onder mijn dekentje en tegelijkertijd werd ik beheerst door een ontembaar gevoel, een gevoel dat me gebood de badjas van haar lijf te rukken, haar opnieuw en onbesuisd aan te raken, de spanning te verbreken. Lafhartig als ik was deed ik helemaal niets van dat al en wachtte haar antwoord een beetje verlegen af.

Tara hoestte en nam een slokje van het inmiddels een nachtlang geantichambreerde water naast haar op het tafeltje.

'Posters?' mompelde ze alsof ze mijn vraag niet direct kon plaatsen. 'Dat weet ik eigenlijk niet zo goed meer. Of ja, toch, David Bowie, ik had er eentje van David Bowie op mijn deur. Ik vond vooral *Ashes to Ashes* geweldig.'

David Bowie, waarom niet?

'Geen David Hamilton-meisjes?' opperde ik. Mijn meisjeskamer had er een jaar of wat mee volgehangen.

Tara grinnikte en verschoof. Een stuk badjas verschoof mee. Ik bewonderde haar bovenlichaam bij daglicht. Ze volgde mijn blik en trok de rulle stof op tot aan haar borstbeen.

'Waar zie je me voor aan, Henri?'

Ik deed er het zwijgen toe.

'Sorry,' verhelderde Tara, 'ik ben niet bepaald een ochtend-mens. Sterker nog, ik ben nauwelijks aanspreekbaar voordat ik gedoucht heb en een sloot koffie heb gedronken.'

Dat leek me duidelijk. Of ik al dan niet matineus was, deed er even niet toe, ik zou gedienstig koffiezetten.

Toen ging de telefoon. Tara's lichaam reageerde alsof het 500 volt kreeg toegediend, terwijl ik opsprong om het ellendige apparaat op te sporen. Ik diepte het op uit de spleet tussen de kussens van de door mij beslapen bank. *Mama belt*, las ik op het display. Mijn ogen dwaalden automatisch naar de keukenklok. Half een.

'Ja mama?' Hulpeloos keek ik toe hoe Tara wat wankel opstond, een poging deed om de badjas decent om te slaan om dan gejaagd in de richting van de badkamer te verdwijnen.

'Wordt dit een gewoonte of zo?'

Mijn moeders verwijtende toon bracht me terug bij zinnen, het warme, licht opgewonden gevoel van zo-even loste abrupt op. 'Gewoonte?'

'Ja, ik dacht dat je tenminste zou willen weten hoe het was afgelopen tussen mij en Robert' – ze sprak zijn naam uit op z'n Frans, als Robèrt – 'maar ik had het kunnen weten, je hebt me de hele week zelfs niet één keer gebeld...'

Was dat werkelijk zo? Wanneer had ik haar voor het laatst gesproken? Zondag, op zondagochtend, de ochtend dat ik met haar zou ontbijten, de ochtend dat zij besloten had te gaan lunchen. Ze had gelijk. Ik was een ontaarde dochter.

'Sorry mama,' zei ik schuldbewust, 'sorry, maar ik heb het waanzinnig druk gehad, er is van alles aan de hand op het werk...'

'Nu ja, goed,' mijn moeders stem klonk bijna vergevingsgezind, 'maar je komt toch zo, ja toch, Henri?'

Dit kon ik niet maken. Niet tegenover mijn moeder. En zeker niet tegenover Tara. 'Nee, mama,' ik klonk bijna panisch. 'Nee, mama, vandaag zal echt niet gaan, ik leg het je nog wel uit, maar ik zit met iets... iets belangrijks, ik kan nu onmogelijk...'

Een kale klik en mijn moeder was weg. Ik belde haar drie keer terug. Ze nam niet op. Ontregeld liep ik naar de keuken en zette de koffiemachine aan. Toen sprokkelde ik in de woonkamer

Tara's kleren bij elkaar en legde ze voor de badkamerdeur, die getuige het rode balkje op slot zat.

'Je kleren liggen voor de deur,' overschreeuwde ik het gekletter van water.

'Heb jij misschien een vers bloesje of T-shirt voor me?' riep ze terug. Ze klonk bijna vrolijk.

Boven in mijn slaapkamer zocht ik naar een bloesje dat Tara zou kunnen behagen. Ja, ik kon erg dweepziek zijn als het op vrouwen aankwam. Dat maakte mij in verliefde toestand uiterst kwetsbaar, dat wist ik. Ik wist het dus, maar ik kon er weinig tegen beginnen. Daarom beschouwde ik het – trouw aan mijn dweepzucht – als een eer dat zij iets van mij wilde dragen. Niet dat ik haar dat zou laten merken. Zo erg was het nu ook weer niet met mij gesteld. Ik deponeerde een lichtblauw katoenen bloesje voor de badkamerdeur en voor de zekerheid ook een slipje. Daarna toog ik terug naar boven en hulde me ongewassen in een jogging en een dikke trui. Het was zeker niet koud, maar ik had het ijzig. Ik ging op bed liggen. De *day after* was nooit ideaal. Niettemin had ik gehoopt dat het met Tara anders zou zijn. Ik had haar minder afstandelijkheid toegedicht. Misschien was het gewoon goed, zou een gedoseerde afstandelijkheid ons behoeden voor uitglijers. Diep ademend suste ik mezelf totdat ik beneden een deur hoorde slaan en hakken op het hout hoorde tikken.

Ik vond haar achter mijn bureau. Het blauw van mijn blouse accentueerde dat van haar ogen. Ze hield de foto omhoog in haar rechterhand.

'Wanneer is deze genomen?' vroeg ze zonder zich naar me om te draaien.

Ik legde mijn handen op haar schouders. Ze stond mijn vluchtige kusje in haar nek toe.

'Mag ik nu eerst even douchen?' vroeg ik en wachtte haar antwoord niet af.

Ik liet het loeihete water over me heen stromen zonder ook maar iets te denken. Daarna draaide ik de kraan naar koud en pas toen mijn huid venijnige prikjes begon uit te zenden, wist ik dat het genoeg was. Ik hulde me in de naar Tara's parfum geurende badjas en besloot dat ik mijn haar niet zou föhnen. Van make-up onthield ik me eveneens. Ik was wie ik was en ze zou het rauwe product krijgen, punt.

Ze stond in mijn tuin.

'Wat een lief tuintje,' complimenteerde ze me. 'Zo liefdevol onderhouden en met al die verschillende blauwe en witte bloemetjes, heb je daar bewust voor gekozen?'

'Ja,' bevestigde ik haar vanuit de openslaande deuren. 'Vorig jaar was het thema lila en donkerrood. Ik kies iedere keer iets anders.'

Ze draaide zich om en er verscheen een verraste blik in haar ogen.

'Wow, wat een krullen...'

'Als ze droog zijn, zijn ze pas echt erg,' waarschuwde ik haar nuchter.

'Je hebt geen idee van je...' begon ze, maakte haar zin niet af en liep achter mij aan naar de keuken.

Het was een onconventioneel ontbijt waarachter we een half uurtje na de koffie aanschoven. Pittig vooral. Ovenwarm stokbrood belegd met tapenade, pesto en Marokkaanse worteltjes. We dronken er tomatensap bij. We zaten tegenover elkaar. Ik ervoer de afstand van ruim een meter als onoverbrugbaar.

'Lekker,' merkte Tara op.

Ze beschikte over een gezonde trek, want alles verdween met smaak en moeiteloos naar binnen. Het was de eerste keer dat ik haar zag eten.

'Dat ben ik niet, op die foto,' reageerde ik wat verlaat en gebaarde naar mijn bureau. Ik maskeerde mijn ongemak door een hap brood te nemen.

'Dat meen je niet...'

'Het is mijn moeders zus die ik nooit heb gekend,' lichtte ik onbeholpen toe.

Op de een of andere manier mocht ik me van mezelf vastklampen aan wat ik in Tara's ogen las. Een soort van aan-moediging. Ik begon te vertellen. Over mijn moeder, Benjamin en Henriette. Alleen mijn onbekende vader liet ik weg. Waarom precies, dat wist ik niet.

'Zolang ik me kan herinneren, heb ik naar een familie verlangd. Opa's, oma's, tantes, ooms, broers, zusjes. Eindelijk heb ik een tante. Voor mij begint ze net te leven, maar ze leeft niet meer. Het is een vergiftigd geschenk. Ik zit met zoveel vragen over het verleden, ik wil dingen van haar weten, ik wil contact met haar, maar ik kan niet bij haar terecht. Ze is dood en ik zal haar nooit kennen. Nee, ik heb een foto en ik mag haar leven zelf invullen...'

Ik had Tara veel meer te vertellen dan ik aanvankelijk had gedacht. Af en toe struikelde ik bijna over m'n woorden, zoveel wilde ik haar zeggen.

Na mijn woordenvloed was het pak tomatensap dat tussen ons in op tafel stond leeg. Ik bedacht dat Tara geweldig kon luisteren. En als ze me onderbrak, was dat op de juiste momenten: om me met zachte dwang meer details te ontlokken of bij te sturen als ik afdwaalde of te emotioneel werd. Haar oprechte aandacht gaf me een warm gevoel.

Tijdens dat moment van koestering zag ik haar tegenover me opstaan en op me afkomen, registreerde ik hoe haar handen de band van mijn badjas lostrokken en hoe ze soepeltjes door haar knieën zakte. Ik gaf me over aan een totaal andere minnares dan die van de afgelopen nacht. Zacht en teder was ze, met een onderworpenheid die niks met slaafsheid te maken had.

Tegen zessen waren we opnieuw elk op een bank aanbeland. Ik nog steeds in badjas.

'Weet je waar ik nu zin in zou hebben?' vroeg Tara met een hunkerende blik in haar ogen.

'Frieten?' gokte ik. Ik bedacht dat ik razende zin had in frieten. Meer nog in seks, maar die hadden we net gehad en overdrijven is nooit goed. Naar het schijnt.

'In een sigaret!' boorde Tara mijn hedonistische hoop de grond in. 'Heb jij toevallig een sigaret in huis?'

Ik dacht wat spijtig aan de lightsigaretten die onlangs in mijn moeders tas waren verdwenen.

'Nee,' moest ik haar teleurstellen. 'Ik wist trouwens niet dat jij rookte. Daar heb ik tot dusverre niks van gemerkt. En zeker nu ik je sportieve ijshockeyverleden ken, vind ik het nogal verrassend…'

Ze lachte.

'Ik heb tijdens mijn studietijd en ook in Parijs nog jaren intensief gebadmintond. IJshockey was iets van mijn jeugd waaraan ik eenvoudigweg niet ontkwam. Mijn broer was een crack en ik kon niet achterblijven…'

Toe maar. Naast een vader en een moeder nu ook een broer. Tara ging de persoonlijke toer op. Ik besloot haar niet te pushen. Het was veel leuker als ze tussen neus en lippen spontaan dingen aandroeg.

Daarom stelde ik sober: 'Ik snap het verband met roken nog altijd niet.'

Tara rolde de mouwen van mijn bloesje op.

'Ik ben een gelegenheidsroker. Altijd geweest. Lisette pafte daarentegen als een stoomlocomotief. Gauloises blondes. Er hing steevast een dikke rookwolk om haar heen.' De herinnering deed haar glimlachen. 'Alles rook naar de rook, haar kleding, haar haar…'

'Haar adem,' suggereerde ik vilein.

'Nee, dat viel mee. Dat gekke mens at de hele dag door muntjes. Je weet wel, van die minidingetjes uit zo'n piepklein schuifdoosje. Ze had ze altijd bij de hand. Officieel rookte ze niet, zie je. Lisette deed weinig dingen officieel. Ze was officieel ook niet lesbisch. Niemand mocht het weten, daar was ze erg strikt in.'

Ik keek haar enigszins geschokt aan. 'Hoe bedoel je?'

Tara slaakte een zucht. 'Precies wat ik zeg. Ze wist al dat ze het was toen ze trouwde maar ze wilde per se kinderen. In die tijd kwam daar de obligate man aan te pas. Volgens mij moet haar man het hebben geweten of tenminste hebben vermoed, ik bedoel, hoe dik kunnen oogkleppen zijn? Maar Lisette duldde geen ruchtbaarheid. Het was ons geheimpje en dat moest het *coûte que coûte* blijven. Het heeft mij in sociaal opzicht extreem beperkt. Ik zou het nu niet meer kunnen opbrengen, een dergelijk isolement. Ik vind het zo… onnodig. Maar goed, ik hoef jou vast niets te vertellen over de ins en outs van een Franse familie uit de hogere klasse en alle plichtplegingen en hypocrisie die daar inherent aan zijn. En Lisette had nu net niet het geluk van een Vita Sackville-West die tenminste nog een vent naast zich wist met dezelfde aanleg als zij.'

Ik dacht aan mezelf. Was ik een hypocriet?

'Van mij weet iedereen het,' hoorde ik mezelf plompverloren zeggen.

Die uitspraak oogstte een geamuseerde blik van Tara.

'Ik dacht het niet…' Het klonk een beetje spottend.

'Volgens mijn ex-collega Katja is het genoegzaam bekend op het werk,' deed ik er een schepje bovenop.

Ik voelde me op het randje van stoer. Er overviel me een soort hiephoeragevoel. Amber had gelijk. Een keurslijf was nergens goed voor.

'Henri, alsjeblieft!' Tara liet haar handen met kracht op haar dijen neerkomen en boog wat naar voren. 'Toe, kijk me aan… Geloof je het zelf? Ik kan je verzekeren, ik verkeer dagelijks tussen een heel leger jonge kerels met een gezonde appetijt. Er wordt wat afgekletst tussen de bedrijven door. Denk je nu echt dat zoiets mij niet ter ore zou zijn gekomen?' Ze grinnikte. 'Was het maar waar, dat zou het voor mij een stuk gemakkelijker hebben gemaakt. Ik had zo m'n vermoedens, maar je bent niet bepaald gemakkelijk te peilen. Daar werk je ongetwijfeld hard aan,' voegde ze er laconiek aan toe, 'en het werpt dus z'n vruchten af. Ik kan je verzekeren, in Brussel ben je een hot item… In Antwerpen wordt duidelijk minder rokken gejaagd. In Brussel kent iedereen jou. Daar wordt naar hartenlust gespeculeerd over wie jou ooit zal krijgen. Soms heb ik bijna medelijden met Dirk…'

Mijn maag kromp samen.

'Mees?' wist ik uit te brengen.

'Mees, ja. Sinds zijn scheiding lijkt hij zijn gevoelens voor jou echt niet meer te kunnen onderdrukken. Dat is althans wat ik in de Brusselse wandelgangen heb opgevangen.' Er verschenen pretlichtjes in Tara's ogen.

Ik had twee seconden nodig om knalrood te worden.

'Gescheiden?' fluisterde ik.

'Van welke planeet kom jij eigenlijk? Trouwens, gescheiden of niet, dat doet er niet toe. Ik geef toe dat ik heel benieuwd naar je was. Jij hebt de ochtend van de dag waarop ik je voor het eerst zag een optreden voor het directiecomité gegeven dat insloeg als een bom. Ik had vlak daarna een werklunch met ongeveer de helft ervan en ze hebben zich niet ingehouden. Na een paar wijntjes kwamen de tongen los. De sexy opleidster met de krullen...'

'Je sleurt me erdoor.' Ik keek haar onzeker aan. Ik voelde me op slag niet meer stoer.

'Doe niet zo naïef, Henri.' Tara klonk serieus en een tikkeltje kwaad. 'Jij bent zelf misschien aan je uiterlijk gewend, maar het maakt heel wat los. Je bent een zeer ongewone verschijning. Je valt op. Je bracht me werkelijk van m'n stuk die eerste keer. Je hebt zoiets... wilds. Dat overweldigende haar, je directe manier van kijken, de zekerheid die je uitstraalt. Je bent ronduit imposant. En over dat haar van je, vertel me eens waarom ik je krullen nu pas voor de tweede keer zie. Ik krijg de indruk dat je ze er moedwillig uitbrusht, waar is dat goed voor?'

Ik verschoof op de bank en sloeg de loshangende flappen badstof rond mijn knokige knieën.

'Vroeger deed mama dat, omdat ze me niet netjes vond met krullen. Ze vond ze meer bepaald slordig. Ik ben het uit gewoonte blijven doen...'

Voor het eerst zag ik Tara zich opwinden. Haar beide handen maakten cirkelende bewegingen ter hoogte van haar borsten alsof ze zo haar woordenstroom op gang wilde brengen. Zo zag ze eruit als een Française pur sang. 'Wat is dat in godsnaam voor een onzin!' riep ze uit. 'Als je van nature zulke prachtige krullen hebt, ga je ze er toch niet uitbrushen? Of deed die tante van je dat soms ook? Moest het daarom zo nodig van je moeder? Of deed ze het juist lekker niet en moest het dáárom zo nodig van je moeder?'

Ik gaapte haar aan.

Tara balde haar rechterhand tot een vuist en liet hem met kracht in haar linkerpalm neerkomen. 'Sorry hoor, bescheidenheid is mooi, maar dit vind ik overdreven. Knap zijn, charisma hebben zoals jij, is niets om je voor te schamen. En je hoeft het zeker niet weg te moffelen. God heeft jou iets gegeven en daar moet je gebruik van maken.'

Mijn woordenschat leek definitief uitgeput.

Tara stond op. 'Denk daar maar eventjes diep over na, dan ga ik ondertussen sigaretten halen. Moet ik ook iets te eten meenemen? Frieten of zo?'

Als bij toverslag kon ik weer spreken.

'Ja, lekker,' riep ik enthousiast uit. 'Hier om de hoek is een nachtwinkeltje waar ze sigaretten hebben en op de hoek daarnaast zit een frituur.'

'Ik en nachtwinkels,' hoorde ik Tara mompelen terwijl ze haar portemonnee uit haar tas nam. Na een graai door mijn krullen verdween ze door de deur. Op de keukenklok zag ik dat het half zeven was.

Vijf minuten hield ik het in mijn eentje vol in de stilte die ze achterliet. Om maar iets te doen te hebben, besloot ik opnieuw te douchen en me eindelijk aan te kleden. Ik paste mijn halve klerenkast en vouwde alles wat ik niet aantrok met zorg weer op. Pas in de keuken ontdekte ik dat ik blijkbaar de tijd had genomen. Een blik op de klok bezorgde me kippenvel. Kwart voor acht. Mijn hart begon te bonzen. Tara was al een uur weg. Met haar portemonnee. Zonder tas. Zonder gsm. Hoe lang konden frieten bakken? Mijn buurt was weliswaar niet eng en op de koop toe goed verlicht, maar dit was niet normaal. Ik moest haar gaan zoeken. Ik was al bij de deur toen ik me bedacht. Ze had geen sleutel. En ik wilde haar onder geen beding voor een gesloten deur laten wachten. Wat angstig ging ik op de bank zitten. Ik had de moed niet om muziek op te zetten.

Toen ging de bel. Ik drukte op de parlofoonknop en trok de binnendeur open. Daar was ze. Ik gaf bijna licht van blijdschap, maar zij keek donker. In haar hand had ze een plastic zakje waarin zich naar ik hoopte de frieten bevonden. Met de dampende zak naast zich liet ze zich op de bank vallen.

'Wie denk je dat ik tegenkwam toen ik de nachtwinkel buiten ging?'

'Pierre Declerck.' Natuurlijk meende ik dat niet serieus.

'Precies.'

'Je meent het!' Mijn benen leken ineens van silliputti.

'Ik vrees dat we een probleem hebben, Henri,' meldde Tara somber.

Ik wilde naar de keuken. Bordjes halen, mayonaise en tomatenketchup. Maar ik bleef als verlamd voor haar staan. Met een krachtige ruk aan mijn beide handen trok ze me naast zich op de bank. Bovenop de frieten. We giechelden beiden zenuwachtig terwijl ik de warme zak onder me uittrok en de schade probeerde vast te stellen.

'Wat wil hij toch van je?' waagde ik te vragen en gaf haar een frietje aan.

Tara knelde het als een sigaret tussen de wijs- en middelvinger van haar rechterhand. 'Hij was bij mij thuis langs geweest, had aangebeld en vervolgens naar mijn gsm gebeld…'

'Ik heb niks gehoord,' onderbrak ik haar.

'Hij staat uit,' wees ze me fijntjes terecht. 'Het is af en toe weekend, weet je. Maar goed, toen ik op alle fronten onbereikbaar bleek, kwam meneer op het lumineuze idee om langs mijn stamcafé te rijden.' Haar sarcasme liet zich in dikke plakken snijden.

'Stamcafé?'

'Belachelijk. Hij heeft me natuurlijk vorige week hier aan de overkant zien zitten en dan heb ik meteen een stamcafé.'

Ik propte drie geplette frieten naar binnen om de oprukkende angst een halt toe te roepen. Het vermocht niks.

Tara legde haar frietje naast zich op de tafel. Haar honger was kennelijk weggeëbd. De mijne ook, moest ik beteuterd vaststellen.

'Als jij hem hebt gezien, moet hij jou ook hebben gezien.' Tara leek meer tot zichzelf te spreken dan tot mij. 'En als dat zo is, bestaat de mogelijkheid dat hij het via jou gaat uitspelen…'

'Wat?' vroeg ik gejaagd.

Ze keek me vol aan. 'We hadden het daarstraks over

hypocrisie…'

'Ja, en?'

Tara pakte me bij mijn schouders en schudde me door elkaar. 'Denk na, Henri, als hij het weet van ons, dan…'

Ik duwde haar handen weg.

'Doe niet zo raar, wat kan hij ons nou maken? Ik ga echt niet terug de kast in voor Pierre Declerck.'

Tara's ogen werden groot. 'Waar heb jij het nu over? Dat bedoel ik toch helemaal niet.'

'Jij moet gewoon duidelijk zijn,' gooide ik eruit. 'Je moet hem te verstaan geven dat hij je met rust laat, dat hij ophoepelt!' Ik werd zo emotioneel dat mijn stem ervan oversloeg.

Tara kneep in mijn bovenarm en schudde me opnieuw. 'Wat denk je dat ik net heb gedaan? Ik heb het iets beleefder gefraseerd, maar ik ben wel degelijk duidelijk geweest. Jouw naam is overigens niet gevallen. Daar pas ik wel voor op en hij duidelijk ook. Bovendien heeft hij niks met mijn privéleven te maken. Niet met een onenightstand noch met de liefde van mijn leven…'

'Onenightstand?' riep ik verontwaardigd en sprong op, waarbij de frieten in vrije val gingen. 'Is dat wat ik ben?'

De term *drama queen* moest speciaal voor mij zijn uitgevonden. Ik kon het niet helpen, ik was wanhopig.

Tara leek op het punt te staan haar geduld te verliezen. '*Merde*,' vloekte ze. 'Doe niet zo kinderachtig, Henri en ga zitten.' Haar blik kreeg onverhoeds iets smekends. 'Ik wil je niet kwetsen, ik ben alleen realistisch. Ik ga geen uitspraken doen die ik later betreur. Ik bedoelde het algemeen, dat weet je best. Ik wil je beter leren kennen, dat is wat ik weet. Dat is alles.'

Ik zeeg opnieuw naast haar neer en staarde naar de treurige frietenconfiguratie op de vloer. Ik legde mijn hand op de hare.

'Sorry,' mompelde ik, 'sorry, normaal reageer ik niet zo. Het is Declerck. Ik krijg het op mijn heupen van hem. Volgens Katja is hij gevaarlijk… en… en…,' hakkelde ik, 'en ik begin haar te geloven. Hij heeft me laatst een tikje op mijn bil gegeven, zie je,' hierbij namen Tara's ogen de vorm van schoteltjes aan, maar ik gaf haar de kans niet mij te onderbreken en vervolgde snel: 'en dat van die promotie zit me al helemaal niet lekker. Ik, ik heb het voor me uitgeschoven, ontkend, zeg maar, ik…'

'Promotie?'

'Declerck wil mij per januari als hoofd Rekrutering.'

Zo dat was eruit. Het luchtte geweldig op.

Tara's ogen vernauwden zich tot spleetjes en ik zag haar hersens bijna malen. Haar stem klonk evenwel kalm. 'Hoofd Rekrutering? Heb jij daar ook maar enige ervaring mee?'

Ik schudde het hoofd, bedacht me toen. 'Of toch wel, een beetje. Ik heb na mijn studie een jaar voor de RVA gewerkt, dat zou je met wat fantasie als rekrutering kunnen bestempelen.'

'Hoe oud ben je, Henri? Dertig, eenendertig?'

Onder haar taxerende blik voelde ik me een klein meisje dat er maar niet in slaagde zonder zijwieltjes te fietsen.

'Drie juni word ik tweeëndertig,' antwoordde ik afgemeten.

'Een tweeling,' stelde Tara vast. Ze keek haast vertederd. Ze deed dit meteen teniet door op te merken: 'Die kunnen af en toe twee gezichten hebben.'

'Dank je.' Mijn toon deed haar opschrikken.

'Daar bedoel ik niks verkeerds mee, hoor,' verontschuldigde ze zich. Haar volgende vraag was zakelijk. 'En wat ben je van plan?'

Wanhopig hief ik mijn armen. 'Wat kan ik doen? Ik kan niet weigeren, dan krijg ik nooit meer promotie. Als ik de functie daarentegen aanvaard, kan ik het ook wel vergeten. Dan val ik dankzij mijn gebrek aan ervaring hopeloos door de mand. Met andere woorden, ik bevind me in een patstelling.'

Tara klakte met haar tong. 'Dat heeft hij slim bedacht, vind je niet?'

De omvang van Declercks zet drong voor het eerst ten volle tot me door. Ik was een vogel voor de kat. 'Maar waarom? Waarom ik?'

Tara schraapte haar keel. 'Dat wilde ik zojuist al zeggen. Vanwege mij. Hij wil mij raken en dat doet hij via jou. Wie weet heeft hij me hier gisteravond zien binnengaan. En heeft dat zijn vermoedens bevestigd, of weet ik veel. Wat is er leuker dan het object van mijn fascinatie als een pion naar Brussel te verplaatsen? Of beter nog, een steile afgang te laten beleven?'

Even was ik sprakeloos.

'Besef je wel wat je zegt?' vroeg ik boos. 'En moet ik dat zomaar over mijn kant laten gaan?'

Tara haalde haar schouders op. Ik vond haar opeens een geweldige slapjanus. Iemand zonder ruggengraat die sloom toekeek hoe ik door drijfzand waadde. Maar daarin vergiste ik me schromelijk.

'Natuurlijk niet,' zei Tara ferm. 'We zijn hier trouwens gigantisch aan het gissen. Maar als hij inderdaad slechte intenties heeft, moeten we actie ondernemen.'

'We?'

'Ik ja, en jij ook.'

Ze klonk opeens beduidend minder zeker. Ik gunde haar ruiterlijk het voordeel van de twijfel.

'Heb je concrete voorstellen?'

Tara keek moeilijk. 'Nee,' bekende ze. 'Maar ik beloof je dat ik er diep over na ga denken.'

Opeens schoof het filmpje over mijn netvlies.

'Weet je wat ik niet snap, Tara?'

Ze keek me verwachtingsvol aan.

'Je hebt die man maanden geleden afgezworen, er is geen enkel fysiek contact meer tussen jullie geweest, dus waarom opeens die opleving in zijn gevoelens?'

Met veel genoegen zag ik Tara haar ogen neerslaan. Nee, mijn vraag was niet aardig, ontactvol zelfs. Maar ik moest de waarheid horen. Of haar leugen die ze ter plekke zou moeten verzinnen. En die me op zijn beurt meer over haar algehele waarachtigheid zou vertellen.

'Vraag ik jou naar je amoureuze verleden, recent of niet?' vroeg ze clever.

'Nee,' antwoordde ik eerlijk. Toen fel: 'Maar bij mijn weten is het adjectief amoureus hier misplaatst. Je zegt immers nooit verliefd op hem te zijn geweest. Ondertussen is hij wel de man die mijn job op de helling zet. En daarmee maak ik automatisch deel uit van jouw al dan niet amoureuze verleden of niet soms?'

Ik vond mezelf bijzonder slim. Tara leek dat eveneens te

vinden, want iets in haar houding vertelde me dat ze overstag zou gaan. Dat deed ze niet.

'Ik heb hier geen zin in, Henri, al begrijp ik jouw manier van redeneren. Zoals ik zei, ik moet hierover nadenken, al kan ik momenteel wel een hoop leukere dingen verzinnen…'

Bij die opmerking golfde er een geluksgevoel door me heen. Ik meende me namelijk te kunnen voorstellen waarop ze doelde. Het was van korte duur.

'Het lijkt me beter dat ik ga.'

'Nu?' vroeg ik ontzet.

Als doekje voor het bloeden kreeg ik een warme kus in mijn nekholte.

'Nu ja, dat lijkt me gewoon beter. We moeten even de tijd nemen om na te denken. Alles op een rijtje zetten. Ik zal het puin uit mijn verleden trachten te ruimen, dat beloof ik je. Pas daarna kunnen wij vrij verder.' Verzachtend voegde ze eraan toe: 'En je weet niet half hoe ik naar die vrijheid snak, Henri.'

Het klonk misschien spiritueel, het bracht me hoegenaamd geen soelaas. Het zou me geen enkele moeite hebben gekost om te huilen. In plaats daarvan liet ik toe dat Tara opstond, haar witte bloesje in haar tas propte en naar de deur liep. Ik volgde haar en legde mijn hand stevig op de klink.

'Je hebt niet eens een sigaret gerookt…'

Ze glimlachte. Haar blik was omfloerst. 'Die bewaren we dan maar voor een volgende keer.'

In een opwelling kuste ik haar. Ze reageerde zonder enige terughoudendheid. Stoorzender Declerck, de geur van frieten, alles om me heen verdween.

Ik onderbrak onze kus om te vragen: 'Weet je zeker dat je niet wilt blijven?' – en dat had ik niet mogen doen.

Mijn intermezzo gaf Tara's hand de kans om de klink vast te pakken, 'Ik zou niets liever willen,' te antwoorden en daarna behendig de deur uit te glippen.

8

De nacht na haar vertrek en de zondag die erop volgde waren niet om door te komen. Als klap op de vuurpijl liet mijn moeder mij telefonisch weten mij een poosje niet te willen zien. Ook zij moest nadenken. Ik had geen idee waarover, maar over mij zou het vast niet zijn. Ik had zo'n donkerbruin vermoeden dat Robèrt er voor iets tussen zat en grappig genoeg stelde dat me zelfs gerust.

Zondagavond in bed belde ik Amber die vooral luisterde – wat loffelijk was gezien de onsamenhangendheid van mijn woordenvloed. Zoals gewoonlijk wist ze me redelijk te kalmeren door me tegen het einde van ons gesprek op het hart te drukken dat even nadenken heus geen kwaad kon. Dat had ik zelf ook al een paar keer bedacht maar uit haar mond klonk het een stuk troostvoller. Troostrijk genoeg om uiteindelijk in slaap te vallen.

Maandag was het alsof het weekend er nooit was geweest. Bij binnenkomst werd ik meteen door Mees aangeklampt en 2.11 binnengeduwd om kennis te maken met mijn nieuwe directe baas, Ingo Mertens. Door alle recente emotionele hoogtepunten en kwellingen was het bestaan van Mertens me tijdelijk ontglipt.

'Ingo, dit is Henri Delvaux, Henri, dit is Ingo Mertens.' Mees keek alsof hij zomaar eventjes een audiëntie bij de paus voor mij had geregeld.

Mertens en ik wisselden een beschaafde handdruk uit.

'Wij hebben elkaar al eens ontmoet,' zei Mertens vriendelijk.

Als Linda me niet had verteld dat ik hem al een keer had gezien, had ik hem niet herkend. Gelukkig was haar opmerking blijven hangen.

'Ik heb een jaar of wat geleden een opleiding bij u gevolgd,' droeg ik welwillend aan, ondertussen in mijn geheugen gravend naar welke dat ook alweer geweest kon zijn, 'over…'

'… probleemgesprekken,' redde Ingo mij spontaan het gezicht.

Linda kreeg vast gelijk. Mertens was ongetwijfeld een aimabel man. Hoewel zijn gezicht jong en niet onknap was, had hij wat van een stokoude priester weg. Debet daaraan waren zijn cherubijnenkrulletjes die wreed onderbroken werden door een, naar ik aannam op natuurlijke wijze ontstane, tonsuur. Het kale stukje schedel glansde in het meedogenloze licht van de tl-balken.

Mees had zijn armen gekruist en staarde gewoontegetrouw naar zijn machtig interessante schoenneuzen. Ik dacht aan Tara's allusies. Zou hij soms verlegen zijn? Misschien mocht ik mezelf wel heel gelukkig prijzen met mijn kersverse baas.

'Ja, ik zal jou niet snel vergeten, Henri, je hebt niet alleen een indrukwekkende haarpracht maar je was ook nog eens bijzonder ad rem tijdens het rollenspel.' Mertens grinnikte en keek me zonder enige schroom aan. Hij leek het te menen zonder bijbedoelingen.

Op dat moment kuchte Mees luid. 'Ik laat jullie dan maar, Ingo…Henri…' Een knikje en weg was Mees.

Mertens gaf mij eerst een korte samenvatting van zijn eigen cv, waarna hij geduldig en met zo op het oog ongeveinsde interesse naar het mijne luisterde. Hij straalde een weldadige rust uit die aanstekelijk werkte. En toen hij na een uur of anderhalf ons gesprek besloot met de opmerking: 'Ik denk persoonlijk dat jij een uitstekende teamleider zult zijn, Henri,' kon ik hem wel knuffelen. Als Mertens achter me stond, als Mertens zelfs van mijn vooralsnog virtuele nieuwe functie afwist, wat kon me dan overkomen?

Op onze afdeling was het uitzonderlijk druk. Iedereen leek op post. Dat was wel vaker het geval op maandag. Dan planden we doorgaans onze week in. Ik gooide een algemene groet in de groep en plantte mijn laptop op de enige onbezette desk. Op het bureau tegenover me stond een laptop, maar er zat niemand achter. Ik had me net geïnstalleerd toen een lange jonge vent een plastic bekertje met koffie neerzette en tegenover mij aanschoof. Net als Mertens stak hij zijn hand naar mij uit. Linda was er als de kippen bij, nog voor hij of ik onze namen hadden kunnen uitspreken.

'Henri, dit is Xavier. Xavier draait de komende dagen mee op onze afdeling.'

'Dag Xavier, welkom,' begroette ik hem.

'Dank je, Henri, het is me een waar genoegen met je samen te mogen werken.'

Dat klonk veelbelovend. Beleefd ook. Zelfs zittend was Xavier lang. Hij leek me net geen twee meter maar veel kon het niet schelen. Hij had een leuk open gezicht, frisse blauwe ogen, gezonde tanden en lekker dik donker haar. Er zat vast een royale dosis gel door, want hij was erin geslaagd het glad naar achter te schuieren. Linda wierp mij een veelbetekenende blik toe. Misschien was hij haar type, al was hij dan wat jong. Ik knipoogde naar haar zonder goed te weten waarom. Ik kreeg een knipoogje terug en keek Linda's wapperende oranje rok even na om me dan tot Xaviers beschaafde lichtblauwe overhemd te bepalen.

'Heb je al veel gezien?' vroeg ik belangstellend.

Hij knikte geestdriftig en weidde uit over een aantal diensten in Brussel en Luik die hem in het bijzonder hadden geïnteresseerd.

'Maar het is vooral keileuk om terug in Antwerpen te zijn,' vertrouwde hij me ten slotte toe. 'Mijn vader en ik zijn hier geboren en mijn oma woont hier nog altijd. Tot halverwege volgende week loop ik hier mee, eerst bij jullie en daarna op de ICT, zo kan ik haar een paar keer extra bezoeken.'

Ik vond het hartverwarmend een moderne kleinzoon liefdevol over zijn oma te horen spreken.

'Is dit je eerste job?' wilde ik weten.

Ik kon moeilijk spoorslags aan het werk gaan, dat zou hij als een belediging kunnen opvatten.

Hij nam een slokje van zijn koffie.

'Nee, ik heb al een betaalde stage in Parijs gedaan. Bij een bank weliswaar, maar toch...'

Parijs, Xavier. Heel even staarde ik hem intens aan. Dit moest hem zijn. Katja's Xavier. Ik herkende geen spoortje Declerck in hem.

'Is er iets?' vroeg Xavier.

Ik wist me te herpakken. 'Nee, ik moest aan iemand denken

die onlangs ook stage in Parijs heeft gelopen, ik kan me alleen zijn naam niet meer herinneren,' loog ik lustig.

'Denk je dat ik hem ken?' Xavier klonk gretig.

'Nee, nee, ik denk het haast niet,' maakte ik me ervan af, deed er het zwijgen toe en klapte mijn laptop open.

Nadat ik rond drieën koffie in onze cosy corner had gedronken, passeerde ik op de terugweg naar mijn afdeling Tara's deur. De verleiding was groter dan de angst. Ik klopte. Vrijwel meteen zwaaide de deur open.

Ik had verwacht blij te zijn om haar te zien, maar dat haar verschijning me dermate zou aangrijpen, nee, dat had ik niet kunnen bevroeden. We spraken geen woord. Tara sloot de deur met een snelle beweging en plantte haar rug er stevig tegenaan als om ons tegen onverwacht bezoek te beschermen. Onze kus was hongerig, volkomen kansloos om welke censuur dan ook te doorstaan. Ik wurmde mijn hand behoedzaam maar doelbewust onder haar rok. Ze deed geen enkele poging om me tegen te houden. Heel even vroeg ik me nog af of de lamellen bij mijn binnenkomst gesloten waren geweest, maar toen nam de opwinding resoluut de overhand. Het was voor het eerst van mijn leven dat ik puur door iemand anders te voelen klaarkomen zelf een climax bereikte. O Tara. Het was een wonderlijke sensatie. Beiden losten we niet meer dan een lichte zucht. Minutenlang bleven we verstrengeld staan.

Zij was de eerste die sprak. Ze zei: 'Eerlijk is eerlijk, van een onenightstand kunnen we nu niet langer spreken...'

Ik hou van je, dacht ik. Ik antwoordde: 'Des te meer reden voor jou om diep diep na te gaan denken...' Daarna glipte ik de deur uit.

Ongemerkt gleed de week voorbij. Ik zag Tara niet, maar zo nu en dan sms'ten we. En ja, die sms'jes volstonden om in een 'ons' te blijven geloven. Opeens was het vrijdag. Mijn moeder had nog altijd geen krimp gegeven. Die hield zich stoïcijns aan haar woord.

Mijn eerste weekend van oktober was gereserveerd voor een

teambuildingweekend. Al had ik het voor een stuk voorbereid, er zou een flink deel van mijn zondag aan op gaan. Voor de rest had ik geen plannen. O ja, ik hoopte vurig dat de trotse Tara mij met een bezoekje zou verrassen maar die kans leek me akelig gering.

Het weer veranderde. Het was kil toen ik op vrijdagavond rond half zeven mijn straat inreed. De terrassen waren nagenoeg leeg. In de veiligheid van mijn appartementje dacht ik met weemoed terug aan Ruud en hoe ons contact zou worden hersteld, of ik hem überhaupt zou terugzien. Rijkelijk laat, tegen tienen, kookte ik een paar stronken prei voor mezelf, bestrooide ze met peper, zout, kerrie en wat gembernat en at ze gulzig op.

Daarna werd ik overmand door eenzaamheid.

Waar had Declerck Tara ook alweer van beticht? Dat ze een stamcafé had. Misschien werd het hoog tijd dat ik mezelf een stamcafé aanmat. Het tentje aan de overkant bevond zich op nauwelijks twaalf meter afstand en kon dus uitstekend dienstdoen. Vanavond ging ik alleen op kroegentocht. Naar één kroeg.

De jongen die Mil en mij de allereerste keer had bediend, herkende me zowaar. Hij vormde voor mij een goed excuus om na mijn bestelling aan de toog te blijven hangen.

Voorzichtigheidshalve bestelde ik water. Na iedere bestelling die hij halen kwam, wisselde de garçon wel even een woordje met me. Ik was niet alleen. Ik had aanspraak. Ik kon doorgaan voor een habitué. Tegen twaalven liep het bomvol. Warme lichamen verdrongen zich rond het mijne, schreeuwden bestellingen door en morsten zonder pardon over me heen. Het kon me niet deren. Ik was op een steenworp afstand van thuis. Ik bevond me zo ongeveer in het verlengde van mijn woonkamer.

'Henrike, hallo!'

Ik draaide me om en keek omhoog in de opgewekte blauwe ogen van Xavier Declerck.

'Xavier?'

'Dag schattebol,' riep hij jolig. Het was duidelijk niet het eerste café dat hij aandeed. 'Wawildevanmijdrinke?'

Parijs had geen afbreuk gedaan aan zijn Antwerps dat hij

ijselijk recent bij zijn oma moest hebben opgefrist.

'Niks,' antwoordde ik ongenaakbaar.

Xavier sloeg een arm om me heen. 'Komaan, schattebol, komaan…'

Wat kan het ook schelen, dacht ik luchtig en bestelde een glaasje bubbels, de kwaliteit van de huiswijn indachtig. De rastajongen schonk mijn glas tot de rand toe vol en gebaarde me een slok te nemen. Ik nam een flinke en hij vulde mijn glas grootmoedig bij, mij een vrolijk 'schol' wensend. Ik bedacht de juiste stamkroeg te hebben gekozen. Ik verlangde opeens onstuimig naar het gezelschap van Mil die me hier had geïntroduceerd.

'Schattebol!' Een dronken Xavier boog zich over mij heen. Ik had het wel even gehad met dat woord. Schattebol. 'Schattebol, wadoedegijhierzoalleen?'

'Xavier alsjeblieft…,' verweerde ik me zwakjes en zag tot mijn grote schrik de kolossale zwijgzame man naast mij zijn barkruk verlaten waarop Xavier zich onmiddellijk liet neerzakken.

'Jij begrijpt mij tenminste…'

Ik bekeek Xavier eens goed. Hij droeg een verwassen donkerblauw T-shirt, een jeans en afgetrapte gympen. Dit was de onversneden Xavier-privé.

'Ik begrijp jou?' vroeg ik hem sarcastisch.

Hij sloeg een warme arm om mijn schouders.

'Gij begrijpt mij, schattebol.'

'*Cut out the* schattebol, Xavier,' verzocht ik hem met klem. De arm verdween.

'Oké, oké,' lispelde Xavier. Hij leek opeens veertien. 'Weet ge, gij zijt een toffe madam, Henri.'

Ik knikte voor de vorm. Gekken en dwazen, zoiets ja. De arm was terug.

'Gij vindt mij toch zeker ook tof?' lalde Xavier. 'Ik zen niet als mijn vader, weet ge, hoewel die u ook best tof vindt…'

Mijn belangstelling was gewekt. Ik ging van de consternatie wat meer rechtop zitten.

Hij verborg zijn linkergezichtshelft in mijn nekholte en hijgde in mijn oor: 'Diene mens is mega veranderd de afgelopen jaren, on-ge-lo-fe-lijk veranderd, niet te doen.'

Automatisch doemde een wat wazige Declerck-versie van Dr. Jekyll and Mr. Hyde voor mijn geestesoog op.

Xavier zwenkte zijn hoofd opnieuw overeind. 'Nadat ons mama is gestorven, is 'm wreed veranderd...'

Dat feit op zich deed me natuurlijk iets. Maar ik veronderstelde dat Declerck senior niet zou staan te springen om deze mond-reclame. Zelfs niet als die als verzachtende omstandigheid zou kunnen worden uitgelegd.

'Claire heeft al een tijdje geen contact meer met hem.'

'Claire?'

'Mijn zuster.' Xavier beschreef een halvemaan met zijn rechterarm. 'Die studeert nog in Parijs. Ik mis haar bangelijk.'

'Xavier, alsjeblieft...' Ik vroeg een glas kraantjeswater voor hem aan de rastajongen. 'Hier, drink,' beval ik en hij dronk. Het glas was in één kolkende teug leeg.

'Nog n'n Duvel,' gebaarde hij hoogmoedig. Ik gaf het op.

'Weet ge, Henri, 't is ne lieve, ons papa, echt.'

Tuurlijk. Pierre was een schatje.

'Maar hij kan het niet aan, het leven zoals het is, dat kan 'm ni aan, voilà!'

En daarom zette hij het domweg naar zijn hand!

'Bespreekt jouw vader dergelijke dingen met jou, Xavier?'

Xavier giechelde en leunde zwaar op mij. 'Met wie anders?' schaterde hij zonder een spatje vrolijkheid in zijn ogen. 'Met wie anders!' Hij haalde uit als in een noodkreet en zette het glas Duvel aan zijn lippen, dronk er ongecontroleerd van.

Ik mocht Xavier wel. Hij vertederde me op een bepaalde manier. Met zijn hart op de tong. Met zijn open blik.

'Jouw vader kan volgens jou dus het leven niet aan, Xavier,' herinnerde ik hem.

Hij bewoog zijn hoofd op het ritme van de muziek.

'Is dat zo?' vroeg hij ongelovig en gebaarde nog maar eens om een Duvel.

Ik porde hem in zijn zij.

'Dat heb je me daareven gezegd, denk na, Xavier.'

Ik zag hem moeite doen om na te denken.

'Die Tara zit in zenne kop,' zei hij toen.

Er klopte iets achter mijn slapen. Xavier was op de hoogte van Tara. Van zijn vaders gevoelens voor Tara. Kende hij Tara soms? Kende Tara hem? Ik kon Xavier moeilijk gaan zitten uithoren. Dronkenschap werkte immers niet voor iedereen hetzelfde. Sommige mensen keken terug op een zwart gat, anderen wisten na hun kater ieder woord dat ze gezegd of gehoord hadden perfect te reproduceren. Ik had op dat moment geen idee in welke categorie Xavier thuishoorde.

Xavier rolde met zijn ogen. Het leek hem moeite te kosten om ze open te houden.

'Ik ben nogal zat,' verklaarde hij met onvaste stem, 'maar ge zijt een toffe, echt…'

Dat waren zijn laatste woorden.

Daarna gleed Xavier opzij tegen mijn schouder en in één moeite door in een soort coma. Hij was wellicht geen vijftien, maar het was hem gelukt zich in slaap te zuipen. Ik wenkte de rastajongen en samen met een behulpzame klant sleepten we zijn loodzware lange lijf met enkele onderbrekingen naar de overkant, naar de veiligheid van mijn huis. We schikten hem op een van mijn banken waarna hij luid begon te snurken. Dat was een goed teken.

Ik bedankte de twee mannen hartelijk. Na hun vertrek staarde ik moederlijk bezorgd naar Xavier Declerck. Op nauwelijks een maand tijd was mijn bank uitgegroeid tot een soort pleisterplaats. Ik hoopte manhaftig dat Xavier er niet overheen zou kotsen. Meer kon ik niet doen.

Toen ik tegen tienen wakker schrok, was het doodstil in huis. In een jogging en een trui sloop ik op kousenvoeten de trap af. Ik vond Xavier zoals ik hem had achtergelaten. Hij was zelfs niet van houding veranderd. Hij snurkte niet langer. Sterker nog, hij leek geen adem te halen. Nerveus legde ik een hand op de ader in zijn nek. Die klopte godzijdank. Terwijl ik mijn hand opgelucht terugtrok, opende Xavier zijn ogen. Ze waren bloeddoorlopen en keken me onwennig aan.

'Alka Seltzer?' stelde ik voor en begaf me in de richting van de badkamer.

'Twee asjeblieft, als je hebt,' riep hij me na.

Bij mijn terugkomst zat hij overeind. Zijn haar stond alle kanten op. De gel was zichtbaar uitgewerkt. Hij nam het glas met zijn vrolijk bruisende inhoud dankbaar van me aan en dronk het leeg als limonade. Toen kuchte hij ongemakkelijk.

'Ik schaam me dood,' bekende hij jongensachtig.

Ik glimlachte. 'Je was gewoon zat.'

Om hem op zijn gemak te stellen ging ik zitten.

Hij begon te grinniken. Als hij al een kater had, was daar weinig van te merken. 'Megazat zul je bedoelen. Niet goed voor mijn evaluatieverslag, vrees ik.' Bij die woorden keek hij me onderzoekend aan. Zijn Antwerps was in geen velden of wegen te bespeuren.

'Ik zwijg als het graf,' stelde ik hem gerust.

Hij haalde opgelucht adem. We zwegen allebei. Xavier keek keurend om zich heen. 'Het is hier tof,' stelde hij vast. 'Gezellig. Vrouwen kunnen dat goed, hè? Dingen, huizen gezellig maken. Mijn moeder kon dat ook geweldig goed. Bij ons thuis was het altijd superknus.'

Wat moest die jongen zijn moeder missen. Ik kon zijn verdriet bijna beetpakken.

'Wil je soms koffie?'

Zijn ogen begonnen te glanzen. 'Lekker,' zei hij blij. 'En zou je het erg vinden als ik even een douche neem? Ik beloof je dat ik je daarna, of liever gezegd na de koffie, met rust zal laten. Jij hebt vast je routine op zaterdag en die wil ik niet verstoren.'

Uit noodzaak ging ik tegenwoordig op zondag joggen, en naar mijn moeder hoefde ik voorlopig ook niet toe. Met de routine viel het dus best mee, maar dat zei ik hem niet.

Ik troonde Xavier mee naar mijn badkamer, legde een schone handdoek voor hem klaar, zette de radio aan en verschanste me toen huiselijk in de keuken. In een van mijn kasten kwam ik een stuk peperkoek tegen dat ik in drie dikke plakken sneed en beboterde. Xavier leek me een alleseter. Jongens met een lang lijf als het zijne waren meestal niet overdreven kieskeurig.

Terwijl ik Xavier hoorde fluiten in de badkamer bedacht ik dat zijn aanwezigheid me totaal niet stoorde. Net als bij Ruud voelde ik me prettig in zijn gezelschap. Zelfs het feit dat hij Declerks zoon was kon daar geen afbreuk aan doen. Hij was een kwieke doucher, want nog geen vijf minuten later stond hij alweer voor mijn neus. Hij was op blote voeten. Ze waren enorm. Ik staarde ernaar.

'Maat 46.' Hij klonk bijna trots. 'Ik koop mijn schoenen tegenwoordig in Breda. Daar hebben ze meer keus.' Hij keek toe hoe ik koffie zette. 'Dat is goeie straffe,' merkte hij goedkeurend op.

Hoewel ons leeftijdverschil niet enorm kon zijn, voelde ik me als een moeder wier studerende zoon een weekendje thuis logeerde om bij te tanken en zijn was te laten doen.

Samen schoven we achter de bar aan. Ik plantte het bord met de koek tussen ons in. Xavier werkte de drie plakken in no time weg.

'Moet jij niks eten?' vroeg hij toen.

'Ze waren eigenlijk voor ons tweetjes bedoeld, maar het geeft niet, ik ben niet zo'n koeketer...'

Xavier werd rood. 'Wat lullig nou,' merkte hij beschroomd op. 'Mannen kunnen soms boeren zijn, hè?' Hij leegde zijn kopje koffie. 'Heerlijk,' mompelde hij genietend.

'Nog eentje?' bood ik aan en sprong bedrijvig op.

Hij legde zijn hand op mijn schouder en drukte me neer op de kruk.

'Ik doe het wel, ik heb thuis zo'n zelfde apparaat.'

Xavier had duidelijk geen last van een ochtendhumeur. Ik vond hem erg zonnig voor iemand die zowel zijn moeder als zijn zusje intens miste. Hij serveerde de koffie alsof hij jaren in de horeca had gewerkt; hij draaide het schoteltje zo dat het oortje naar de rechterkant wees.

'Alstublieft, anders nog iets?'

Was dit de Xavier die een persona grata-status in ons bedrijf had geëist? Die Katja's carrière om zeep had geholpen? Ik kon het me nauwelijks voorstellen. Het verwarde me.

'Wil je niet liever in de kamer...' gebaarde ik.

'Nee, ik vind je toogje keigezellig.'

We dronken stilletjes van de koffie.

'Hoe hebben jullie me in hemelsnaam binnengesleept?' wilde hij weten.

'Met z'n drieën,' vertelde ik hem. 'Je zal wel de nodige blauwe plekken hebben opgelopen. Ik vrees dat we je een paar keer hebben moeten laten vallen om op adem te komen.'

Hij proestte. 'Het doel heiligt de middelen, zullen we maar zeggen...' En zonder enige overgang: 'Het is fijn om met je te praten, Henri. Dat vond ik vanaf het allereerste moment. Vind je het erg om mij een beetje te coachen...'

Het was lief wat hij zei, maar ik wist niet of hij het alleen maar vroeg om me als klankbord te gebruiken. Hij leek mijn aarzeling aan te voelen.

'Ik vraag geen professionele therapie, ook geen beroepsgeheim, hoor.'

'Die kan ik je helaas ook niet geven, ik ben geen therapeut, zie je...'

'Zoals je ziet hang ik aan je toog en niet op je bank.'

We lachten allebei.

'Wanneer is je moeder gestorven?'

Er trok een schaduw over zijn gezicht. 'Komende dertien december drie jaar geleden. We hadden zo gehoopt dat ze kerst thuis kon vieren...'

Ik onthield me van commentaar. Xavier torende zodanig boven mij uit dat we geen oogcontact hadden.

Hij schraapte zijn keel. 'Na de begrafenis is papa ruim een week zoek geweest. Niemand wist waar hij was. Claire en ik hebben de kerstdagen samen doorgebracht en doodsangsten uitgestaan.'

Ik haalde diep adem.

'Dat bedoelde ik gisteravond, Henri. Hij kan het leven zoals het is niet aan. Hij kan niet accepteren dat mama er niet meer is. Het is waar, ze hadden een uitzonderlijk goed huwelijk, ze liepen na al die jaren nog altijd hand in hand, dat soort dingen. Hij werd gek toen ze stierf. Een week lang zoop hij zich te pletter, huilde en jammerde de klok rond en vervolgens verdween hij. Zelfs op zijn werk wist niemand waar hij uithing. Dat heeft hem punten gekost. Ze hebben zijn tweejarig contract dat in december afliep uiteindelijk niet verlengd. Gelukkig golft mijn pa al jaren fanatiek. Dat heeft hem een ijzersterk netwerk opgeleverd. Rond februari van het jaar daarop kon hij voor jullie moederbedrijf beginnen. Opnieuw in een topfunctie.'

Ik wist niet wat ik hoorde. Ik wist niet of ik dit wilde horen. Ik wilde niet weten van een zwakke Declerck, want tegenover mij stond hij misselijkmakend sterk.

Opnieuw golfden Xaviers woorden mijn kant op. 'Op de een of andere manier ging het na een paar maanden beter met hem. Claire en ik zagen hem niet echt vaak omdat we in die tijd allebei studeerden en op kot zaten. Dat had mama bedisseld. Die vond dat we recht hadden op een eigen leven. Het was dus niet makkelijk voor papa, hij woonde opeens alleen in ons huis. En hoe erg we het ook vonden dat hij het verkocht, we konden het wel begrijpen. In elk geval ging het beter met hem vanaf het moment dat hij zijn nieuwe appartement betrok, ergens eind maart.'

Rond die tijd moest Tara inderdaad een kleine twee maanden in de rouw zijn, berekende ik snel. Mijn hart klopte in mijn keel.

'Claire had het als eerste door. In april zei ze: "Papa heeft een lief, ik voel het gewoon." Voor mij was het een complete verrassing. Ik had niks gemerkt, kon het me ook niet voorstellen. Vier maanden na mama's dood...' Hij klonk wat schor. 'Onbegrijpelijk, maar goed, ook hij moest verder met zijn leven. Toch zagen we nooit iemand als we een weekendje bij hem logeerden. Nergens een spoor van een vrouw te bekennen. Terwijl er meestal toch wel wat spulletjes rondslingeren als je een min of meer vaste partner hebt. Al is het maar een extra tandenborstel, een lipstick desnoods. Niks. En hij zweeg in alle talen. Toen nog wel. Toen leek hij alles onder controle te hebben.'

Ik zag Tara's onbewogen gezicht voor me van toen ze me over hem vertelde. Over hoe je seks kon hebben zonder iets te voelen. Was ze daar werkelijk toe in staat geweest of had ze een masker voor mij opgezet?

'Claire heeft ze ooit een keer samen gezien, voor een huis aan de Rue de Rivoli. Tegen de tijd dat ze was overgestoken, waren zij al hoog en breed binnen en aanbellen durfde ze niet. Toen ze papa er later naar vroeg zei hij dat het iemand van zijn werk was geweest met wie hij iets te bespreken had. Claire heeft haar ongetwijfeld niet echt goed gezien maar ze vond dat ze een beetje op mama leek. Qua type dan. Lang zwart haar, niet al te groot, tenger.' Hier stokte Xavier even. 'Ik heb haar inmiddels zelf ontmoet.' Hij lachte wat schamper. 'Dat is toch toevallig: meelopen op de afdeling van de ex-minnares van je vader. Maar goed, dat krijg je ervan als je voor het bedrijf van je vader gaat werken…'

Ik vond het hoog tijd voor nog een kopje koffie en vers sinaasappelsap. Terwijl ik perste, praatte Xavier verder tegen mijn rug.

'Ze heeft inderdaad in de verte wel wat van mama, uiterlijk. Al is ze dan jonger. Verder is er volgens mij geen enkele overeenkomst. Mama was warm, zij is koel. Niet onsympathiek of zo, gewoon koel.' Het sap was klaar, maar ik wilde Xavier niet onderbreken met het gepruttel van de machine. Voor de vorm pakte ik een schuursponsje op dat ik secuur van links naar rechts over het aanrecht haalde. 'Ik zie het nu pas allemaal in perspectief. Wist ik veel dat de bewuste Tara eind maart van dit jaar haar functie in Parijs voor eentje in België had verruild? Maar haar vertrek viel wel zo ongeveer samen met de wanhoopsdaad van mijn vader.'

Nu kon ik me echt niet langer inhouden. Geschrokken draaide ik me om. 'Wanhoopsdaad?'

Ik zag Xaviers adamsappel op en neer schieten. 'Op 1 april van dit jaar heeft mijn vader een zelfmoordpoging gedaan. Het was geen grap, nee. Het was niet eens een poging. Als ik hem die avond niet toevallig had gevonden, was hij er nu niet meer geweest…'

Ik moest gaan zitten. 'Xavier,' begon ik en legde een hand op zijn linkerarm. 'Xavier, je moet beseffen dat jouw vader de baas van de baas van mijn baas is.'

'Ik vind dat je dit moet weten,' vond Xavier. 'Kijk, iedereen met een beetje verstand weet dat de HR-manager van de moedermaatschappij in Parijs zich niet zomaar voor zijn plezier naar dezelfde functie in Brussel laat overplaatsen. Maar dat was wat ze hem boden, nadat hij redelijk was opgekalefaterd en een maand of wat in therapie was geweest. En die idioot aanvaardde dat aanbod maar al te gretig. Wat denk je? Terug naar zijn teerbeminde Tara, dat was voor hem het enige dat telde. Daarvoor wilde hij zonder morren een stukje status en salaris inleveren. Maar onze familie kent een nog veel grotere idioot, ikke.' Hij sloeg met zijn vlakke hand op zijn borstkas. 'Ik dacht bij mezelf: *jamais* dat ik pa alleen terug naar België laat gaan. Niet na alles wat er gebeurd is. Hoe achterlijk kan een mens zijn? Als die Tara zo zot van mijn vader is als hij denkt, was ze toch nooit van job, laat staan van land veranderd? Nee, zeg nu zelf. Niemand die haar met het mes op de keel gedwongen heeft naar België te vluchten. Die vrouw heeft daar weloverwogen voor gekozen. En nu ik haar heb ontmoet, weet ik dat des te zekerder. Goed, op dat alles heb ik papa gewezen nadat hij bekend had niet zonder haar te kunnen, maar hij wilde er niet van horen. Hij moest en zou naar België. Dus ik zeg: "Prima, op voorwaarde dat je mij een job bezorgt. Ik wil in je buurt zijn, dat moet je me toch gunnen." Dat had nog heel wat voeten in de aarde, want al heb ik een diploma van Fontainebleau op zak, dat betekent nog niet dat je in je vaderland meteen aan de bak komt.' Xavier liet zijn hoofd in zijn handen steunen. Toen hij opkeek, blonken er tranen in zijn ogen. 'Echt Henri, hoe stom kan een mens zijn? Ik laat mijn vrienden in Parijs achter, m'n zusje waar ik gek op ben, wijs na een succesvolle stage een vaste aanstelling bij Barclays af... Ben ik net gesetteld in Brussel, biecht pa doodleuk op dat een golfvriendje van hem dat nog altijd in de Parijse raad van bestuur zetelt hem in vertrouwen heeft verteld dat Tara een jarenlange relatie met Lisette Beaumariage heeft gehad. Die ken jij vast ook wel, toch zeker van naam. Naar het schijnt was het een soort van publiek geheim dat uit respect voor Beaumariage, en vooral omwille van haar positie waarschijnlijk, door niemand is gelekt. Inmiddels is ze overleden en je ziet, dan verwatert zelfs een dergelijke erecode. Ik zweer je, Henri, ik ben ontploft! Hij wist het al ruim vóór zijn vertrek.'

Ik zei niets.

'"Die vrouw is lesbisch, die zal je nooit hebben", heb ik hem gezegd. "Dat moet je respecteren." Maar hij luistert niet. Ik vind het gewoon ziekelijk. Ik herken mijn eigen vader niet meer. Die man is aan het doordraaien, die heeft hulp nodig.'

Hier onderbrak ik hem. 'Waarom vertel je me dit?'

Wanhopig keek hij me aan. 'Ik weet het niet,' fluisterde hij, 'ik weet het werkelijk niet, ik ben gewoon bang, ik vind zijn gedrag verwarrend.'

'Ik geloof wel dat je bang bent, Xavier, maar ik denk ook dat je meer weet. Dat je hier niet toevallig naast me zit.'

Hij keek me vol aan. 'Meer weet? Wat bedoel je daarmee?'

'Woont jouw vader in Brussel?'

Hij schudde het hoofd. 'Ik woon in Brussel, papa woont voorlopig in bij oma in Wilrijk omdat hij iets wil kopen en nog niks interessants gevonden heeft.'

Dat moest me daar even een fabelachtige meevaller voor Declerck zijn geweest. Dat zijn moeder zo ongeveer bij Tara om de hoek woonde. Vooruitziend als hij was, had hij zijn huiswerk vast al in Parijs gemaakt.

'Nog een keer, Xavier. Waarom vertel je me dit allemaal?'

Hij zuchtte diep. 'Ik denk niet dat ik het hier lang zal uithouden. Ik wil mijn leven terug. In Parijs.'

Ik fronste. 'Dat is je goed recht,' vond ik. 'Maar het verklaart je biecht nog niet...'

Hij leek te aarzelen, toen keek hij me vol aan. 'Niemand buiten jou weet dit van mijn vader, Henri, dat zweer ik je. Ja, misschien één of twee CEO's die van zijn Parijse verleden afweten omdat ze mee in het zogenaamde complot zitten, maar die zwijgen, daar kun je donder op zeggen. En ik heb het je gewoon verteld omdat ik wil dat je weet dat hij geen onmens is. Wat je verder met mijn informatie doet, is aan jou.'

Ik hield mijn lippen stijf op elkaar. Ik ging niks lossen zolang hij niet al zijn kaarten op tafel legde.

Het werd stil in de kamer, ondanks de radio die zachtjes doorspeelde.

'En ook omdat ik erachter ben gekomen dat hij vooral het

beste voor zichzelf wil.' Hij mompelde er binnensmonds achteraan: 'En dat is niet noodzakelijkerwijs het beste voor een ander. Voor iemand zoals jij bijvoorbeeld.'

'Zo,' zei ik, sloeg mijn armen over elkaar en zette een strijdvaardige blik op.

'Dat hij zijn tanden wil breken op Tara, dat is zijn zaak. Maar dat hij zo kleinzielig is om jou naar Brussel over te hevelen, puur om haar dwars te zitten, dat vind ik echt te gortig. Dat heb ik hem trouwens gezegd.'

Mijn mond viel open.

Xavier grijnsde. 'Ik zei je toch gisteravond al dat hij alles met mij bespreekt omdat hij geen andere vertrouwelingen heeft?'

Xavier keek duidelijk niet terug op een zwart gat. Ik zag op de keukenklok dat het half een was en liet me van mijn kruk glijden. 'Dat verdient wel een wijntje zeker?'

'Liever bier als je hebt,' suggereerde Xavier.

Wie had kunnen denken dat Xavier Declerck mijn voor Ruud gereserveerde bier zou drinken? Ik klokte een doodgewoon pintje leeg in een Duvelglas, zo leek het net echt, reikte hem zijn glas aan en liep met het mijne naar de kamer.

'Ik ben de toog een beetje beu, als je het niet erg vindt,' zei ik en ging zitten op de bank waarop Xavier niet geslapen had.

Hij koos op zijn beurt voor de stoel. Ruuds stoel. Ik sloot me af voor de symboliek van het bier en de stoel en probeerde me opnieuw op Xavier te concentreren.

Ondanks zijn bokkensprongen van het afgelopen halve uur had ik nog steeds het gevoel dat ik hem kon vertrouwen. En dus waagde ik het erop. 'Weet Tara hiervan?'

Hij nam net een slok van zijn bier. 'Welnee,' zei hij. 'Althans, niet van mij. Wat mijn vader verder uitspookt, moet hij zelf weten. Ik ben zijn nanny niet. Ik weet alleen dat hij zich in zijn hoofd heeft gehaald dat Tara jou wel ziet zitten. Waarom precies, dat weet ik niet. Hij vertelt me niet álles. Maar als dat betekent dat hij in de toekomst alle leuke vrouwen in haar omgeving gaat wegpromoveren, zal hij het daar nog druk mee krijgen vrees ik. Laat ik het zo zeggen, ik beschouw dit als machtsmisbruik. En toen ik je deze week ontmoette, vond ik je veel te sympathiek om je daar het slachtoffer van te laten worden. Tenzij je die functie ziet zitten, dan is er niks aan de hand.'

'Die zie ik totaal niet zitten.'

'Nou dan!'

Ik sloeg mijn benen over elkaar en boog me wat naar Xavier toe. 'Ik zie alleen niet wat ik met jouw verhaal moet.'

Zijn verbazing kon niet gespeeld zijn. 'Komaan, je hebt nu toch het ultieme wapen in handen.'

Ik lachte, maar niet van harte. 'Jij denkt dat ik hem parmantig ga meedelen dat ik zijn mislukte zelfmoordpoging aan de grote klok ga hangen als hij mij in die functie pusht?'

Xavier keek mij vorsend aan. Zijn ogen waren niet langer bloeddoorlopen. 'Precies. Ik zeg niet dat je deze informatie aan derden moet doorspelen, ik zeg alleen dat je hem er zelf mee kunt confronteren. Neem van mij aan, dat volstaat.'

Hij klonk behoorlijk zeker van zijn zaak. Ik deelde zijn zekerheid niet. Naar mijn idee bezat Declerck meerdere hoeden met daaronder telkens een ander konijn.

'Was onze ontmoeting van gisteravond toevallig?'

Xavier knikte resoluut. 'Jij woont kennelijk tegenover een van de meest coole tenten van het moment. Een van de ICT'ers had me erop attent gemaakt.'

'En als je me daar niet had gezien?'

Hij haalde zijn schouders op. 'Dan had ik je wel opgezocht. Op het werk of zo. Ik wilde sowieso met je praten.'

Ik zweeg.

'Mag ik jou nu eens een vraag stellen?' Zijn blik was plagerig.

Ik knikte. 'Ga je gang.'

'Vindt ze jou daadwerkelijk leuk?'

Ik had het kunnen weten. 'Dat kun je beter aan haar vragen, denk je niet?'

Hij lachte. 'Gelijk heb je. Ik zal je een andere vraag stellen. Een die alleen jij kunt beantwoorden.'

Ieder kind heeft iets van zijn vader. Dat gold ongetwijfeld zelfs voor mij, al wist ik dan niet in welk opzicht. Xavier had zijn vaders listige charme geërfd.

'Hoe leuk vind jij haar?'

Ik grinnikte. 'Dat is voor jou een vraag, voor mij een weet...'

Hij gniffelde. 'Proberen gaat mee, toch?' Meteen daarop werd hij serieus. 'Ik ga maar eens, Henri, dan kun jij eindelijk aan je zaterdag beginnen.'

'Met douchen dus,' zette ik hem subtiel op zijn plaats en keek toe hoe hij zijn grote blote voeten zonder sokken in zijn sneakers wurmde.

Bij de deur vroeg hij beleefd: 'Mag ik je een kus geven?'

Ik wees op mijn wang. Hij moest flink bukken.

'Dankjewel voor de fantastische dag en de gastvrije overnachting.'

'Graag gedaan.'

Ik meende het. Hij zag het kennelijk aan me.

Hij zei: 'Weet je wat ik denk? Ik denk dat jij een hele leuke en een hele goeie moeder zou zijn, dat denk ik.' En met die montere boodschap verliet Xavier Declerck mijn huis.

Een half uur later ging de bel. Ik was net aangekleed. Hoopvol nam ik de parlofoon op.

'Ja?' vroeg ik.

'Henri, ik ben het, Fatima, kom je even naar de voordeur?'

Niet Tara maar mijn zestienjarige buurmeisje stond op de stoep. Ze ging schuil achter een reusachtige bos bloemen.

'Wow,' riep ik uit. 'Wat is dit?'

Ze duwde de bos in mijn handen. 'Van Xavier, moest ik zeggen. Ik kwam gelijk met hem buiten en hij gaf me vijftig euro om bloemen voor jou te halen. Ze moesten wel oranje zijn, zei hij, maar ze hadden niet zoveel oranje, dus heb ik er ook wit en aubergine door laten mengen, is het goed?'

'Het is prachtig,' complimenteerde ik haar. 'Het heeft je toch niet teveel tijd gekost?'

Ze lachte. 'Helemaal niet en je mag het best weten, ik mocht tien euro voor mezelf houden.'

'Dat is mooi verdiend,' vond ik.

'Is hij je vriend?' vroeg Fatima.

'Gewoon een vriend.'

'Oké. Fijn weekend Henri.'

'Hetzelfde!'

Het was duidelijk dat Fatima de resterende veertig euro op de bos had losgelaten, hij woog een ton. Ik wist niet eens of ik wel een vaas had waar zo'n joekel van een boeket in paste. Uiteindelijk schikte ik het in de grote rechthoekige glazen bak die op de toog stond en waarin ik normaal mijn kopergeld keilde, en zette hem midden op de eettafel. De bloemen waren ronduit adembenemend. Ik herkende rozen, dubbele rozen, calla's, en er waren enkele meer exotische exemplaren die ik zo gauw geen naam kon geven. Ik ging aan tafel zitten en staarde aangedaan naar de bloemenpracht. Ik kon me zelfs niet herinneren wanneer ik voor het laatst bloemen in huis had gehad.

Met gemengde gevoelens overliep ik mijn avond en ochtend met Xavier. Dat zijn voorkeursbehandeling Katja haar job had gekost zat me nog steeds ongelooflijk dwars. Voorlopig verlegde ik de schuld volledig naar Declerck sr. om specifiek gepieker daarover de kop in te drukken. Daarop dwaalde ik onwillekeurig af naar Tara's rol. Hoe smoorverliefd ik ook zijn mocht, die zinde me niet. Mijn eigen rol evenmin. Als ik hen niet was gevolgd, had ik het tenslotte nooit geweten. Ik vond het erg van Xaviers moeder, niet alleen voor hem, ook voor zijn vader. Dat was meteen het enige pluisje sympathie dat ik voor Declerck kon opbrengen. Maar wat moest ik met het verhaal van Xavier? Ik kon me nauwelijks voorstellen dat ik zijn informatie over ruim een maand oog in oog met Declerck zonder verpinken zou bovenhalen. Ik moest er niet aan denken.

Na lang piekeren besefte ik dat ik er in elk geval met Tara over moest praten. Ik stuurde haar een sms'je: 'Moet je zien.'

Ze sms'te vrijwel meteen terug. Ik las dat ze om half zes thuis zou zijn en noteerde haar adres. Het was niet al te ver en ik besloot de fiets te nemen.

Tijdens het fietsen wapperde de wind een flink deel van mijn zorgen weg. Voor een keertje had ik de wegbeschrijving goed weten te memoriseren. Haar straat was een kort straatje dat langs haar kant amper zeven huizen en nog minder bomen herbergde. Keurig. Een keurig straatje dat naar mijn idee geen enkele uitdaging voor haar kon vormen. Toch had zij het verkozen hier neer te strijken.

In het met zielloze grindtegels belegde voortuintje van postzegelformaat zette ik mijn fiets op zijn standaard. Ik zette hem op slot en nam het mandje met daarin wijn, wodka en mijn handtas van het stuur.

En daar stond ik voor Tara's deur. Het was bizar haar naam op een naamplaatje te zien staan. *T. Descamps*. Tara Descamps woonde in een straat, sliep in een bed, betaalde huur of een hypotheek, Tara Descamps was een geregistreerde burger.

Ik ontdekte een knopje en belde aan. Vrijwel meteen daarop zwaaide de voordeur open en kreeg ik een kus op mijn neus. Voor het eerst trad ik binnen in Tara's heiligdom.

Het was er kaal, het geurde er naar verf, maar de vloer was belegd met brede eiken planken en er hingen zowaar twee schilderijen in haar woonkamer. Ze waren manshoog en bepaald indrukwekkend. Onze voetstappen klonken hol.

Ik liet mijn ogen van de kleurrijke vrouwenportretten naar Tara afglijden. 'Hoe lang woon jij hier ook alweer?'

'Bijna vijf maanden, vrees ik,' zei ze schuldbewust.

Ik schoot in de lach. 'Je zou een paar meubels kunnen aanschaffen,' adviseerde ik en zette mijn mandje op een van de stoelen rond de ronde citroenhouten art deco-eettafel. 'Maar wat je hebt, is wel uniek,' liet ik me ontvallen met een bewonderende blik op de tafel. 'Waar heb je deze in hemelsnaam opgeduikeld?'

'Op een veiling in Antwerpen.' Haar ogen straalden.

'Bij Bernaerts?'

'O, dat zou best kunnen...'

In de erker vooraan stonden stapels dozen. Ik gebaarde ernaar. 'Is dat een alternatief voor gordijnen?'

Ze glimlachte. 'Ik kom er maar niet toe. Dat zijn mijn boeken. En twee dozen met cd's. Maar ik heb nog geen kast zie je.'

Vluchtig telde ik de dozen. 'Twee, nee, drie kasten zal je bedoelen...'

'Ik vind jouw kasten leuk. Denk jij dat je minder boeken hebt dan ik?'

'Ik dacht dat ik er veel had, maar zo te zien heb jij er veel meer.'

Naast de dozen stond een flatscreentelevisie op de grond met daarnaast een ministereotoren. De boxjes waren petieterig. Het geluid dat ze voortbrachten was vol en zuiver. Ik liep met Tara mee naar de keuken. Die was glanzend wit met een zwart granieten aanrecht en van alle technische snufjes voorzien.

'Is dit huis van jou?'

'Nee, ik huur. Deze keuken zou ik zelf niet gekozen hebben. Maar alles is nieuw, netjes en redelijk smaakvol. Daar kan ik mee leven.'

Het overviel me dat Tara een vreemde in haar eigen huis was. In mijn huis had ze meer thuis geleken dan hier. Ze paste hier niet. De schilderijen, de tafel, die pasten bij haar, maar de omgeving waarin ze stonden niet. In een reflex trok ik Tara's koelkast open.

Ze schoot in de lach. '*Vas-y!*' zei ze wat cynisch.

Ik staarde in de kraaknette, kale koelkast. In de deur stond een fles bronwater en helemaal bovenin prijkte een pot augurken. Geschrokken duwde ik de deur dicht en draaide me naar haar om.

Ze had de armen over elkaar geslagen en hield haar hoofd wat schuin terwijl ze mijn reactie leek in te schatten. 'Zeg het maar, Henri...'

Ik leunde tegen haar aanrecht. 'Je zorgt toch wel goed voor jezelf, je eet toch zo nu en dan?'

Ze begon te grinniken. 'Soms, soms ben jij gewoon kostelijk. Je trekt een deur open in iemands huis en je hebt meteen je conclusie klaar. Je kunt het niet eens verbergen. Je bent aandoenlijk, Henri, en ik kan me ongeveer voorstellen wat er nu door je heen gaat. Kom je voor het eerst bij mij op bezoek en olala, ik heb niets in huis. Geen wijntje, geen hapjes, geen eten. Nee, ik verwen jou met een augurk en een glaasje water...'

Ik geneerde me een beetje en sloeg mijn ogen neer.

'Ik heb vanochtend de koelkast uitgevlooid en schoongemaakt en het vriesvak ontdooid. Toen jij aanbelde was ik net terug van boodschappen halen maar ik moest dringend plassen. Alles ligt nog in de auto. Misschien wil je me helpen met uitladen?'

Boetvaardig liep ik met haar mee naar buiten.

'Welke is het?' vroeg ik.

'Die grijze,' wees Tara en drukte op het knopje van de centrale vergrendeling op haar sleutel. Ik zag de lichtjes van een fraaie antracietkleurige BMW tegenover haar huis oplichten.

'Jeetje, wat een chique auto,' constateerde ik bewonderend.

'Van de firma.' Het klonk onverschillig. Alsof statussymbolen haar geen fluit konden schelen.

Samen sjouwden we een resem tassen naar binnen. Ze had flink gehamsterd. Ik pakte de grote hoeveelheden fruit, groenten, Franse kaas, vis, scampi's, sap, wijn, water en schoonmaakproducten uit en Tara ruimde ze systematisch in haar kasten en koelkast in. Ik had niet verwacht dat ze zo georganiseerd zou zijn. Ik besloot haar rustig haar gangetje te laten gaan en liep naar de schuifpui in de achterkamer. Haar kleine tuin had over de gehele breedte een terras van Bankiraiplanken met aansluitend een grindvlakte. De houten rechthoekige plantenbakken langs de schuttingen aan beide kanten waren mistroostig leeg. Helemaal achterin stond een burgerlijk mosterdkleurig tuinhuisje.

'Daar ga ik duiven houden.'

Ik schrok op van Tara's geamuseerde stem in mijn oor en grinnikte. 'Dat stond er vast al.'

'Zoals ik daarnet zei: ik huur. Anders had ik dat monster stante pede eigenhandig verwijderd. Maar het is handig voor het tuingerei, de maaimachine die ik niet heb... Het biedt kortom onbegrensde mogelijkheden.'

'Waarom heb ik het gevoel dat jij hier niet past?' vroeg ik zacht en haar veilig achter mijn rug wetend. Ik wilde haar niet kwetsen maar ik moest het van mezelf vragen.

Ze sloeg haar armen om mijn buik en kwam half tegen mijn linkerheup aanleunen. 'Vertel me eens, Henri, waar pas ik volgens jou wel?' Ze legde een warme wang tegen de mijne.

Ik wreef over haar armen en dacht na. 'In een loft aan de kaaien voor mijn part of in een oud herenhuis op het Zuid of aan de Leien...'

'Jij associeert mij met grote ruimten als ik het goed begrijp?'

Daar zat inderdaad wat in.

Ze liet me los en kwam naast me staan, de handen in haar zij. 'Ik vind grote ruimten vreselijk,' sprak ze tot de tuin. 'Kastelen, kolossale herenhuizen, lofts, verschrikkelijk. Enorme zolders, reusachtige kelders, afschuwelijk. Het ergste zijn huizen met zoveel kamers dat er meerdere leegstaan omdat er simpelweg niet genoeg huisraad is om ze te vullen. Wie verlangt er in godsnaam naar een huis met lege kamers?'

'Jij hebt niet zoveel met materie, hè?'

'Toch wel. Ik stel een geavanceerde computer op prijs. Ik koop graag boeken. En als ik televisie kijk, wil ik een helder en groot beeld. Muziek moet klinken zoals ze bedoeld is, dus wil ik best wat geld uitgeven aan een goede installatie. De twee schilderijen die hier hangen, beschouw ik niet als investering. Ik wil ze elke dag zien, daarom moest ik ze kopen. Ze zijn van Emilie Charmy en ze zijn me erg dierbaar. Bovendien brengen ze sfeer, iets waar ik zelf niet zo goed in ben.'

'Ze zijn heerlijk om naar te kijken,' beaamde ik. 'Je onderschat jezelf een beetje, vind ik. Je hebt ze niet zelf geschilderd maar wel bewust gekozen. Dat is toch sfeer creëren?'

Ze keek me wat onzeker aan. Toen sloeg ze de handen in elkaar. 'Wil je de rest zien?'

Haar gedrag bracht me uit mijn evenwicht. Hoe beter ik haar leerde kennen des te minder ik haar kon volgen. Niet dat mensen voor mij volkomen transparant moesten zijn, maar ik vond het wel prettig om een bepaald patroon te ontdekken en daarop voort te borduren. Ik volgde haar de smalle witgelakte houten trap op naar boven. Haar badkamer was klein, spierwit en verrassend gezellig dankzij de zwart-wit geblokte badmatten en de gekke barokke spiegel met de zilveren lijst die boven de moderne wastafel hing. Tara's ogen volgden de mijne.

'Die heeft Lisette voor me gekocht. Voor boven de schouw van mijn Parijse appartementje. Ik huurde het gemeubileerd, zie je, en zij wilde tenminste één persoonlijke toets.'

Een gemeubileerd appartement, hoe kwam ze erbij? Ik onthield me van commentaar en liet me naar haar slaapkamer voeren. De muur waartegen het bed stond was hazelnootbruin. De ruime tweepersoonsmatras rustte in een stoere brede ombouw die met een rulle beige stof was overtrokken. Het hoofdeinde was van hetzelfde materiaal. Erboven hing opnieuw een schilderij. Ik ging op m'n tenen staan om een eventuele signatuur te kunnen onderscheiden. Het was veel fauvistischer dan de twee beneden en kwam me vaag bekend voor.

'Hij is hartstikke vals,' deelde Tara me mee. 'Een kopie van de *Femme Fatale* van Kees van Dongen. Hij is goed, hè?'

'Hij is net echt! Ruud is gek op Van Dongen. Hij heeft de nodige naslagwerken en heeft me van alles van hem laten zien, onder meer deze. Hoe kom je eraan?'

'Een vriend van Lisette schilderde op bestelling alles na. Meer voor de lol dan voor het geld. Zij wilde per se de *Femme Fatale* voor mij.'

'Voor haar eigen femme fatale...'

Tot mijn plezier zag ik haar kleuren.

'Ze gaf me altijd maar cadeautjes. Ik denk om haar schuldgevoel af te kopen. Goed te maken dat ze bijna nooit een hele nacht kon blijven. Dat ons samenzijn zich vrijwel zonder uitzondering in anonieme hotels en met een beetje geluk in haar buitenhuisje in Deauville afspeelde. Van mij hoefde dat niet, maar zij deed het gewoon graag. Kom eens.'

Ze trok me mee door een opening in de wand rechts naast het bed. Het was een inloopkast. Ik wist niet eens dat zulke dingen aan brochures ontsnapten om zich bij mensen thuis te nestelen. Ze was minstens even georganiseerd als Tara's keuken. Broeken, blouses, jasjes en jurken hingen. T-shirts en truien lagen keurig gestapeld op schappen. Er waren twee tussenvakken voor schoenen, van de grond tot aan het plafond. Ze was duidelijk gek op schoenen. Eigenlijk was dat geen nieuws.

Tara trok een zwart broekpak uit het hanggedeelte.

'Wow,' fluisterde ik vol bewondering.

Ze gooide het op de zeventig centimeter hoge kubusvorm in de hoek waarin laden waren aangebracht en die je wel in de chiquere kledingwinkels zag.

'Jil Sander,' zei ze. Ze trok een prachtig spierwit ensemble van de stang en gooide het erbovenop. 'Chanel. Ik heb zo'n beetje alles. Dolce & Gabbana, Boss, Armani...'

'Lisette?'

'Precies. Ik heb ze nauwelijks gedragen en dat doe ik nog steeds zelden. Het is me allemaal net iets té.'

'Zonde.'

Dat meende ik. Ik had namelijk een zwak voor ontwerperskleren. Ik kon ze alleen niet betalen.

'Weet je wat ze ervoor terug vroeg?'

'Wat dan?' Haar vraag maakte me ongemeen nieuwsgierig.

Tara sjorde haar eenvoudige zwarte bloesje uit haar broek.

'Dit.' De piercing door haar navel.

Tot dusverre had ik er niets over gezegd, zij evenmin. Ik was niet anti maar had het niet direct met haar kunnen associëren.

'*Kinky!*'

Ze propte haar blouse terug in haar broek. 'Dat heeft me een moeite gekost, dat kan je niet geloven. Maanden heb ik erover gedaan voordat ik de moed vond om dat ding te laten zetten. En dan moet je weten dat ik het al benauwd krijg als iemand nog maar naar mijn navel wijst, laat staan dat de een of andere onverlaat erin gaat zitten boren. De enige reden dat hij er nog inzit, is dat ik hem er zelf niet uit durf te halen.'

'Lisette en piercings, wie had dat ooit gedacht?'

'Je moest eens weten…,' zei ze zonder het toe te lichten.

'Ik wil hem er best voor je uit halen,' bood ik stoer aan.

'Echt?'

'Ja, echt. Maar ik vind het ook wel leuk als je hem nog een tijdje laat zitten.'

Tara werkte mij met zachte dwang de slaapkamer uit. 'Zo,' merkte ze tevreden op. 'Nu heb je alles gezien. Althans, op mijn computerkamer na. Maar geloof me vrij, daar valt weinig opwindends te zien.'

Ik geloofde haar op haar woord. Wel wees ik nieuwsgierig naar het gangplafond waarin een luik zat.

'Is hier nog wat boven?'

Haar gezicht betrok. 'Een zolder. Dat weet ik van de makelaar. Hij vroeg of ik hem wilde zien en ik heb hem vriendelijk bedankt. Voor mij geen zolders of kelders.'

'En wat als er een rottend lijk ligt of een lek is?'

Ik was haar aan het stangen, maar de paniek in haar ogen verleende mijn gratuite grapje een wrange smaak. 'Sorry schatje,' mompelde ik impulsief en sloeg een arm om haar heen.

Er gebeurde iets achter haar ogen. Ze gaf een kneepje in mijn heup.

'Schatje,' herhaalde ze als een verlegen meisje, 'dat klinkt fijn...'

Beneden liet Tara de luiken in de voor- en achterkamer zakken. De woonkamer werd op slag uitsluitend verlicht door de staande lamp vooraan die schaduwen op het plafond wierp en onderaan een zacht licht uitstraalde, en het kleurrijke sfeerlampje in Tiffanystijl op de eettafel. Tussen de twee schilderijen in bevond zich een eenvoudige schouw in Franse steen waarop enkele kristallen theelichtjes stonden. Tara stak ze aan. Ze achtte zichzelf geen sfeerbrenger en toch was ze dat. Bij Tara geen banken om op weg te kruipen, geen bijzettafeltjes om glazen op te planten. Slechts een eettafel met vier stoelen, twee lampen, twee schilderijen. Onverwacht voelde ik me thuis.

'Wat wil je drinken?'

'Ik heb jouw wodka mee teruggebracht...'

'En ik heb limoenen en sirop de Cannes... Zal ik wodka-limoen maken?'

Ik genoot van de lichtjes in haar ogen terwijl ze dat voorstel deed en knikte instemmend. Tara verdween in de keuken en ik liep naar de stereo om de radio iets harder te zetten. Ze had hem afgestemd op Crooze FM. De ideale stadszender zolang je je cd's nog niet had uitgepakt.

Ik koos een stoel aan Tara's tafel en ging afwachtend zitten.

En daar was ze. Met twee whiskyglazen met wodka, limoensap en blaadjes munt zo te zien. Plus een asbak. Ze schoof naast mij aan.

'Ah, de uitgestelde sigaret...' Ik liet me er een door haar aanbieden, een rode Dunhill. We klonken onze glazen.

'Santé,' wenste Tara.

'Schol,' wenste ik terug.

Tara nam een slokje, legde beide handen voor zich op tafel

en spreidde haar smalle vingers met de verzorgde, transparant gelakte nagels op het glanzende hout. 'Ik heb nagedacht,' verklaarde ze. 'En ik heb de oplossing voor ons, voor míjn probleem gevonden.'

Ik keek haar verwachtingsvol aan.

'Ik neem ontslag.'

Ik had het gewoon niet goed gehoord. Ik nam een slok van mijn drankje.

'Ik neem ontslag en daarmee is de kwestie opgelost.'

Voor het eerst in mijn leven inhaleerde ik. Zonder moeite en zonder hoesten. Ik blies de rook met kracht uit. 'Doe niet zo idioot!'

Tara leunde achterover en trok als een hardcore roker aan haar sigaret. 'Wees eerlijk, Henri, het is de beste oplossing.'

Ik kon haar geen designerkleding bieden, ik vergde geen piercings van haar, laat staan een ontslag.

Ik nam haar rechterhand in de mijne. 'Ik ga niet in details treden, maar ik heb Xavier Declerck bijna een etmaal in huis gehad.' Geen enkele reactie van Tara's kant. Daar was ik niet blij mee. 'Je kent Xavier?'

'Hij dwaalt tot aanstaande woensdag op mijn afdeling rond, dus kennen is een groot woord,' luidde haar nuchtere antwoord.

'Ken je hem niet van vroeger?'

'Nee, ik wist van Pierres zoon en dochter af, meer ook niet...' Kil.

Ik moest op mijn woorden letten. 'Wat vind je van hem?'

Ze schokschouderde. 'Oké, hij is oké, een volwassen puber, een puberende volwassene, zoiets. Niet bijster interessant.'

'Dat ben ik met je oneens,' hoorde ik mezelf zeggen. Ik gaf haar de kans niet mij in de rede te vallen. 'Jij hebt het nooit over Declercks vrouw gehad.'

Ze zuchtte en wapperde met haar hand. 'Hij is gescheiden. Jaren geleden. Was volkomen uitgekeken op zijn vrouw. Toe, Henri, bespaar me de...'

'Zijn vrouw is inmiddels bijna drie jaar geleden overleden en hij is er zowat aan onderdoor gegaan. Jij lijkt uiterlijk een beetje op haar naar het schijnt. Laten we zeggen dat jij "zijn type" bent.'

Geen verbale reactie. Tara bevroor op haar stoel. Toen pakte ze opnieuw een sigaret uit het pakje dat op tafel lag en stak hem op.

'Op 1 april jongstleden heeft hij de hand aan zichzelf geslagen en is hij op het nippertje door zijn zoon gered...'

Die opmerking sorteerde effect. Tara rilde, legde haar sigaret in het kuiltje van de asbakrand en keek op. 'Wat zeg je?'

Het was nieuw voor haar, dat kon ik aan haar zien en hoe erg het ook was, dat deed me goed.

'Volgens Xavier is Pierre knettergek van jou, zozeer dat hij...'

'... zelfmoord wilde plegen?' Ze staarde me ongelovig aan. 'Henri geloof me, ik had geen idee. Ik heb me een tijdlang in zijn belangstelling gekoesterd, dat geef ik toe. Hij had naast een aantal mindere eigenschappen een soort allesoverheersende aandacht voor mij en ik was indertijd zo ontzettend alleen...' Ze sloeg haar armen rond haar schouders en kromde haar rug.

'Hij heeft zich met plezier laten wegpromoveren naar Brussel omwille van jou. Om in jouw buurt te zijn. En dat terwijl hij wist van jouw relatie met Lisette.'

Nu genoot ik haar onverholen aandacht.

'Jezus,' mompelde ze, meer niet.

Ik zuchtte. 'Komaan Tara, zeg me niet dat je nooit iets hebt gemerkt. Jullie waren allebei in de rouw. Verdriet verbroedert, toch?'

Ze schudde vertwijfeld het hoofd. 'Niks, ik heb hem niks intiems over mezelf verteld, nooit iets over Lisette gezegd, hij niks over zijn vrouw. Bij god, dat had een hoop dingen een stuk minder gecompliceerd gemaakt...' Ze keek me aarzelend aan: 'Wat ga je hiermee doen?'

'Volgens Xavier moet ik deze informatie gebruiken op het moment dat ik door Declerck in de Rekrutering word gepusht.'

Tara had zich herpakt, zag ik. 'Ja, dat lijkt me logisch.'

'Ga je nog steeds ontslag nemen?'

Ze drukte haar sigaret uit in de asbak. 'Ik weet het even niet meer zo goed, Henri, mag dat?'

'Zullen we samen naar je zolder gaan?' stelde ik voor.

Ze knikte dankbaar. 'Als dat zou kunnen.'

We trokken de schuiftrap uit en klommen naar boven. Ik voorop. Er was niets. Of nee, er was een schuin dak, er waren twee Veluxramen en dat was het. Ik, die als eerste de trap had beklommen, overschouwde de kale, lichtjes naar zaagsel geurende ruimte. Clean, niks te vrezen. Ik knipte met mijn vingers. Tara verscheen aarzelend. Ik trok haar tegen me aan. Ze wierp een blik om zich heen, toen had ze genoeg gezien.

'Eigenlijk moet ik naar huis,' bekende ik toen we opnieuw in haar woonkamer stonden. 'Ik moet morgen de teambuilding van komend weekend in Durbuy voorbereiden.'

'Ik was van plan om Thais voor je te koken.'

Tara die Thais voor mij kookte, dat wilde ik wel eens meemaken.

In alle vroegte fietste ik in sneltreintempo naar huis. Antwerpen was nog lang niet ontwaakt. Zelfs de snelweg verkeerde in ongewone rust. Ik liet me al trappend door beelden bestormen. Van de *Femme Fatale* boven haar bed. Van de manier waarop ze het eten met de opscheplepel in haar linkerhand opschepte. Van het moedervlekje op haar linkeroorlel. Van de vele blikken die ze kon opzetten en die ik niet allemaal even goed begreep. Van haar fijne enkels. Van haar talloze gebaartjes. Van haar lach die haar mond soms helemaal kon opentrekken en dan weer plagerig rond haar lippen bleef spelen. Tegelijkertijd flitste ook haar voorstel tot ontslag door me heen. Haar momenten van geslotenheid. Haar haast afwijzende gedrag als het om het benoemen van gevoelens ging. De klerenpracht die ze niet droeg. Haar aan angst grenzende gevoel over grote ruimtes. Het feit dat ze niet samen in de badkamer wilde zijn. Dat nam ik tenminste aan, omdat ze de deur op slot deed tijdens het douchen. Dat had ze bij mij en ook bij haar thuis gedaan.

Terug in mijn vertrouwde straat zag ik dat mijn droomhuis nog steeds veilig te koop stond. Thuis kroop ik braaf met een koffie achter mijn pc. Hoezeer ik me ook op het weekendprogramma trachtte te concentreren, onwillekeurig dwaalden mijn gedachten telkens af.

Onze gesprekken waren slechts af en toe persoonlijk geweest.

Zoals toen ze in bed vertelde hoezeer ze haar broer Cyril miste, een vrij bekende jazzsaxofonist die ruim vijftien jaar geleden naar Canada was geëmigreerd en die ze om de twee jaar in Montréal opzocht. Op een ander moment had ze overdreven heftig gereageerd op iets wat ik vertelde. Dat was nadat ik haar mijn avontuur met Mil en mijn aansluitende woordenwisseling met Ruud had opgebiecht. Ik kon me vergissen, maar volgens mij ging het haar puur om Mil. Ik was overigens niet in details getreden over Mil, nee, ik had de situatie in grote lijnen geschetst. Evenals het feit dat ik met Ruud inzat. Ze had iets raars gezegd, iets van: 'En jij riep mij onlangs op het matje voor mijn amoureuze verleden, terwijl jouw amoureuze verleden nog niet eens verleden tijd is?' Daar was ik van geschrokken. Ik vond het niet gepast. Hoe recent ook, het was wel degelijk verleden. Ik was blij niets over Mils opvallende verschijning te hebben gezegd, want mijn vermelding van onze halve kus volstond voor Tara al om mij te wantrouwen. Of wantrouwen, ze had eerder wat jaloers geklonken. Vrijwel ogenblikkelijk na die felle reactie was ze weggegleden in haar rustige zelf. Opmerkelijk ook was hoe ze zich vanuit absolute warmte binnen de seconde in volstrekte kilte kon terugtrekken. Alsof ze bang was voor overgave, alsof ze daarop zou worden afgerekend.

Tegen vieren mocht ik de computer van mezelf uitzetten. Mijn programma was af. Zelf voelde ik me onaf. Zo zonder Tara. Zonder Ruud. Zonder mama. Zonder Amber.

9

Het teambuildingsweekend in Durbuy was een succes. En dat kwam vooral omdat Richard en ik bleken te klikken. Nadat hij had bekend mij altijd een vrij arrogant en vooral zakelijk wijf te hebben gevonden, was het mijn beurt. Ik biechtte op dat ik hem een saaie gemakzuchtige kerel vond die zich in naam van zijn gezinsleven keer op keer onder de vervelende klussen wist uit te worstelen. Daarna bleken we prima door een deur te kunnen.

Het hoogtepunt vormde onze trip met de quads op zondag. Iedere teambuildingsessie eindigde namelijk met een belonend uitje. Ik voelde me als een kind in de botsauto's, de enige gemotoriseerde uitspatting die mijn moeder tijdens mijn jeugdjaren op de kermis samen met mij al gillend en mij tot voorzichtigheid manend beging, maar dan tot de vierde macht. Hobbelend op ruig en modderig terrein had ik samen met vijftien andere volwassenen lawaaierig genoten.

Op de terugweg bedacht ik dat ik oprecht uitkeek naar het laatste weekend van november en het eerste weekend van december, waarin ik opnieuw samen met Richard twee sessies zou leiden. Voor het eerst sinds tijden was ik verrukt van mijn werk, de unieke kansen die het mij bood. Was ik blij met het leven, het geluk dat mij ten deel viel, de muziek op de radio, de auto waarin ik reed, met Tara die ik in Antwerpen wist. In die algehele sfeer van extase leek het me geen slecht idee om eens bij mijn moeder langs te gaan.

Ik vond een parkeerplaats pal voor haar deur en belde aan. Het was bijna half acht. Een goudblonde vrouw deed mij open. Het duurde even voor ik doorhad dat dit mijn moeder was. Geen wonder, ik was ruim dertig jaar gewend geweest aan een kleurenpalet van paars, rood en oranje. Mama en blond, dat was als koningin Fabiola met een fris pagekopje. Als klap op de vuurpijl droeg deze moeder geen bril.

'Henri,' constateerde mijn moeder en deed een stap naar achteren.

'Goh, blond,' merkte ik op, betrad haar hal en gooide mijn jas op de kapstok.

Geen 'Mooi hè?' of 'Dat had je niet verwacht hè?' Niks. Onder de kapstok stonden halfhoge Timberland-laarzen. Argwanend volgde ik haar de kamer in.

Ze draaide zich naar mij om. 'Ik ben niet alleen.'

Nee, dat zag ik. Op de bank zat Robert. Voor hem op de salontafel stonden een groot glas Duvel en een jenevertje broederlijk naast elkaar. Eerlijk waar, hij zat er alsof hij er altijd had gezeten. En hij viel een beetje tegen. Op de een of andere manier had hij staande in mijn moeders winkel meer indruk gemaakt. Zijn halflange grijze haar was vettig en door de bovenste lokken zag ik zijn schedel. Hij keek zonder veel interesse naar mij op en schudde me de hand. Daarbij nam hij niet de moeite om op te staan.

'Robert Peeters,' mompelde hij zonder accent op de e van Robert, waarna zijn ogen vrijwel direct wegdwaalden naar een druk realityprogramma op tv dat hij kennelijk geboeid had zitten bekijken voordat ik hem was komen storen.

Ik wist niet hoe ik me moest voelen. Licht beledigd of zwaar verontwaardigd. Ik vond hem ronduit onbeschoft en mijn moeder deed niets om mijn aanwezigheid te bevestigen of te onderstrepen. Ze had bijvoorbeeld kunnen zeggen: 'Dit is nu mijn dochter, Robert, waarover ik je zoveel heb verteld.'

In plaats daarvan zei ze: 'Loop je even mee, ik ben aan het koken, anders verpietert het eten...'

Zwijgend volgde ik de *Stepford wife* die tot voor kort mijn spitante moeder was geweest naar de keuken. Het was er bijzonder warm en de afzuigkap maakte kabaal. Op de vanillekleurige *Agacook* die mijn moeder een jaar of vijf geleden in een verkwistende bui had aangeschaft en die sindsdien stof had staan vergaren daar ze haar eenpersoonsmaaltijden van zo'n beetje alle goede Antwerpse traiteurs bij voorkeur in de magnetron opwarmde, stonden drie pruttelende pannen. In de grootste, een traditionele gietijzeren braadpan van *Le Creuset*, lag een varkensgebraad te spetteren.

In de pan ernaast kookten prinsessenboontjes, in de achterste aardappelen. Ik wist niet hoe ik het had. Sinds ik het huis uit was kookte mijn moeder nauwelijks nog traditionele maaltijden.

Terwijl ze met een joekel van een vleesvork in het braadstuk prikte, merkte ze op: 'Robèrt woont hier voorlopig...'

Ik kreeg een slap gevoel in mijn benen dat zich een weg naar mijn maag baande.

'Wat zeg je?' bracht ik uit.

'Je hoort me heel goed,' antwoordde mama afgemeten. 'Daar was ik trouwens al bang voor.'

'Waarvoor?'

'Voor jaloerse toestanden!'

Ik stampvoette. 'Mama,' siste ik, 'wat is er in vredesnaam in je gevaren. Je kent die man koud twee of drie weken en... en...,' ik zocht naar woorden, 'en bovendien heb je nog nooit van je leven met een man samengewoond.'

'Alsof jij een expert bent in samenwonen,' kaatste mijn moeder koeltjes terug.

Daar besloot ik niet op te reageren 'En waarom moet hij hier zo nodig wonen?' wilde ik weten.

'Hij is het slachtoffer geworden van een overstroming,' zei mama.

'Een overstroming? Waar? In Thailand? In New Orleans?'

'Doe niet zo vervelend, Henri, op Linkeroever. Met al die regen van de afgelopen tijd. Hij heeft zijn meubels moeten laten opslaan, zijn vasttapijt is naar de vaantjes... Maar pas als de verzekering uitbetaalt, kan hij de boel laten opknappen, snap je.'

Ik onderbrak haar. 'Jij bent niet wijs, jij. Alsof de hel op Linkeroever is losgebarsten zonder dat wij daar in Antwerpen iets van zouden hebben gemerkt...'

Midden in die zin ging de keukendeur open. Robert liep zonder een woord te zeggen naar de koelkast, haalde er een flesje Duvel uit, pakte de flesopener uit de keukenla, wipte het kroonkurkje eraf en verdween opnieuw naar de kamer.

Ik waande me in een oeroude aflevering van *All in the Family*. Ik greep mijn moeder bij haar rechterarm en draaide haar naar mij toe zodat we oog in oog stonden.

'Mama, wat is er met je aan de hand? Je gaat toch niet voor

slaaf in je eigen huis spelen? Wat doet die vent? Heeft ie een inkomen, een beroep? En vertel me niet dat hij een sleutel heeft, want dan sta ik niet voor mezelf in.'

'Hij heeft drie jaar geleden een gouden handdruk gekregen en werkt dus niet meer.'

Een dergelijk vage uitleg had ik wel verwacht.

'Toe maar, een gouden handdruk,' schamperde ik. 'Heb je eigenlijk al een bezoek gebracht aan het rampgebied?'

'Rampgebied?'

'Ja, het tsunamigebied op Linkeroever. Je wilt toch zeker weten wat voor vreselijks iemand is overkomen als je hem zo gastvrij in je huis opneemt?'

Mijn moeders blik werd onzeker. Dat deed me goed. Ik kon in mijn positie namelijk bitter weinig voor haar doen. Ooit geprobeerd de naam Peeters te googelen? Dat leverde een tsunami aan hits op. Ik wist nagenoeg zeker dat ik hem niet zou kunnen natrekken, als hij trouwens al Peeters heette.

'En vanwaar dat blonde haar?'

'Ik had eens zin in iets anders.'

'Zo anders dat zelfs je Mikli moest wijken?' Ik schoot in een zenuwachtige lach. 'Mama?'

Mama zuchtte, draaide haar achterste in een onbevallige positie en schoof het gebraad in de oven om na te garen. 'Ja, gut, hij maakte een opmerking over blond haar, dat hij daar zo van houdt en toen dacht ik...'

'Dan word ik toch gewoon blond en zweer ik in één moeite door mijn bril af.'

'Zoiets ja...' Bij die bedeesde woorden sloeg ze haar ogen neer en wreef haar handen langs haar heupen.

'Denk je dat hij zijn haar zwart laat verven als jij jouw bewondering voor Eddy Wally tegen hem uitspreekt?'

'Doe niet zo flauw, Henri. Misschien is het beter dat je gaat. Er valt momenteel niet met jou te praten.'

Ik sjokte als een berispte hond achter haar aan terug naar de woonkamer. Het tv-volume liet zich aanhoren alsof het op maximum stond. Mama stevende op de kleine secretaire naast de tv af, trok een laatje open en haalde er een enveloppe uit.

Robert leek zich in een soort eigen vacuüm te bevinden en ons niet op te merken. Ze duwde me met zachte dwang de hal in, waar ze me de omslag overhandigde.

'Dit is wellicht een antwoord op de vraag die je me onlangs hebt gesteld,' zei ze nauwelijks hoorbaar.

Ik stopte de enveloppe wat verwezen in mijn tas en liet toe dat zij me in mijn jas hielp.

'Is hij getrouwd?' vroeg ik snel voordat ze me haar huis uitbonjourde.

'Gescheiden.'

Ook dat nog. Geen paddenvrouw op de achtergrond die hem tot de orde zou roepen. Geen cognacerieplicht die riep, geen bewoonbaar huis. Louter een paar afgetrapte Timberlands in de gang. Voor de allereerste keer in mijn leven was ik oprecht bang dat er misbruik van mijn moeder zou worden gemaakt. Al had zij zich daar in het verleden zelf schuldig aan gemaakt, ik kon me zo voorstellen dat het huidige geval veel grotere proporties zou kunnen aannemen. Bezorgd en licht vertwijfeld reed ik naar huis.

Het was er killetjes. Terwijl ik op automatische piloot de vereiste verrichtingen uitvoerde – verwarming en lichten aan, reistas uitpakken, tandenborstel terug in het bekertje in de badkamer, mascara en oogpotlood op het glazen schapje boven de wastafel, gedragen ondergoed en modderige kledingstukken in de wasmand – probeerde ik niet aan mijn moeder te denken. Dat lukte niet. Met een glas wijn op de bank bedacht ik in een helder moment dat ze de afgelopen weken in ieder geval zonder kleerscheuren was doorgekomen. Terwijl ik in mijn handtas naar mijn gsm zocht, viel mijn blik op mama's enveloppe. Hij bevatte een stapeltje brieven. Alle waren in hetzelfde handschrift met donkerblauwe inkt geschreven op lichtblauw postpapier. Nieuwsgierig en een tikkeltje nerveus begon ik de bovenste te lezen.

11 juli 1976

Lieve Cé,

Wat is dat toch met ons? Zit het ons in de genen dat we allebei op
proffen vallen en liefst op die van de gehuwde soort? Soms denk
ik, was jij maar in mijn situatie geweest of liever gezegd, had
jij jouw ding maar in de seventies aan de hand gehad, dan was
alles vast anders gelopen, heel die toestand met Lucas en Ben en
zo. In elk geval had je tenminste de pil gehad! En denk alsjeblieft
niet dat ik een slachtoffer ben of me dat zelfs maar voel, want
dat proef ik een beetje uit je laatste brief. Als het aan Jean lag,
zou hij morgen de scheiding aanvragen. Om wat? Om dag en
nacht bij mij te kunnen zijn en over tien jaar opnieuw vreemd
te gaan? L'histoire se répète toujours, neem dat van mij aan.
Mannen veranderen heus niet. Wij vrouwen veranderen en dat
is verdomd een goede zaak. Reken maar dat ik voor hem stukken
interessanter blijf zolang hij gebonden is. Hij voor mij trouwens
ook! Je denkt toch niet dat ik me nu al wil vastleggen? Hij is een
pak in de veertig, heeft thuis twee opgeschoten pubers rondlopen
en een vrouw die in de logeerkamer slaapt sinds de tweede
feministische golf haar overspoeld heeft. Ik sta niet te springen
om haar positie in te nemen. En al ben ik best verliefd, mijn hoge
punten heb ik niet aan mijn liaison met hem te danken, die heb
ik zelf gehaald en dat weet hij dondersgoed. Als je binnenkort
naar Brussel komt, zal ik jullie eindelijk eens aan elkaar
voorstellen (als we dan nog samen zijn...). O ja, en ik ben wel
degelijk van plan om toe te treden tot de balie (ooit!), sorry dat ik
tijdens ons vorige telefoongesprek zo dwars deed. Maar het lijkt
alsof ik totaal geen fut heb, weet je. Je kunt me uitwringen, zo
kapot ben ik. Misschien komt het door het harde blokken en de
vele bijbaantjes van de afgelopen jaren en moet ik even afkicken.
Daar ging mijn heftige reactie eigenlijk om, ik zou diep in m'n
hart dat hele carrièregedoe nog even willen afhouden. Veel
liever zou ik er een jaartje tussenuit knijpen, naar een kibboets
voor mijn part. Ik zeg nu kibboets, omdat Sofia me constant
loopt te bestoken om met haar mee te gaan. Misschien doe ik het
wel. Wat vind je, Cé? Of nee, laat maar, ik weet al wat je gaat
zeggen. Dat je me dan een heel jaar moet missen, enzovoorts,

maar je kunt me komen opzoeken, ja toch? In dat geval laat je
je door een arts een resem stevige tranquillizers voorschrijven,
dan is zo'n vlucht in een zucht voorbij. Ik heb Ben van de week
nog gesproken en ik ga hem vrijdagmiddag van school halen
en iets leuks met hem doen. Ik dacht aan het Atomium, maar
misschien hebben we daar te weinig tijd voor. Anders neem ik
hem mee naar Sofia's ouders, die hebben een binnenbad waar hij
kan zwemmen! Ben je er nu al uit of je zelfstandig gaat worden
of niet? Misschien moet je eens met Philippe praten, die doet
niet anders dan pvba's oprichten en zelfstandigen begeleiden, hij
kan je alle ins en outs vertellen. Ik hoor of liever gezegd lees het
wel, want ik heb nog steeds geen telefoon en ik heb een hekel aan
aanschuiven voor die voze cellen in mijn straat.
Een dikke dikke kus van je kleine zus, H.

Ik slikte en legde de brief opzij. Lucas? Ben was Benjamin.
Jean? Mijn ogen snelden over de regels van het volgende epistel.

26 juli 1976

Lieve Cé,
Ik kan je geruststellen, van die kibboets komt niets in huis.
Dat neemt niet weg dat ik vind dat je overreageert. Ik ben een
volwassen vrouw en loop echt niet in zeven sloten tegelijk. Los
daarvan begin ik me steeds belabberder te voelen en moet ik
zelfs niet aan verre reizen denken. Ik heb al een paar weken
tussentijdse bloedingen, misschien ligt het daaraan en volgens
Sofia heb ik koorts (hoewel ik lijkbleek zie, de zon zal me hopelijk
goeddoen). Ja, ik hoor het je zeggen: wanneer ga je eindelijk
eens een thermometer aanschaffen? (Ik pleit schuldig!) Ik ben
van plan morgenochtend naar de huisarts te gaan, dan laat ik
meteen ook bloed trekken, want dat is volgens mij jaren geleden.
Die afspraak met Ben is niet doorgegaan, maar dat heeft hij je
vorig weekend waarschijnlijk zelf al verteld. Hij had plotseling
hoge koorts, ocharme, en volgens Antoinette was hij te ziek om
zijn bed uit te komen laat staan om met zijn tante op stap te
gaan. Misschien hangt het wel in de lucht! Je zou denken dat ik
na die hele roes van het geslaagd zijn en het luxe vooruitzicht

van twee maanden vakantie juist zou bruisen van energie. Maar
goed, ik heb het ook wel een beetje over mezelf afgeroepen met al
dat feesten, zuipen en nachtbraken van de afgelopen tijd. Dus ja,
misschien heb je gelijk, beter de regelmaat van een job dan een
jaar flierefluiten. Ik moet er nog steeds aan wennen, zie mezelf
niet direct aarden in al die vastigheid, maar wie weet werkt het
binnen de kortste keren verslavend. In elk geval zien we elkaar
volgende week zaterdag lekker voor een heel weekend! Verheug
me erop, dikke kus van H.

Antionette? Was dat Benjamins pleegmoeder geweest? Als
Henriette haar bij haar voornaam noemde, veronderstelde dat
een band. Hield dat automatisch in dat mijn moeder ook een
band met haar had gehad? Het was verontrustend wat twee
brieven uit een ver verleden vermochten. Mama's balletje lag in
mijn kamp. En eerlijk was eerlijk, ik had erom gevraagd.

9 augustus 1976
Lieve Cé,
Ik weet dat ik je zou moeten bellen, maar ik kan het niet.
Schrijven is nu even makkelijker. Ik heb inderdaad tegen je
gelogen afgelopen weekend. Maar ik was daarvoor echt heel
druk met het verven van mijn nieuwe appartementje en het
organiseren van Sofia's afscheidsparty en zo heb ik dat bezoek
aan de huisarts op de lange baan geschoven. Hij heeft me
trouwens net als jij ongelooflijk op mijn lazer gegeven dat ik niet
eerder ben gekomen. Maar goed, toen ik vanochtend voor de
uitslag ging, bakte hij kleine broodjes. M'n bloed is afgrijselijk
slecht. Zo alarmerend slecht dat hij voor de zekerheid meteen
nog een keer bloed heeft afgenomen. Soms gaat er iets mis in het
labo, weet je wel? Misschien hebben ze mijn buisjes verwisseld
met die van een terminale kankerpatiënt of zo! Ondertussen
heeft hij me wel doorverwezen naar een specialist, daar kom ik
niet onderuit, want hij heeft de afspraak gemaakt waar ik bij zat.
Volgende week dinsdag kan ik bij die man (of is het een vrouw?)
terecht. Het duizelt me allemaal een beetje. Ceulemans (mijn
huisarts dus) onderwierp me aan een kruisverhoor, niet normaal

meer. Hoe lang voelde ik me al zo? Of ik 's nachts transpireerde,
o ja, en of ik last had van blauwe plekken. Ik sta vol, hij schrok
zich kapot. Dat weet jij toch ook, dat ik ijselijk makkelijk blauwe
plekken oploop? Vroeger trouwens al. Maar sinds kort is het wel
heel erg. Toen ik vorige week bij Sofia achterop de fiets sprong,
had ik 's avonds enorme bloeduitstortingen aan de binnenkant
van mijn dijen. Ik heb het hem op de man af gevraagd: kan het
een bloedziekte zijn? En dat kan, Cé. Het ligt zelfs voor de hand.
Ik weet niet wat ik moet doen. Ergens heb ik zin om naar de bieb
te rennen en alles over leukemie op te zoeken en anderzijds zou
ik mijn kop het liefst metersdiep in het zand steken. Ik ben blij
dat je Jean nog niet hebt ontmoet. Ik wil namelijk niet dat hij dit
weet. Hij zeurt constant aan m'n hoofd over scheiden en ik wil
niet dat die idioot dat effectief gaat doen voor een vrouw die a)
daar niet om vraagt en b) binnenkort wellicht onder de groene
zoden ligt. Ik heb het dus uitgemaakt. Zo cru als ik maar kon.
Daarnet, tijdens de lunch in een tentje op de Grote Zavel, in het
openbaar, zodat hij geen scène kon schoppen. Ik geloof wel dat
ik van hem hou maar niet genoeg om hem aan mijn ziekbed te
hebben en juist weer te veel om hem dat wel aan te doen, snap
je. Jij vindt vast dat ik op de zaken vooruitloop, maar geloof me,
ik voel dat ik niet lang meer heb. In mijn plaats zou jij het ook
voelen, daar ben ik zeker van. En ik voel het al langer. Ik was er
alleen nog niet aan toe om het voor mezelf toe te geven laat staan
aan jou of aan papa en mama. Die licht ik trouwens pas in als ik
zekerheid heb. Die zekerheid heb ik eigenlijk al, maar ik denk dat
zij meer waarde hechten aan het oordeel van de specialisten.
Ik hou van je, liefste Cé, vergeef me mijn lafheid, ik bel je zodra
ik er klaar voor ben. Je H.

Mijn tranen drupten op Henriettes gemoedelijke, ronde
lettertjes en deden ze vlekken. Ik depte ze behoedzaam met een
tissue en rende naar de badkamer waar ik koud water in mijn
gezicht plensde. Ik mocht dan geen vader of andere familieleden
hebben, ik had nooit een dierbare verloren. Dat gebeurde op dit
moment met terugwerkende kracht. Henriettes brief was gericht
aan haar zusje, een jonge vrouw van mijn leeftijd. Aan mijn

moeder die op het punt stond haar grootste bezit te verliezen. Mijn moeders hele leven had in het teken van verlies gestaan. Verlies na verlies na verlies hadden haar gepokt en gemazeld tot de vrouw van vandaag: een eigengereide, wispelturige, dominante dame die vrijwel niemand een blik in haar gepekelde hart gunde. Ik waste mijn make-up met zeep en water weg en keek in de spiegel. Ik was haar kind. En daarmee een exponent van alle karakters die haar familie had voortgebracht.

Ik zou niet verder lezen. Niet vanavond. Het was te veel. Terug in de woonkamer borg ik de brieven veilig weg in hun enveloppe en legde die onder een stapel rekeningen op mijn bureau. Op dat moment ging de bel. Als ik ergens geen zin in had, was het bezoek. Plichtsgetrouw beantwoordde ik echter de parlofoon.

'Ik mis je,' klonk Tara's stem.

Vanzelfsprekend was Tara geen bezoek. We hadden elkaar bovendien ruim een week niet gezien.

'Kom binnen,' riep ik blij.

Ik vertelde haar niet over de brieven. Wel over Durbuy, Richard en de quads. Ik vertelde honderduit. Ik bleef maar praten en praten omdat dat zoveel aangenamer was dan zwijgen en stilletjes treuren om Henriettes lijdensweg en veel te vroege dood. Tot slot vertelde ik haar over mijn blonde, brilloze moeder en haar kersverse levensgezel. Dat relaas ontlokte Tara een ongelovige, ietwat geschrokken blik.

'Dat klinkt verdacht,' zei ze. 'Misschien moet je...'

Het vervolg van haar zin werd afgebroken door de bel. Ik zag haar lichaam verstrakken. 'Verwacht je iemand?' vroeg ze.

'Nee,' zei ik naar waarheid, 'maar ik ga wel opendoen als je het niet erg vindt, misschien is het mijn moeder...'

Tara leek opgelucht.

'Ja?' riep ik in de parlofoon.

'Ik ben het, Mil.'

Aarzelend liep ik de gang in naar de voordeur. Ik had een donkerblauw vermoeden dat dit geen ideaal moment was om Tara met Mil te confronteren. Tegelijkertijd wist ik dat zich nooit een ideaal moment zou aandienen. Moedig trok ik de deur open.

Mil had een kleurige doek met azuurblauwe en roze vlakken rond haar haarvracht gedrapeerd zoals Erykah Badu dat in haar clips wel eens deed. Een soort verhoogde, uitbundiger versie van de tulband. De rest van haar elastieken lijf was in lichtblauwe denim gehuld. Ze was overweldigender dan ooit. Dat beloofde.

'Ik stoor toch niet?'

'Welnee,' probeerde ik luchtig te klinken. 'Ik heb wel bezoek, is dat erg?'

Mil schudde het hoofd, stapte de hal in en omhelsde me hartelijk. Toen ik me omdraaide om naar binnen te gaan, stonden we tegenover Tara.

'Stel je me even voor?' luidde haar kille verzoek, waarbij ze haar hand uitstak op een manier alsof ze verplicht een schurftige kat moest aaien.

Mil leek zich niet bewust van Tara's onderkoelde houding, ze liet er althans niks van blijken en greep haar hand stevig vast.

'Mil Power!'

Het was de eerste keer dat ik haar achternaam hoorde. Power. Een naam als een kanonschot.

'Tara Descamps.'

'Ach,' begon Mil, 'jij bent...' en met een snelle blik naar mij, 'jij bent... Tara. Leuk je te ontmoeten, Tara.'

Tara deed er het zwijgen toe en ging binnen op een bank zitten. Mil koos voor de stoel. Of ze dit nu weloverwogen dan wel instinctief deed, ik kon haar keuze waarderen.

'Wijn?' riep ik vanuit de keuken.

'Liever water, ik heb morgen om acht uur een zware audit voor de boeg.'

Zoals ik vermoedde, was Mil gekomen om te bemiddelen. Ze opende het gesprek met de vraag of ze vrijuit mocht spreken, waarop ik antwoordde dat ik niets voor Tara te verbergen had. Die opmerking maakte de situatie er niet losser op, maar dat kon me niet schelen. Ik huldigde eenvoudig openheid van zaken. Tara nam niet deel aan ons gesprek, ze leek astraal aanwezig. Uit haar lichaam ontstegen keek ze ergens vanuit een hoek van mijn plafond op ons neer.

Mil bleef aangenaam rustig onder dit alles. Nadat haar tweede poging Tara bij het gesprek te betrekken – 'Jij werkt toch voor hetzelfde bedrijf als Henri, hè?' waarop Tara minimalistisch 'Inderdaad' antwoordde – was gestrand, gaf ze het op en richtte ze zich rechtstreeks tot mij met de mededeling dat Ruud erg onder onze breuk leed en of ik daar niet iets aan kon doen. Ik bekende haar dat ik daar dolgraag iets aan zou doen. En zo keuvelden Mil en ik ruim een uur voort met Tara als wassen toeschouwer.

Tegen elven stond Mil op. Ze schudde Tara opnieuw de hand – nee, ze deed geen moeite haar een joviale afscheidskus te geven, een wijs besluit dat ik andermaal waarderen kon – en liet zich door mij naar buiten begeleiden.

'Ik heb toch niks verprutst, hoop ik?' vroeg ze wat zorgelijk op de stoep.

'Nee hoor,' stelde ik haar voor de vorm gerust.

'Je komt dus donderdagavond bij ons eten?'

Ik knikte. 'Ik zal er zijn.'

We gaven elkaar geen kus, omhelsden elkaar zelfs niet. Mil zwaaide, ik zwaaide terug. Zij moest Tara's gestalte achter mij in de duisternis van de hal hebben ontwaard, ik had haar alleen maar gevoeld.

Terug in de kamer was ik degene die de pijnlijke stilte verbrak.

'Wat moest dit voorstellen?' Ik probeerde het streng te laten klinken, maar inwendig was ik bang.

Haar antwoord was goedkoop. 'Wat doe jij bij mij als je haar kan hebben?'

Het beviel me allerminst.

'Haar kan hébben?'

Tara's ogen schitterden, maar niet van blijdschap. De rest van haar gezicht was expressieloos.

'Het druipt er gewoon vanaf,' zei ze smalend, met haar handen gebarend als een jongleur die kegels omhoogwierp en behendig weer opving.

Ik wilde haar vastpakken, geruststellen, maar iets weerhield me daarvan.

'Waarom?' vroeg ik droevig. 'Waarom zeg je zulke dingen als je weet dat ze niet waar zijn...'

Vreemd genoeg leek mijn opmerking haar bij zinnen te brengen. Even verborg ze haar gezicht in haar handen, toen keek ze op met een blik die blonk van spijt en schaamte. 'O God,' mompelde ze, 'o God.'

Dit was een Tara die blijk gaf van emoties, een Tara die ik meende te kennen. Dus liet ik me naast haar op de bank zakken en sloeg een arm om haar heen.

'Het spijt me verschrikkelijk, Henri.'

Misschien was het slap van mij, maar ik nam genoegen met haar excuus. Ik verkoos het boven een discussie en de eventuele ontluisterende uitlopers daarvan. Ik verkoos het boven me overgeven aan de tergende vraagtekens die een ontluikende liefde op de helling konden zetten of zelfs in de kiem konden smoren.

Het was alsof de algehele werksfeer dankzij het Durbuy-weekend met stip was gestegen. Mertens was in zijn nopjes met de evaluaties van de deelnemers die Richard en ik mee terugbrachten en die zonder uitzondering positief waren. En Mees die ik, hoewel hij sinds zijn promotie overwegend in Brussel werkte, op dinsdag in de gangen kruiste, gaf me zowaar een compliment.

Hij zei: 'Doe zo voort, Henri' en gooide er als toemaat een knipoog tegenaan.

Ik begon er bijna van te zweven, zo prettig was het om gewaardeerd te worden. Ik zat boordevol energie, plannen die om uitvoering smeekten. Zeiden ze niet dat het leven in cycli van zeven jaar verliep? Wedden dat de zeven magere jaren voorbij waren? Dus stond ik voor een nieuw begin en die wetenschap vervulde me met een soort oerkracht waardoor ik nergens tegen opzag, zelfs niet tegen het etentje met Ruud.

Toen ik donderdagavond rond zeven uur met een grote ruiker bloemen voor de deur van zijn enorme appartementsgebouw stond, leek mijn opgelaaide zelfvertrouwen al enigszins getemperd. De zoemer ging, maar de deur sprong niet open.

Ik drukte opnieuw op de bel.

'Hij zit op het nachtslot,' meldde ik met mijn neus in het boeket. Het rook pittig naar de eucalyptus die mijn bloemenman erdoorheen had gemengd. Xaviers recente verrassing was mij zo goed bevallen dat ik niet geaarzeld had zijn geste tegenover Ruud te herhalen. Hoe vaak kreeg een mens bloemen? Bij mijn weten kreeg Ruud ze nooit.

Hij was het zelf die de deur opendeed.

Mijn hart begon onwillekeurig sneller te slaan toen ik hem zag. Hij leek mager in zijn donkerblauwe outfit en zijn haar was op de een of andere manier op korte tijd een stuk langer geworden. Ik verdacht hem ervan na Mallorca wekelijks de zonnebank te zijn blijven bezoeken, want hij zag nog steeds gezond bruin.

'Bloemen,' zei hij, terwijl hij mij voor liet gaan. Hij klonk verrast noch blij. Het was puur een vaststelling. We passeerden het kroonstuk van zijn hal, een soort in de wand uitgehouwen fontein bezet met mozaïek, met in het midden een spartelende vis die in een ver verleden water moest hebben gespuwd en waarboven in krullerige letters *Residentie Les Mers* geschreven stond. Je zou denken dat Ruuds gebouw omgeven was door zeeën of op zijn minst een gracht met authentieke ophaalbrug, maar niets was minder waar.

In de lift zocht ik nog altijd naar woorden en staarde ik wat verlegen naar de rij naamplaatjes naast de knoppen van de verdiepingen. Ruuds naam stond naast het negende en bovenste knopje.

Bij het uitstappen verwachtte ik half en half Mils vrolijke geschal ter verwelkoming. Het bleef uit. Het enige dat ik opving, was gedempte muziek. *Older* van George Michael, actueler dan ooit voor een Ruud die eind december veertig zou worden.

Ruud nam de bloemen van mij over en begaf zich naar de keuken terwijl ik me van mijn jas ontdeed. Iedere keer dat ik zijn huis binnenstapte, moest ik opnieuw vaststellen hoe prachtig Ruud woonde. Die pracht gold niet zozeer zijn appartement als wel zijn inrichting. Zelf hield ik van kunst, van mooie dingen in het algemeen, maar het zou niet bij me opkomen om schilderijen, litho's, beelden of stijlmeubelen te verzamelen. Dat was vooral te wijten aan een chronisch geldgebrek. Bij mij hing er beneden maar een ding aan de muur. Een reusachtige ingelijste reclameposter van Taittinger, met als stralend middelpunt Grace Kelly die zich gracieus achter een champagneflûte ophoudt.

Ruud was iedere week wel ergens op een veiling te vinden. Hij hield van strak en meer specifiek van art deco met hier en daar een fiftieselement.

Ik dwaalde wat onwennig door zijn ruime woonkamer en liep voor de zoveelste keer eerst naar het raam om van zijn magnifieke uitzicht te genieten. Daarna koos ik voor een van de robuuste, vierkante beige fauteuils, die hij naar eigen zeggen uit de inboedel van een Parijs' hotel uit de jaren twintig had opgekocht. De bijpassende bank vond ik net iets te groot zo in mijn uppie.

Op het lage houten tafeltje naast mijn stoel stond een rechthoekige lila vaas met enkele purperen calla's. Chic, verfijnd, geen spoortje van overdaad. Ruud had al bloemen in huis. Mijn flamboyante oranje bos zou hooguit liederlijk uit de toon vallen. Voor de vorm nam ik een tijdschrift van de grote rechthoekige salontafel en bladerde er wat in. Het bleek een catalogus van een veilinghuis die nauwelijks afbeeldingen maar des te meer omschrijvingen en bedragen bevatte. De inhoud ging volkomen langs me heen.

'Wijn of iets sterkers?'

Ik keek op. Zijn gestalte brak mijn uitzicht op het grote schilderij achter hem boven de bank dat ik altijd iets dreigends vond hebben. Hard werkende boeren op het land tegen een onheilspellende avondlucht en doortrokken van een beklemmende oorlogssfeer.

'Wijn is goed.'

Hij was alweer uit beeld.

'Mil komt wat later, die zit met een naargeestig ingewikkelde audit,' riep hij vanuit de halfopen keuken.

Misschien was het wel zo prettig om eerst even met z'n tweetjes te zijn. Ruud keerde terug met de bloemen. Hij had zelfs de moeite gedaan om ze af te snijden en te schikken, zag ik, want ze waren een stuk korter en waaierden desondanks weelderig uit over de rand van een dikke glazen bolvaas waardoor grillige sporen oranje en rood liepen. Hij zette hem voor mijn neus op de salontafel.

'Goed gekozen, Henri.'

Ik besloot zijn opmerking als een compliment op te vatten. 'Dank je.'

Nadat Ruud ons beiden van een glas wijn en een bakje gevulde olijven had voorzien, nam hij plaats op de bank tegenover mij. Straks zou Mil naast hem zitten en zou ik hen vanaf mijn eilandje kunnen gadeslaan.

'Gefeliciteerd,' wenste Ruud terwijl hij zijn glas hief en zijn lange lok uit zijn ogen wreef.

'Waarmee?' wilde ik weten en nam een slok.

'Met je verovering,' zei hij fijntjes.

'O dat,' deed ik nonchalant. Ik had het beter niet gezegd. Ik kreeg meteen een hele tirade over me heen inzake het slecht gekozen woordje *dat*. Dat je zo niet met mensen omging en wat al niet meer. Daarmee klaarde de geladen sfeer wel meteen fiks op. Voor we het wisten, kletsten we als vanouds tegen elkaar en dwars door elkaar heen. Op nauwelijks een halfuur tijd slaagden we erin elkaar volledig te updaten. Tegen de tijd dat Mil thuiskwam, zaten Ruud en ik uit volle borst meezingend met *I will survive* naast elkaar op de bank.

Het leuke aan Mil was dat ze onmiddellijk op een sfeer inpikte. Waar Tara op slag in haar schulp zou zijn gekropen, deed Mil vrolijk mee. Aan haar viel niets te merken van een lastige audit of een zware dag, ze leek geen wrok te koesteren over Tara's norse gedrag van zondag noch legde ze Ruud of mij op de rooster over hoe onze ruzie precies begonnen en geëindigd was. Nee, ze maakte het door Ruud voorbereide eten in de keuken af, ons gesprek op afstand volgend, dekte tussen de bedrijven door de tafel en serveerde ons uiteindelijk zonder een spoortje vermoeidheid uit. Ik observeerde hen stilletjes terwijl zij op hun beurt hun dag doornamen, daarbij genietend van de door Mil gewokte kip met groenten. Waarom werden opgewekte mensen zo vaak van oppervlakkigheid beticht? Waarom werd er zoveel meer rekening gehouden met en diepgang toegedicht aan wispelturigen en somberaars die slechts heel af en toe genegen waren een lichtpuntje te zien? Ik hield van *'what you see is what you get'*-types als Mil en toch koos ik voor Tara met haar verborgen kantjes, waar ik zelfs een beetje bang van was. Was angst aantrekkelijk? Onzekerheid opwindend? Ik hield het erop dat ik niet bewust gekozen had, dat gevoelens zich niet lieten leiden, je simpelweg een richting inloodsten die je maar te volgen had.

Tijdens de koffie bracht Ruud het gesprek op mijn moeders onverwachte levenswending die ik hem eerder op de avond had opgebiecht. Op slag werd ik weer zenuwachtig. Mil voerde aan dat het makkelijk zou zijn als Robert over een BTW-nummer beschikte omdat ze hem dan via via kon laten natrekken, waarop ik haar uit de droom hielp met de mededeling dat zelfstandigen zelden een gouden handdruk kregen.

'En als je nou eens langsgaat met een bodyguard?' stelde Mil op een gegeven ogenblik voor nadat we allerhande slinkse praktijken om Robert terug naar zijn overstroomde thuisbasis te verjagen de revue hadden laten passeren.

Het kwam erop neer dat ze iemand van de fitness kende, een kolos van een bodybuilder die 's avonds als buitenwipper werkte in de Stationsbuurt en die overdag zonder twijfel een gaatje zou kunnen vinden voor een klein klusje.

Ik moest ervan giechelen. Ik zag mezelf al met een Jerommeke van vlees en bloed in mijn moeders afwezigheid haar huis binnenvallen om er Robert met harde hand te verwijderen. Mil, Ruud en ik droegen beurtelings steeds meer hilarische scenario's aan, totdat we brulden van het lachen.

Toen ik rond twaalven naar huis fietste, liet het idee me echter niet los. Het nummer van de zware jongen had ik veilig in mijn gsm opgeslagen. Zo niet voor nu dan toch voor later.

10

Robert of geen Robert. Traditie was traditie. Het was zaterdag en ik zou voor de lunch naar mijn moeder gaan. Zover was het evenwel nog niet. Eerst ging ik lezen.

23 augustus 1976

Lieve Cé,

Als jij dit leest, ben ik hoog en droog met Veronique in Normandië in het vakantiehuisje van haar ouders. Sorry, maar ik moet er even tussenuit en dit aanbod kwam als een engeltje over mijn tong fietsen of is dat een wat kromme metafoor? Ik kan me niet indenken dat een week een wereld van verschil maakt en het is misschien wel mijn laatste echte vakantie voor lange tijd. Als ik de specialisten mag geloven, loop ik hier al enkele maanden mee rond en hoe acuut is acuut dan eigenlijk nog? Je zei van de week trouwens zelf dat ik de afgelopen jaren beter wat meer van het leven had kunnen genieten, bij deze dus! Volgende week maandag laat ik me braaf opnemen en dan zien we wel weer verder.

Mama huilt veel, papa is verrassend sterk. Hij stond zelfs achter mijn beslissing voor deze korte vakantie. Eén ding hoop ik en dat is dat mijn weigerende lijf jou, papa en mama dichter bij elkaar brengt. Dan is het tenminste ergens goed voor. Dat meen ik, Cé, als zij toenadering zoeken, wees jij dan niet te koppig alsjeblieft. Ik neem aan dat jullie sowieso wel eens op elkaar zullen botsen als ik eenmaal bedlegerig ben. Of ben je van plan telkens als je komt eerst naar de afdeling te bellen om te informeren of er toevallig al bezoek is?

Jij hebt nogal een hoge pet op van Jean! Ik moet je teleurstellen, zo diep bleek het allemaal niet te zitten, hoor. Via Inge hoorde ik dat hij de dertiende met het hele gezin voor een maand naar Italië is afgereisd. Dat lijkt me een gedegen en romantisch middel om aan je ingeslapen huwelijk te timmeren, vind je ook niet? Veronique zet mij op de terugweg bij jou af, dan hebben we nog

een weekendje samen voordat het ziekenhuisspektakel losbarst.
Ik denk aan je, lieve Cé, niet wanhopen, dat doe ik ook niet.
Advienne que pourra...
x H.

Ik liet de stapel ansichtkaarten, enveloppen, foto's, kattebelletjes en boodschappenlijstjes in Henriettes handschrift nogmaals door mijn handen gaan. Dit moest de laatste brief zijn geweest die ze mijn moeder had geschreven of althans de laatste in mijn bezit. Voor de zekerheid legde ik alles overzichtelijk uit op de eettafel. Pas toen viel me de ietwat vergeelde, keurig langs het zwarte kadertje uitgeknipte advertentie op. Het overlijdensbericht was in twee talen opgesteld, de Nederlandse tekst beduidend korter dan de Franse.

We hebben je moeten laten gaan
Nooit zullen we je vergeten...

Na een kortstondig ziekbed is veel te jong van ons weggerukt
onze dierbare, dappere dochter
Henriette Louise Delvaux

° Hoei
13 juni 1953

† Brussel
31 augustus 1976

Moge zij rusten in vrede

Er volgde een rijtje namen. Op de regel onder de ouders werd gewag gemaakt van C. Delvaux en B. Delvaux. Mijn moeders voornaam werd niet vernoemd. Die van Benjamin evenmin. Mijn ogen brandden, de lettertjes dansten. *Nooit zullen we je vergeten.* Niets ziend wist ik de losse blaadjes opnieuw tot een stapeltje te herleiden en in de enveloppe te schuiven. Als ik al een latente trek had gehad, dan was die bij deze verdwenen. Dat gold ook voor mijn blijheid die na een week van hoogtij zonder mededogen verschrompelde.

Buiten goot het toepasselijk. Toch dwong ik mezelf de fiets te nemen en een tussenstop te maken bij de slager voor een broodje rosbief voor mijn moeder. Haar verdriet zou nooit slijten, het was hoogstens verstild tot een gegeven dat naar ik hoopte niet langer van invloed op haar eetlust zou zijn. Het mijne had daarentegen zijn eerste, aarzelende begin ingezet.

In het daglicht was mijn moeders haar blonder dan in mijn herinnering. Ze stond iets te bestuderen aan haar toogje en draaide zich met een ruk om toen ik haar winkel binnenstapte.

'Joehoe,' riep ik om de sfeer bij voorbaat te verlichten. Het bleek verloren moeite.

'Henri.' Stugger dan ooit.

In drie grote passen was ik bij haar, drukte haar tegen me aan, voelde hoe tenger, hoe broos als een kolibrie ze was. Het kneep mijn keel dicht.

Ze bevrijdde zich wat gegeneerd uit mijn omhelzing.

'Toe, Henri…' Ze rechtte haar bril die ik door mijn onverwachte omknelling enigszins in het gedrang moest hebben gebracht.

Het feit dat ze opnieuw een bril droeg – Mikli of niet – bracht me bijkans in vervoering. Ja, een kinderhand is gauw gevuld.

'Heb je iets bij je om te eten?' Haar blik leek uitgehold, haar vraag klonk hongerig.

'Rosbief.'

Mama keerde het bordje om op *Sorry, wij zijn gesloten* en volgde mij naar achter. Ik liep gezwind door om koffie te zetten. Het apparaat stond al aan. Ik schikte het broodje op een bordje op een in driehoekvorm gevouwen servet en zette aansluitend twee kopjes espresso. Mama wachtte mij in een kuipje. Ik zeeg in dat naast haar neer en zette de lekkernijen op het tafeltje tussen ons in.

Ze keek me vol en tevens wat onthutst aan.

'Je huilt, Henri,' stelde ze terneergeslagen vast.

Ik knikte en liet mijn tranen de vrije loop. Ik voelde niet de minste behoefte weerstand te bieden.

Mama nam het schoteltje met daarop het elegante kopje op en nipte van haar koffie. 'Is het omwille van Henriette?'

Weer knikte ik.

Ze zette het setje met een klap neer op het glazen tafeltje wat mij een schokje ontlokte.

'Ze heeft Normandië nooit gehaald,' lichtte ze me in.

'Nee?' vroeg ik flegmatiek omdat ik nauwelijks wist waar ik was, laat staan dat ik was, dat ik voelde, dat mijn hart pompte en dat ik een moeder had.

'Nee. Tegen de tijd dat ze in Luxemburg gingen tanken, was ze zo ziek en verzwakt dat Veronique rechtsomkeert heeft gemaakt. Godzijdank.'

'Hadden ze haar kunnen redden als ze eerder...'

'Dat heb ik mezelf jaren voorgehouden, dat stomme feit, die nalatigheid van haar heeft mijn woede na haar heengaan maandenlang gevoed. Ik weet het niet, Henri. Vandaag misschien, maar indertijd...'

'Jij vindt dat ze eerder naar een dokter had moeten gaan?'

Mijn moeder leegde haar kopje koffie. Slechts één slok had ze nodig.

'Dat hield ik mezelf voor, zij wist wel beter.'

'Wist zij meestal wel beter?'

Mama's handen verdwenen in het stugge blonde haar en lieten het recht overeind achter. Het slordige effect stond haar. De kleur beduidend minder.

'De verzoening met mijn ouders is er niet gekomen, als je dat soms bedoelt.'

'Dat bedoelde ik inderdaad.'

Mijn moeder snoof. 'Onvoorstelbaar!'

Ik had geen idee waarop ze doelde.

Ik vroeg: 'Hebben ze niets gedaan om haar te redden?' En toen ik geen antwoord kreeg: 'Om haar leven nog even te rekken?'

Mijn moeder mompelde iets. '... transfusies...,' meende ik te verstaan, maar het kon net zo goed 'illusies' zijn.

Ik sprong op en staarde naar haar, naar het kleine hoopje in de kuip dat mijn sterke, onaantastbare moeder moest voorstellen. Ik liet me door mijn knieën zakken tot ik me op haar niveau bevond.

'Mama,' smeekte ik, 'deel je verdriet alsjeblieft. Voor een keertje...'

'Een week,' bracht mijn moeder met verstikte stem uit. 'Een week heeft ze ons nog gegeven, acht dagen om precies te zijn. Drie volle nachten heb ik met haar mogen delen. Toen waren we uitgepraat. Van haar kant. Ze zonk weg in een bevrijdend niemandsland dat mij jarenlang heeft verstikt.'

Ik besefte dat ik het over een andere boeg moest gooien.

'Wat was dat met die professoren?'

Mama stond op en begaf zich de winkel in.

'Momentje!' riep ze. Ik zag haar de lichten in de etalage en de rest van de winkel doven. In no time was ze terug.

'Zo, wij zijn vandaag tot nader order gesloten,' meldde ze terwijl ze in haar keukentje verdween. Ze keerde terug met twee cognacglazen en een fles Metaxa en keek me met opgetrokken wenkbrauwen aan.

Ik knikte goedkeurend en nam een glas van haar aan.

De halogeenspotjes aan het plafond transformeerden in kaarslicht. Of misschien was dat puur mijn verbeelding. We schoven de kuipjes tegen elkaar aan.

'Wacht,' sommeerde mijn moeder en liep naar haar werktafel waar ze haar tas meegriste. Ik aanvaardde de sigaret die ze me aanbood en liet me een vuurtje geven.

'Dat met die proffen,' begon ze, terwijl ze de sigaret tussen de wijs- en middelvinger van haar rechterhand ritmisch heen en weer bewoog, 'dat van die proffen verwijst naar mijn eenmalige avontuurtje met Lucas en haar iets duurzamere liaison met Jean.'

'O ja,' antwoordde ik, inhalerend, drinkend en bijna stikkend.

Mijn moeder zat onderwijl kaarsrecht als een waardig lid van het Opus Dei.

'Lucas was niet eens vast aangesteld, hij was een oogarts die een gastlezing kwam geven aan ons instituut.'

'Met een staartje.' Dat was de Metaxa die sprak, niet ik.

'Met Benjamin tot gevolg, ja, ik herinnerde me zijn achternaam niet eens meer tegen de tijd dat ik ontdekte dat ik zwanger was.'

'Heb je het hem verweten?'

'Ik heb het mezelf verweten.'

Stilte.

'Laten we zeggen, hij was een foute man...', opperde ik pretentieus.

Mijn moeder glimlachte en nam een royale slok van het amberkleurige vocht. 'Dat zou je kunnen zeggen ja...'

Ik ging ervoor zitten. 'Hoe is het mogelijk? Twee slimme, aantrekkelijke vrouwen die zich met foute mannen inlaten.'

'Die foute man van Henriette had anders zijn hele huwelijk à la minute in de wilgen willen hangen voor mijn zusje,' weerlegde mama mijn aantijging met klem.

'Ja, maar dat deed hij niet. De lafaard vluchtte naar Italië om zijn huwelijk nieuw leven in te blazen. Nu jij weer.'

Dat hij niets van haar ziekte had afgeweten, negeerde ik voor het gemak.

Mijn moeder liet haar sigaret vallen in het restje koffie waarin hij sissend doofde.

'Die foute man is wel als de gesmeerde bliksem uit Italië teruggekomen om haar begrafenis bij te wonen.'

Ik schonk ons nog eens bij. Het was heerlijk om rond twee uur in een roes te verzinken, bedacht ik. Het verzachtte alles, inclusief de vernietigende waarheid.

Mama bewoog haar glas vanuit de losse pols. Het vocht tolde. 'Die foute man is overigens nooit over haar dood heen gekomen...'

Nu moest ik lachen. Puur van de alcohol.

'You don't know what you've got till it's gone,' gonsden de woorden van een befaamd wijsgeer door mijn hoofd. Of was het gewoon een zin uit een antiek liedje van Janet Jackson? Ik stak nog maar een sigaret op en blies de rook blasé uit.

'Nee, dat zal wel,' hoonde ik.

'Die foute man van mijn zus is toevallig wel jouw vader,' wees mijn moeder mij kalm terecht.

Het was een surrealistisch moment. Jaren en jaren had ik me er een voorstelling van gemaakt. Van hoe het zou zijn om te horen wie mijn vader was. Sommige van die voorstellingen waren kleurrijk of liever gezegd rooskleurig geweest. Hoe ik onverwacht voor zijn deur zou staan en wij onze privéaflevering van *Spoorloos* met verve zouden spelen. Hoe wij onze verloren jaren in een aaneenschakeling van betekenisvolle weekends zouden inhalen. Hoe we steeds meer gelijkenissen zouden ontdekken, karakterieel, uiterlijk en intellectueel, totdat we met elkaar konden lezen en schrijven. Andere fantasieën waren dan weer somber en negatief getint. Zij dienden uitsluitend om mezelf te sussen, gelukkig te prijzen dat ik mijn ramp van een vader niet kende. De man die driehoog achter op versleten pantoffels en in ongewassen kleren rondscharrelde, bedorven voedsel uit naar levertraan smakende aluminium pannetjes at als hij even niet laveloos in zijn vettige fauteuil met de bekeuzelde antimakassars hing.

Ik wist inmiddels dat hij professor was – of hij nog leefde was een ander verhaal. Professoren konden verstrooid en onverzorgd zijn, tot op de draad versleten mosterdkleurige ribfluwelen broeken dragen of een lichtblauwe terlenkabroek waarvan het zitvlak door een schreeuwend gebrek aan stomerijbeurten was gaan glimmen. Vanzelfsprekend verkoos ik het beeld van de wat benige, gedistingeerd ogende professor in zijn geruite Daks-colbertje met suède stukken op de ellebogen, hemelsblauw hemd, choker en gilet, liefst getooid met zakhorloge, zich op roestbruine instappers van Engelse makelij schier geruisloos van collegezaal naar collegezaal reppend. Een professor met een dikke dot wit haar die bij speciale gelegenheden een pijp of een cubaan rookte om dubbel van zijn uitgelezen whisky te kunnen genieten.

Mijn moeders mededeling – in combinatie met de Metaxa – wekte deze beeldenstroom binnen de seconde opnieuw tot leven.

Mama maakte van mijn overrompeling gebruik en sprak als eerste. 'Jij bent de vrucht van ons afscheid van Henriette.'

Het klonk bijna poëtisch, met een twist welteverstaan. Ik vond geen woorden. Ik zweeg.

'Weet hij van mij?' wilde ik vragen maar mama was me voor.

'Hij heeft geen idee van jouw bestaan,' zei ze snel.

Ze knipperde met haar ogen. Ik weet het aan de rook.

'Hoe weet jij dan dat hij nooit over haar dood heen is gekomen?'

'Van Sofia.' Ze klonk wat ongemakkelijk. 'Van Sofia...' Toen: 'Wil je hem ontmoeten misschien?'

Ik keek haar geschrokken aan. 'Leeft hij nog?'

Mijn moeder haalde haar schouders op. 'Dat weet ik niet, maar dat valt wel te achterhalen, neem ik aan.'

'Heb jij soms nog contact met Sofia?'

Ik leek mijn moeder te irriteren, want ze tikte vrij driftig met haar linkerhak op de glanzende granieten tegels.

'Nee, Henri, dat is verwaterd. Bovendien ken ik alleen haar meisjesnaam. Je vaders achternaam ken ik daarentegen wel.'

Ik sloot mijn ogen, leunde achterover in het stoeltje en leegde mijn glas in één grote teug.

'Hellenbosch.'

Het was maar een naam. Toch kon ik hem niet zo gauw verwerken. Ik kauwde er even op. Hellenbosch. Henri Hellenbosch. Het klonk als de vreselijkste alliteratie aller tijden.

'Ik geloof dat ik liever Henri Delvaux heet,' fluisterde ik uiteindelijk.

Mijn moeder wreef even door mijn haar.

'Zo heet je ook,' verzekerde ze mij kordaat, 'dat zal wat mij betreft nooit veranderen.'

Om dit onomstotelijke feit kracht bij te zetten voorzag ze me opnieuw van een flinke scheut en ik liet het lijdzaam toe. Het was weer eens wat anders om in je moeders aanwezigheid laveloos te worden.

O ja, er tuimelde van alles door mijn hoofd. Waarom had ze nou net de ex van haar zus moeten kiezen? Alsof het niet allemaal al gecompliceerd genoeg was. En waarom vertelde ze dit nu pas, na al die jaren vruchteloos gehengel van mijn kant? Dat waren helaas zulke gênante vragen, dat je een moeder er niet met goed fatsoen mee confronteren kon. Toch?

Nee, ik zei niet veel. Of ik mijn vader al dan niet wilde ontmoeten, was het laatste waaraan ik wilde denken. Ik wenste me eerlijk gezegd ver van de wereld, ergens in een tussensfeer waar het rustig toeven was en waar geen gedachten bestonden. Geen keuzes. Geen moeders, geen vaders, geen tantes, geen liefde. Als ik niet oppaste, werd ik gek. Met toegeknepen ogen trok ik mijn benen op en nestelde me als een klein kind in het kuipje.

'Met Céline, ja, de mama van Henri,' hoorde ik mijn moeder op een gegeven moment tegen een bij mijn weten niet-aanwezige zeggen. Er volgden twee zinnen die ik niet verstond. Toen: 'Ik heb haar, geloof ik, nogal overstuur gemaakt, misschien kun jij even met haar praten?'

Ik sperde mijn ogen open en zag haar op twee meter afstand met mijn gsm in de hand staan oreren.

'Wat doe je nou?' riep ik luid en wanhopig. 'Wat doe je? Ik wil niemand spreken, niemand zien. En als ik al iemand wil zien of spreken, dan ben jij het, hoor je me, jij!'

Er verscheen iets paniekerigs op mama's gezicht terwijl ze haastig 'Ik bel je later nog wel, het is momenteel niet nodig dat je komt' in het toestelletje prevelde en meteen daarop inlegde. 'Ik wilde je alleen maar helpen…' zei ze ontredderd.

Ik begon te huilen.

'Wie was dat?' beet ik haar tussen mijn gesnik door toe. 'Vertel op!'

Ze leek te aarzelen.

'Ruud,' zei ze toen zacht.

'Ruud?' vroeg ik ongelovig, ofschoon haar inval niet geheel onlogisch was.

Mama kwam opnieuw naast me zitten.

'Je beste vriend, ja,' merkte ze lijzig op. 'Hij op zijn beurt raadde me aan om Tara te bellen.' Bij die laatste woorden keek ze me onderzoekend aan.

Ook dat nog. Ik kon Ruud wel afknallen.

'En vertel me eens, Henri, waarom zou ik jouw collega Tara om raad vragen in een intieme kwestie als deze?'

Ik zuchtte. 'Misschien omdat we sinds kort iets aan de hand hebben, daarom.' Aan de hand, dat klonk bepaald romantisch, veelbelovend ook. Ik vergoelijkte mijn ongelukkige woordkeus voor mezelf met het feit dat Ruud, de sukkel, me compleet voor het blok had gezet. Ik had me niet kunnen voorbereiden, ik had…

'Daar was ik al bang voor…' Mijn moeder.

Ik diepte een speld op uit mijn tas, stak mijn haar slordig op en wreef in mijn ogen zodat ze nog meer begonnen te prikken.

'Bang? Kan je niet gewoon blij zijn?'

Ze nam mijn hand in de hare en gaf hem meteen weer terug.

'Natuurlijk ben ik blij voor je,' mompelde ze, 'met bang bedoel ik alleen maar dat ik het aan zag komen. Bij wijze van spreken, snap je. In de zin van: dat dacht ik al wel...'

Ja, klets je er maar uit, dacht ik gekwetst. "Aan zien komen".

'Vrouwen als Tara vallen op een viriele vent, Henri,' citeerde ik haar.

Mama grinnikte. 'Dus je weet het nog? Dat was een hint van mijn kant, Henri. Een grapje, je bent je gevoel voor humor toch hopelijk niet kwijt?'

Ik kon het niet geloven. Werkelijk niet. Zo'n opmerking, op dit moment, na alles wat ik te verstouwen had gekregen. Ik kon er eenvoudigweg niet bij. Voor een keer echt, waarachtig, helemaal niet. Mijn tranen waren op.

'Nu moet ik toch echt gaan, mama,' kondigde ik hees aan.

Ik sprokkelde mijn spulletjes bijeen en stommelde langs haar heen de winkel uit. Ze liet me gaan.

11

In al die jaren dat ik voor mijn bedrijf werkte, was ik nooit langer dan een of twee dagen door ziekte geveld laat staan afwezig geweest. Voor de week die volgde op het weekend waarin mijn vader een naam had gekregen, meldde ik me met voorbedachten rade ziek. Ik haalde zelfs keurig een briefje bij Donkers, mijn huisarts, die mij van kindsbeen af kende. Omdat ik maar zelden bij hem aanklopte, zag hij er kennelijk geen graten in mij voor een gefingeerde bronchitis een volle week verlet te geven.

De eerste drie dagen sloot ik me op.

Ik dook onder in mijn slaapkamer, sliep gaten in de dag, huilde met gepaste intervallen en leefde op water, aangevuld met het fruit en de groenten die nog in de koelkast lagen. Ondanks mijn verflenste toestand wilde ik helder van geest blijven. Telefoontjes kreeg ik nauwelijks omdat vrijwel niemand mij nog op mijn vaste toestel belde en evenmin op mijn gsm die ik inderhaast bij mijn moeder had laten liggen. Dat was al een catharsis op zich.

Op dag vier verhuisde ik naar beneden en hield de luiken stoïcijns dicht. De gedachten stroomden niettemin voort.

Veilig op mijn canvasbank woog ik af of ik mijn vader onkundig zou houden van mijn bestaan. Ik had het een jeugdlang en een flink deel van mijn volwassen leven zonder hem weten te stellen, mijn gemis aan hem volkomen zelf ingevuld. Wat ik diep in mijn hart vreesde, was dat een voortzetting van het gemis wel eens prettiger zou kunnen zijn dan het te verruilen voor iets reëels dat ik zelf niet in de hand had. Wat hield dat in: hem niet meer missen. Wat als ik het gemis zou missen? In dat geval zou er nooit meer een weg terug zijn. Die was er sowieso niet, bedacht ik wat wrang. Ik kon niet terug naar het vroeger van vóór de naam. Naar de jarenlange nieuwsgierigheid die mijn gesprekken met mijn moeder had gelardeerd. Naar het patroon van eeuwig vragen en nooit een sluitend antwoord krijgen. Het niet weten had ontegenzeglijk een bekoring gehad. Missen kon tot een behoefte op zich uitgroeien.

Mijn moeder had een feilloos zesde zintuig voor verkeerde mannen. Het levende bewijs daarvan vormde de – weliswaar iets knappere – opvolger van 'de pad' die momenteel haar huiskamer sierde. Waarom zou mijn vader een uitzondering zijn?

Mijn bespiegeling spatte uiteen toen de bel ging. Ik bleef liggen waar ik lag. Vier, vijf keer werd er aangebeld. Toen werd er zwaarder geschut ingezet. Twee vuisten, althans zo liet het zich aanhoren, bonkten op mijn voorraam dat in zijn sponningen trilde.

'Doe open, Henri!' hoorde ik Tara boven het gebonk uit roepen.

De buren zouden ongetwijfeld van dit gratis schouwspel genieten. Mijn afkeer van lawaai en amok zette mij tot actie aan. In een drafje liep ik naar de hal en trok de deur open. Het had iets van een déjà vu. Tara in de stromende regen. In het donker en met een jas aan deze keer.

Ondanks haar offensief op mijn raam keek ze niet kwaad of opgewonden, eerder bezorgd.

'Mag ik binnenkomen?' vroeg ze vriendelijk, maar ik bespeurde iets dringends in haar stem.

'Toe maar,' zei ik.

Zij was op hakken, ik op blote voeten. Voor een keertje was ze langer dan ik. Binnen drukte ze me tegen zich aan, duwde me toen wat van zich af en deelde me mee: 'Je ziet er verschrikkelijk uit.'

Dat verbaasde me niet.

'Zo voel ik me ook,' zei ik eerlijk.

'Zoiets suggereerde je moeder al,' bekende ze terwijl ze haar jas over een stoel hing om uit te druipen.

Ik opende mijn mond om iets te zeggen.

'Dan moet je je gsm maar niet laten rondslingeren, Henri,' riep Tara mijn aanstormende verontwaardiging abrupt een halt toe en toverde mijn Nokia triomfantelijk uit haar tas tevoorschijn.

Ik kreeg een opsomming van de angsten die ze had uitgestaan over mijn welzijn, de schok dat het uiteindelijk mijn moeder was geweest die zondag rond zeven uur 's avonds mijn telefoon had opgenomen nadat ze minstens tien vergeefse pogingen had gedaan om mij te pakken te krijgen. Ze was blij verrast geweest dat mama haar zonder omwegen had verteld waarmee ik worstelde en had haar advies mij even wat tijd alleen te gunnen ter harte genomen.

Na die moederlijke raad had mama het gesprek beëindigd met de woorden: 'En kom binnenkort gerust een keertje met Henri mee…'

Terwijl Tara haar korte ontmoeting met mijn moeder schetste, – ze had mijn telefoontje na het werk bij mijn moeder in de winkel opgepikt – bedacht ik dat ik de afgelopen weken meer gehuild en gepiekerd had dan in mijn hele leven bij elkaar. Dat zei ik haar.

Met een gepijnigde blik keek ze me aan. Ik begreep niet waarom.

'Zullen we in bed verder praten?' vroeg ze vervolgens neutraal.

Dat voorstel begreep ik zo mogelijk nog minder. Tot ik op de keukenklok zag dat het bijna middernacht was.

En dus gingen we naar bed. We lagen elk op een eigen helft en spraken niet. Ik voelde me lethargisch. Vrij uniek voor iemand als ik die altijd wel ergens zin in had. Praten, lachen, eten, drinken, vrijen. Zelfs het laatste kon me gestolen worden. Als Tara me op dit moment wilde, zou ze me moeten verkrachten en dat zou ze wel uit haar hoofd laten, wist ik.

'Vertel me nu eens precies wat er zo verschrikkelijk is aan jouw situatie, Henri.'

Ze klonk heel kalm en sprak zacht, toch schrok ik enigszins van het geluid van haar stem. Ik had gehoopt een tijdje niet te hoeven praten. Typisch ik, mijn lethargie had amper twintig minuten geduurd.

Net als zij sprak ik tegen het plafond.

'Ik heb het gevoel dat ik totaal niet meer weet waar ik aan toe ben,' reageerde ik met de zeurderigheid van iemand die zich onbegrepen voelt. 'Jarenlang word ik dom gehouden en opeens krijg ik er op korte tijd wekelijks gratis en voor niets een familielid bij. Oké, ze zijn nagenoeg allemaal dood, maar toch…'

'Is het niet prettig om inzicht te krijgen?'

Ik kon zweren dat ze meewarig klonk.

'Inzicht! Zou jij op dergelijke inzichten zitten te wachten?'

'Nee, maar ik ben jou niet.'

Dat was scoren voor open doel.

'Misschien… misschien had ik het liever niet geweten.'

Wat een fenomenaal zwaktebod. Zelfs in het donker gloeide ik van schaamte.

'Wellicht heeft je moeder er daarom jaren over gedaan om het je te vertellen. Het is nooit aangenaam om het rustige leventje, de dromen van je kind te verstoren, nee toch? Maar dat terzijde, wat is je in feite overkomen? Je weet nu dat je een vader hebt. Je kunt gaan uitzoeken of hij nog leeft en dan is de keuze aan jou. Ofwel hou je vast aan het ideaalbeeld dat je…'

'Pffft…' deed ik, maar ze ging onverstoorbaar verder.

'… ongetwijfeld in de loop der tijden hebt gecreëerd, ofwel ga je de confrontatie met de realiteit aan. Hij kan een schat van een man zijn die staat te popelen om jou te leren kennen, te introduceren in zijn liefderijke omgeving, wat jou zomaar eventjes twee halfbroers, twee schoonzussen en vijf nichtjes en neefjes oplevert die op hun beurt zullen huilen van puur geluk dat de verloren dochter-zuster-tante eindelijk is gevonden. Ook zij willen niets liever dan jou laten delen in alle kennis en bezittingen van hun vader, want ze zijn sociaal bewogen, hebben dankzij hun opvoeding geleerd eerst tien keer aan anderen en dan pas aan zichzelf te denken. Stel je voor! Van de ene op de andere dag maak je deel uit van een heus gezin. Tien namen extra op de kalender.'

Ik beet op mijn onderlip. Normaal zou ik het hebben uitgeproest bij een sarcasme van dit kaliber. Nu bleef ik stil, omdat het griezelig dicht bij de waarheid kwam.

Tara leek zich geen rekenschap te geven van mij of mijn eventuele mening of gevoelens. Die was lekker op dreef en ging doodgemoedereerd verder.

'Of hij is een wat ziekelijke, verzuurde man. Iemand die zijn pensioen nooit echt heeft kunnen verwerken en daarom zijn heil in het verenigingsleven of, waarom niet, de politiek heeft gezocht. Het niveau van zijn rustige buurt is de laatste jaren licht op drift geraakt vanwege de vloedgolf Marokkaans, Afrikaans, Oost-Europees en ander buitenlands gespuis dat er in zijn tunnelvisie is neergestreken. Van lieverlee is hij steeds actiever geworden binnen het Vlaams Belang sinds het zieltogende Front National met de staart tussen de benen is afgedropen. Misschien overweegt hij zelfs in Vlaanderen te komen wonen, in de buurt van zijn vers verworven dochter. Zijn vrouw heeft hem immers jaren geleden de bons gegeven, zijn twee zoons hebben zich solidair met haar van hem afgekeerd en ach, wat doe je in dat geval als man alleen? Dan bieden een zelfstandige ex en een eveneens autonome dochter perspectieven, niet waar?'

Ze reikte me twee extremen aan. Die aanpak beviel me ergens wel.

'Is er ook een middenweg?' wilde ik weten.

Juist, these, antithese en synthese. Daar had ik op dit moment schreeuwende behoefte aan. Mijn ogen waren inmiddels gewend aan de duisternis. Snel wierp ik een blik opzij. Ik zag hoe ze haar vingers onder haar nek in elkaar schoof.

'De minzame, licht kwakkelende man die sinds het verscheiden van zijn echtgenote blij zal zijn met een dochter die zo nu en dan komt aanwaaien? Een dochter die hem dankzij haar vererfde uiterlijk terugsleurt naar een periode boordevol geluk en aansluitend maanden van verdriet? Een man die fouten bij zijn eigen kinderen heeft gemaakt en plots de kans krijgt om ze bij een gloednieuwe spruit goed te maken om zo het voorgeborchte af te kopen? Ik weet het niet. Of de nog immer vitale man, de man van het strafrecht die de wet al decennia dolgraag naar zijn hand zet, en des te vastberadener in deze tijden van procedurefouten en onveiligheid. Een man die ondanks zijn rechtse sympathieën best sympathie kan opbrengen voor een mooie jonge dochter die een vrouw in plaats van een vent verkiest. Wie zal het zeggen?'

Ik zuchtte diep.

Ze draaide zich op haar zij en gaf me een duwtje. 'Wat wil je, Henri? Dat ik je zielig vind? Dat ik jouw gevoelens van dit moment op één lijn zet met... met... met een tot prostitutie veroordeelde jonge vrouw in Cambodja? Met een asielzoekster die haar kind in de Borgerhoutse vondelingenschuif heeft achtergelaten om het zo tenminste een toekomst te gunnen?'

Ik kwam met een vaartje overeind. 'Dit is laag!' riep ik hartstochtelijk uit. 'Dit is echt laag, Tara.'

Mensenlief, mijn lethargie was opeens ver te zoeken. Mijn konen gloeiden, mijn hoofd en hart bonkten, mijn zintuigen stonden alle vijf op scherp. Ik liet me terug in mijn kussen zakken.

'Vind je werkelijk dat ik overdrijf?' vroeg ik zacht.

Ze wreef over mijn buik, liet toen de wijsvinger van haar linkerhand omhoog cirkelen naar mijn borsten. Ik bedacht dat ik zo onderhand hunkerde naar een verlossende verkrachting. Pas op, eentje met onderlinge toestemming.

Maar de hand week en verdween in haar eigen haar. 'Nee,' prevelde ze. 'Nee, ik denk niet dat je overdrijft. Je hebt de afgelopen dagen de tijd genomen, je eist tijd voor jezelf om de dingen in perspectief te plaatsen en dat mag. Absoluut. Ik wil alleen dat je dat ook effectief doet. De balans opmaakt. We hebben allemaal wel wat gemist in onze jeugd. Geen enkele ouder is perfect. Ik heb zelfs geen recht van spreken, want ik ben geen ouder. Dat zegt, dunkt me, genoeg over mij.'

Daar moest ik even over nadenken. Xaviers afscheidswoorden flitsten onwillekeurig door mijn hoofd. Evenals mijn hoop dat Claudia vruchtbaar zou blijken. Ik kreeg echter de kans niet op Tara's opmerking in te pikken. Opnieuw regen haar woorden zich aaneen tot zinnen.

'Neem mij nou. Dochter van een apothekersechtpaar. Brillen, droge voeding, brood, pillen, het maakt niet uit. Het blijft een winkel. En de winkel heeft per definitie voorrang. Cyril was creatief, ik niet. Hij verdween met zijn saxofoon naar Canada en liet aan mij de keuze. Pillendraaien of iets totaal anders. Ik koos voor de middenweg. Voor informatica. Ik heb mijn ouders een geweldig programma aan de hand gedaan voor in hun winkel. Een systeem op maat ontwikkeld waar zij en hun evenknieën iets aan hadden. Maar de opvolging zekerstellen, dat kon ik niet opbrengen. Ik verdween naar Parijs zodra ik de kans kreeg. Net als Cyril koos ik het hazenpad om aan hun teleurstelling te ontkomen. Allebei, elk voor zich waren of nee, zijn mijn ouders leuke, aimabele mensen. Ze waren er alleen nooit. Niet voor ons. Niet op de manier zoals ik het begrip ouders had ingedroomd. Mijn ouders waren heel erg op elkaar gefocust. Niet zozeer passioneel verstrengeld als wel een intellectuele twee-eenheid. Wij, de kinderen, bungelden er gewoon bij. God nee, we hadden nooit financiële zorgen. We hadden een immens huis dat maar niet afkwam. Mijn kamer en die van Cyril, die waren af, daar heerste een chaotische vorm van gezelligheid. De rest van het huis verkeerde in een constante staat van verbouwing of leegstand. Mijn ouders hadden, nee, namen de tijd niet voor het kiezen van kasten, behang of invulling in het algemeen. Uitstel werd een spel. Omdat de keuken maar niet afraakte, kon er met goed excuus buiten de deur worden gegeten of afgehaald. Ik zweer je, nu pas, vijfentwintig jaar na dato zijn ze volledig geïnstalleerd en weet je waar ik ze van verdenk? Dat ze diep in hun hart naar iets kleiners willen verhuizen, iets waar ze samen in alle intimiteit van kunnen genieten. Zonder ellenlange trappen, talloze logeerkamers die energie vreten en wat al niet meer. Het pijnlijke is dat ik sprekend op ze lijk. Ik neem de moeite niet om iets volledig in te richten. Tegen de tijd dat het zover is, ben ik alweer op de vlucht. Ik ken geen nestwarmte. Of nee, dat is niet waar. Lisette was op een bepaalde manier warm, evenals haar huis, haar gezin, maar daar heb ik helaas nooit wezenlijk deel van uitgemaakt.'

Ik knipte het lampje naast mij aan en zag hoe ze haar armen in een wat hopeloos gebaar hief.

'En ook dat is een flauw excuus. Ik ben in se verwend. Dat neemt niet weg dat ik me in mijn jeugd erg alleen, om niet te zeggen verloren heb gevoeld. Ik had nooit echt iemand voor of van mezelf. Ik wist eenvoudigweg niet hoe ik mensen voor me moest innemen. Zelfs vrienden heb ik nooit zelf gekozen laat staan gemaakt. Tijdens mijn jeugd haakte ik aan bij de vaste clan van mijn drie jaar oudere broer en die nam me automatisch en gewillig op. Simpel, prettig en veilig. Ik heb tot op heden nooit voor iemand gevochten of zelfs maar bewust voor een partner gekozen. Mensen overkwamen mij, ze namen wat ze meenden dat hun toekwam, ze schonken me wat ze konden missen en ik stond erbij en keek ernaar. Op de een of andere rare manier koesterde ik me in hun gevoelens voor mij en die trokken me werktuiglijk over de streep. Is dat narcistisch van mij, Henri?'

Hoe ijskoud of voor mijn part gemakzuchtig haar bevindingen ook mochten zijn of klinken, ze ademden tegelijkertijd iets hulpeloos. Ik dacht terug aan haar reactie op Mil. Aan hoe ik haar inwendig en nogal ongemotiveerd van jaloersheid had beticht.

'Het verschil tussen begeren en begeerd worden?' opperde ik op goed geluk.

Een voltreffer. Er ging letterlijk een schok door haar heen.

'God Henri, ik besef inmiddels, er is een gapend verschil tussen begeerd worden en zelf begeren. Het zijn twee volslagen verschillende vormen van genot. Tot mijn ontsteltenis moet ik vaststellen dat ik tot voor kort slechts wist wat begeerd worden inhield. Het feit dat een ander jou begeert kan je zodanig bekoren, opwinden dat je die begeerte beantwoordt vanuit een impuls of een vreemd soort dankbaarheid die je voor lust aanziet.'

Het was sterker dan mezelf. 'Declerck...,' liet ik me ontvallen, me voorbereidend op de klap. Die liet niet op zich wachten.

'Ja,' klonk haar antwoord. Helder en beslist.

Uitgekiende verhoortechnieken noch verregaande martelpraktijken leken aan Tara besteed. Zonder enige dwang bekende ze.

'En jij meent voor mij te hebben gevochten?'

Binnen de seconde zat ze bovenop me, omknelden haar dijen mijn heupen in een houdgreep die respect afdwong. Ze drukte mijn polsen vrij hardhandig in de matras.

'Voor jou vecht ik desnoods elke dag!' Vurig. Als een rechtgeaarde amazone die het meende.

Ik trachtte mijn polsen los te worstelen uit haar greep, maar ze hield ze zonder zichtbare inspanning waar ze waren.

'Net zoals jouw Mil is mijn Declerck verleden tijd.' Hautain. Des te hautainer omdat ze met glanzende ogen en oogverblindend naakt en sexy boven me uittorende.

'Bewijs dat maar eens,' deed ik stoer, hoewel ik een tikkeltje angst ervoer. Allereerst vanwege haar besliste 'verleden tijd'. Ik was er namelijk zeker van dat Declerck allerminst verleden tijd was. Althans voor mij niet. Rekrutering hing als een zwaard van Damocles boven mijn hoofd.

Dankzij de druk die ze op mijn polsen uitoefende, zag ik dat ze behoorlijk ontwikkelde armspieren had. Pezig zoals haar dijen die zich evenmin onbetuigd lieten en met een beetje doorzettingsvermogen blauwe plekken op mijn heupen zouden achterlaten. Ze bracht haar gezicht heel dicht bij het mijne.

Haar adem streek langs mijn lippen toen ze fluisterde: 'Voldoende bewijs?'

Mijn lichaam nestelde zich in haar greep, zodat het bijna lekker voelde. 'O, nee, bijlange na niet...'

Haar ogen vernauwden zich terwijl ze met een razendsnelle beweging mijn beide polsen naar net boven mijn hoofd verplaatste en onder haar ijzeren linkerhand gevangen hield.

'Je zegt het maar,' daagde ze me uit en liet haar vrije hand afdwalen.

Ik zei niks meer. Ik was er vrij zeker van dat mijn ogen voor zich spraken.

Ze klakte met haar tong.

'Komaan, Henri,' spoorde ze me aan, haar rechterbeen tussen de mijne in plaatsend, 'soms krijg je iets alleen als je erom vraagt...'

'Nooit!' Ik trotseerde de lazuren blik die ze op me afvuurde.

Puur voor de vorm probeerde ik een schok te veinzen terwijl ze vol bij me binnendrong, maar mijn lichaam logenstrafte deze over mezelf afgeroepen huichelachtigheid onmiddellijk. Ik ademde zwaar toen ze haar voortvarende hand even onverbiddelijk terugtrok.

'En soms alleen als je erom smeekt...'

Ik kon me moeiteloos voorstellen hoe ze menige man of vrouw in het verleden tot extatische wanhoop moest hebben gedreven. In navolging van hen was ik volkomen weerloos. In de weinige bewegingsvrijheid die ze me toestond, wist ik mijn bekken ietsje te kantelen. Ik zocht verlossing tegen haar knie.

'Alsjeblieft,' hoorde ik mezelf soebatten.

Een fractie van een seconde was haar hand terug waar hij hoorde.

'Je kan beter, Henri,' hoorde ik haar vanuit de hoogte sarren.

Ik verkeerde in een toestand van bewustzijnsvernauwing die onomkeerbaar leek. Nog even en ik had geen eigen persoonlijkheid, geen eigen lichaam, geen eigen wil meer.

Met de laatste kracht die ik in me had wist ik de woorden eruit te persen.

'Alsjeblieft, nu. Nu Tara, nu...'

Ziek zijn zonder ziek te zijn is een luxe. Ik ontwaakte met de belofte van een dag voor mezelf, terwijl Tara op aansporing van de wekker rond zevenen jachtig naar de badkamer verdween, terug naar boven racete om mij een afscheidskus te geven om zich aansluitend voor verse kleren naar huis en naar kantoor te reppen.

Een licht schuldgevoel deed me haar voorbeeld volgen. Ik stond na haar vertrek onmiddellijk op. Rond acht uur zat ik achter mijn computer en googelde zijn naam.

Jean Hellenbosch.

Het leverde me weinig om niet te zeggen niets op. Tegen negenen belde ik een aantal universiteiten af. Telkens lanceerde ik dezelfde mededeling. Ik was op zoek naar professor Jean Hellenbosch. In verband met een thesis waarvan hij promotor was geweest. Uiteindelijk was iemand zo vriendelijk me aan een adres te helpen. Ik gokte op een argeloze werkstudent. Een doorgewinterde administratief medewerker deelde per definitie geen persoonlijke gegevens mee van een professor, al dan niet in ruste. Het was een adres in Ukkel. Via de online telefoongids vond ik er een telefoonnummer bij. Ik noteerde alle gegevens zorgvuldig en borg het papiertje weg in een vakje van mijn portemonnee.

De zoektocht naar mijn vader kon nog wel even wachten. Eerst moest ik mijn moeders logé maar eens haar huis uitwerken. In de rubriek contacten van mijn gsm vond ik onder de letter J het nummer terug van Mils bodybuilder. Ik drukte op bellen.

'Met John,' zei een stem.

'Dag John, met Henri, jij kent mij niet.'

'Nee,' antwoordde John.

'Ik ben een vriendin van Mil Power,' legde ik uit, me opnieuw verbazend over de kracht van haar naam.

'O, Mil.' John klonk enthousiast. 'Mooie Mil van de fitness.'

Het was kristalhelder dat we het over dezelfde Mil hadden.

'Luister John, Mil vertelde me dat jij zo nu en dan wel eens een klusje opknapt.'

Ik hoorde Johns adem aan de andere kant van de lijn stokken. Wellicht vreesde hij een opdracht tot huurmoord van mijn kant.

'Niks ernstigs,' verzekerde ik hem snel uit angst dat hij zou afhaken. 'Gewoon een bezoekje aan het huis van mijn moeder.'

Het bleef angstvallig stil.

'Ben je er nog, John?' vroeg ik.

'Ja, ja, ik ben er nog...' Dan wat afstandelijk: 'Wat kan ik voor je doen?'

Ik schetste de situatie in het kort. De onbekende man in mijn moeders huis. Mijn bezorgdheid dat hij haar leven zou overnemen, misbruik van haar zou maken. Mijn relaas leek een appel te doen op zijn rechtvaardigheidsgevoel.

'Ik wil wel met je meegaan,' beloofde hij, 'op voorwaarde dat ik geen vinger hoef uit te steken. Ik train voor wedstrijden, zie je, daar heb ik al mijn kracht en concentratie voor nodig. Ik zie er wel sterk uit, maar dat is schone schijn. Ik wil mijn spieren in geen geval beschadigen, als je begrijpt wat ik bedoel.'

Dat begreep ik ten volle.

'Je hoeft alleen maar indrukwekkend te zijn,' stelde ik hem gerust. 'Misschien kun je iets indrukwekkends aantrekken, ik bedoel, iets dat gezag inboezemt.'

Dit verzoek leek hem enigszins te overvallen.

'Iets dat gezag inboezemt?'

'Ja, heb je geen stoer pak in je kast liggen of zoiets, iets met tressen en een pet?' droeg ik aan.

Hij bleef stil en leek diep na te denken. Ik hoorde hem zwaar ademhalen.

'Nee... of wacht, misschien toch, ik ben vorig jaar met carnaval naar Aalst geweest in een pilotenpak. Is dat iets?'

Een pilotenpak. Boezemden piloten gezag in? Ze werden niet voor niets gezagvoerders genoemd en met een beetje geluk zou de verraste Robert hem voor een commissaris van politie of een hoge B.O.B.'er aanzien, hoewel B.O.B.'ers inmiddels niet meer bestonden.

'Prima,' zei ik verheugd. 'Hartstikke goed. Wat gaat me dat kosten?'

'Honderd euro voor een half uur, maar omdat je via Mil komt vijftig.'

Die korting was van harte welkom. We spraken rond elf uur af in een taverne bij mijn moeder om de hoek.

Ik zat er al een kwartiertje, in het gezelschap van twee vermoeide vrouwen die naar de markt waren geweest en omringd door volgestouwde plastic tasjes zonder smaak een koffie weg slobberden en twee verregende postbodes die na hun ronde van een welverdiend pintje zaten te genieten aan de toog, toen John in vol ornaat binnentrad. Hij leek zo weggelopen uit het *Club Tropicana*-clipje van Wham, al oogde hij dan stukken vierkanter. Hoe vierkant hij ook zijn mocht, hij oogstte bij mij eerder het effect van een knuffelbeer dan iets anders. Zijn impact op de ingedutte marktgangsters was niettemin enorm. Ik liet me hierdoor niet uit het veld slaan en schudde hem geestdriftig de hand. Het klikte onmiddellijk en we bleven tot twaalf uur plakken. Dat hadden we tot vier uur kunnen doen als ik niet had ingegrepen.

'We moeten nu echt gaan, John.'

John volgde mij als een mak lam het toegangspaadje op dat naar mijn moeders huis leidde en keek wat bedremmeld toe hoe ik de deur opende.

Geen Timberlands onder de kapstok. Dat was het eerste feit dat ik als een rechtgeaarde brigadier vaststelde. In mijn kielzog trad John aarzelend de kamer binnen.

'Wat is het hier prachtig,' constateerde hij.

Zijn compliment was uitermate vriendelijk, maar we waren hier niet om mijn moeders inrichting te bewonderen.

'Naar boven,' beval ik.

'Naar boven?'

John leek niet te staan springen om al dan niet slapende minnaars mijn moeders bed uit te sommeren. Toch volgde hij mij gedwee naar boven. De deuren van mijn moeders slaapkamer en van de logeerkamer die ik achtereenvolgens opengooide, onthulden lege ruimten. Geen Robert. Slechts secuur opgemaakte bedden grijnsden ons toe en gordijnen die opbolden onder invloed van de wind die dankzij de geopende ramen vrij spel had om de kamers tijdens mijn moeders afwezigheid te verluchten.

Ook de rest van onze toer door het huis leverde niets op.

Beneden bood ik John een stoel aan.

'Ga even zitten,' zei ik. 'Hij komt vast zo, want zijn schoenen in de hal zijn weg. Ondertussen drinken wij een kopje koffie.'

'Mag ik mijn pet misschien afzetten?' informeerde John verlangend.

Ik knikte en begreep zijn verzoek. Hij had dik krullend haar, waarin de knellende pet de afdruk van een omgekeerde bloempot had gevormd.

Terwijl John zijn koffie dronk, onderzocht ik mijn moeders secretaire op enveloppen waarop de afzender Sofia voorkwam. John stoorde me in mijn zoektocht.

'Dit is toch wel echt het huis van je moeder, hè?' vroeg hij streng vanachter mijn rug.

Ik draaide me naar hem om en maakte hem attent op een foto bovenop de secretaire. Hij monsterde het plaatje van mijn moeder met een jonge doch overduidelijke versie van mij op haar schoot.

'Oké dan,' mompelde hij toegeeflijk en ging opnieuw zitten.

Ik had ondertussen gevonden wat ik zocht. Een enveloppe met op de voorkant mijn moeders adres en op de achterzijde de naam en het adres van de afzender: Sofia Delporte. Ik krabbelde het adres op een Post-it en legde de enveloppe terug in het laatje waaruit ik hem had opgeduikeld. De sleutel werd in het slot gestoken. Geschrokken spurtte ik naar de stoel naast die van John, die de pet snel op zijn hoofd drukte.

'Daar zal je hem hebben,' fluisterde ik.

Maar het was mijn moeder die de kamer binnenkwam.

Kennelijk kwam ze thuis lunchen. Ze leek niet eens zozeer te schrikken van onze aanwezigheid. Nee, ze was razend. Dat zag ik aan haar ogen. Verbaal hield ze zich echter in.

'Wat moet dit voorstellen?' vroeg ze onderkoeld terwijl ze haar fijne bruinleren handschoenen met de gaatjes een voor een uittrok en op het tafeltje naast John wierp.

Ik sprong op.

'Mama, dit is John,' stelde ik hem voor, terwijl ik het bloed naar mijn wangen voelde stijgen.

John maakte een lichte buiging.

'U hebt een prachtig huis, mevrouw,' complimenteerde hij haar beleefd.

Mijn moeder trok haar hand terug.

'Staat het soms buiten mijn weten om te koop?' wilde ze weten.

'Te koop?' herhaalde John sullig.

Ik trachtte de situatie te redden. 'Ik kwam John hier op de hoek van jouw straat tegen,' loog ik en zag hoe mijn moeder deze aperte leugen haarscherp doorzag, 'we hadden elkaar al een hele tijd niet gezien en hij was net terug van een lange vlucht uit Azië en toen dacht ik, waarom niet een kopje koffie drinken bij mama die hier toevallig vlakbij woont?'

Haar blik naar mij was dodelijk, maar John leek een potje bij haar te kunnen breken. Ze bood hem een tweede kopje koffie aan, dat hij accepteerde, en tien minuten lang bespraken John en zij het weer, het voordeel van 'nieuw antiek' en de nare gevolgen van het inmiddels stokoude faillissement van Sabena, een dans die John fortuinlijk genoeg leek te zijn ontsprongen. Ik was lucht voor haar. Terecht.

Ik was het die John na dit beschaafde kopje oprotkoffie uitgeleide deed. Hij wilde niets liever dan zich uit de voeten maken en wimpelde mijn vijftig euro af.

'Laat maar,' riep hij, met snelle passen achteruit lopend. 'Het was me een genoegen, eerlijk.'

Ik staarde hem wat aangedaan na en hoopte dat Mil dankzij mijn interventie geen val van haar voetstuk zou beleven.

Pas toen ik opnieuw oog in mijn oog met mijn moeder stond,

zag ik dat haar kapsel donkerrood was.

'Je haar…' begon ik.

'Mijn haar?' Ze klonk even woest als ze keek. 'In mijn afwezigheid bestorm jij mijn huis met een wildvreemde, wie denk je wel dat je bent?'

'Nou bestormen, ik heb niks geforceerd hoor…'

Mijn moeder hief haar hand en trok hem toen als door de bliksem getroffen terug. Trillend ging ik zitten in de stoel die nog warm was van Johns afgetrainde billen. Ik had inderdaad een mep verdiend.

'Sorry,' zei mama, en zeeg neer in de stoel naast de mijne.

Ik wist niet wat ik hoorde. 'Waarvoor?'

'Voor Robèrt, je had gelijk, Henri.'

'Gelijk?' vroeg ik schaapachtig.

Mama wreef in haar handen en leek naar woorden te zoeken.

'Ik vond hem anders, weet je, anders dan andere mannen. Hij kwam met dat vreselijke verhaal over zijn huis, maar hij drong er niet op aan bij mij te slapen, zie je. Hij bood beleefd aan om de logeerkamer te betrekken, de dingen niet te overhaasten. Hij maakte me op een keurige manier het hof. Ik bedoel, hij drong op geen enkele manier aan op seks met mij, wat ik bijzonder loffelijk van hem vond…'

Het was bij mijn weten minstens vijftien jaar geleden dat mijn moeder het woord seks in de mond had genomen. En alleen maar in verband met mij. Zo rond mijn zestiende – toen ze nog dacht een heterodochter te hebben gebaard – had ze me meegedeeld dat ik de pil wel kon vergeten en dat ik mooi met seks kon wachten tot ik achttien of ouder was. Ik kon het woord dus niet echt met haar associëren. Ik zweeg.

'Nee, hij was een echte gentleman die zich door mij liet verwennen met eten, drinken en een dak boven zijn hoofd en verder niets eiste. Afgelopen zaterdagavond ging rond zeven uur 's avonds de bel. Robèrt had voor het eerst gekookt. Hij had een gegrilde kip bij de Delhaize gehaald en tomaten in stukjes gesneden. Met garnituur dus.' Ze klonk ijzig. 'Het was zijn vriend, meer specifiek zijn levenspartner. Die zijn gangen had gevolgd. En daarmee bedoel ik de gang van de kip vanuit de

Delhaize tot hier in mijn straat.'

Ik had met haar te doen. Tenslotte wist ik als geen ander hoe ellendig het is als het voorwerp van je verlangen op het verkeerde geslacht valt.

'Ach, mama…'

'Ja, ach mama. Het moet me van het hart, Henri, ik denk dat onze lieve heer een appeltje met mij te schillen had. Ik denk dat hij mij voor een keertje wilde laten voelen hoe…'

… het is om verliefd te zijn op iemand die jou dankzij zijn seksuele voorkeur niet ziet staan, maakte ik haar zin inwendig en met een warm hart af.

'… hoezeer je als oudere, alleenstaande vrouw op je hoede moet zijn. Gert, Robèrts vriend, had hem na een hoogoplopende ruzie het huis uitgekegeld. Het door hen gezamenlijk bewoonde huis welteverstaan, en die lafaard wist niet beter dan mijn interesse voor hem aan te grijpen om geen duur hotel te hoeven opzoeken.'

Ik staarde naar mijn moeders handen. Naar de smalle vingertjes met de gezwollen, door artritis aangezochte knokkeltjes.

Ze snoof. 'Die Gert was eigenlijk zeer keurig, weet je. Hij bood mij onmiddellijk aan de kosten die ik voor Robèrt gemaakt had te vergoeden…'

Ik keek op in haar trotse ogen.

'Dat was mijn eer te na, zoals je wel zal begrijpen.'

Jazeker, ik begreep haar perfect.

'Daags na zijn vertrek heb ik een slotenmaker gebeld. Die komt maandag kijken. Ik ben van plan de rekening op Gert te verhalen. Ik vertrouw erop dat hij ze zal terugbetalen.'

'Chapeau, mama.'

'Weet je wat, Henri?' vroeg mama.

Iets in haar stem verried dat ze iets ernstigs ging zeggen.

'Jij, jij boft maar. Met een vrouw als Tara. Jullie vrouwen hebben het toch een stuk gemakkelijker.'

Ik dacht aan Declerck, aan Tara's hortende opvattingen over begeerte, aan het feit dat ik nog altijd niet wist of we nu eigenlijk een relatie hadden of niet. Ik slikte en knikte.

'Sorry, mama.' Ik hoorde zelf hoe lauw ik klonk.

'Ben je gek!' zei mijn moeder. 'Welke moeder gunt haar dochter nu niet het allerbeste? Mijn tijd komt nog wel, ja toch?'

Gunde mijn moeder mij het allerbeste? Ze gunde mij vooral wat zij voor mij het beste achtte.

Toen ik voor mijn zesde verjaardag Playmobil vroeg, kreeg ik een babypop van haar. Toen ik op mijn twaalfde smeekte om een oranje Chopper, beloonde ze me met een roze meisjesfiets met Disney-bel. Maar nu kon ze mijn smaak voor één keertje volgen. Ik bofte met Tara. Duidelijker had ze niet kunnen zijn. En aangezien ze in een ver verleden had aangegeven geen last te willen ondervinden van mijn geaardheid kon ik die status-quo maar beter in stand houden.

Voor me lagen een heel weekend en een vrijdagmiddag die ik wegens mijn gefingeerde bronchitis naar believen mocht invullen. Ik checkte mijn mailbox die voornamelijk spam bevatte, enkele grappige filmpjes, steevast van Ruud, een dringende oproep om een bepaald ziek kind te helpen door de mail in kwestie naar mijn hele adressenbestand door te sturen – zoals altijd afkomstig van Amber – en tot slot een berichtje van Linda die mijn agenda voor de komende week had bijgesloten. Zo te zien mocht ik mijn afwezigheid driedubbel goedmaken. Tot woensdag regende het HP-afspraken en donderdag en vrijdag waren voor twee opleidingen voorzien die ik samen met Richard zou geven. Dat sprak me wel aan en het onderwerp eveneens: probleemgesprekken. Die cursus had ik ooit bij Mertens gevolgd en moest ik dit weekend dringend opfrissen. Maar eerst had ik een persoonlijke missie te vervullen.

Net bij mij om de hoek was een telefoonwinkel. Niet dat ze er telefoons verkochten, het was zo'n tentje waar je goedkoop naar het buitenland kon bellen. Ik ging niet naar het buitenland bellen, ik wilde domweg anoniem bellen. Door een miezerige regen, waar je consequent doorweekter van wordt dan van een stevige bui, bereikte ik het etablissement dat de beklijvende naam *Telefonika* droeg. Een jongen met een dikke kluit pikzwart haar op zijn hoofd deed geen enkele moeite om mijn vriendelijke vraag te beantwoorden of zelfs maar te verstaan. Hij wees wat verveeld naar een telefooncabine – die eerder op een wat uitgedijde droogkap uit de jaren vijftig leek – waarbij hij twee vingers opstak. Ik begreep dat ik me naar cabine twee moest begeven. Ik toetste het 02-nummer in. Na tweemaal overgaan, kreeg ik een vrouwenstem aan de telefoon.

'Ja?'

Op dat moment schoot het pas door me heen dat ze ook 'Oui' had kunnen zeggen. Zodat ik mijn verhaal in het Frans had moeten afsteken. Nu kon ik me meestal uitstekend redden in het Frans, maar niet als ik zenuwachtig was. En ik was doodnerveus, daar in alle anonimiteit onder mijn droogkap.

'Ben ik bij Hellenbosch?' vroeg ik vriendelijk met naar ik hoopte een klank die de juiste dosis zakelijkheid en betrouwbaarheid door de hoorn zou jagen. Vooral het betrouwbare aspect leek mij belangrijk voor mijn missie.

'Met wie spreek ik?' klonk de wedervraag.

Kijk, daar had ik nu geen moment bij stilgestaan. Wie was ik? Ik was niet voor niets naar *Telefonika* getogen. Als ik was wie ik was, had ik net zo goed met mijn eigen gsm kunnen bellen en nummeridentificatie riskeren.

'U spreekt met Claire,' lanceerde ik mijn nieuwe identiteit, de dochter van Declerck indachtig. Waar die opeens vandaan kwam begreep ik niet. Het was praktisch, dat wel. 'Peeters,' voegde ik er in een vlaag van verbeeldingskracht aan toe, 'Claire Peeters.'

'En wat kan ik voor u doen?' De vrouw klonk op haar hoede, maar niet onvriendelijk en zeker niet afwijzend.

'Ik ben op zoek naar professor Jean Hellenbosch,' deelde ik haar mee, 'ik ben een oud-studente van hem en zou graag weten of hij nog op dit adres woont. Hij heeft ooit mijn thesis begeleid en nu wil ik doctoreren, ziet u. Daarover zou ik hem willen raadplegen.'

'Nee,' boorde de vrouw mijn hoop de grond in. 'Hij woont hier niet meer sinds...' Ze stokte. 'Mijn schoonvader is vier jaar geleden verhuisd, naar een appartement.'

Mijn vader leefde. Die wetenschap kwam zo hard aan dat mijn zicht een seconde of twee uitviel. En er gebeurde iets in de buurt van mijn blaas. Alsof ik dringend moest plassen.

'Wilt u zijn adres en telefoonnummer hebben?' Het leek alsof de schoondochter van mijn vader oprecht haar best deed om de ontstane stilte op te vullen.

'Heel graag, mevrouw.' Ik noteerde de informatie die ze me gaf.

'Wel even bellen, hoor, voordat u zomaar langsgaat.'

Ik zag een lijkbleke man in een rolstoel voor mijn geestesoog opdoemen die door een mobiel zuurstofapparaat om de minuut van een wisse dood werd gered en slikte.

'Is hij bedlegerig of slecht ter been of zo?' waagde ik te vragen.

De vrouw aan de andere kant schoot in een hartelijke lach.

'Integendeel! U kent hem toch? Hij mag dan in de zeventig zijn, in veel opzichten is hij niets veranderd. Nog altijd even actief. Nee, van dat bellen, dat is gewoon een goed bedoeld advies aan uw adres. Anders komt u tien tegen een voor een gesloten deur te staan en dat zou zonde zijn van uw tijd. Als mijn schoonvader even niet golft, zit hij in Toscane of is hij in zijn sociëteit te vinden. U bent overigens niet de eerste oud-studente die contact met hem zoekt… Hij moet erg geliefd zijn.'

Ik nam aan dat ze bij deze warme woorden door haar onbezoedelde schoondochterbril blikte. Een professor op leeftijd die een uitstekend contact onderhield met zijn ex-studenten, daar school immers geen greintje kwaad in.

Ik nam me voor het gesprek zo snel mogelijk te beëindigen om te vermijden dat zich alsnog donkere wolken uit het verleden boven onze tot dusverre onschuldige conversatie zouden samenpakken.

'Heel hartelijk bedankt, mevrouw…'

Ik besefte dat ze haar naam niet had gezegd.

'Hellenbosch,' lichtte ze me opgewekt in. 'Sofie Hellenbosch. Geen dank… Claire, was het toch?'

'Claire ja,' ik klonk een beetje buiten adem en slikte het Peeters dat op mijn lippen lag uit voorzorg in.

Ik wilde al inhaken toen ik haar op de valreep hoorde vragen: 'Zal ik hem van tevoren inlichten of zullen we het maar een verrassing houden?'

'Een verrassing is wel zo leuk, vindt u niet?'

'Zoals u wilt. Dag Claire.'

'Dag Sofie.'

Ik staarde naar de hoorn in mijn hand alsof het een magisch instrument was dat zojuist voor een *time warp* had gezorgd, om hem vervolgens een beetje angstig terug op zijn veilige haak te hangen.

Totaal van de wereld voldeed ik een bedrag in euro's dat evenredig was met het aantal door mij gebelde minuten. Eén simpel telefoontje had me een vader, een halfbroer en een schoonzuster opgeleverd. Tara's scenario's konden wel eens akelig dicht in de buurt van de werkelijkheid komen.

12

De week na mijn voorgewende ziekte was het pezen geblazen. Het deed me wonderwel goed. Ik maakte kennis met een heel arsenaal HP'ers dat op de keper beschouwd een piepklein hartje had en zich nauwelijks verzette tegen de verplichte wijsheid die ik hun diende bij te brengen. Samen met Richard trok ik op donderdag en vrijdag naar Brussel, alwaar wij in een gehuurde zaal buiten ons eigen vertrouwde gebouw op het eerste oog stoïcijnse managers met emotionele intelligentie rond de oren sloegen, waarna ze hun probleemgesprekken hopelijk met de nodige tact en inzichten zouden afhandelen. Het rekruteringsdilemma verdween steeds verder naar de achtergrond. In de vrijdagavondfile van Brussel naar Antwerpen werd ik gebeld door Amber.

'Lang geleden,' zei ze, terwijl ik Studio Brussel dimde en alert was op zwaantjes en andere gezagsdragers die mij zouden kunnen betrappen op rijdend bellen.

'Veel te lang,' zei ik.

'Spreken we binnenkort eens af?' vroeg ze hoopvol.

Een gezellig avondje met z'n viertjes tetteren was waarschijnlijk wat voorbarig en dus stelde ik een afspraak met ons tweeën voor. We slaagden er echter geen van beiden in met een vaste datum op de proppen te komen en probeerden elkaar met flarden van onze bezigheden bij te kletsen. Amber liet doorschemeren dat Claudia achterdochtiger was dan ooit.

'Dan is ze vast nog niet zwanger,' zei ik droog. 'Anders had ze heus wel zwaarwichtiger dingen aan haar hoofd.'

'Soms twijfelt ze zelfs aan Tara's bestaan,' vertrouwde Amber mij toe alsof Tara een geest in een fles was die ik puur voor het gemak tijdens mijn telefoongesprekken met Am ontkurkte.

'Ik zal binnenkort een foto doormailen van ons in passionele omhelzing,' beloofde ik sarcastisch.

Naast het blok van Declerck aan mijn been kon ik Claudia's gestook genoegzaam missen. Ik begreep niet waarom Amber ooit voor haar gevallen was.

Amber grinnikte. 'Laat maar, ik geloof je zo ook wel…'

Met de belofte elkaar na het weekend terug te bellen haakten we in. Ik zette de radio opnieuw harder, mijmerend over wat het weekend brengen zou buiten de lunch met mijn moeder. Het verkeer rondom mij zat muurvast.

Opnieuw ging mijn gsm.

'Waar ben jij?' vroeg een op het gehoor relaxte Tara.

'Op de Brusselse ring…'

Ze grinnikte. 'Die ga ik zo meteen ook te lijf. Ik had zo gedacht, Henri…'

Ze liet me even op mijn honger zitten om dan te vervolgen: 'Ik had zo gedacht, als ik nu eens het hele weekend bij jou doorbreng, lekker niet naar mijn eigen huis ga…'

Ik liet me blij overspoelen door haar suggestie.

'Het enige euvel is dat ik voor maandag een presentatie moet voorbereiden, waarvan de aanvang hier op het intranet staat. Ik heb mijn laptop niet bij me. Zou ik het bestand naar jou mogen doormailen? Het is giga maar ik doe het via yousendit, dan kan het geen kwaad. Wat denk je?'

Wat ik dacht? Als dat alles was!

'Al crasht hij, jij zal het vast wel oplossen, wizard.' Ik hoorde hoe juichend ik klonk. 'Zeg eens, waar heb je zin in?'

Tara klonk zorgeloos. 'In alles wat maar enigszins eetbaar is, Henri, zolang jij maar kookt, ik ben kapot…'

De file kwam in beweging en ik probeerde me opnieuw op het verkeer te concentreren, ondertussen gravend in mijn geheugen naar een smakelijk en eenvoudig gerecht dat ik Tara zou kunnen voorzetten.

Toen ik op zaterdagochtend rond negen uur slaperig de trap afdaalde, trof ik Tara gehuld in een van mijn joggingbroeken en T-shirts beneden aan. Ze legde omzichtig uit mij niet te hebben willen wekken, verontschuldigde zich voor het roven van mijn sportkledij en kondigde aan dat ze een proefles *spinning* bij een fitnessclub bij mij om de hoek wilde volgen. Of ik zin had om mee te gaan. Dat had ik niet. Ik wenste haar succes, gaf haar mijn reservesleutel mee en had met haar te doen. De enige keer dat ik me door Amber had laten overhalen tot *spinnen*, had ik het na een half uur afgelegd. Ik nam haar afwezigheid te baat om een uurtje in mijn eigen tempo te joggen. Het was rustig en nauwelijks modderig in het Nachtegalenpark. Tijdens mijn vaste parcours overdacht ik het bestaan van mijn vader dat ik Amber noch Tara had opgebiecht. Alleen maar om alle consequenties ervan voorlopig even te kunnen uitstellen.

Volgens Sofie Hellenbosch onderhield mijn vader een uitstekend contact met een aantal oud-studentes. Hoeveel daarvan hadden met of zonder zijn medeweten zijn kinderen gebaard? Die vraag viel me rauw op mijn dak en deed me met hortende adem stoppen.

Verhit dribbelde ik wat heen en weer en stretchte tegen een eeuwenoude eik die mij vast enkele raadzame tips zou hebben ingefluisterd als ik spiritueel wat meer ontvankelijk was geweest. Nu zweeg hij en deed mijn spieren knarsen. Een contact met mijn vader aangaan zou verregaande implicaties kunnen hebben. Ik zou ze in geen geval allemaal kunnen voorzien. Naar adem happend legde ik de laatste paar honderd meter af naar mijn fiets. Ik had geen zin om koffie te gaan drinken.

Bezweet en ontdaan trapte ik terug naar het Zuid, waar ik een douche nam die geen verfrissing bracht. Het was twaalf uur. Terwijl Tara erop los *spinde*, vierde ik mijn energie bot op het schoonmaken van mijn huisje om mijn verstand niet te verliezen.

Door de kracht waarmee ik de wc-eend uitkneep in het toilet sprongen enkele spetters op mijn jeans, die ik driftig wegboende.

Er was geen enkele reden om een vader in mijn leven te wensen nu alles eindelijk eens van een leien dakje liep of althans iets wat daar griezelig veel op leek. De vervulling van een ontluikende relatie, een job die op zijn plaats was gevallen, een moeder die tot dialoog bereid leek. Waarom zou ik wroeten in iets dat ik beter kon laten voor wat het was? Ik boende mijn inox gootsteen met Cif tot hij glom en vervloekte mezelf. Jarenlang was het verleden op instigatie van mijn moeder blijven rusten, maar ik, ik had zo nodig moeten aandringen, moeten boren tot de onderste steen was bovengekomen. Om me heen zag ik mensen worstelen met hun verleden. Waarom zou ik het mijne moedwillig oprakelen terwijl het heerlijk onbekend was geweest? Waarom zou ik rouwen om een Henriette die ik nooit had gekend? Piekeren over Benjamin die zijn eigen verlossing had gezocht? Verlangen naar een vader die mijn moeder uit overlevingsdrang had gemeden? Ik zakte neer op de toiletbril. Omdat ik was wie ik was. Omdat ik de dingen niet gewoon op zijn beloop kon laten. Altijd moest ik spitten, inzicht vergaren. Waarom? Om mijn niet te stuiten nieuwsgierigheid te bevredigen en vervolgens als een pudding in elkaar te zakken? Met eigen ogen te zien dat kennis geen macht gaf?

Met stramme benen stond ik op en blikte in de spiegel naast de wastafel. Dit was ik. Ik die functioneerde, los van en dankzij mijn roots, bekend of niet…

Middenin deze zwaarwichtige bespiegelingen werd de badkamerdeur met kracht opengetrokken en verscheen Tara met een vuurrood *spin*-hoofd.

Ze was een en al enthousiasme en struikelde over haar eigen woorden. Ik kon niet zo gauw meegaan in haar vrolijke stemming en liet haar ratelen. Over hoe ze het *spinnen* had ontdekt en ervan had genoten en bij het buitengaan op Mil was gebotst die in dezelfde club bleek te fitnessen. Hoe ze in een opwelling van moed Mil haar excuses had aangeboden voor haar gedrag tijdens hun eerste ontmoeting, waarna ze als maatjes samen een kopje koffie waren gaan drinken in de clubbar. Ik zegende Mils vergevingsgezindheid, liet me door een Tara met een gevaarlijk hoog adrenalinepeil kussen en kuste haar werktuiglijk terug. Een automatisme dat gaandeweg omsloeg in overtuiging om in extase te eindigen.

Het draaide erop uit dat mijn moeder het moest ontgelden. Voor een keer was ik eerlijk tegen mama. Ik deelde haar zonder omhaal mee dat ik door de liefde de tijd uit het oog was verloren. Dat ontlokte haar een grinnik en mij de belofte dat ik zondag rond drieën bij haar thuis zou aantreden.

Onze zondagochtend begon met een door mij bereid ontbijt op

bed, waarna Tara tegen half elf naar beneden afzakte om haar presentatie op mijn computer uit te werken en ik met mijn iPod aan lui de *Humo* las. Tussen de regels door mijmerde ik over mijn evaluatiegesprek met Mees en de loonsverhoging die me dat mogelijk zou opleveren. Zodat ik misschien zelfs een bod kon doen op het juweel dat drie huizen verderop nog steeds triomfantelijk te koop stond. Zodat ik eindelijk eens uitgebreid met vakantie kon gaan. Daarbij doemden parallel met indrukwekkende plaatjes van Tara en mij in New Delhi romantische beelden van een verblijf in een Provençaalse *chambre d'hôte* op.

Ik moest kortom even terugschakelen toen ze uit het niets en met vlammende ogen voor mijn bed verscheen. In een reflex klikte ik de iPod uit.

'Wat zeg je?' vroeg ik enigszins van de wereld.

'Meekomen!' brulde ze.

Ja, ze brulde. Ik had haar stem nooit eerder op maximaal volume gehoord. Ze leek buiten zichzelf. En dat was nog zwakjes uitgedrukt. Ze leek eerder door een dolle hond gebeten. Gealarmeerd sprong ik uit bed en volgde haar de trap af, me inwendig voorbereidend op een ontplofte computer of in het beste geval een bestand dat met een ongelukkige druk op de knop verloren was gegaan.

Wat ik zag, overtrof echter mijn stoutste verwachtingen. Wat ik zag, waren Declerck en Tara in volle actie. Tara greep me bij mijn linkerschouder en drukte mij hardhandig in mijn bureaustoel.

'Wat is dit, Henri?' wilde ze ziedend weten.

Haar lichaam schudde van woede.

Ik staarde naar het filmpje dat ik in tijden niet meer had gezien en dat ik desondanks pixel per pixel kon uittekenen.

Ik moest haar het antwoord schuldig blijven. Achterin mijn keel vormde zich een dikke massa. Een inwendig stemmetje sarde me met: 'Had het toch eenvoudigweg gewist, Henri,' en 'Dat komt ervan, Henri.'

Tara leek op haar beurt niet om woorden verlegen te zitten. Ze gaf mij een por tussen mijn schouderbladen en siste tussen haar tanden door: 'Ik haal mijn bestand binnen en wil het saven. Ik kies automatisch: "mijn documenten". En wat zie ik daar? Een kant-en-klare map "Tara". Geloof me, Henri, mijn hart begon er sneller van te slaan, zo aangenaam verrast was ik. Ik, deze naïevelinge,' hierbij bonkte ze met haar gebalde rechtervuist tussen haar borsten, 'ik dacht nog even dat jij je had laten gaan in romantische gedichten aan mijn adres, de impressies van je eerste en latere ontmoetingen met mij zo nodig in woorden had willen vatten, en wat krijg ik?'

Uit veiligheidsoverwegingen liet ik het aan haar over deze vraag te beantwoorden.

Ze raasde verder. 'Wat is dit, verdomme? Waar heb je dit opgediept? Circuleert dit buiten mijn weten om op internet? Moet ik hieruit opmaken dat het jou en godbetert alle medewerkers van mijn team gegeven is om dit simpelweg van het net te plukken? Jezus, Henri, zit daar niet als een zak bloem en zeg wat!'

Ik had me van alles voorgesteld, behalve dit. Ik had het nochtans kunnen weten. Tara dacht logisch. Nooit had ik ook maar een seconde aan dit scenario gedacht.

'Nee,' fluisterde ik ontdaan, 'zo is het helemaal niet, het is helemaal anders dan je denkt...' Het was een zin die ik week na week in de ondertiteling van B-films voorbij zag stromen.

Ze drukte op enkele toetsen tegelijk en daarna nog eens.

'Ziezo,' zei ze met iets in haar intonatie dat naar genoegdoening zweemde, 'bij deze is het van jouw computer gewist en nu ga je mij vertellen waar het allemaal rondwaart...'

Van schuld doortrokken dacht ik aan de back-up op dvd die ik ergens moest hebben liggen.

'Het is helemaal anders dan je denkt,' wist ik nogmaals uit te brengen.

Weer kreeg ik een peut tussen mijn schouderbladen. Het was duidelijk dat ze zich inhield, echt pijn deed ze me niet.

Ik speelde open kaart. Dat moest ik van mezelf, het was het minste dat ik kon doen. Ik vertelde haar van het bedrijfsfeest, van de eerste zin die ik haar had horen uitspreken, van het feit dat zij en de onbekende man het feest verlieten en ik hen was gevolgd. Ik vertelde het sec. Zonder de gevoelens die me hadden overrompeld, die haar uiterlijk, stem en manier van doen bij me hadden losgeweekt. Ik deed mijn relaas alsof ik door koelbloedige gezagsdragers werd verhoord. Ik bespaarde haar kortom de sappige, totaal overbodige details.

Na mijn woorden bleef het ijzig stil.

'Een voyeur had ik nooit in je gezien!' gooide ze er uiteindelijk uit en deed een maai met haar rechterarm als wilde ze mij met stoel en al de tuindeuren uit keilen.

Ik dook ineen.

'Ik ben geen voyeur,' droeg ik zacht aan, maar ze leek het niet te horen.

'Godverdegodverdomme!'

Ik bedacht dat *merde* zoveel zachter en vriendelijker klonk. En dat ze mooier was dan ooit. Met haar glanzende ogen en iedere spier in haar lijf gespannen. Tegelijkertijd wist ik dat paaipogingen van mijn kant zinloos zouden zijn. Een eeuwig niets beschoren. Dit viel niet meer recht te breien. Nooit. Eigen schuld.

'Tara,' begon ik tegen beter weten in hoopvol, maar ze was al bezig met vertrekken.

Als een tornado wervelde ze met mij als nietige schaduw achter haar aan hobbelend door mijn slaapkamer, badkamer en woonkamer om links en rechts haar bezittingen bijeen te sprokkelen en daarna met luide trom te vertrekken. Ze sloeg de deur zo hard dicht dat het huis ervan trilde. Tijdens dat trillen telde ik vergeefs mijn zegeningen.

Mijn moeder verkeerde op basis van mijn eerlijke excuus van de vorige dag duidelijk in de veronderstelling dat ik op enkele centimeters boven het trottoir naar haar toe was gezweefd en ik, ik zag me genoodzaakt haar in die waan te laten. Toegegeven, die waan was geruststellend. Ik bevond me in een soort vacuüm, een fase van uitgesteld verdriet, van geabstraheerde wanhoop. Ik klampte me vast aan de veiligheid van mijn moeders omgeving, haar verhalen, zolang ik kon. Zodra ik me bij haar uit de voeten zou maken, was de illusie voorbij, wist ik. Voorgoed voorbij. Tot maar liefst half zes speelde ik mooi weer. Ten afscheid drukte ze mij de sleutel van haar nieuwe post-Robèrt-slot in mijn handen. Een gebaar van ongekend vertrouwen.

Toen stond ik op straat. In het volle, mistroostige leven waarvan de liefde niet langer deel uitmaakte. Als een geknakt worstje wandelde ik terug naar mijn eigen buurt. Zo gewonnen, zo geronnen. Ik kon nauwelijks geloven dat ik haar kwijt was. Dat het gat dat ze in mijn bestaan had geslagen nooit meer zou worden opgevuld. Ik kon niet geloven dat ik zo stom was geweest een map aan te leggen met haar naam, met daarin het filmpje overzichtelijk gesaved. Voor wie het wilde zien. Dit was ik ten voeten uit. Altijd bereid om zelf mijn prille geluk aan diggelen te slaan. Puur uit stommiteit, amateurisme. Puur om te bewijzen dat geluk niet voor mij was weggelegd. Over gezichtsverlies gesproken! Dit was het ultieme gezichtsverlies.

Tegen de tijd dat ik mijn eigen voordeur opende, sidderde ik haast van schaamte. Ik, egoïst, dacht louter aan mezelf. Hoe moest Tara zich voelen? Hoe moest zij zich hebben gevoeld op het moment dat ze mijn clandestiene, smadelijke filmpje had aangetroffen en vol verwachting had geopend?

Bevend ging ik op mijn favoriete bank zitten. Tara was volkomen onwetend geweest. Wij hadden elkaar officieel tijdens de training van haar ICT'ers voor het eerst ontmoet. Wij hadden geen voorgeschiedenis gekend, ons contact was van meet af aan zuiver geweest. Een contact dat ik met een walgelijk sausje, verknald door een overdaad aan tapioca had overgoten. Dit was wat er bedoeld werd met "bezoedelen". Met "een smet werpen op". Mijn schaamte was zo groot dat ik niet eens kon huilen. Tara had verkozen het met Declerck in een park of iets dat daarvoor moest doorgaan te doen. Dat was haar goed recht geweest. En ik, ik had haar op achterbakse wijze op de bon geslagen, een bon die ik nooit had opgestuurd zodat ze er evenmin op had kunnen reageren. Nu, die kans had ik haar alsnog en volkomen buiten mijn wil om gegeven. Ze had hem aangegrepen. Terecht. Dit was mijn verdiende loon. Net als mijn moeder zou ik leren hoe het was om met verlies om te gaan, ermee te leven. Hoe het was om de dingen zelf te verprutsen, zodat je de schuld op niemand anders dan jezelf kon afwentelen. Ik zou er alles voor over hebben om de situatie ongedaan te maken. Alles doen om haar terug te winnen. Met erwten in mijn schoenen naar Santiago de Compostela schuifelen, me met geschoren hoofd terugtrekken op een berg in Tibet.

Dat alles zou echter niets veranderen aan wie ik was. Welke illustere boetedoeningen ik ook voor mezelf uitdacht, telkens opnieuw schoof de blik in haar ogen voor de mijne. Zag ik haarscherp hoe de kleur van haar woede verdiept was geweest door pijn.

Dat besef nekte me. Voor het eerst drong het tot mijn botte hersens door dat ze van me hield, van me gehouden moest hebben om zoveel pijn te voelen. Pas in tweede instantie diende zich de dooddoener aan dat ik haar vanaf de allereerste blik zoveel meer had liefgehad dan mezelf, dan eender wat op deze wereld en dat zij dat niet, nooit zou weten.

's Avonds belde Ruud.

'Héhohenri,' riep hij vrolijk in zijn kant van de hoorn. 'Ik heb gehoord dat de respectieve meisjes eindelijk maatjes zijn...'

Zijn binnenkomer ging uiteraard meer specifiek over zíjn meisje en het ex-mijne. Ik bevestigde zijn uitspraak mat om hem in één adem uit de droom te helpen.

Ik deed geen moeite om mijn verraderlijke rol, mijn schaamte en miese karakter te verhullen. Ik deed Ruud het verhaal onomwonden uit de doeken. En ik schrok eerlijk gezegd een beetje van zijn lauwloene reactie. Na mijn capriolen met de paddenvrouw had hij mij behoorlijk op mijn nummer gezet terwijl hij het rampzalige gebeuren met Tara nu als een soort wissewasje afdeed.

'Jullie lesbiennes zijn zo dramatisch,' verzuchtte hij. 'Alsof jullie echt niet zonder dieptepunten kunnen. Mijn god, Henri, *grow up!*'

'Die heb je uit *When Night Is Falling* gepikt,' wees ik hem terecht.

'Zoals je wil... Nee, misschien wordt het de hoogste tijd dat jij ook eens vecht zoals ik dat voor Mil heb gedaan, dat kan heel bevredigend zijn, weet je.'

Ik kon het hem niet kwalijk nemen dat hij me op mijn eigen woorden pakte en koos de weg van de minste weerstand.

'Je hebt gelijk, Ruud.'

Hij had gelijk, maar dat veranderde niks aan mijn penibele situatie.

'Zie ik je morgen na het werk even bij jou aan de overkant, laten we zeggen rond zes uur?'

Ik liet steken vallen tijdens de opleiding van maandag. En eigenlijk was dat een zwaar understatement. Ik sloeg radicaal en zonder voorbedachten rade hele cursusonderdelen over en schutterde zodanig tijdens mijn uitleg van de meest simpele definities dat Richard me bezorgd begon aan te kijken en de rest van mijn ochtendonderdeel met een onopvallend doch veelzeggend teken van zijn hand overnam.

Tijdens de middagpauze trok hij me apart.

'Wat is het, Henri, liefdesverdriet?' wilde hij schertsend en met lachende ogen weten.

Mijn bevestigende antwoord deed hem dermate schrikken dat hij mij de rest van de dag niet meer durfde aan te kijken en de cursus in zijn eentje gaf, met mij veilig als toeschouwer op de achtergrond.

Terwijl ik na afloop van de door mij uitgezeten cursus in de toiletruimte voor de spiegel mijn chaotische kapsel probeerde te fatsoeneren, ging mijn gsm af.

'Het wordt volgens mij hoog tijd om eens een afspraak voor partnerruil te beleggen,' klonk Ambers vrolijke geluid.

Ik kon er niet om lachen en slikte moeilijk.

'Ik heb het totaal verknald, Am,' perste ik er geëmotioneerd uit. Ik hoorde hoe het verste, derde toilet werd doorgetrokken en fluisterde gejaagd: 'Als, als je het niet erg vindt, bel ik je vanavond of morgen even terug...' in de hoorn en haakte in.

De deur van mijn preferente toilet ging open en Tara schreed buiten. Ze was om door een ringetje te halen en leek totaal onaangedaan. Ik voelde mijn wangen kleuren, terwijl zij naast mij onbewogen haar handen waste en droogde totdat iedere druppel vocht naar behoren was geabsorbeerd. Er vormden zich woorden op mijn lippen, maar ze braken niet vrij. Vanuit de spiegel keek ik toe hoe zij hooghartig als een tsarina het nietige gepeupel de rug toekeerde.

Mil bleek twee dagen voor haar werk naar Nederland en dat vormde voldoende aanleiding voor Ruud en mij om ons ouderwets te bezatten, al was het nog maar maandag. Tegen tienen bestelden we miniloempia's en bitterballen om ons alcoholpercentage wat tegenwicht te bieden.

'Jij bent toch een almachtige koei,' complimenteerde Ruud mij op een gegeven ogenblik, terwijl Missy Elliots oldtimer *This is for my people* vrolijk uit de boxen knalde. 'Hoe krijg je het voor elkaar om de boel zo te verkloten, echt Henri...'

Ik knikte en zag alles schudden.

'En het mooiste is dat ik een vader heb,' knikkerde ik er ongecontroleerd uit, waarop Ruud in een zenuwachtige lach schoot.

'Heb je verdomd een vader, ik bedoel, eentje die bestaat en een eigen leven leidt?'

Ik deed hem verslag van mijn wedervaren met Sofie Hellenbosch en zweeg dan. Ik had alles gezegd wat er op mijn lever lag. Ik kon niet meer. Het effect van de gin-tonics deed zich gelden.

Ruud was zo wijs om niet te reageren. Op amper vijf minuten tijd propten we ons vol met de lauwe borrelhappen en gaapten elkaar toen wat hulpeloos aan.

'Taxi?' stelde Ruud voor.

Ik knikte verdoofd.

Mijn huis was de eerste halte. Ik keek wezenloos toe hoe Ruud de taxichauffeur betaalde.

'Ga jij dat hele eind lopen?' vroeg ik naïef terwijl hij mijn slot bijna forceerde met mijn toch al kromme huissleutel.

Hij duwde me voor zich uit de gang in met de woorden: 'Kom, de avond is jong. Je hebt een espressoapparaat en een waterkoker. Voor je het weet, zijn we weer nuchter en kan ik mijn auto ophalen en zelf naar huis rijden.'

Het werd thee. Een hele pot zowaar. Lusteloos gedrapeerd over mijn bank en zonder veel smaak slobberden we hem leeg.

'Henri,' hengelde Ruud rond twaalven en verplaatste een hand naar mijn ritssluiting die ik vanwege de naweeën van de borrelhap half had opengezet, 'vertel me eens, hoe is de seks?'

Opeens was ik ongemeen alert.

'Doe 's niet zo vervelend,' verzocht ik hem en duwde zijn onbeschofte hand weg.

'En jij doet flauw,' jengelde Ruud als een verwend kind. 'Jij produceert je eigen pornofilms en hangt ondertussen de beledigde onschuld uit, dat is niet eerlijk, Henri...'

O ja, ik had er zelf om gevraagd. Ik had mijn mond moeten houden over dat stomme filmpje. Het zou me levenslang achtervolgen.

'Hou op, Ruud!'

Voor ik er erg in had, zat hij bovenop me. Ik probeerde me onder zijn gewicht uit te wringen.

'Kappen!' riep ik heftig, maar hij lachte alsof ik het niet meende en nam me gevangen tussen zijn dijen.

'Ruud,' hijgde ik benauwd, en hoorde hoe angstig ik klonk, 'hier krijg je spijt van... kappen, joh!' Ik trommelde met mijn vuisten op zijn borstkas.

Hij lachte opnieuw en maakte aanstalten om mijn jeans naar beneden te trekken, leek zich toen abrupt te bedenken en rolde van me af op de grond.

'Sorry,' prevelde hij. 'Sorry, ik weet niet waar dit vandaan kwam, vergeef me alsjeblieft, Henri...'

Ik staarde naar de man op mijn planken vloer die mijn beste vriend was. De man die zojuist een uitglijer had begaan en bijtijds tot bezinning was gekomen. Naar mijn platonische makker Ruud die eind december veertig zou worden.

'Midlifecrisis?' informeerde ik wat cynisch, terwijl ik me uitgewrongen voelde en mijn hart onregelmatig tikte.

Hij sprong overeind, denkbeeldig stof van zijn dijen kloppend. Ik bedacht dat hij geluk had dat ik net gestofzuigd had.

'Zoiets,' gaf hij schoorvoetend toe. 'Vergeef me alsjeblieft, ja? Het zal nooit meer gebeuren, echt niet.'

Weer knikte ik. Omdat ik hem vertrouwde. Niettemin was ik verlamd van schrik.

'Welterusten, Henri.'

Met een vaag hoofdgebaar beantwoordde ik zijn kushandje en zag met een bevrijd hart toe hoe hij mijn huis verliet.

Daarna begon ik te trillen.

Dinsdag en woensdag waren een regelrechte kwelling. Al was ik slechts tot lichte administratie, algemene planning en twee extra-lightcursussen veroordeeld, alles viel me even zwaar. Het zwaarst wogen de confrontaties met Tara in de gangen, waarbij zij mij als een onbekende voorbij struinde, de schouders geheven, haar lippen een rechte streep alsof het knipje er nimmer op los was gelaten.

De eerste keer was ik nog nederig genoeg om te groeten, de tweede keer eveneens, maar het zette geen zoden aan de dijk. Het was niet om de eer aan mezelf te houden dat ik de derde keer niet groette, het was veeleer om mijn schaamte niet op de spits te drijven. Ik had het verknoeid en daar hield het bij op. Ondanks de pijn die ieder weerzien met Tara mij deed, beleefde ik zonder uitzondering een raar soort geestelijk hoogtepunt als ik haar zag. Ze was er nog, ze was gezond, ze leefde. Mijn fantasie, mijn herinneringen aan haar laafden zich aan iedere seconde lijfelijke aanwezigheid die ze me gunde. Zolang ik haar af en toe zag, was niet alles verloren. Zo troostte ik mijn zielige zelf.

Het ging van kwaad tot erger.

Nadat ik haar de bedrijfscafetaria had zien verlaten, nam ik haar lege plek in en dronk het halve glas water uit dat ze inderhaast had laten staan. Na het werk bleef ik eenzaam in de parkeergarage dralen totdat zij haar auto bereikte, instapte en startte. Ik volgde haar uitlaatgassen in de ijle hoop dat ze mij in haar achteruitkijkspiegel zou ontdekken en mededogen zou vinden in haar hart, mij zou verlossen.

Niets van dit alles geschiedde.

De mens, de vrouw, de schoonheid, het enigma Tara lekte uit mijn leven weg. Ik wist nu waarheen, in welke richting zij zich 's avonds begaf. Naar haar huurhuisje op het Kiel, haar twee schilderijen, haar perfect functionerende geluidsboxen, haar keuken met de voorraad verse levensmiddelen. Daar floreerde ze in haar eentje, zonder mij. Daar sliep ze haar nachten vol zonder mij. Daar zon ze op een toekomst zonder mij.

Tijdens een van de slapeloze nachten waarin het gemis aan Tara zo fel en tastbaar was dat ik er haast van moest overgeven, werd ik uit het niets razend op Ruud. Waar had hij het lef vandaan gehaald me op mijn allerzwakste moment te benaderen? Waar was dat achterlijke machogedrag ineens vandaan gekomen? Moest ik dat in naam van de vriendschap zomaar pikken? Wat had hij verwacht? Dat we lekker een partijtje zouden vrijen om het einde van mijn relatie met Tara te vieren? Waarna hij Mil zou dumpen en ik me devoot tot het heterodom zou bekeren?

Alleen in mijn bed, met naast me Tara's onbeslapen koude zijde, fokte ik me zodanig op dat het leek alsof mijn hoofd, mijn hart, mijn longen zouden ontploffen. Het was alsof zich een ballon vol woede door mijn lijf worstelde. Ik hapte naar adem en stopte daarbij voorzienig mijn beide oren dicht. Het verhoedde niet dat ik mezelf overeind voelde komen en in het duister hoorde roepen. 'Smeerlap, rotzak, hufter die je bent, lafaard, lamzak. God-ver-dom-me.' Pas toen ik me luid jammerend op mijn knieën op de grond liet zakken, mijn onsamenhangend gebed – 'vergeef me, help me, vergeef me alsjeblieft' – bij gebrek aan een heiligenbeeld tot de bedrand richtend, drong het tot me door dat ik het niet tegen Ruud had. Dat hij wel de laatste van mijn zorgen was. Gevoelens opkroppen, niet willen vloeken, het was allemaal bijzonder lovenswaardig. Maar het bracht niets op. Mijn kruik was gebarsten en had al mijn demonen vrijgelaten. De confrontatie met één van hen was nakende.

13

Zelfs als je in je verdriet dreigt te verdrinken, als je semirouwt, tikt de tijd onverbiddelijk verder. Op de tweede vrijdag van november klopte ik om half drie stipt op de deur van een van mijn demonen. Op zijn 'Ja' trad ik binnen en zag ik nog net hoe hij snel zijn leesbril afzette en een raadselachtige graai in zijn binnenzak deed. Hij gebaarde naar de stoel tegenover hem. Ik ging zitten en keek hem recht aan.

Net als hij wist ik mijn blik volkomen neutraal te houden. Hij droeg een spierwit hemd, een zwart-witgeruite stropdas en een zwartfluwelen colbert, dat hem uitstekend stond. Zijn lok had plaatsgemaakt voor een korte coupe met een kuifje dat George Clooney prima hebben kon, maar dat hem van potentiële Robert Redford tot would-be soapacteur reduceerde. Daar zat hij dan. De pleger van een mislukte aanslag op zichzelf. De vader van een zoon die het goed met mij voorhad. De ex van mijn ex, die eeuwig mijn grote liefde blijven zou. Onverwacht daalde een wonderlijke kalmte op mij neer. Ik voelde mijn spieren ontspannen en liet mijn handen losjes op de leuninkjes van mijn stoel rusten.

'Henri,' begon Declerck. 'Ik neem aan dat je bijzonder goed hebt nagedacht, aangezien je de volle beslissingstermijn hebt benut.'

Ik knikte ijverig van ja. 'Dat heb ik.'

'En wat is je antwoord, Henri?'

Als ik niet zo akelig kalm was geweest, zou ik in de lach zijn geschoten. Declerck leek echter in niets op een ambtenaar van de burgerlijke stand, al klonken zijn woorden dan zwaarwichtig. Hij was er juist om mijn geluk in de weg te staan. Hij was er geheel onwetend in geslaagd er een bom onder te leggen. Een die op de koop toe was ontploft. Daarom lachte ik niet.

'Mijn antwoord is nee,' hoorde ik mezelf zeggen. Hij leek een beetje ineen te krimpen.

'Nee?' Verbaasd, daarna vorsend.

Zijn wenkbrauwen leken radiografisch bestuurd.

Ik vermoedde dat hij, indien het nationale rookverbod op de werkplek niet zo dwingend had gegolden, een sigaret had opgestoken. In plaats daarvan zette hij zijn bril op. Het was een halve leesbril, maar hij schoof hem helemaal tot tegen zijn neusbrug, wat een onbenullig effect sorteerde. Hij schraapte zijn keel.

'Als ik het goed begrijp, zeg jij dus nee tegen de functie van Rekruteringshoofd.'

Weer knikte ik.

'Hopelijk heb je hier goed over nagedacht, Henri, want je weet toch dat de functie van teamleider op jullie afdeling inmiddels is ingevuld omdat wij ervan uitgingen dat je antwoord van vandaag wél positief zou zijn?'

Nogmaals knikte ik vol overtuiging, ofschoon zijn opmerking mijn kalmte behoorlijk aan het wankelen bracht. Ik suste mezelf met de belofte dat ik me onder geen beding tot zijn niveau zou verlagen.

Hij schoof zijn stoel wat ongecontroleerd naar achteren, stond bruusk op en liep naar het raam dat een prachtig uitzicht bood op de geaccidenteerde straten van Brussel.

Met zijn gezicht van mij afgewend zei hij rustig: 'Dat houdt dus in dat je verkiest je huidige functie te blijven vervullen?'

'Integendeel,' hoorde ik mezelf met vaste stem zeggen, 'ik heb een veel beter aanbod gekregen bij een ander bedrijf.'

Hij draaide zich met een ruk om, deed een stap in mijn richting, bedacht zich toen en schoof opnieuw achter zijn bureau aan.

'Ik mag je ontslagbrief dus één dezer dagen verwachten?' Zijn blik was triomfantelijk, maar de mijne kon zich met de zijne meten, dat voelde ik, sterker nog, dat wíst ik feilloos.

'Dat mag je wis en waarachtig.'

Hij boog zich wat naar me toe. 'Je weet toch, Henri, dat het gesproken woord evenzeer bindend is als het geschreven woord?'

Andermaal knikte ik. Want dat wist ik, ja. Net zoals ik wist dat dit de enige beslissing was waarmee ik zou kunnen leven.

Ik was er niet voor gemaakt om troeven uit te spelen die, hoe welgemeend ze me ook waren aangereikt, niet strookten met mijn geweten.

'En je weet eveneens dat het zelf indienen van je ontslag je geen recht geeft op de vergoeding die je op grond van je anciënniteit bij een ontslag zou krijgen?' Declerck veerde naar achteren in zijn leren bureaustoel die ongetwijfeld het ultieme zitgenot garandeerde.

Ook dat wist ik, al was het dan latente kennis. Ik zag Declerck opstaan en zijn hand uitsteken. Ik kwam overeind en schudde hem.

'Dan wens ik je bij deze heel veel succes in je verdere carrière. Je nieuwe werkgever heeft beslist oog voor talent! Het is spijtig dat onze samenwerking van zo'n korte duur is geweest, maar ik heb als geen ander begrip voor jonge mensen die willen doorgroeien.' Hij trok zijn hand terug.

Tijd om de aftocht te blazen, Henri, maande ik mezelf aan.

Maar Declerck was nog niet klaar met mij. Hij liep met me mee naar de deur, hield hem galant open en zei: 'Ik vertrouw erop dat jij Dirk en Ingo nu meteen inlicht en dat ik je ontslagbrief begin volgende week in mijn bezit heb. Eén tegemoetkoming kan ik je bij deze al doen: je hoeft de opzeggingstermijn van drie maanden niet te respecteren. Dat betekent dat je vanaf maandag niet meer op kantoor hoeft te verschijnen. Wat mij betreft mag je je wagen tot einde deze maand houden, laptop, pasje, keycard en vertrouwelijke documenten graag vandaag nog inleveren op je eigen zetel.'

Mijn kalmte moest paniek in vermomming zijn geweest. Ik moest hier dringend weg. Weg, weg, weg. Toch draalde ik in het deurgat.

'Dank je, Pierre, dit gebaar siert je. Je mag mijn ontslagbrief maandag aanstaande verwachten.' De ruime gang milderde mijn zuurstofgebrek enigszins, helaas had ik nog een afstand van een slordige vijftig meter met zijn priemende ogen in mijn rug af te leggen voordat ik veilig bij de lift zou zijn. Ondanks mijn bonzende hart en onvaste benen slaagde ik erin nonchalante, grote passen te nemen. In de lift brak ik. Mijn grote geluk was dat ik de zes verdiepingen zonder omstanders naar beneden mocht zoeven. Tegen de tijd dat ik uitstapte, gingen mijn ogen schuil achter mijn zonnebril. November of niet, ik had hier aan niemand meer verantwoording af te leggen. Behalve aan mezelf en dat zou ik in de auto doen.

De terugweg naar Antwerpen ging me in het geheel niet af. Het begon al op de Louizalaan waar ik een afslag en een tunnel miste en om het af te leren nog eentje, zodat ik heksentoeren moest uithalen om Brussel uit te komen. Normaal was ik een redelijk assertieve chauffeur, ditmaal kreeg ik de daver op het lijf van het getoeter van de opgefokte weggebruikers om me heen. Tegen de tijd dat ik Antwerpen binnenreed, trilde ik zo hevig dat rechtstreeks naar kantoor doorrijden uitgesloten was. Een apotheek, ik moest een apotheek zien te vinden. En dan? Hopen op een welwillende apotheker die speciaal voor mij de ethische code met voeten zou treden en mij tranquillizers onder de toonbank zou toestoppen?

Mama! Mama had pillen in haar medicijnkastje. Pillen voor als ze langer dan een half uur met de trein moest. Ik belde haar. Na één keer overgaan sloeg haar antwoordapparaat aan. Ik sprak niks in. Niettemin stond mijn besluit vast. Ik had haar nieuwe sleutel, ik ging ze zelf halen.

Haar huis was doodstil en leek net een modelwoning. Met een hoofd vol watten rende ik de trap op naar de badkamer en trok het medicijnkastje open dat mijn hele jeugd verboden terrein was geweest en daarom idioot hoog was opgehangen. Ik vond een stapeltje strips op het onderste plankje. Bijsluiters waren duidelijk niet aan mijn moeder besteed. Met brandende ogen las ik de namen die in piepkleine lettertjes op de achterkant stonden gedrukt. Temesta. Daar waren er twee van. Seresta. Ook twee. Koortsachtig dacht ik na. Wat was nou sterker? Temesta of Seresta? Of waren het twee benamingen voor hetzelfde product? Ongeduldig keerde ik het bekertje met daarin mijn moeders tandpasta voor gevoelig tandvlees om in de wastafel en liet het met bevende handen vollopen onder de kraan. Op goed geluk spoelde ik een Temesta en een Seresta weg. En gooide er voor de zekerheid nog een halve Seresta achteraan. Die cocktail zou me voorlopig wel kalmeren. Tot na de titanenstrijd die me te wachten stond. Daarna mocht ik voor mijn part instorten. En 'daarna' was op dit moment een extreem rekbaar begrip. Het einde. Een zwart gat.

Terwijl ik het bekertje uitwaste, opnieuw van de tube tandpasta voorzag en het deurtje van het medicijnkastje sloot, sloeg de angst genadeloos toe. Op de trap leken mijn benen los van de rest van mijn lijf te functioneren. Buiten voelde het als min twintig graden. Ik prutste met het slot van mijn portier.

In de veiligheid van mijn wagen haalde ik diep adem: wat had ik in hemelsnaam over mezelf afgeroepen? Op anderhalve week tijd had ik mijn grote liefde verkwanseld en mijn job verspeeld. Bij Declerck had ik alleen maar weg gewild. Nu dienden zich compleet andere zorgen aan. Vanaf maandag had ik geen werk meer. Binnenkort geen auto. Slechts mijn hypotheek bood zekerheid. Die zou onbarmhartig doorgaan. Ik liet mijn voorhoofd op het koude stuur steunen en slikte. Mijn auto leek zich nu al van mij te distantiëren. Pas na drie startpogingen sloeg de motor aan. Ik laveerde behoedzaam door de vrijdagmiddagspits, alert op fietsers, lossende vrachtwagens en harmonicabussen, die speciaal waren uitgevonden om het verkeer dwars te zitten... en die mij binnen afzienbare tijd naar mijn sollicitatiegesprekken zouden vervoeren.

Ieder stoplicht dat op groen sprong, liet slechts drie auto's door. Het deerde me niet, ik deed niet eens een poging tot manoeuvres die me in combinatie met een dot gas op het nippertje door oranje zouden loodsen. Integendeel. Onverhoopt was ik de rust zelve.

Tegen de tijd dat ik de auto in de parkeergarage onder mijn bijna ex-kantoor parkeerde, bevond ik me in een staat van totale bevrijding. Alles was licht. Mijn hoofd, mijn armen, mijn benen. Met verende passen liep ik buitenom naar de hoofdingang. Ik had geen idee hoe ik eruitzag, ik wist alleen dat ik me uitstekend voelde. Los. Verlost van het kwade, verlost van mijn remmingen, verlost van Declerck.

Het lot wilde dat ik bij binnenkomst meteen over Mees en Mertens struikelde. Samen met een heel gevolg troepten ze 2.11 buiten, waar ongetwijfeld de zoveelste boeiende bijeenkomst had plaatsgevonden.

Eigenlijk klonken ze wel goed, als duo.

Mertens en Mees – Gerechtsdeurwaarders
Mees en Mertens – Antiquiteiten

Ik werd er bijna uitgelaten van. Ze merkten mij niet direct op en dus trok ik Ingo aan zijn donkerblauwe colbertje met de gouden knopen.

'Kan ik jullie even spreken?'

Mijn stem klonk anders. Volwassener. Als de stem van een vreemde.

Mertens draaide zich om. 'Henri, hallo.' Zijn blik gleed enigszins onzeker over mijn gestalte. Alsof hij me voor het eerst zag. 'Alles goed met je, je klinkt zo anders?'

Hij gaf een kneepje in mijn arm wat een naar tintelend gevoel sorteerde, alsof hij sliep. Op dat moment merkte Mees mij op.

'Henri.' Hij deed net een grote stap uit mijn richting.

'Henri wil ons even spreken, Dirk,' redde Mertens mij. 'Zullen we maar in 2.11?'

Mees knikte kort. 'Prima. Maar eerst koffie. Jullie ook?'

Champagne graag, dacht ik bij mezelf. Ik knikte echter dociel. Koffie zou me oplettend houden.

Bij de les blijven, Henri, sprak ik mezelf inwendig toe. Later kon ik me alsnog bezatten.

Ingo koos niet voor de U maar voor de sprekerstafel die voorin was opgesteld. Hij trok een stoel naar achteren, gebaarde mij te gaan zitten, sleepte een stoel naar de andere kant en nam tegenover mij plaats. Ik staarde in zijn lieve, wat melancholieke ogen en glimlachte.

'Iets zegt me dat je geen goed nieuws voor ons hebt…' zei hij zacht en toen ik niet direct antwoordde. 'Heb ik gelijk?'

Ik knikte. Mijn beeld van Mertens was helder, de rest van mijn omgeving was wazig.

Mees maakte zijn entree met drie plastic bekertjes die hij met de woorden 'Suiker voor jou, Ingo, melk voor Henri en zwart voor mij', op tafel plantte.

'Ik neem nooit melk.' Het was de constatering van een feit dat er niet meer toe deed.

'Dan roer je toch niet', adviseerde Mees luchtig en kwam naar gewoonte op de tafel zitten. Zo had hij een beter uitzicht op zijn schoenneuzen.

Mertens zond Mees een veelbetekenende blik toe die Mees volkomen leek te ontgaan, want hij opende met: 'En wat heeft Henri ons te vertellen dat zo belangrijk is dat het weekend nog even moet wachten?'

Mijn hart klopte extreem rustig.

'Ik heb een uur of wat geleden mijn ontslag ingediend.'

Het gaat niet over jou, stelde ik mezelf gerust. Nee, het ging niet over mij.

'Wat?' In koor. Mees verslikte zich in zijn koffie. Er belandde een straaltje op de tafel. Hij wreef het met zijn duim weg.

'Het is niet waar!' Dat was Mertens. Mees klemde zijn kaken op elkaar.

Op de een of andere manier wist ik mijn gesprek met Declerck woord voor woord te reproduceren. Ik had geen idee waar die helderheid van geest vandaan kwam maar het was mooi meegenomen. Misschien ging het me zo uitstekend af omdat het niet langer over mij ging.

Ingo leek er niet licht over te denken. Hij sprong voor zijn doen driftig overeind en richtte zich rechtstreeks tot Mees.

'Sinds wanneer is de functie van teamleider vergeven?' En toen Mees niet ogenblikkelijk antwoordde: 'Nou, vertel op, sinds wanneer?'

Mees beschreef met zijn rechterschoenpunt cirkels op het glanzende linoleum dat bij ons iedere week in de avonduren door een oude meneer met een grote machine werd gepolitoerd. Hij keek ons geen van beiden aan en kuchte. 'Ik heb vrees ik niet langer inspraak in deze hele kwestie…'

Een fractie van een seconde dacht ik dat Ingo Mees te lijf zou gaan. Hij balde zijn vuisten voor zijn tengere lichaam alsof hij een straffe linkse zou gaan uitdelen en zette een stap naar voren waardoor hij met zijn bovenbenen tegen de tafel aan kwam te staan. In plaats van uit te halen kruiste hij zijn armen uit zelfbehoud voor zijn borst. Ik probeerde omhoog te komen uit mijn stoel om indien nodig tussenbeide te komen maar mijn benen weigerden.

'Niet langer inspraak? En ik dan? Mag ik misschien weten wie er achter mijn rug om als teamleider is aangesteld?'

Nu keek Mees op. Er blonken tranen in zijn ogen. Of wellicht was dat een zinsbegoocheling, ingegeven door mijn eigen vertroebelde blik. De pillen werkten op volle toeren, leek het, wat mijn reactievermogen niet ten goede kwam.

Mees veerde op van de tafel en begon te ijsberen.

'Het zit zo,' begon hij en stokte. 'Het zit zo,' herhaalde hij. Humde imposant. 'Declerck nam aan dat Henri de door hem aangeboden functie van rekruteringshoofd begin november al wel zou hebben afgewezen als ze er geen trek in had gehad. Ik heb hem geadviseerd geen overhaaste conclusies te trekken.'

'Dát was jouw advies?' Ik had Mertens niet in staat geacht te sneren. Hij kon er nochtans serieus wat van. 'En je hebt niet even gecheckt of dat advies ook werd opgevolgd?'

Mees schraapte zijn keel. Ik denk niet omdat hij een brok in zijn keel had. Waarschijnlijk wilde hij gewoon tijd rekken.

'Hij zou de rest van het team één dezer eens peilen, zei hij. Nu, wat mij betreft kon dat geen kwaad. Ik bedoel, als Henri ons wel voor Rekrutering zou hebben verlaten, hadden we sowieso een ander...'

Mertens leek plots bij zinnen te komen.

'We hebben het er nog wel over,' beet hij Mees toe en wendde zich tot mij. 'En kun jij me vertellen waarom jij zelf je ontslag hebt aangeboden? Had je dan tenminste laten ontslaan, dat had je heel wat meer opgeleverd.'

Ik klampte me vast aan mijn eigen leugen. De leugen van de nieuwe job die mij wachtte. Mijn hersensignalen werkten dermate ondermaats dat het uit mijn mouw toveren van alternatieve scenario's niet eens een optie was.

'Waarom zou Declerck mij ontslaan als ik hem zelf zeg dat ik een nieuwe job heb gevonden?' Ik vond dat ik logisch klonk.

'Ach, hou nou toch op!' Mertens schreeuwde bijna. 'Jij hebt

helemaal geen nieuwe job, jij voelde je in het nauw gedreven, jij probeerde simpelweg de eer aan jezelf te houden op het moment dat je te horen kreeg dat je de jou beloofde functie die je wél ambieerde blijkbaar opeens kon schudden. Dat is wat er hier speelt, niets anders!'

Als door goddelijke interventie ging de gsm van Mees af. Hij produceerde het jengelende geluid van een brandweerwagen.

Met een blik op het display mompelde hij: 'Sorry, dit is belangrijk,' maakte zich uit de voeten en liet de deur voor het gemak openstaan.

Mertens greep mij bij de schouders en schudde me door elkaar. Ik zag het hele zaaltje op en neer gaan.

'Dit kan toch niet, Henri? Je kunt toch tenminste een telefoontje naar de vakbond plegen en vragen wat je rechten zijn? Zelfs al ga je weg, dan sleep je er tenminste een vergoeding van een paar extra maanden uit…'

Praten ging me schrijnend moeilijk af.

'Je weet toch dat het gesproken woord evenzeer bindend is als het geschreven woord?' herhaalde ik Declercks dreigende woorden.

Mertens trok een ongelovige blik. 'En wat dan nog? Er waren toch geen getuigen, behalve jullie tweeën? Je kunt je hebben bedacht… je kunt…'

Rond Mertens' krullen vormde zich een aura waar de zon nog een punt aan kon zuigen.

'Ik voel me niet zo lekker,' wist ik uit te brengen en probeerde op te staan. Mertens greep me onder mijn armen vast en ondersteunde me.

'Henri toch,' mompelde hij, 'Henri toch. Luister, jij doet voorlopig, ik bedoel maandag, helemaal niks, ik ga zien wat ik voor je kan doen. Verdomme, pal voor het weekend, dan is er natuurlijk niemand te bereiken.'

Ik leunde zwaar op hem. 'Ik kom niet terug, Ingo.' Mijn tong voelde aan alsof ik zojuist een spuit bij de tandarts had gekregen. Dik, tintelend en veel te groot voor mijn mond. 'Je begrijpt toch dat ik niet meer terug kan komen… zonder gezichtsverlies…'

Hij keek me bezorgd aan.

'Hé, Dirk, kom eens even helpen man!' schreeuwde hij toen naar de schim van Mees die in het deurgat opdook.

Ingo's dringende verzoek klonk voor Mees kennelijk serieus genoeg om in actie te schieten. Samen sleepten ze me de gang door naar de toiletten. Ik voelde me als *Dead woman walking* met dat verschil dat ik amper kon lopen. Hier en daar registreerde ik vertrekkende collega's, bereikten mij geschrokken en meewarige blikken. Het enige dat ze gemeen leken te hebben, waren hun overweldigende aura's. Ze baadden stuk voor stuk in een zee van licht. De mannen leverden mij af voor de deur van de damestoiletten.

Ik wapperde met mijn hand. 'Het zal wel gaan,' stelde ik ze gerust, ofschoon ik geen idee had of die woorden ook werkelijk uit mijn mond rolden. Ik had ze in elk geval mentaal geformuleerd.

Ik wist zonder omvallen binnen te raken en de deur achter me te sluiten. Omdat er verder niemand in de ruimte was, stond ik mezelf de vrijheid toe op handen en voeten naar het middelste toilet te kruipen, me op het gesloten deksel te hijsen en de deur secuur op slot te doen. Ik spreidde mijn armen en steunde met elk van mijn handen tegen een zijwand. Het was het enige dat ik kon bedenken om niet ineen te stuiken.

Wie had ooit kunnen vermoeden dat ik de laatste loodjes van mijn bijna achtjarige carrière als een soort junk op het toilet zou doorbrengen? Op het middelste nota bene!

Minuten verstreken. Misschien waren het uren. Mij niet gelaten. Ik had zeeën van tijd. Toen hoorde ik een deur opengaan en stemmen.

'Ik kan toch niet zomaar de damestoiletten binnengaan!' Een opgewonden Mees.

'We moeten iets doen!' Dat moest Mertens zijn. Toen: 'Hé wacht eens even, Tara, goddank, jij bent er nog, kun jij niet even helpen?'

'Helpen?' Dat was Tara's stem. Zelfs in diepe coma zou ik haar warme melodieuze stem hebben herkend. O Tara. De deur viel zo te horen dicht, de stemmen stierven weg om dan opnieuw aan te zwellen.

'Wat is er nu eigenlijk precies aan de hand?' vroeg Tara op geïrriteerde toon.

Ik kon me helemaal voorstellen hoe ze daar stond. Handen gedecideerd in de zij, met vlammende blauwe ogen.

'Ja weet ik veel.' Een bassende Mees. 'Volgens mij hebben ze rohypnol door haar koffie geroerd of zoiets. Ik heb haar nog nooit zo gezien. Misschien kunnen we beter een ambulance bellen.'

'Ja hoor, aan jou hebben we echt iets. Rohypnol, hoe kom je erbij? Komaan, wegwezen, laat mij maar even. Ik roep jullie wel als ik assistentie nodig heb...'

'Henri? Ben je daar?'

Mijn handen leken vastgelijmd aan de muren.

'Ja...' fluisterde ik.

Een ja moest toch lukken. Kennelijk niet.

'Henri? Kun je me antwoorden, Henri?'

Ik hoorde een plofje. Tara's handen verschenen tastend onder de deur, ik herkende Lisettes ring. Voor het eerst in al die jaren huldigde ik het opendeurenbeleid. De opening was desondanks niet hoog genoeg voor haar om haar hoofd eronderdoor te wurmen.

Ze bewoog een hand op en neer. 'Zie je mij?'

Ik knikte, al had ze daar weinig aan. Mijn handen hield ik uit voorzorg waar ze waren om niet plat voorover op mijn neus te vallen.

'Zie je mij, lieverd?'

Lieverd. Ze zei lieverd. De tranen sprongen in mijn ogen. Ik hoorde haar overeind krabbelen.

'Ik ben zo terug,' riep ze. 'Even een schroevendraaier halen.'

Pragmatische Tara. In mijn wattige tijdsbesef bleef ze uren weg waarin ik tegen de slaap vocht. Ik schrok op van gemorrel aan de deur.

'Ik heb je er zo uit, schat, eventjes geduld nog,' sprak Tara als vanuit een vissenkom tot mij.

Ze kreeg gelijk. Want kort na die belofte zwaaide de deur open. Daarna werd het zwart voor mijn ogen.

Het was een volledig duister waarin ik ontwaakte. Onwillekeurig kroop mijn hand naar de rand van het bed. Die voelde enigszins rul. In een lichte paniek schoot ik overeind en tastte voorzichtig mijn contouren af. Zo te voelen was ik aangekleed. Slechts mijn laarzen en sokken ontbraken. Opnieuw verkenden mijn handen de donkere omgeving. Ze vonden een knopje tegen de muur. In het zachte licht van het leeslampje boven mijn hoofd herkende ik Tara's slaapkamer. Met een ruk draaide ik me opzij. De kant van het bed naast mij was leeg, onbeslapen zelfs. Wat deed ik in vredesnaam in Tara's slaapkamer terwijl we al een week niet meer tegen elkaar spraken? Besluiteloos stommelde ik om het bed heen. Het wekkertje op Tara's nachtkastje gaf half drie aan. In een opwelling schoof ik het gordijn een stukje open. De duisternis die me vanuit haar achtertuin aangaapte werd slechts doorbroken door het zwakke schijnsel van de maan die achter een dikke grijze wolk verscholen lag.

Op mijn tenen sloop ik naar de badkamer waar het licht onverwacht fel was. Ik monsterde mezelf in de decoratieve spiegel die Tara in een ver verleden van Lisette had gekregen en ons met een beetje geluk zou overleven. Wat ik zag, viel enorm mee. Mijn gezicht oogde niet overdreven bleek en bevatte geen spoortje make-up. Ik streek langs mijn rechterwang die zacht aanvoelde. Tara moest mijn gezicht zorgvuldig gewassen en van nachtcrème hebben voorzien. Die gedachte maakte me week. Ik poetste mijn tanden met een roze borstel waarvan de buitenste haartjes naar buiten krulden. Uit dat feit zou mijn tandarts ogenblikkelijk concluderen dat Tara zich aan traumatisch poetsen bezondigde. Een forensisch expert zou er vermoedelijk haar handel en wandel van de afgelopen zes maanden uit af hebben kunnen lezen. Ik vond het louter aandoenlijk.

Ik liet het badkamerlicht branden om de trap te kunnen onderscheiden. In de woonkamer was het donker. Ik knipte het lichtje op de eettafel aan in de hoop een bergje Tara op de bank aan te treffen. Een bank had ze echter nog steeds niet. Het enige dat aan Tara deed herinneren, was het zweempje van haar parfum dat in de kamer hing. Mijn dorst voerde me naar de keuken waar ik een glas water inschonk, even aarzelde om dan ook maar een glas wijn in te schenken. Eén slok had ik nodig. Toen kwam alles als een boemerang terug. Ik liet me langs de koelkastdeur op de grond zakken, mijn handen beschermend boven het hoofd alsof het plafond onverhoeds naar beneden zou komen. Het kuifje van Declerck, mijn belofte om ontslag te nemen, de puzzelrit van Brussel naar Antwerpen, de pillen van mijn moeder, de nobele inspanningen van Mertens, het andermaal liederlijk laffe gedrag van Mees. Mijn aftocht naar de toiletten.

Ik mocht blij zijn als ik mijn ontslag überhaupt zelf zou mogen indienen. Zichtbaar gedrogeerd op het werk verschijnen legitimeerde een ontslag op staande voet.

Het was kil op de keukenvloer. Tara liet de verwarming 's nachts blijkbaar niet aanstaan. Verslagen krabbelde ik overeind, dronk het waterglas leeg en toog gewapend met de wijn opnieuw naar boven. Hoezeer ik ook mijn best deed, iedere trede kraakte. Ik vroeg me af waarom ik me de moeite getroostte te sluipen terwijl Tara ogenschijnlijk niet thuis was. Die vaststelling bezorgde me een ontheemd gevoel. Waar hing ze uit? Met een brok in mijn keel stelde ik vast dat dit niet langer mijn zaak was. Ik had de klink van de slaapkamerdeur in mijn hand toen ik iets meende te horen. Een soort van zacht ritmisch getik. Ik liep naar de andere kant van de overloop waar het geluid sterker werd. Ik besefte dat ik voor de deur stond van het enige vertrek in Tara's huis dat ik niet kende. Haar computerkamer. Ik liep naar de badkamer om het licht uit te doen en vervolgens terug tot voor de gesloten deur. Nu zag ik dat er een lichtstraaltje onderuit piepte. Mijn hart sloeg over. Ik wist me te vermannen. Wat had ik tenslotte te verliezen?

Ruim een minuut deed ik erover om de klink uiterst behoedzaam naar beneden te drukken. Waarom precies was me een raadsel. Toen ik de deur uiteindelijk op een kiertje open had geduwd was mijn verrassing groot. De hele ruimte was van plint tot plafond in een dieprode tint geverfd. Tegen de muur in mijn gezichtsveld stond een brede houten tafel aangeschoven met een hoogglanzend lila blad en barokke matgoud geschilderde poten. Op de tafel prijkte een royale flatscreen met daarvoor Tara in een hypermoderne transparante bureaustoel met een koptelefoon op haar hoofd. Haar vingers gleden over het toetsenbord terwijl het scherm zich met zinnen vulde. Ik kon me vergissen maar het had er alles van weg dat ze aan het chatten was.

Weifelend deed ik een stap de kamer in. Ze leek zich vooralsnog niet van mijn aanwezigheid bewust. Haar blote rechterbeen bewoog ritmisch mee op de klanken die ik nauwelijks onderscheiden kon, maar haar afdoende van de buitenwereld leken af te sluiten. In deze kamer geen hout maar hoogpolig ecru tapijt. Dit was duidelijk Tara's knusse stekje dat de relatieve kaalheid van de rest van haar huis moest ondervangen. Het tapijt voelde zacht en warm onder mijn blote voeten. Pas toen ik opzij keek ontdekte ik de zwart-witfoto in A3-formaat in het midden van de wand links van mij. Qua stijl deed hij me aan de foto's van Helmut Newton denken. Een vrouw leunend tegen een stalen reling op het dak van een wolkenkrabber, getuige het weidse omringende panorama. Op de kniehoge zwarte laarzen met de plateauzolen na was ze naakt. Haar linkerbeen hield ze gestrekt, het rechter ietsje opgetrokken, steunend op een kort betonnen paaltje. Haar zijlings gespreide armen volgden de lijn van de reling en leken er soepeltjes op te rusten. Vanwege de pose die ze aannam, het hoofd in de nek, waren slechts haar hals, kin en uitwaaierende zwarte lange haren zichtbaar. Net als tijdens het bespieden van het clandestiene filmpje voelde ik me een voyeur. Ik kon mijn ogen niet van haar afhouden. Zeker niet toen ik het fonkelende briljantje ontwaarde. Het bevond zich een slordige tien centimeter boven het in een perfect symmetrisch driehoekje geschoren heuveltje.

'Wakker?'

Een bom had niet fermer kunnen inslaan. Tara's bureaustoel stond in mijn richting gedraaid. Ik zag toe hoe ze met een druk op een toets het beeldscherm uitschakelde, haar koptelefoon afzette en de muziek via de speakers liet afspelen. Shazz' *Fallin' in love too easily* gulpte de kamer in. Hoe toepasselijk.

Ik knikte. Ik probeerde te behappen dat ze tegenover me zat, ademde en mij had aangesproken. Dat we opnieuw in dialoog waren.

Ze gebaarde naar de fauteuil rechts onder de foto die me niet was opgevallen. Ik ging gehoorzaam zitten.

'Je hebt er een lekkere puinhoop van gemaakt.' Haar handen lagen losjes in haar schoot. Haar ogen stonden helder als bij het krieken van de dag.

Weer knikte ik, mijn gedachten half bij de foto. 'Dat kan je wel zeggen...'

'En nu?'

Ik had geen zin om daarop te antwoorden. Daarom droeg ik aan: 'Zullen we dat morgen, ik bedoel straks, bespreken... Laten we het voor de verandering eens over jou hebben.'

Ze schonk me de lach uit haar kantoor. Dezelfde als die avond, voor ze voor het eerst bij mij thuis kwam. Het knipje trok wat scheef en ik smolt. Ik was niet tegen haar charmes opgewassen.

Ik probeerde te putten uit het laatste beetje kordaatheid dat ik ergens in de onderste regionen van mijn bewustzijn wist. 'Wanneer zou je me hier ooit hebben uitgenodigd? Uit eigen beweging, bedoel ik.'

Ik sloeg mijn benen over elkaar en keek haar afwachtend aan. Nu pas viel het me op dat ze slechts gehuld was in een grijs onderhemdje en een Calvin Klein-mannenonderbroekje met pijpjes. Ik had haar niet eerder zo sportief gezien.

Ze stak een sigaret op. Het stond haar. Tergend blies ze de rook mijn richting uit.

'Ik weet het niet.'

Ik zuchtte. 'Jij bent ongrijpbaar...'

'Ik ben zo grijpbaar als je wilt.'

Ze trok haar blote voeten omhoog en liet ze op de rand van de stoel steunen. Het plaatje was minstens even betoverend als de foto. Er daagde mij een gevoel dat ik deze vrouw nooit ofte nimmer voor mezelf zou hebben. Het voelde als een open wond. Ik zweeg. Helaas duurt dat bij mij nooit lang.

Deemoedig zei ik: 'Dank je dat je me hebt gered.'

Ze grinnikte, rook kringelend uit haar neusgaten.

'Mees betichtte je van rohypnolgebruik, alsof je dat als vrouw voor de kick zou slikken, ik had hem kunnen wurgen. Wees maar blij dat je op kantoor was en niet ergens op straat...'

'Een Temesta,' lichtte ik haar in, 'en anderhalve Seresta.'

'Weinig creatief, maar wel erg slaapverwekkend.' Voor het eerst klonk ze als een apothekersdochter. 'Je weet niet half wat de juiste pillenmelange voor je kan doen.'

'Je doen eindigen op het middelste toilet,' bekende ik schuchter.

Ze maakte een kwartdraai op haar bureaustoel en drukte de sigaret uit. 'Of, als je wat creatiever bent, je grenzen tot het uiterste verleggen,' zei ze met haar rug naar mij toegekeerd.

'Mijn rol is uitgespeeld,' merkte ik nuchter op.

Ze draaide een kwartslag terug en keek me aan. 'Jouw rol begint nog maar net.'

Het klonk profetisch.

'Welja,' lachte ik. Niets in mij voelde ook maar enige behoefte om te lachen. Ik kon het niet langer opbrengen om me groot te houden. 'Tara,' begon ik, 'alsjeblieft, geef me een kans. Ik heb het verpest met dat filmpje, dat weet ik, maar ik wil dat ons beginnetje een vervolg krijgt, zie je, ik… ik weet me hier geen raad mee.' Na die boude woorden hield ik mijn adem in.

In een vloeiend gebaar verliet Tara haar stoel en kwam op de grond zitten, haar rug steunend tegen de voorkant van mijn fauteuil. Ze wees naar de foto. 'Wat vind je daarvan?'

'Ik vind je adembenemend,' antwoordde ik spontaan en naar waarheid.

'Dat ben ik niet.'

'Nee?' Ik kwam wat overeind om de foto beter te kunnen bekijken. Ze was het wel degelijk.

'Nee, dat is zoals Lisette mij zag…'

Iets in haar toon waarschuwde me. Ik koos ervoor niet te reageren.

Ze sloeg haar armen rond haar knieën. 'Diegene in jouw filmpje, dat ben ik evenmin.'

Ik knikte stil om niet te hoeven toegeven dat ik haar niet begreep.

'Ik was maar een speeltje, Henri. Ik moest nu eens de slaaf, dan weer het model of de domina uithangen, ik weet inmiddels niet zo helder meer wie of wat ik precies ben of was, snap je?'

Ik staarde naar de foto.

'Sorry,' zei ik eerlijk. 'Neem me niet kwalijk, maar dit is een prachtfoto die naar mijn idee niks met slaaf- of domina-zijn te maken heeft. Je bent hoogstens een fraai model. En hij hangt hier. Op een plek waar je hem iedere dag kunt zien. Hij is naakt, maar niet expliciet. En...,' ik moest even nadenken over het juiste woord, 'en dankzij de pose is hij... aangenaam incognito.'

Tara pakte mijn linkervoet, verplaatste hem naar haar gekruiste linkerdij en streelde hem.

'Het is een kwestie van aanpakken en inpakken. Hoe oud was ik?' Ze keek even naar me op. 'Jouw leeftijd nu, schat ik. Hoe denk je dat je je voelt op het dak van een wolkenkrabber met een beroemde fotograaf voor je neus?'

'Je hoeft je niet te schamen dat je trots bent.'

'Ik schaam me ook niet. Maar trots, nee, dat ben ik evenmin. Ik zou het willen zijn, dat wel.' Dat klonk cryptisch.

Ik sloeg mijn armen om haar hals en liet mijn handen op haar borstkas rusten.

'Volgens mij weet jij heel goed weet wat je bent, wat je voelt. Ik krijg de indruk dat je in het verleden vooral dingen hebt gedaan omdat ze je gevraagd werden. Misschien heb je ze uit liefde gedaan of anders uit nieuwsgierigheid...'

Tara wurmde zich in kleermakerszit en maakte een halve draai zodat we elkaar in de ogen konden kijken. Ik las iets smartelijks in haar blik.

'Ik begin te geloven dat ik Lisettes bewondering voor mijn jeugd en het lichaam dat daar inherent aan was onterecht voor liefde heb aangezien. Dat inzicht heb jij me gegeven. Allereerst door het verschil tussen zelf begeren en begeerd worden aan te kaarten. En dan bedoel ik begeerte die niet alleen om seks draait. Ik besef nu dat Lisette haar puur fysieke begeerte via mij uitleefde. Ze was seksueel weinig actief, ze keek liever. Laten we zeggen dat ik het werk voor haar in onderaanneming uitvoerde. Je kunt je misschien voorstellen hoe ik me voelde toen ik met dat filmpje van jou werd geconfronteerd. Ik heb het helemaal gehad met voyeurisme, dat mag je van me aannemen.'

'Ik heb je op mijn beurt verteld dat ik geen notoire voyeur

ben…' begon ik.

Een vluchtige beweging met haar hand. 'Laat maar, het is al goed.'

Waarom klonken mensen die 'het is al goed' zeiden steevast alsof er van alles mis was?

'Luister, het is onvergeeflijk van mij, maar ik heb me verontschuldigd. En niet een keertje! Nee, ik kan het sneu genoeg niet ongedaan maken. Ik vond je leuk, ik volgde je en, en… ik liet me meeslepen door de loop der gebeurtenissen. Iets te enthousiast, geef ik toe. Ik wist niet wie je was, wie Declerck was. Ik had geen idee dat we voor hetzelfde bedrijf werkten.'

'Je had het meteen moeten wissen,' wees Tara me eens te meer koppig terecht.

De remmende invloed van de pillen was definitief uitgewerkt. Ik was rijp voor een discussie. Een verhitte als het moest.

'Besef jij eigenlijk wel hoe tegenstrijdig jij in elkaar zit?' Het was vooral niet de bedoeling dat ze daarop zou antwoorden, ik ging het haar namelijk meteen haarfijn uitleggen. 'Vijftien jaar koester jij je in de bewondering van een veel oudere vrouw. Een vrouw die hoogintelligent, geestig en boeiend is. Een vrouw met een man en vier kinderen. Een vrouw met macht en geld. Slechts drie dingen schitteren in dit bijkans perfecte leven door afwezigheid. Jeugd, schoonheid en lesbisch genot. Die rijft ze met jou in een klap binnen. Jij bent jong en mooi en dat laat ze je merken ook. Niemand mag het weten van jullie, nee, vooral niet. Maar op haar manier zal ze wel met je gepronkt hebben. In het geniep. In anonieme clubs, in het buitenland, weet ik veel. En jij, jij geniet ervan. Jij bent wel de laatste die moeilijk doet. Klopt het plaatje een beetje?'

Ze maakte een kipkapgebaar met haar hand.

'Voor haar laat je een glinsterdinges door je navel piercen, voor haar ga je poedelnaakt op een torenflat staan. Voor haar vrij je op commando met een wildvreemde, terwijl zij toekijkt,' hierbij keek Tara wat moeilijk, ze onderbrak me echter niet en dat zei mij uiteraard meer dan genoeg. 'Dus waar komt die zogenaamde gêne van jou opeens vandaan? Dat intrigeert me mateloos. Alles, alles uit je vroegere leven, tot en met Declerck aan toe, duidt op een totaal gebrek aan gêne. En dan heb ik het meer bepaald over lichamelijke gêne. Iedere idioot die zich die nacht toevallig in dat park ophield, had jullie kunnen filmen of zelfs zwaardere schade kunnen aanrichten. Volgens mij heb jij daar niet eens bij stilgestaan, het kon je geen ruk schelen. Begrijp me niet verkeerd, dat is je goed recht. En om dan nu terug te komen op die tegenstrijdigheid… Mensen veranderen, dat weet ik heus wel. Een pornokoningin kan van de ene dag op de andere voor het kloosterleven kiezen. Maar jij, jij meet met twee maten. Hier, in jouw vertrouwde omgeving, de meest persoonlijke en knusse kamer van je huis waarin je tien tegen een het gros van je tijd doorbrengt, hier hang jij naakt aan je eigen muur.'

Nu sloeg ze haar ogen neer.

'Wie weet heb je zelfs een webcam,' – ik kreeg een vuile blik op me afgevuurd – 'maakt niet uit. Maar mijn filmpje, dat is de *limit*, dat kan echt niet. Pas op, voor mij kan het ook niet door de beugel, maar ik ben kennelijk stukken minder door de wol geverfd dan jij…'

Ik zag een ader in Tara's hals op en neer bewegen. Ze slaakte een zucht.

'Ik vind het tenenkrullend dat je me met een man hebt zien…' bekende ze uiteindelijk zonder haar zin af te maken.

'Met een vrouw was geen probleem geweest?' Die had ze al eens op mij uitgeprobeerd. Nu was het mijn beurt.

'Dat is even erg. En nee, ik heb me geen seconde afgevraagd of iemand ons zou zien, laat staan filmen. Alsof in het openbaar vrijen voor mij dagelijkse kost is! Waar zie je me voor aan? Het gaat om jou, jij bent het. Jij hebt iets met me gedaan waardoor ik misschien een soort gêne heb ontwikkeld. Ja, ik noem het voor het gemak gêne omdat jij het zo benoemt. Voor mij heeft het niks met gêne te maken. Ik denk eerder in termen van intimiteit. Met jou, dankzij jou heb ik ontdekt wat intimiteit is. En die laat ik me niet meer afnemen.' Ze wees priemend naar de foto. 'Jij denkt toch niet serieus dat die hier altijd al heeft gehangen?'

'Waarom zou ik dat niet denken?'

Ze sprong op en liep op een kast in de hoek van de kamer

af. Tegen de zijkant stond een grote lijst geleund. Ze trok hem weg en draaide hem om. De befaamde, licht afgezaagde kus van Robert Doisneau. Ik keek toe hoe ze haar eigen naakt van de wand haalde en de Doisneau op de vrijgekomen plek hing.

'Deze hing hier tot enkele uren geleden en nu hangt hij er weer.'

Ditmaal kon ik haar werkelijk niet volgen.

Tara liet zich op haar knieën tegenover mij ploffen. 'In maart word ik tweeënveertig, Henri.'

Dat was me daar even een openbaring. 'En?'

Ze wees opnieuw naar de foto. 'Dat was ik ooit. Dat was een facet van mij, een jaar of tien, twaalf geleden. Ik kan niet terug in de tijd, weet je, en ja, nu mag je me narcistisch vinden, maar ik had gewild dat je me toen had leren kennen, in de bloei van mijn leven.'

Ik staarde haar ongelovig aan. 'Waar heb je het over?'

'Ik... ik... moet toegeven, ik... ik heb het er wat moeilijk... mee.' Ze hakkelde.

'Waarmee?'

'Met ouder worden, ouder zijn. Met tien jaar ouder zijn dan jij. Ik ben heel mijn leven de jongste geweest, zie je. De jongste thuis, de jongste in mijn relaties. Die foto lag ergens onder het stof in mijn kast en ik heb hem heel kinderlijk opgehangen. Ik wist dat je op een gegeven moment zou opstaan en me zou gaan zoeken. Ik wilde dat je me zag zoals ik eens ben geweest. Ik wilde dat je trots op me zou zijn...'

Het drong tot me door dat ze oprecht onzeker was. Ze had me een uiterst fragiel pakketje aangereikt en het was aan mij om het vooral niet te laten vallen. Van meet af aan had ik haar een bovenmenselijke zelfzekerheid toegedicht. Puur vanuit mijn eigen onzekerheid. Ik had haar onmiskenbaar, al was het onwetend, met iets opgezadeld. Met hooggespannen verwachtingen.

Mijn zwijgen leek haar zo mogelijk nog onzekerder te maken.

'Tara,' begon ik, 'ik zie het niet. Ik bedoel, ik zie jouw probleem niet. Straal ik soms uit dat ik niet trots op jou ben? Laat ik jou voelen dat je ouder of liever gezegd oud bent?'

Door het uitspreken van mijn vragen begreep ik ineens waar ze het over had, waar ze op doelde. Net als mijn moeder ten opzichte van mij had ik me nooit tegenover haar uitgesproken, haar nooit, niet één keer letterlijk een compliment gemaakt. Ik was zo vol geweest van mijn eigen gevoelens, mijn innerlijke bewondering voor haar dat ik stil was gebleven. Met stomheid geslagen. Ik had er simpelweg geen woorden voor gehad. Met uitzondering van enkele minuten geleden. Daareven had ik spontaan toegegeven haar adembenemend te vinden. Nou ja, spontaan? Naar aanleiding van een foto die zij doelbewust voor mij had opgehangen.

Ik besloot het anders aan te pakken. Haar verwachtingsvolle blik ontroerde me. Ik gleed van het stoeltje op het wollige tapijt, kruiste mijn benen en pakte haar hand. 'Als jij mij tien, twaalf jaar geleden had leren kennen, had je een bakvis ontmoet. Je zou me niet eens hebben zien staan. Nee, laat me uitspreken. Jij viel niet voor niets op een oudere vrouw. Die had je op dat moment nodig, reken maar. En denk nu niet dat ik in jou een oudere vrouw heb gezocht of zelfs maar heb bespeurd. Het ging me om jou. Puur om wat je vanaf het allereerste moment bij me losweekte. En dat was nogal wat. Nu pas realiseer ik me dat ik die dingen nooit heb uitgesproken, omdat ik ervan overtuigd was dat ze voor zich spraken. Voor mij was, bén jij een wereldse vrouw die zeker is van haar zaak. Ik had niet het gevoel dat ik daaraan iets moest of zelfs maar kon toevoegen. Nu besef ik dat ik je daarmee onrecht heb gedaan. Dat ik je complimenten heb onthouden uit angst dat ze je zouden vervelen, dat ze als platitudes zouden klinken. Uit angst dat ze me zouden verraden, dat mijn verregaande gevoelens of, erger nog, het filmpje ter sprake zouden komen. Geloof me Tara, die foto van jou is niets anders dan wat ik hier en nu zie. Het is wellicht een wat meer gepolijst beeld, maar je bent het wel degelijk, al schijn jij ervan overtuigd te zijn dat hij door de bril van Lisette is genomen. Ik zie wat Lisette ziet en wat jij niet ziet. Tijd speelt geen rol, dat mag je van me aannemen.'

Er ontsnapte een zucht aan haar lippen. Haar beide wangen waren bestreken met een zachte blos die haar grappig genoeg iets heel jongs gaf op een moment waarop ze zich naar eigen zeggen oud voelde.

'Ik heb jou bij jou thuis geprobeerd uit te leggen welke impact jij op me had die middag in 2.11, nota bene omringd door mijn team,' zei Tara, 'ik kreeg het gevoel dat ik nauwelijks tot je doordrong. En die avond, de avond dat ik je zomaar mocht aanraken, dat we voor het eerst vreeën, toen zei jij niets. Zelf ben ik ook geen prater tijdens de daad, maar na afloop heb ik tenminste iets gezegd. Ik heb op mijn manier aangegeven wat ik van je vond. Van jouw kant kwam er niets. Niet in woorden...'

Ik dacht aan dat ene zinnetje uit de brief van Henriette aan mijn moeder.

'Ik pleit schuldig,' zei ik. 'Hoe zeggen ze dat ook alweer? Wie bij de hond slaapt, krijgt z'n vlooien of zoiets. Mijn moeder is hopeloos in het uiten van complimenten. Meer specifiek tegenover mij. Daar kan ze niets aan doen. Daar ben ik eindelijk achter. Wat ik niet wist, is dat ik zelf even hopeloos ben. Ik denk dat ik jouw complimenten veeleer als bevindingen heb aanvaard. Om ze bewust van hun glans te ontdoen, besef ik nu. Niettemin heb je onder meer bereikt dat ik mijn krullen niet langer uitbrush. Ik heb er met andere woorden gevolg aan gegeven.'

'Henri, alsjeblieft, is dat alles wat je hebt onthouden?'

Uit het niets werd ik emotioneel. 'Komaan, Tara, de afgelopen week was een hel voor mij. Ik was je bij mijn weten kwijt. We schieten allebei gigantisch tekort als het om simpele mededelingen gaat. Heb jij mij al horen zeggen dat ik van je hou of zelfs maar verliefd op je ben?'

Ze schudde het hoofd.

'Bij deze dan. Ik ben smoorverliefd op je, ik durf zelfs te beweren dat ik van je hou. Van je sprekende, soms zo onleesbare lapis lazuli ogen, je knipje, je meisjesborsten, je keiharde logica, je gekke kuiten en je jongenskontje, alles. Ik ben op een punt aangekomen waarop ik grof geschut wil inzetten om je te houden. Naast me te houden. Jarenlang, tot de dood ons scheidt voor mijn part. Luister en huiver, ik ben bereid om ver te gaan, heel ver. Ik laat me daarbij niet tegenhouden door een leeftijdsverschil van tien jaar laat staan door jouw verleden. Met Declerck heb ik vandaag komaf gemaakt en dat is een bevrijding op zich. Maar nu, nu is het aan ons, aan jou, aan mij. Ik leef nu, ik wil verder. Dankzij en met jou. Zeg me dat jij dat ook wilt...'

Het klonk allemaal nogal melodramatisch maar haar reactie was warm, overstelpend, precies waarop ik had gehoopt.

Ze antwoordde: 'Ik ben zo aanmatigend, versmachtend verliefd op jou, op je bruine schuine ogen met de groene vlekjes, je woeste krullen, je onnavolgbare mond, je stevige handen, de kuiltjes boven je billen, je lange benen, je zachte geurtje, je onverwachte waarheden, de klank van je stem, het verbazende feit dat je nooit krachttermen gebruikt, dat je bent wie je bent... Dat maakt dat ik mezelf voor het eerst durf te verliezen. O ja, Henri, ik ben eraan toe, aan een keuze. Ik vrees zelfs dat er geen sprake is van een keuze. Voilà, je mag het weten. Mijn houden van jou lijkt me een logische conclusie, of niet soms?'

Nee, na al die overrompelende ontboezemingen over en weer volgde er geen wilde seks. We wisten Tara's bed nog net te bereiken om daar als blokken in slaap te vallen. En ja hoor, na het opstaan cirkelden we voor de verandering als twee verlegen tieners om elkaar heen, angstig om terug te moeten komen op de bekentenissen die we elkaar in het vuur van een moment hadden gedaan.

En zo douchte Tara naar gewoonte met de badkamerdeur op slot en droop ik af naar beneden om de rolluiken op te trekken en een vorm van ontbijt te organiseren. Drie uur 's middags en buiten liet het zich aanzien alsof de nacht geen plaats had willen maken voor de dag. Het was grijs, miezerig en somber. Een sfeer die mijn nakende ontslag een extra onheilspellend tintje gaf.

Precies op het moment dat Tara met natte haren in de keuken arriveerde, ging mijn gsm af. Ik droogde mijn kleverige fruithanden snel aan een keukendoek af en nam op.

Het was Mertens. Hij deed me een redelijk ingewikkeld verhaal van enkele minuten, waarin ik vooral knikte, ja en nee antwoordde en uiteindelijk beloofde niets te ondernemen tot zijn volgende telefoontje.

Het kwam erop neer dat Ingo zijn interne en externe netwerk had geactiveerd en dat het nu afwachten was wat dit aan bruikbare informatie zou opleveren. Terwijl ik verslag uitbracht aan Tara ging andermaal mijn gsm. Dat was snel van Mertens.

Het was Mees. Zijn stem klonk alsof hij een nachtje had doorgehaald en nu ergens in een stationsrestauratie achter een slappe koffie en een veel te vette croissant was aanbeland. Op de achtergrond kon ik de klanken van *Je hebt me duizendmaal belogen* onderscheiden. Zijn schorheid ten spijt stak hij net als Mertens een dondermonoloog van een fiks aantal minuten af. Ook hij maande mij tot een afwachtende houding. Ook hij beloofde mij om te zien wat hij voor me kon doen.

Weer deed ik Tara verslag. Ze reageerde niet en liep op de eettafel af. Ongeïnspireerd sjokte ik achter haar aan.

Ze reikte me een papier aan. Het bleek een ontwerpontslagbrief.

'Deze kun je gebruiken om zelf je ontslag te nemen,' zei ze, waarna ze me een tweede document onder mijn neus duwde. 'En dit zou de inhoud van hun brief kunnen zijn. Waarin ze jou ontslaan. Ik heb er eentje met de beste voorwaarden voor je uitgeprint, dan kan je vergelijken als het nodig mocht zijn. Let vooral op de zaken die ze na lezing als handgeschreven bonus van jouw hand verlangen. Je kent dat, waarin je afstand doet van die en die rechten of vergoeding. Eerst goed afwegen, dan tekenen.'

Hier sprak Tara de zakenvrouw. De vrouw die eigenhandig afdelingen had opgezet, gereorganiseerd en opgeschoond. Mensen had aangeworven en wandelen gestuurd. De vrouw die met Declerck gevreeën had lang nadat haar drankprobleem was opgelost. Ik rilde even en concentreerde me op het heden. Mijn ontslag.

'Het wordt zo wel erg realistisch,' zei ik wat benepen.

'Dat is wat jij nu moet zijn,' onderrichtte Tara mij tijdens de koffie. 'Rationeel en realistisch. Zien hoe je de schade kunt beperken.'

'Ik ga zeker niet terug,' zei ik.

'Uiteraard ga je niet terug, je zou wel gek zijn. Jij hebt zo een nieuwe job.'

O, vast, maar dan wel zonder haar geruststellende aanwezigheid enkele deuren verderop.

Ze las het in mijn voor zichzelf sprekende blik. Ze glimlachte bemoedigend.

'We hebben allebei een huis. We hebben 2.11 of mijn geweldig gezellige kantoor niet nodig om een relatie te kunnen hebben... ofschoon dat best spannend was,' liet ze er plagerig op volgen.

'Samenwerken was voor ons inderdaad veeleer een minpunt gezien de alomtegenwoordigheid van Declerck,' liet ik me ontvallen.

Nogmaals deed mijn gsm zich gelden. Het was Xavier. Als derde man op rij bestookte hij mij met een eenzijdig discours van enkele minuten, waarin Tara onze ontbijtbordjes afwaste en verse koffie aandroeg. Xavier oreerde over mijn domheid, om deze aantijging vervolgens te verzachten tot de term 'diplomatie,' die me ervan moest hebben weerhouden zijn vader schaakmat te zetten zoals hij het op zijn manier beeldend omschreef. En ik, ik luisterde naar zijn goedbedoelde schrobbering, zijn welgemeende adviezen en zijn waarachtige spijt over de afloop van mijn ongelukkige onderhoud met Declerck sr. Ik luisterde ingespannen en het gekke was dat ik hem in gedachten tussen zijn regels door op de hem zo eigen opgewekte toon hoorde herhalen: 'Weet je wat ik denk? Ik denk dat jij een hele leuke en een hele goeie moeder zou zijn, dat denk ik.'

In een impuls onderbrak ik hem. 'Maar je denkt nog steeds dat ik een goede moeder zou zijn?'

Het bleef stil aan de andere kant en Tara naast mij zond mij een peilende, ietwat getroebleerde blik toe.

'Henri, ik probeer jou iets duidelijk te maken, Henri, ben je daar nog?' Blijkbaar had ik hem in verwarring gebracht.

'O ja, absoluut, en ik ben blij dat je me dit allemaal zegt, ik verwees alleen even naar iets dat je me toen ten afscheid hebt toevertrouwd, weet je nog?'

Xavier wist het niet meer. Xavier wilde het niet weten. Het deed er niet toe. Ik bedankte hem voor zijn medeleven en beloofde hem in de zeer nabije toekomst eens samen te gaan eten. Het dwingende aspect van dat 'zeer nabij' kwam van zijn kant, omdat hij vastbesloten was per januari naar Parijs terug te keren. Inwendig hoopte ik dat zijn vader zijn goede voorbeeld zou volgen, al had ik daar weinig fiducie in.

Tara's nieuwsgierigheid omtrent mijn laatste gesprek leek zich op één punt toe te spitsen. 'Wat was dat met dat moederschap?' vroeg ze terwijl ze een sigaret probeerde op te steken, een handeling die haar aansteker trachtte te dwarsbomen. Driftig liet ze het wieltje een keer of twintig omwentelen. Het produceerde slechts een schurend geluid dat zo nu en dan een zielig vonkje opleverde.

Ik leegde mijn lauw geworden koffie.

'Hij heeft me toen dat weekend bij mij, je weet wel, een leuk compliment gegeven.'

'Dat je een goede moeder zou zijn, zoiets?'

Ik plaatste mijn handen met de handpalmen naar boven gekeerd op tafel als om aan te geven dat ik ongewapend was. 'Precies!'

Tara's aansteker pakte als bij toverslag uit met een steekvlam die ze benutte om haar sigaret zowat in lichterlaaie te zetten.

'O, ik twijfel er geen moment aan dat jij een goede moeder zou zijn,' merkte ze volkomen onbewogen op. 'Ik zie alleen niet in wat het nut daarvan voor de komende dagen zou kunnen zijn…'

Vooruitziend gooide ik de handdoek in de ring. 'Van geen enkel nut!'

'Dat wou ik maar even horen.'

Er was ook iets dat ik van haar wilde horen. Waarom ze in vredesnaam net terug uit India Declerck in de open lucht zo nodig op een toetje had moeten trakteren? Ik vond de moed niet om haar die ene simpele vraag te stellen.

Daarom vroeg ik: 'Waarom douch je met de deur op slot?'

Ze keek verrast op. 'Omdat ik dat thuis zo heb geleerd…' Ze glimlachte. 'Ik heb er nooit bij stilgestaan, maar je hebt gelijk, ik douch uit gewoonte met de deur op slot.'

Ik keek haar diep in de ogen. 'Geen diepere gronden?'

Haar blik was open als de hemel op een wolkeloze zomerdag. 'Absoluut niet. Geen verdrongen jeugdtrauma's, geen specifieke schaamtegevoelens, niks. Als je wilt, douch ik voortaan met de deur van het slot…'

'Graag!'

'Dat is dan afgesproken,' beloofde Tara terwijl ze opsprong en naar de keuken liep.

Mijn moeder was niet mild. Allereerst omdat ik in plaats van om één uur rond vijven en op de koop toe zonder broodje in haar winkel verscheen. En in de tweede plaats omdat ik willens en wetens een topjob in de wilgen had gehangen. Juist ja, ze had het over een topjob, over mijn job die bij mijn weten uit haar mond nooit eerder door een versterkend voorvoegsel vooraf was gegaan. Er volgde een moeizaam gesprek waarin ze voor het eerst parallellen trok tussen mij en haar zus die, ze sprak het bijna bitter uit, 'net zo weerzinwekkend eigenwijs' was geweest als ik. Nee, mijn moeder was niet blij met mijn beslissing en nog minder met de onbesliste afloop die op zijn vroegst maandag zijn beslag zou vinden.

Ik had haar teleurgesteld. Dat was het gevoel dat ze me gaf. En dat op haar leeftijd. Weer werd ik op de begrippen tijd en leeftijd gedrukt, waarbij ik onwillekeurig stilstond bij de biologische klok, meer specifiek de mijne. Ik herkende mezelf niet in dit alles en schoof het af op de schok die de gebeurtenissen van het afgelopen etmaal hadden bewerkstelligd.

Hoewel ik niet letterlijk met de staart tussen de benen vertrok, had het er wel iets van weg. Terugwandelend kreeg ik telefoon van Mees die overleg bleek te hebben gepleegd met een deskundige die een ontslag met drie maanden vergoeding mogelijk achtte, waarmee ik volgens hem dolblij mocht zijn.

Nauwelijks was ik van de door hem afgedwongen vreugde bekomen toen Mertens mij vergastte op de belofte van een door hem ingeroepen expert die voor een ontslag met zeven maanden vergoeding ging.

Dat leek er al meer op. Niettemin ervoer ik nauwelijks enige blijdschap. Of liever gezegd, het was een dubbelzinnige vreugde. Enerzijds was er de uitzinnige vreugde over Tara die mij haar liefde had bekend, wat mijn naderende ontslag tot een nietig akkefietje had gereduceerd. Anderzijds was er de schaduwzijde van mijn zopas ontloken gevoel. Dat van de moederkloek. En eerlijk, dat was iets waaraan ik moest wennen. Ik wantrouwde het namelijk als de pest.

Er waren van die momenten waarop je oprecht in voorgevoelens ging geloven. In dit geval in telepathie. Ik was net thuis toen Amber belde. Ze viel met de deur in huis: Claudia was negen weken zwanger.

Ik liet een jubelzang op haar los. Na ons gesprek haalde ik verlicht adem en verwees mijn plotse, onverklaarbare kinderwens van enkele uren geleden resoluut naar het rijk der fabelen. Het was gewoon een voorgevoel geweest dat mijn beste vriendin moeder of liever gezegd meemoeder zou worden. Ware verbondenheid kon zich op verrassende wijzen manifesteren, stelde ik verwonderd vast.

Dankzij Ambers blijde mededeling verdween maandag stilletjes naar de achtergrond. Werd het scenario van mijn ontslag verdrongen door gedachten aan het meisje of jongetje in wording dat, hoewel gedragen door Claudia, met een beetje geluk iets van Amber zou hebben, een familiegelijkenis zou vertonen omdat het door haar broer was verwekt. Dat vond ik zo onweerstaanbaar mooi dat ik er bijna van moest huilen. De natuur kon zulke verbluffende troeven uitspelen. Zij had mijn moeder een pastiche van haar zusje geschonken. Of nee, dat klonk negatief. Een aanvaardbare kopie. Een echo. Maar niet voordat zij mijn moeder Henriette en Benjamin had afgenomen. Moest je eerst dierbaren verliezen om daarna opnieuw recht te hebben op iets heel dierbaars? Moesten mensen je ontnomen worden om je te doen beseffen hoeveel ze voor je hadden betekend? Daar moest ik over nadenken.

Nee, ik had Ambers grote nieuws niet willen verzieken met mijn ontslag. Het was maar een job, geen kwestie van leven of dood. Ik had geleerd mensen op te leiden, ze te motiveren voor een nieuwe functie, aan hun cv's te timmeren totdat ze klonken als klokken. Dat moest ik toch zeker ook voor mezelf kunnen. Met het beeld van een klein meisje met kort witblond haar, gehuld in een petieterig salopetje en mini-Nikes voor ogen, typte ik Tara's ontslagbrief over in Word en printte hem uit. Ik mocht dan wel goed van vertrouwen zijn, toch fluisterde een onbekende stem mij in beslagen ten ijs te komen en niets aan het toeval over te laten. Gesterkt door Tara en Amber volgde ik die stem.

Mijn moeder liet zich de rest van het weekend niet horen. En zo trok ik die maandagochtend rond negen uur zonder haar geestelijke ruggensteun naar onze vestiging in Antwerpen. Ik had naar Brussel willen gaan om mijn ontslagbrief persoonlijk aan Declerck te overhandigen. Het sms'je op zondagavond van Mees had mij deze tocht op voorhand bespaard. Een weinigzeggend en puur informatief sms'je: 'Declerck komt morgen naar Antwerpen, geen reden om naar Bxl te gaan, Henri. Dirk.'

Ik was van plan geweest eerst naar mijn eigen afdeling af te zakken om tenminste in schoonheid afscheid te kunnen nemen van mijn collega's. De pijlsnelle en georkestreerde afvoering van Katja zat nog altijd kersvers in mijn geheugen gekerfd. Dit bescheiden genoegen werd me echter niet gegund. Mees stond me bij de ingang op te wachten en sleepte me zonder pardon 2.11 binnen. Wat treurig bedacht ik dat ons gebouw minstens vijf van zulke anonieme zaaltjes kende en ik tot 2.11 veroordeeld leek. Hier had zich het begin van mijn carrière, mijn sollicitatiegesprek met de inmiddels opgestapte Stevens, afgespeeld en naar het zich liet aanzien zou het tevens het roemloze einde ervan inluiden. Ik zou met andere woorden nooit met positieve gevoelens op 2.11 kunnen terugblikken. Tegelijkertijd dacht ik aan Tara die de zondag samen met mij had willen doorbrengen.

Ik had haar goedbedoelde aanbod afgewezen, omdat ik haar niet wilde betrekken in mijn aanloop naar het afscheid van mijn werk. Zij moest als het ware een onbezoedelde factor blijven. Met haar wilde ik verder zonder herinneringen aan de vooravond of het laatste uur.

Ze had mijn wens gerespecteerd.

Mees leek één bonk ADHD. Hij draaide drieste rondjes rond de U en wreef constant over zijn stekels die inmiddels net iets te lang waren, waardoor ze overeind stonden en zijn hoofd iets slordigs verleenden. Een gabbertje op leeftijd.

'Toe,' verzocht ik hem, 'doe eens niet zo hyperkinetisch, ik heb het al moeilijk genoeg. Waar is Ingo trouwens?'

Mees zuchtte diep en wierp mij een voor zijn doen getormenteerde blik toe. 'Ingo zit vanochtend in Brussel voor een belangrijke vergadering.'

'O.'

Ik trachtte me af te sluiten voor wat dit naakte feit voor mij betekende. Uiteraard lukte dat niet. Ik kon die zeven maanden financiële zekerheid bij deze vaarwel kussen. Het gaf mijn ingedutte incasseringsvermogen een onverwachte boost, dat wel.

'Het is niet zo ongecompliceerd als je denkt,' zei Mees.

Dacht hij werkelijk dat ik dat dacht?

'Heb je mij ooit het tegendeel horen beweren?' hoorde ik mezelf vragen.

Zijn ogen zoomden in op de revers van mijn beschaafde visgraatcolbertje, dat mij fatsoenlijk had geleken ter gelegenheid van een ontslag.

'Het zit zo,' ik kon me vergissen maar Mees leek het werkelijk lastig te hebben, 'Declerck heeft jullie gesprek opgenomen.'

'Opgenomen?' vroeg ik werktuiglijk alsof dit woord mijn oren voor het eerst bereikte en geen enkele associatie opriep.

'Getapet!' beet Mees mij toe. 'Met andere woorden: je komt met geen mogelijkheid onder het zelf indienen van je ontslag uit.'

Ziezo, dat was klare taal. Wie zaait, zal oogsten. Ik had hem gefilmd, hij had mij getapet. Oog om oog, tand om tand. Zo ging dat in de bedrijfswereld. Ik haalde de verwenste enveloppe uit mijn handtas en wapperde er laconiek mee.

Mees sloeg zijn ogen neer. Dat zei mij genoeg. Voor een laatste keer keek ik toe hoe hij zijn glanzende schoenneuzen – hij moest ze voor deze plechtige gebeurtenis een extra poetsbeurt hebben gegeven – bestudeerde en bande het beeld naar de achterste regionen van mijn hersenpan.

'Dan laat ik je nu maar,' mompelde Mees en verdween

spoorslags. Zonder mij nog een blik waardig te keuren.

Als hij ooit al warme gevoelens voor mij had gekoesterd, dan had hij deze wonderwel tot diepgevroren non-entiteiten weten te herleiden.

Ik had me voorgenomen ijzig kalm en rationeel te zijn, maar Mees' gedrag deed iets met me. Het vervulde me met een ziedende woede. Die ziedde rond tien uur nog steeds, toen Declerck zijn entree maakte met een man die mij als bedrijfsjurist werd voorgesteld en een naam prevelde die ik niet verstond. Het tafereeltje met Katja herhaalde zich. Zelfde kleurloze jurist, zelfde Declerck, slechts de mouwenveger ontbrak. Mees de minkukel. Mees de mislukte missionaris.

Declerck en de jurist gingen onvervaard en synchroon in de aanval. Uiterst beschaafd en louter via hun gedrag. Zij positioneerden zich naast elkaar aan de sprekerstafel, recht voor mijn neus. Twee tegen één. Declerck ontdeed zich van zijn grijze lichtgewicht colbertje en onthulde een smetteloos wit overhemd, zonder transpiratieplekken en kreukvrij. Vervolgens diepte hij uit de binnenzak van het colbert een kleine dictafoon op die hij tussen ons in op tafel legde. De jurist staarde onafgebroken naar de smalle gouden ring aan de ringvinger van zijn met sproeten bespikkelde rechterhand.

Na Declercks druk op een knop hoorde ik mezelf een aantal uitspraken doen die ik maar al te grif herkende.

'Wat is hiervan de noodzaak?' onderbrak ik het vastgelegde interview waarvoor mij geen voorafgaande toestemming was gevraagd.

Declerck klikte het apparaatje uit. Zijn kuifje leek in *ultra strong* gel gedoopt, zo fier rechtop stond het.

'Er is mij ter ore gekomen dat jij op je beslissing bent teruggekomen.' Hij keek me recht aan.

Ik haakte me vast in zijn blik. 'Ik zie geen enkele reden waarom ik dat zou doen,' zei ik kil en schoof de enveloppe naar hem toe. 'Zoals beloofd is hier mijn ontslagbrief.'

Hij ritste hem slordig open. De jurist zei nog steeds niets. Declercks ogen gleden vluchtig over mijn door Tara geredigeerde epistel.

'Dit lijkt me in orde,' stelde hij neutraal vast en schoof de brief door naar de jurist die veinsde hem eveneens te lezen om hem daarna terug Declercks richting uit te duwen.

Met het enige vaste toestel dat 2.11 sierde en dat vrijwel nooit gebruikt werd sinds de introductie van de gsm, pleegde Declerck een telefoontje. Nauwelijks een minuut later verscheen Linda. Haar blik naar mij was ei zo na wanhopig terwijl ze Declercks bestelling 'Twee kopieën graag' geestelijk noteerde en schielijk verdween.

Ik had het geluk dat al mijn emoties hadden plaatsgemaakt voor een labyrint van stalen leidingen.

Linda verscheen voor een tweede maal en leek nog sneller weg te zijn dan na haar eerste bezoekje. Over en weer werden handtekeningen geplaatst. Mijn 'gelezen en goedgekeurd' getuigde naar mijn idee van een krachtige persoonlijkheid.

Declerck vouwde mijn exemplaar keurig in drieën en schoof het in een enveloppe uit het mapje van de jurist die eindelijk opkeek. Terwijl Declerck al zijn aandacht nodig had om, na het zorgvuldig wegbergen van mijn brief en de dictafoon in zijn binnenzak, de rest van zijn papierhandel in een onooglijke lederen aktetas met nepgouden sluiting te schikken, schonk de juridische man mij een knipoogje dat totaal misplaatst was en niettemin iets olijks had.

Declerck keek eindelijk op. 'Je mag gaan, Henri,' verloste hij mij.

'Het ís me een waar genoegen,' deelde ik hem naar waarheid mee en stond op. Hoewel de tijd had stilgestaan, wees mijn horloge kwart voor twaalf aan. Ik sloot de deur behoedzaam achter me.

In de gang stond Mertens mij op te wachten. Zijn aanwezigheid deed de tranen in mijn ogen schieten. Ik wilde naar buiten glippen, maar hij greep me bij mijn linkerarm en trok me dicht naar zich toe. We stonden neus aan neus. Het leek alsof we ons opmaakten voor een opgelegde kus die de zwaar tanende kijkcijfers van een derderangsserie moest zien op te krikken.

'Ik heb geen oog dicht gedaan dit weekend,' bekende hij mij openhartig.

Ik knikte om hem het gevoel te geven dat ik dit gebaar van hem, of wat het ook zijn mocht, waardeerde. Omwille van de conventie trok ik mijn hoofd ietsje terug, zodat we vrijelijk konden uitademen.

'Voor wat het waard is, Henri,' zei Mertens, 'voor wat het waard is… die functie van teamleider zal er niet komen. Die komt er niet.'

Ik wist niet wat me dat waard was. Ik dacht aan Linda. Haar wanhoop was niet gespeeld geweest. Dat was tenminste iets.

'Dank je, Ingo.'

Zonder erbij na te denken was ik met hem de gang ingelopen tot op het punt waar deze gekruist werd door die met onder meer zijn bureau en dat van Tara.

Heel even drukte hij me tegen zich aan. Het voelde oprecht.

'Ik kon niet meer voor je doen,' fluisterde hij met spijt in zijn stem. 'Niet nadat Mees me vertelde van…'

Ik kneep in zijn bovenarmen. 'Het is al goed,' hoorde ik mezelf lankmoedig prevelen, en wat mij betrof was het goed. Net als ik kon Mertens in zijn eentje niet tegen Mees, Declerck en het juristengeweld op.

'Dank je, Henri, we houden contact, toch?'

Natuurlijk hielden we contact. Het kostte me geen enkele moeite de specifieke blik die deze belofte bezegelde in mijn ogen te leggen, goed wetend dat onze band hier en nu zou eindigen. Mertens verdween door de deur van zijn kantoor en als een deus ex machina dook Declerck voor mij op.

Buiten mezelf om bleef ik stokstijf aan.

'O Henri, voor ik het vergeet, we moeten je auto vandaag terug hebben. Het spijt me, ik moet mijn eerdere belofte bij deze intrekken.'

'Geen probleem,' antwoordde ik onbewogen. 'Ik zal de sleutels bij Danny van het wagenpark afgeven.'

Hij sloeg de armen over elkaar en plaatste zijn linkerbeen wat opzij.

Ik had geen idee waarom ik bleef staan.

'Wanneer begin je?'

Ik tastte mijn geheugen af. Waarmee ging ik beginnen? Met

mijn nieuwe job, natuurlijk, hij doelde op mijn nieuwe job. Ik werd gered door Tara. Ze daagde achter zijn rug op, maakte een klein bochtje om hem heen en schoof schuin naast mij aan.

Ze was om te stelen in haar stijlvolle zwarte pak, het zwarte overhemdje met de grote punten waarvan de eerste drie knoopjes uitdagend openstonden. De zilveren gesp van haar zwarte leren riem zorgde samen met de ringetjes in haar oren voor precies het juiste lichtaccent. Ik zag Declerck reageren. Zijn linkerbroekspijp trilde even alsof er een zuchtje wind door de gang waaide. Tara deed alsof de plek van Declerck door lucht werd ingenomen en richtte zich rechtstreeks tot mij.

'Zijn we hier weg, schat?' vroeg ze charmant en liet daarbij haar handen heel eventjes op mijn heupen rusten. Aan elke kant een, alsof ze een kostbaar porseleinen beeldje, een hulpeloze baby een piepklein stukje opzij wilde verplaatsen. Meteen daarop liet ze me los. Declerck had zijn ogen echter niet in zijn zak. Die zat namelijk al overvol, want daar bevonden zich de dictafoon en mijn ontslagbrief. Ik zag de pokdalige huid naast zijn linkermondhoek trillen.

Hij trok zijn linkerbeen evenwijdig met zijn rechterbeen, mompelde: 'Tara, Henri,' draaide een kwartslag en liep met stijve benen weg.

Als Tara in de buurt was, leek hij consequent over een pak minder bravoure te beschikken dan met mij alleen.

'Opgeruimd staat netjes,' constateerde Tara met een blik op zijn rug die zich snel verwijderde.

Ik sloeg de handen in elkaar. 'Zo,' zei ik zonder veel overtuiging, 'ik moest maar eens afscheid gaan nemen…'

'Ik zie je over een kwartiertje voor de uitgang in mijn auto,' deelde Tara mij mee.

'Wat?'

'Ik meende wat ik daarnet zei over weggaan. Wij gaan lunchen.'

Aangeslagen stapte ik een minuut of twintig later bij Tara in. Het afscheid had me veel meer gedaan dan ik had verwacht. Ik had de ernst en omvang van mijn onbesuisde daad zwaar onderschat en geen idee hoe ik van nu af aan mijn dagen zou vullen zonder al de mensen door wie ze jaren bevolkt waren geweest. Tara leek in een uitstekend humeur en deed alsof ze mijn neerslachtigheid niet opmerkte. Het was gezellig in haar auto. Het was er aangenaam warm, het rook er naar haar en er klonk lekkere muziek uit de boxjes. Ik zag haar hand naar het stoere verchroomde versnellingspookje gaan, voelde hoe ze gas gaf en optrok.

Haar rijstijl overrompelde me enigszins. De manier waarop mensen reden, hoe ze zich in de beslotenheid van hun auto gedroegen, zei namelijk veel over hen. Het onthulde het nodige over hun prettige en minder prettige kantjes. Of ze al dan niet geduld hadden, zeker van zichzelf waren. Bij sommige mensen, zoals mijn moeder, was meerijden een kwelling, bij anderen een groot plezier. Tara viel in de laatste categorie. Het was raar, maar het rijden deed wat met haar. Ze was volkomen relaxed, hield alles om zich heen nauwlettend in de gaten en leek ervan te genieten. Naast haar in de auto zitten maakte me op een vreemde manier blij. Alsof ik veilig was als een klein kind, slapend op de achterbank. Ze neuriede mee met de muziek, schakelde soepeltjes en voerde ons naar net buiten de stadsgrenzen. Ik vond het bijna spijtig toen ze de auto achter een stokoude donkergroene Mini Cooper parkeerde.

'We zijn er.'

Ik wees naar de Mini. 'Zo-eentje heeft mijn moeder ook,' vertelde ik, 'al gebruikt ze hem bij hoge uitzondering.'

Ze grinnikte. 'Wat toevallig, zo'n oud karretje, dat zie je niet veel meer.'

Ik volgde haar het hek door het terrein op dat 's zomers het terras moest vormen van het restaurant dat achterin de tuin achter enkele grote, kale loofbomen opdoemde.

'Ik ben hier nooit eerder geweest,' zei ik, terwijl Tara de deur voor mij openhield.

'Je zult het vast leuk vinden,' beloofde ze.

Dankzij haar aubergineröde haardos zag ik mijn moeder ogenblikkelijk zitten, helemaal achterin. Ik wierp Tara een verbouwereerde blik toe.

'Blijf lekker zitten, Céline.' Tara gebaarde naar mama die op de bank tegen de muur zat en aanstalten maakte om in de smalle ruimte tussen haar en de tafel op te staan en ons te begroeten. Wij schoven op de stoeltjes tegenover haar aan.

'Was het moeilijk?' vroeg mama zacht.

Ze klonk empathisch. Ik knikte en beet op mijn lip.

'Verschrikkelijk,' verzuchtte ik.

Ik hoorde Tara water en een fles chardonnay bestellen.

'Ze heeft nog niks verteld,' zei ze tegen mijn moeder. 'Dat gaat ze nu doen, toch Henri?'

Mama proefde de wijn, Tara hield haar hand boven haar wijnglas om aan te geven dat ze alleen water dronk en ik liet mijn glas volschenken en nam een slok die me ondanks alle doorstane emoties en het uur van de dag uitstekend smaakte. Toen begon ik te vertellen. Ik hoorde mezelf de driehoeksformatie van Declerck, de jurist en mezelf beschrijven. Hoe Declerck alles had getapet en er geen weg terug was geweest.

Bij dat saillante detail trilde er even iets bij Tara's rechtermondhoek. Mijn moeder, die uiteraard niets van mijn vermaledijde filmpje afwist, begon meteen te fulmineren en nam termen als 'gangsterpraktijken' en 'wansmakelijk gedrag' in de mond, die ze weer keurig sloot toen ik mijn verhaal voortzette.

Ik vertelde dat ik ondanks alles drie maanden had gekregen. Drie vergoede maanden die ik benutten moest en zou om een nieuwe job te vinden. Na die conclusie viel ik stil. Ik was zo geknakt dat ik me onmogelijk kon voorstellen de moed te zullen vinden om de jobaanbiedingen op internet en in de krant te gaan uitvlooien, laat staan dat ik me ergens vol zelfvertrouwen zou presenteren. Een vriendelijke jongen bracht met de kaarten en de mededeling dat er nog één tonijnsteak restte een einde aan mijn benauwde moment.

'Die is dan voor jou!' riepen mijn moeder en Tara tegelijkertijd ruiterlijk uit.

'Dit is niet zomaar een lunch, dit is een werklunch,' zei mama vervolgens enigszins gewichtig, terwijl ze de kaart bestudeerde voor een alternatief voor tonijn.

'Een werklunch?' Onzeker keek ik naar Tara.

'Je moeder heeft een plannetje.' Bij deze woorden keek mijn moeder verbolgen naar Tara, waarschijnlijk vanwege de gewaagde verkleinvorm, zodat die zich haastte te zeggen: 'Geen al te slecht plan, overigens...'

Het opnemen van onze bestellingen gunde mij de kans even te anticiperen op wat ik kon verwachten. Ze kwam meteen tot de kern.

'Er al eens aan gedacht zelfstandig te worden?'

Ik keek haar aan alsof ik water zag branden.

'Zelfstandig?' Daar had ik nooit een seconde aan gedacht.

Mama sloeg geen acht op mijn reactie en ontvouwde rustig haar plan, hier en daar aangevuld door Tara. Mijn moeder kwam niet onbeslagen ten ijs. Die had zich tussen tien en twaalf bij haar boekhouder opgehouden die haar een uiterst nauwkeurig draaiboek aan de hand moest hebben gedaan. Het businessplan kon bij wijze van spreken à la minute worden opgesteld. Ik wist niet wat ik hoorde. Mijn moeder die serieus overwoog te investeren in een vennootschap die ik zou oprichten. Tara die aanbood als derde, stille vennoot op te treden en dus eveneens zou investeren. Die voorwaarde leek haar een absolute must om mij tot het ondernemerschap te verleiden, wetende dat ik een geplukte kip was die maandelijks na aftrek van alle kosten nauwelijks iets overhield. Ik vond hun voorstel lovenswaardig, aandoenlijk ook. Het kwam alleen wat snel, te vroeg, het viel me kortom wat rauw op mijn dak. Dat zei ik hun eerlijk. Ze leken er geen van beiden erg van onder de indruk en concentreerden zich op het eten dat arriveerde. Eenmaal tonijnfilet, tweemaal gebakken tong.

Terwijl we aten, deden Tara en mama alsof het plan in rook was opgegaan en tetterden er lustig op los. Nadat ze haar laatste hap had doorgeslikt, schoof mama haar autosleutels, die rechts naast haar bord lagen, over tafel naar mij toe.

Ze had pretlichtjes in haar ogen toen ze zei: 'Het is maar een oud beestje en tegenwoordig zijn ze veel mooier en veiliger, maar het is beter dan niets, vind je niet Henri?'

Ik werd warm van binnen. 'Och mama,' fluisterde ik.

'Als je straks een eigen zaak hebt, kun je een nieuwe kopen en in de vennootschap inbrengen,' adviseerde ze met een knipoog. 'Voorlopig heb je vervoer, dat is wat telt.'

Ze wist niet hoe groots haar gebaar wel niet was. Hoezeer de zekerheid van haar oude Mini mij roerde en geruststelde. Zo kon ik naar believen buiten de stad solliciteren zonder treinen, bussen en trams te hoeven trotseren. Toch slaagde ik er niet in speels in te haken op haar allusie op mijn eigen zaak. Ik was er niet rijp voor. Ik moest eerst afkicken van het werk, van alle spanningen van de afgelopen tien dagen, en van de maanden ervoor die duidelijk als voorbode hadden gefungeerd. Ik moest in het reine komen met mezelf, wellicht zelfs op reis.

Alsof ze mijn gedachten aan het buitenland konden ruiken, kwamen mijn moeder en Tara onverhoeds op het thema Parijs uit. Het was mama die erover begon. Ze sprak over een ver verleden, waarin haar rijangst relatief gering was geweest en ze zo nu en dan een weekendje naar Parijs was uitgeweken. Ze verwees naar een chique nachtclub waar ze ooit met een vriendin was beland en de hele nacht had gedanst. Dit feestelijke gegeven leidde tot haar logische volgende vraag aan Tara: 'Heeft Parijs eigenlijk nog steeds zulke nachtclubs?'

Tara glimlachte. Ik vond dat ze ondeugend keek.

'Ongetwijfeld. En voor elk zijn gading. Als je wilt sleep ik jou en Henri wel een keertje mee…'

Ik staarde naar de restjes op mijn bord en voelde me leger dan ooit. Volkomen leeg, terwijl Tara en mijn moeder geestdriftig over nachtclubs babbelden.

'Jaja,' hoorde ik mijn moeder plagerig zeggen, 'ik kan me wel zo'n beetje voorstellen welke richting die gading van jou uitgaat.'

'Wie weet ontdek je zo wat je al die jaren hebt gemist!'

Tara durfde nogal. Ik bereidde me geestelijk voor op de sneer die binnen de seconde zou volgen.

Mama grinnikte echter. 'Nee,' zei ze vriendelijk, 'nee, gaan jullie maar lekker met z'n tweetjes. Ik heb Henri al eens een weekendje Parijs door de neus geboord, zie je, en daar wil ik me geen tweede keer aan bezondigen.'

Heel even leek het alsof de tafel een golfbeweging maakte, toen werd alles weer normaal en hoorde ik Tara zeggen: 'Vinden jullie het goed dat ik de rekening vraag, want het is half drie en ik heb om drie uur een vergadering...'

Buiten stelde Tara galant voor mijn moeder naar huis te brengen.

'Nee hoor,' sloeg mama haar aanbod gedecideerd af. 'Ik pak hier de bus, die stopt nagenoeg voor mijn deur.'

Het was maandag, haar wekelijkse sluitingsdag. Ik gaf mijn moeder een kus, bedankte Tara uitgebreid voor haar verrassing en bukte me om de deur van de Mini met het piepkleine sleuteltje open te pielen.

'Jij zou mijn goede voorbeeld beter volgen, Henri.' Mama klonk streng.

'Hoe bedoel je?'

'Je hebt gedronken!'

'Twee glazen en ik heb erbij gegeten en koffie toe genomen.'

'Wees jij maar fijn eigenwijs!' Dat waren mama's afscheidswoorden terwijl ze met kleine, driftige pasjes in de richting van de bushalte liep.

'Zal ik je een lift geven?' Tara bekeek mij zorgelijk alsof ik in een toestand verkeerde die onherroepelijk tot kettingbotsingen en andere calamiteiten zou leiden. Van de weeromstuit werd ik koppig.

'Laat me nou maar,' zei ik kortaf. 'Ik raak heus wel thuis.'

'Zoals je wilt,' zei ze even kortaf.

Met haar centrale vergrendeling, stuurbekrachtiging en pijlsnelle pookje was ze in een ommezien vertrokken. Ik staarde haar weg snellende auto na met de sfeer, de geur daarbinnen, haar rijstijl nog vers in mijn geheugen, om vervolgens wat eenzaam in de koude Mini te stappen.

Secuur stelde ik de spiegel af, klikte de stoel in een stand afgestemd op mijn beenlengte en startte twee keer vruchteloos. Pas bij de derde keer daagde me dat mijn moeders auto uitgerust was met een choke. Met inzet daarvan geschiedde een wonder. Hij startte onmiddellijk.

Twee straten voor de mijne werd ik aangehouden. Tussen twee geparkeerde auto's sprong een bedrijvige dame in donkerblauw uniform tevoorschijn die op een fluitje blies. Ik moest bovenop mijn rem gaan staan om haar niet te scheppen. Op de koop toe sloeg de motor af. Ze tikte ongeduldig op mijn raampje dat ik zo rap mogelijk naar beneden trachtte te draaien.

'Papieren!'

Een lichte paniek beving me. Mama had me de sleutels gegeven. Over papieren had ze niets gezegd. Op goed geluk klapte ik het handschoenkastje open en grabbelde erin. Het lot was me gunstig gezind in die zin dat het de gevraagde papieren bleek te bevatten en geen onverwachte belastende zaken onthulde, zoals voor mijn part een damesrevolver zonder vergunning.

'Niet zo slim, hè?' merkte de agente op terwijl zij de papieren vluchtig bekeek. Er kwam een dikke glanzende blonde vlecht onder haar kokette hoofddeksel uit. Ze leek me nauwelijks twintig.

In stilte moest ik haar gelijk geven. Het was bijzonder stom om de papieren van je auto in het handschoenkastje te bewaren. Zeker in een auto die nog nooit van diefstalbeveiliging had gehoord.

Ze kwam gezellig in mijn raampje leunen en snoof.

'Gedronken?' vroeg ze. Haar stralende blauwe ogen stonden alert.

Ik wist niet waarom. Ik wist niet wat er gebeurde. Ik brak. Ik begon te beven.

'Ja, ik heb gedronken,' bekende ik alsof ik voor een niets ontziende jury terechtstond die mij met een ingehouden knikje van de kin voor twaalf maanden of langer achter de tralies kon doen belanden. 'Een halve fles wijn in combinatie met een stuk tonijn dat niet eens meer helemaal vers was. Het was om te vieren dat ik vanmorgen mijn ontslag heb genomen en mijn bedrijfswagen moest inleveren, ziet u. Ik was er dus niet echt op voorbereid dat ik vandaag alsnog zou rijden. Maar toen verraste mijn moeder mij met haar auto. Na de lunch welteverstaan.' Het klonk volslagen onzinnig.

'Uitstappen,' beval de jonge agente.

Ik volgde haar commando slaafs op en keek toe hoe ze plaatsnam achter het stuur, de choke uittrok en de wagen in een keer startte, alsof ze jaren in een Mini-garage had gewerkt. Ze parkeerde hem moeiteloos achteruit in op een plekje dat net moest zijn vrijgekomen. Toen reikte ze mij hoffelijk mijn handtas aan, sloot de deur af en drukte me sleutel en autopapieren in de hand.

'Wie weet wat morgen brengen zal,' sprak ze filosofisch en verdween met een kort knikje ten afscheid naar de overkant van de straat waar ze enthousiast voor een nieuwe wagen sprong.

Ik kon de badkamer net op tijd bereiken. Mijn maaginhoud kwam met zo'n kracht naar boven dat een gedeelte door mijn neus naar buiten spoot. Kokhalzend en convulsief hing ik boven het toilet totdat wijn, tonijn, groente en koffie genoegzaam leken te zijn afgevoerd. Hoopvol spoelde ik mijn mond met mondwater, waardoor er opnieuw een golf naar boven kwam. Ditmaal was het puur zuur dat een bittere smaak in mijn mond achterliet. Tegen beter weten in poetste ik mijn tanden. Trillerig en wee klom ik daarna met een emmertje naar boven. Mijn bed golfde alsof het in een waterbed was getransformeerd. Ieder voorzichtig slokje water dat ik nam eindigde binnen de minuut onherroepelijk in de emmer. Ik ging plat op mijn rug liggen, mijn armen gespreid, diep ademhalend, mijn ogen stijf toeknijpend. Er dienden zich gebalde kleurvlakken aan die na enkele seconden in duizenden stukjes uiteenspatten als in de caleidoscoop die ik als kind had bezeten. Op de een of andere magische wijze ontrolde zich de generiek met de acteurs en hun respectieve namen. Met in de categorie beste bijrol: Ingo Mertens. Partjes blauw smolten samen tot zijn colbertje met de gouden knopen. Bloedrood verdiepte zich tot roodbruin en onthulde Mees' glanzende schoenneuzen. Zijn rol liet zich niet zo makkelijk in een categorie vatten, omdat hij zich achter de schermen had afgespeeld. Vijf lange jaren Mees en ik wist bij god niet wie hij was. Nurkse, ongeduldige, licht irritante, maar o zo rechtvaardige Mees. Mees die in mij een teamleider dacht te hebben herkend, Mees die mij de ladder op zou begeleiden. Mees de hoogverrader. Dan een grijze lichtgewicht wolk die zich als maatwerk ontpopte. Gedrapeerd rond de torso van

Declerck. Voor hem was onbetwistbaar de hoofdrol weggelegd. Met veel elan had hij hem vanaf minuut een gespeeld. Als een Siamese tweeling was hij met Tara onder mijn huid gekropen en ik, ik had zijn kant van het lijf niet weten af te schudden. Sterker zelfs, ik zat nog steeds met hem opgescheept. Zonder dat wij ook maar enige band hadden, leek hij onlosmakelijk met mij verbonden. Als een grote brij in de mixer begon alles door elkaar heen te draaien, gezichten, lichamen, losse woorden, geuren en indrukken. Het kopje koffie met het symbolische wolkje melk, Ingo's tonsuur, Mees' uit model gegroeide crewcut, Tara's zwarte pak, de dictafoon van Declerck die mijn vervormde stem afspeelde, de sproetjes van de jurist, de natte ogen van Richard, de rode wangen van Linda, de geur van de tonijn die me op z'n minst had moeten waarschuwen. Mijn moeders excommunicatie die griezelig veel overeenkomsten vertoonde met wat mij vandaag was overkomen, Henriettes hoop dat haar weigerende lijf iets positiefs zou opleveren, mijn vaders kennelijke affiniteit met Toscane die de geur van verse oregano mijn neusgaten deed binnendringen. Tara's angst haar job te verliezen in een periode die haar al zo'n beetje alles had ontnomen. Ik wist inmiddels als geen ander dat die angst heel wat meer om het lijf had dan het pure verlies van werk dat zo weer te vinden was. Nee, veeleer ging het om de structuur die je een bestaansrecht verleende, waardoor je ergens bijhoorde, deel uitmaakte van een groter geheel. En dat laatste was mij zojuist ontvallen. De samenhang was weg, zonder scrupules afgehouwen en ik was nergens meer. *You don't know what you've got till it's gone.* Een exactere omschrijving was niet denkbaar. Zolang je iets had, kon je er oeverloos kritiek op hebben. Niets heerlijker dan afgeven op iets, puur omdat je de aan zekerheid grenzende waarschijnlijkheid genoot het niet te zullen verliezen. Ik was mijn job kwijt omdat ik geweigerd had Pierre Declerck aan zijn wanhoopsdaad te herinneren. Zou het de consequenties waard zijn? Ik boog me boven de emmer om de laatste restjes van mijn lunch op te geven, waarna ik een Alka Seltzer in het waterglas naast mijn bed liet oplossen. Na een kwartier leek mijn misselijkheid te wijken en staakte mijn bed het golven. Intuïtief draaide ik me op mijn beste zij, de linker. Die schonk steevast de meeste stabiliteit, zelfs tijdens ziekte en dronkenschap.

Mijn leven stond in het teken van een termijn. Drie maanden. Drie maanden om een job te vinden, schoon schip te maken en sterker dan ooit uit de strijd te komen. Als een feniks uit zijn as te verrijzen. Dit ging niet over mij. Ik was hier niet klaar voor. In geen honderd jaar.

14

Ruud, Mil en Amber reageerden alle drie evenzeer geschokt als praktisch op mijn ontslag. Binnen de week stroomden via drie kanalen diverse vacatures mijn mailbox binnen waarop ik met vermelding van hun naam kon solliciteren. Ik waardeerde het, eerlijk waar, maar ik kon het niet. Ik moest er niet aan denken om te solliciteren laat staan te werken. Nieuwe mensen te leren kennen. Empathisch te zijn, me aan te passen aan een andere omgeving, een kersverse bedrijfscultuur. Ik was als de dood. Ik sidderde voor alles dat naar een uitdaging zweemde. Bovendien vond ik dat ik recht had op minstens een maand zonder werk. Al was het maar om van de schok te bekomen. Ondanks alle onzekerheid en ellende had mijn ontslag namelijk ook iets positiefs opgeleverd. Tijd. Tijd die ik niet alleen wilde maar móést benutten van mezelf.

De ouders van Henriettes vroegere vriendin Sofia Delporte waren zeldzaam welwillend. Een notaris en een pianolerares in ruste die nog altijd op hetzelfde adres in Tervuren bleken te wonen dat ik achterop de enveloppe in mijn moeders secretaire had aangetroffen. Mama's Mini vertegenwoordigde niet meer dan een stipje op de royale oprijlaan voor hun indrukwekkende villa. Hier had Benjamin eens olijk gezwommen, hier was mijn tante kind aan huis geweest. En hier had de dochter des huizes op haar beurt recalcitrant voor een kibboets gekozen in de zucht aan al deze luxe te ontsnappen.

Toegegeven, het was enigszins vergane glorie die mij wachtte. Maar de bewoners zelf waren hartverwarmend en op een leeftijd die mij steevast tot tranen beroerde. Dat ontwikkelde je schijnbaar automatisch als je het zonder opa's en oma's moest zien te rooien. Beiden spraken ze Frans. Vader Delporte bewoog zich zwaar steunend op een stok voort, zijn ruime broek fladderend rond zijn ongetwijfeld staken van beentjes, en Sofia's moeder, die iets beter ter been leek, moest haar natuurlijke haardos zijn verloren, want ze droeg onmiskenbaar een pruik. Onder de stramme blauwgrijze helm piekten enkele resterende nekhaartjes uit. Ik werd vergast op slappe thee en fotoboeken waarin zowel mijn tante als Sofia op ontelbare kiekjes prijkten. Nee, de gelijkenis was de Delportes evenmin ontgaan. Waar ze mij net na binnenkomst zonder enige gêne hadden aangegaapt, schakelden zij tijdens het bekijken van de foto's volkomen naturel op handtastelijkheden over. Er werd van twee kanten in mijn armen geknepen, op mijn dijen geklopt en over mijn wangen gestreken. Dit alles ging gepaard met verzuchtingen als 'Hoe is het mogelijk? Dat haar, die ogen...', 'En zelfs de stem, vind je niet Marie?', 'Nee, de handen, Joseph, de handen en de tanden...'

De woorden flower en power stonden min of meer in Sofia's voorhoofd gebrand. Op vrijwel iedere foto vertoonden haar ogen een lichte LSD-uitdrukking, en ze moest haar rosse haren jaren aan een stuk hebben laten groeien, want ze reikten tot op haar bilgrens. Ze droeg jurken, jurken, jurken, in een palet van pimpelpaars tot vanillegeel en oranje. Ze was het enige kind van Marie en Joseph. Ik zat een lunch met uitgedroogde boterhammen, vergeelde boter en de versheidsdatum overschreden kaas- en vleeswaren zonder ook maar een centje spijt uit. In goed vertrouwen deelden ze mij mee hun dochter zelden te zien vanwege haar bevlogen en veeleisende job. Sofia bleek zich tot een van de meest vermaarde pro-Deoadvocates in het Brusselse te hebben opgewerkt. Haar werkadres werd zorgvuldig door haar vader in een puntig handschrift genoteerd op een vel dat het briefhoofd van zijn vroegere notarispraktijk droeg. Toen ze mij uitgeleide deden, drukten ze mij op het hart haar vooral de groeten te doen.

Die belofte deed ik zonder enige restrictie. Daarna knuffelde ik de twee broze, grijze oudjes alsof ze sinds jaar en dag tot mijn dierbaarste familieleden behoorden. Ik volgde hen in mijn achteruitkijkspiegel totdat ze tot stipjes verwerden en bleef ze nazwaaien nadat ik door de poort rechtsaf was geslagen.

Toen zette ik mijn route naar hun dochter in.

De receptioniste van het advocatenbureau waarvoor Sofia werkte, had veel weg van een cerberus. Ze hoorde mijn uitleg – 'Ik zou graag dringend meester Delporte spreken, het gaat om een privékwestie' – schijnbaar onbewogen aan en veroordeelde mij tot een slecht zittende houten bank waarop reeds drie mensen troonden. Een jonge Poolse man – die nationaliteit vertrouwde hij me ogenblikkelijk zelf in een gebroken Duits toe –, een oudere Turkse vrouw en een opgewonden Brusselaar die net te horen had gekregen dat zijn recente huwelijk met een schone, nauwelijks meerderjarige Thaise van rechtswege werd gewantrouwd. Ruim veertig minuten wist ik me tot de bank te bepalen, daarna kreeg ik het onwaarschijnlijk op mijn heupen en stond ik op. De cerberus leek verdiept in een boeiend dossier, wat mij de kans gaf om de gang in te schieten en de vele kamers en hun naambordjes te checken. Redelijk snel belandde ik voor een deur met daarop Sofia's naam. Hij stond zowaar een stukje open. Ik klopte beleefd en stapte binnen.

De vrouw die opkeek herinnerde in niets aan de Sofia uit de fotoboeken van haar ouders. Haar rosse lange haren hadden plaatsgemaakt voor een acajoukleurige korte coupe en een vrij hard gezicht met diepe groeven rond de mondhoeken en ogen. Toen ze mij zag duwde ze de leesbril op haar neus, die aan een koordje vasthing, met kracht weg zodat hij stuiterend op haar decolleté belandde.

'Henriette!' riep ze uit met een heftigheid alsof mijn tante uit de dood was herrezen. Ik zag haar opspringen en zich tegen de onbarmhartige stalen boorden van haar bureau stoten. In twee grote passen was ze bij me en omhelsde me. Ze geurde naar een mengeling van sigarettenrook en patchoeli die me ongewild toch naar de jaren zeventig terugsleepte.

'Dit kan niet waar zijn...' bracht ze in het Frans uit.

Ik hielp haar welgevallig uit de droom. 'Ik ben Henri Delvaux.'

'Sofia Delporte.' Ze kneep in mijn hand en drukte er een kus op. 'Ik geloof niet in geesten,' bekende ze dan nuchter, 'maar wie je ook bent, je bent een uitstekende kopie...'

'Nu jij dit bevestigt, kan ik het eindelijk ook aanvaarden,' zei ik.

Op haar uitnodigende gebaar liet ik me op de stoel tegenover haar neerzakken.

'Je bent op zijn minst familie, met die naam,' opende ze de conversatie in een beschaafd Vlaams, 'zeg me dat je ten minste familie bent…'

Ik deed haar een verhaal met hiaten en bekende haar de dochter van mijn moeder te zijn. Mijn vader liet ik achterwege. Wel deed ik haar de groeten van haar ouders, wat haar een milde glimlach ontlokte.

'Zijn het geen schatjes?' informeerde ze verlangend alsof ze daarmee haar tekortschieten als dochter in één klap kon goedmaken.

Ik knikte enthousiast maar het oudermoment leek voor Sofia voorbij.

In plaats van erop door te gaan constateerde ze: 'Jij bent dus de dochter van Céline. *Nom de dieu*, Henri, ze zal zelf geschrokken zijn van het resultaat. Heeft ze je dat gezegd?'

'Onlangs.'

'Ach zo,' merkte Sofia op alsof ze mijn moeders reactie perfect wist in te schatten. 'Ja, soms kan het verleden beter blijven rusten, hè?'

Ik wist niet wat ik met die toespeling moest en knikte mak.

Sofia haalde haar handen door haar dikke korte bob en dan over haar gezicht. Uiteindelijk keek ze me door een vingervlechtwerk aan: 'Ik heb haar begrafenis niet gehaald, ik zal het mezelf nooit vergeven…'

'Je zat nog maar net in Israël,' droeg ik vergoelijkend aan.

Ze reageerde indirect. 'Ze was mijn beste vriendin,' bekende ze met een blos.

'Zoveel had ik wel begrepen ja. Stoor ik je?' wilde ik toen weten.

Ze schudde het hoofd. 'Nee, het is vrijdagmiddag en dan vraag ik mijn waakhond – hierbij knipoogde ze – dan vraag ik Carina altijd me alleen voor hoogst dringende gevallen te storen, snap je?'

Ik begreep. 'Kun jij me iets meer vertellen over Henriette?' vroeg ik voorzichtig. 'Over haar leven, haar streven, haar liefdes?'

Sofia hief de handen boven het hoofd. 'Waar wil je dat ik begin?'

Ik ging voor openheid. Ik vertelde haar over de brieven, de informatie die mijn moeder had aangedragen, mijn gevoelens daarover.

Ze onderbrak me. 'Weet je wat het gekke is? Toen je binnenkwam, stond Henriette hier voor me, puur en onvervalst en nu ik jou hoor praten, zakt ze zienderogen weg, want ze is het niet, jij bent haar niet, weet je, wel qua uiterlijk maar niet qua ziel.'

Ik kon niet verhoeden dat ik haar met een geschokte blik aankeek.

'Begrijp me goed, Henri, dat is geen waardeoordeel, gewoon de vaststelling van een feit. In jou ontwaar ik een zachte kern, een sterk mededogen, een empathie die ik van Henriette niet ken. O, ze was enorm sociaalvoelend en ruimhartig en alles wat je maar wil, maar haar gevoelens stonden volledig in functie van haar principes, die kwamen met andere woorden eerst. En ze was behoorlijk principieel als het erop aankwam mensen te helpen, er moest altijd wel een duidelijk politiek of maatschappelijk doel mee gemoeid zijn...'

Ik zweeg.

'Ze was een streber, een vechter, geen katje om zonder handschoenen aan te pakken, lang niet zo kwetsbaar als jij...'

'Kwetsbaar?' bracht ik uit alsof het een kwalijke eigenschap was die ze me verweet.

Ze schoot in de lach. 'Van de doden niets dan goeds, Henri, maar jouw tante ging de wereld eigenhandig veranderen en dat joeg zelfs jouw moeder zo nu en dan de gordijnen in.'

Ik aanvaardde haar informatie zonder er ook maar iets aan te verbinden. Het waren persoonlijke impressies uit een ver verleden die niet meer te toetsen vielen.

'En was er een *partner in crime*?' wilde ik weten.

Sofie veerde achterover in haar krakende stalen bureaustoel die in niets naar het glamoureuze advocatenbestaan verwees.

'Een opeenvolging van,' deelde ze me droog mee, 'met als hekkensluiter Jean Hellenbosch, onze onovertroffen, vooruitstrevende, menslievende professor strafrecht.'

Ik moest even slikken. Ze merkte mijn ongemakkelijkheid gelukkig niet op.

'Volgens mijn moeder, en dat heeft ze meen ik van jou, heeft hij haar dood nooit verwerkt...'

Sofia grinnikte even, waarna haar uitdrukking meteen weer ernstig werd. 'Nee, dat is waar, hij heeft haar dood nooit verwerkt, althans dat is mij jaren geleden verteld. Maar dat moet je wel in het juiste perspectief plaatsen. Het was het gevolg van iets anders waar hij nooit overheen is gekomen en dat is dat zij het heeft uitgemaakt. Dankzij haar dood viel dat niet meer goed te maken, zie je. Jean Hellenbosch was een versierder pur sang die een spoor van gebroken harten naliet waar hij maar verscheen. Je denkt toch niet dat zijn ego een doortastende daad als die van Henriette zomaar over zijn kant zou hebben laten gaan?'

Ik haalde mijn schouders ogenschijnlijk nonchalant op terwijl mijn hart wild bonkte. 'Nee?' kaatste ik haar vraag terug.

'Nee!' hielp Sofia me krachtig uit de droom. 'In tegenstelling tot mij is Jean wel naar haar begrafenis gekomen. Dat moest hij van zichzelf, zie je, koste wat kost. Om te bewijzen dat er niets aan de hand was. Dat hij haar tot op het laatste moment had bijgestaan. Om verder te kunnen met zijn eigen leven, met andere woorden. Hij had een schat van een vrouw die hij keer op keer bedroog, onvoorstelbaar. Ik heb Henriette in dat opzicht nooit goed begrepen. Ze was op dat soort relaties, ik bedoel het zich mengen in een huwelijk, tegen maar heeft zich er niettemin aan bezondigd.'

'Was hij zo onweerstaanbaar soms?' hoorde ik mezelf vragen.

Ze glimlachte. 'Daar zeg je zoiets, ja, hij was op zijn manier onweerstaanbaar, denk ik. Net als Henriette had hij iets ongetemds, van die dikke weerbarstige krullen en veelbelovende ogen, die onuitputtelijke energie, op de een of andere manier leken ze zelfs wat op elkaar. Hij was spannend en wispelturig, een socialist in hart en nieren die tegen de stroom inzwom.'

De vermeende rechtse sympathieën van mijn vader smolten als sneeuw voor de zon. Dat feit alleen al maakte dat mijn missie geslaagd was.

'Is je moeder er bitter van geworden?' vroeg Sofia uit het niets.

'Bitter?' vroeg ik wat geschrokken.

Sofia zuchtte. 'Na de begrafenis heb ik iets van Veronique gehoord, dat was nog een andere goede vriendin van ons. Je moeder schijnt zich die dag moed te hebben ingedronken of zoiets. In een emotioneel moment is ze tijdens de koffietafel naar haar ouders toegegaan en moet ze iets in de trant van "Jullie hadden zeker liever gehad dat ik het was geweest" in de groep hebben gegooid. Volgens Veronique was haar opmerking een schot in de roos, al bleef een verbale reactie uit.'

Ik zoog mijn wangen in en zei dapper en zonder haperen: 'Nee, dat heeft ze onderhand wel verwerkt.'

Sofia's beeld begon te zwemmen, maar één ding werd hand over hand duidelijker, niets was veiliger dan het verleden te laten voor wat het was.

Ik werd gered door Carina die binnenstormde met de opgewonden man, die van de Thaise, die zich op Sofia wierp alsof zij zijn laatste strohalm vertegenwoordigde.

In al dit tumult slaagde ik erin met een telefoongebaartje van mijn hand naar Sofia, gevolgd door een vriendelijke wuif, de aftocht te blazen. Weg uit mijn moeders drukkende verleden, de koele buitenlucht in.

De A12 leek vierduizend stoplichten te bevatten die stuk voor stuk op rood floepten op het moment dat ik ze naderde. Ieder hobbeltje op de weg resoneerde in mijn dijen. Met zijn stugge wegligging hield de Mini mij alert. Dwong hij mij tot het blokkeren van mijn gedachtestroom. Tegen de tijd dat ik op de hoek van mijn straat een piepklein plekje tussen twee terreinwagens vond waar ik mijn karretje net tussen wist te persen, was het zo goed als weekend. Het vrijdagavondgevoel bleef uit. Ik had geen werk meer. En werk was de enige zekerheid geweest die dit specifieke gevoel jarenlang exact op dit tijdstip voor mij had weten op te roepen. Op de koop toe zat ik met een onbekend verleden dat nu ruim baan kreeg. Verward bleef ik enkele minuten in de aangename warmte van de Cooper nagaren.

Ik dacht aan de fijne rimpeltjes op Tara's voorhoofd, de vele tedere trekken die zo kenmerkend waren voor haar expressieve gezicht en die ik week na week meer lief begon te hebben. In stilte vergeleek ik ze met de harde lijnen van Sofia's gelaat die op hun manier getuigden van een verleden dat haar niet had gespaard. En onwillekeurig dacht ik er de ongemeen gladde huid van mijn moeder achteraan die onbekenden de bedrieglijke conclusie zou ontlokken dat ze een uiterst beschermd bestaan moest hebben geleid. Opeens snakte ik naar beelden uit Tara's jeugd, hunkerde ik ernaar haar genen in kaart te brengen via tastbare plaatjes van een moeder met haar ogen en handen, een vader met haar lippen en geprononceerde kaaklijn, een broer met haar glanzende zwarte haar en krachtige neus. Hoe was ik er in hemelsnaam in geslaagd van iemand te houden zonder haar verleden, haar verwanten te willen kennen? Was dat niet hoogst ongebruikelijk, walgelijk oppervlakkig? Ik schrok van de plotse regen die tegen de voorruit van de Mini begon te kletteren en mij het uitzicht op de buitenwereld, die van mijn eigen vertrouwde straat, benam. Het kostte me zeker een minuut om de auto met het priegelige sleuteltje af te sluiten, wat volstond om drijfnat te worden. Ik maakte een onelegante sprong naar de stoep met mijn handtas beschermend boven mijn hoofd.

Uit het niets dook hij voor me op. Een stap extra en ik was tegen hem opgebotst. Nu werden wij gescheiden door de luttele afstand van veertig centimeter. Terwijl de regen ongenadig op me neerdaalde, bleef ik stokstijf staan.

Verwilderd. Hij zag er verwilderd uit. Bijna waanzinnig door de koortsige blik in zijn ogen. Hij was compleet doorweekt. Zijn dunne colbertje hing als uit het lood gezakte vitrage rond zijn schouders.

'Vier woorden,' beet hij mij toe. 'Laat. Haar. Met. Rust.'

Ik was bijna thuis. Op amper vijftien passen van mijn voordeur. Ik anticipeerde een stap opzij, hij greep me bij mijn linkerschouder vast, bracht zijn gezicht dicht naar mij toe zodat ik de donkerbruine randjes rond zijn irissen kon onderscheiden en herhaalde dreigend: 'Laat. Haar. Met. Rust.'

Ik probeerde zijn arm af te schudden. Tevergeefs. Ik haalde

diep adem. 'Laat. Mij. Met. Rust,' zei ik zo koel mogelijk.

'Niet zolang ik leef,' zei hij.

Ik begon hem stilaan te geloven. Dat ging ik hem echter niet laten merken.

'Je hebt bereikt wat je wilt. En nu wegwezen, weg uit mijn leven.'

Hij kneep onaangenaam hard in mijn arm.

'Precies andersom,' siste Declerck. 'Jij moet weg, jij moet weg uit haar en mijn leven. Laat. Haar. Met. Rust.'

Opeens vond ik hem lachwekkend. Dat gaf me de kracht om zijn hand weg te trekken. Druipend stonden we tegenover elkaar, als twee kemphanen op het punt elkaar te verscheuren.

'Laat de natuur gewoon haar gang gaan, zou ik zeggen.'

Ik klonk laatdunkend en dat was precies mijn bedoeling.

Hij gooide zijn hoofd in zijn nek. Het kuifje plakte als een petieterig driehoekje tegen zijn natte voorhoofd. Zijn handen met de gespreide vingers grepen in elkaar en maakten een heen en weer zwaaiende beweging alsof hij een baby in slaap wilde wiegen.

'De natuur haar gang laten gaan. Laat me niet lachen. Tara laat zich niet bevelen door de natuur, die volgt haar eigen wetten en is precies zoals het haar uitkomt: de hoer, de engel, de koelbloedige zakenvrouw. En het geslacht? Dat zal haar worst wezen!'

Ik kon mijn oren niet geloven en besloot zijn woorden voorlopig te negeren. Ik moest wel, wilde ik bij machte blijven hem van repliek te dienen.

'Je valt me lastig en dat pik ik niet. En nee, Pierre, dit is geen dreigement, dit is menens.'

Ongecontroleerd schudde hij zijn hoofd, druppels regen om zich heen zwiepend. Toen hij opkeek, leek het alsof hij huilde. Vervolgens draaide hij zich met een ruk om en rende in ijltempo van mij weg. Ik zag hem in een haag van regen om de hoek van mijn straat verdwijnen.

Ik had meteen moeten weglopen, op het moment dat hij onverhoeds tegenover mij had gestaan. Die paar seconden van verrassing moeten benutten. Me direct nadat hij mijn arm had losgelaten uit de voeten moeten maken.

Wat was dat met die man? Wat was dat toch dat ik altijd als vastgenageld bleef staan zodra hij in mijn blikveld arriveerde? Sommeerden zijn dwingende ogen mij daar soms toe? Bezat hij een soort hypnotiserende macht over mij?

Terwijl ik naar mijn voordeur liep probeerde ik me voor de impact van zijn kwetsende woorden af te sluiten. Het was verloren moeite. Ze hadden zich als angels in mijn aders vastgepind, waardoor hun gif zich nu gretig een weg begon te banen. Dit was precies waarom ik hem in de toekomst moest zien te mijden. Dit was exact wat hij wilde. Tweedracht zaaien. Het vertrouwen tussen Tara en mij onherstelbaar schenden. Als hij haar niet hebben kon, zou ik haar ook niet hebben.

Veilig weggekropen in Tara's armen echoden Declercks woorden na. Ze was in diepe slaap en ademde regelmatig en vrijwel onhoorbaar. Ik drukte me nog dichter tegen haar aan als wilde ik zo aan de woorden ontkomen. Nee, ik had haar niet over mijn ontmoeting met hem verteld. Wat had ik moeten zeggen? Zijn woorden letterlijk tegenover haar moeten herhalen? Dat was de kracht van Declerck, hij ging ervan uit dat ik dat niet, onder geen beding, zou doen. En dat schonk hem waarschijnlijk een extra genoegen: de wetenschap dat zijn woorden zich ergens als microben in mijn systeem zouden nestelen om daar te sluimeren tot hun volgende verrassingsaanval. Dankzij Declercks interventie was de nog immer niet door Tara beantwoorde vraag waarom ze die laatste keer in vredesnaam met hem in dat park gevreeën had actueler dan ooit. Ik vroeg me af of ik ooit rust zou vinden als ze me het antwoord erop schuldig zou blijven. Rond middernacht sloop ik naar beneden en brak de dvd met de back-up van het filmpje in tweeën.

Tegen drieën schoot ik wakker en zag Tara naast mij onder het dons kruipen.

'Sorry,' fluisterde ze, 'ik moest even, heb ik je wakker gemaakt?'

'Geeft niet,' fluisterde ik terug.

Haar koele hand schoof over de mijne.

'Wat is er Henri?' wilde ze weten.

Ik dacht aan de druipende Declerck wiens hardhandige greep ik in mijn bovenarm voelde naklemmen. Wie beschermde ik eigenlijk door niet te spreken? Declerck hooguit.

'Het is Declerck,' bekende ik.

Ik hoorde Tara naast me zuchten.

'Laat het los, Henri,' smeekte ze. 'Het is voorbij, je werkt niet meer voor hem, hij kan jou niks meer...'

'Hij heeft me bedreigd,' onderbrak ik haar. 'Daarstraks, rond zes uur, buiten voor mijn deur.'

Haar adem hortte.

'Bedreigd?' vroeg ze met een klank in haar stem die ik niet kende.

'Hij heeft me gesommeerd jou met rust te laten. Hij stond opeens voor me en zei: Laat. Haar. Met. Rust.'

Ik wist de toon waarop hij die woorden had uitgesproken zo juist te treffen dat we er volgens mij allebei van schrokken. Tara knipte het lichtje aan haar kant aan en kwam rechtop zitten. Haar blik was intens.

'Wat zei hij nog meer?'

'Nou dat,' bevestigde ik. 'Waarop ik zei dat hij mij met rust moest laten en hij "Niet zolang ik leef" antwoordde.'

'Wat nog?' Ze probeerde doortastend en streng te klinken. Ik wist beter.

'Toen zei ik iets dat hij weg moest uit mijn leven, dat hij bereikt had wat hij wilde. Daarmee bedoelde ik mijn ontslag,' haastte ik me te zeggen toen Tara me vragend aankeek. 'En toen, toen zei hij, "andersom"...'

'Hoe, andersom?'

'Nou ja, andersom,' antwoordde ik gejaagd, aangestoken door haar kortafbenadering. 'Hij vond dat ik jou en hem met rust moest laten, weg moest blijven uit jullie leven.'

'Júllie leven, mijn god Henri waar heb je het over?'

Mijn geduld begon op te raken. 'Ik sta hier niet terecht, Tara, ik herhaal alleen maar de woorden van jouw ex-minnaar.'

Ze sloeg haar ogen neer. 'Hoe vaak moet ik je nog...'

'Vaak,' sneed ik haar zin af, 'heel vaak! Die man denkt op de een of andere manier dat hij recht heeft op jou...'

Opnieuw keek ze me vol aan. 'Wat heb je verder nog gezegd?'

Ik groef in mijn recente geheugen. 'Ik raadde hem aan de natuur haar gang te laten gaan...'

Haar blik werd heel donker. *Explique-toi!*'

Uitsluitend in het nauw gedrongen bezigde ze Frans, moest ik vaststellen. Onbewust sloeg haar stemming op mij over. Ik was op slag bloednerveus.

'Ik, ik bedoelde het in de zin van, van, dat die keuze geheel aan jou was. Ik bedoel, wat baat het hem als ik jou met rust laat als jij voor mij kiest en niet voor hem?'

Met die woorden ontvlamde er een vreemdsoortige paniek in mijn binnenste. Wat zat ik hier in hemelsnaam te verkondigen?

'En toen?'

Zijn daaropvolgende woorden kon ik haar onmogelijk opbiechten. Ik klapte dicht.

Tara schudde me door elkaar. 'Komaan, Henri, op A volgt B, dit kun je niet maken.'

Ik kreeg het gevoel dat ik zou stikken.

'Hij, hij zei dat jij je niet door de natuur laat bevelen, dat zei hij...' perste ik eruit.

Tara zakte weg in haar kussens en staarde voor zich uit.

'Ik laat me niet door hém bevelen, zal hij bedoelen,' corrigeerde ze. Meer voor zichzelf dan voor mij, kreeg ik de indruk.

Ik ging op mijn knieën zitten en schoof naar haar toe, pakte haar bij de schouders vast.

'Kun je me alsjeblieft zeggen wat je bezield heeft om het... om het die laatste keer met die man te doen? Alsjeblieft?'

Ditmaal zou ik me niet laten afpoeieren, daar mocht ze zeker van zijn. Ze trok mijn handen weg en sloeg haar armen om haar eigen knieën.

'Puur om van hem af te zijn,' bekende ze toonloos zonder me aan te kijken. 'Op dat feest verkeerde ik in de heilige overtuiging dat hij voor een avondje was overgekomen. Ik had geen idee van zijn nieuwe functie...'

'Waarom...' begon ik.

Fel draaide ze zich naar me om. 'Je wil de ontluisterende

waarheid toch zo graag kennen? Luister dan gewoon Henri en laat het me uitleggen.'

Ik zweeg bedremmeld.

Weer keek ze weg. 'Ik weet alleen dat ik nog geen vierentwintig uur terug was van vakantie en dat ik opeens oog in oog stond met Pierre. In die overvolle zaal had zijn radar me binnen enkele seconden weten op te pikken. Ik was niet van plan om langer dan enkele minuten aan hem te besteden, maar hij liet me geen keus. Hij begon met het verwijt dat ik met mijn vertrek onherstelbare schade had aangericht of zoiets. En voor ik het wist had hij "ik hou van je" gezegd en stortte hij allerlei emotionele nonsens over me uit: dat hij niet zonder me kon, dat hij nooit werkelijk afscheid van me had kunnen nemen. Opeens had hij m'n arm in een houdgreep. Ik kon vrijwillig met hem mee naar buiten gaan. Anders zou hij een scène schoppen die me levenslang zou heugen. Dat zei hij letterlijk en ik geloofde hem, Henri. Dus gingen we naar buiten. Dat leek me wel zo veilig. Tijdens onze wandeling praatte hij op me in. Pleitte hij voor een officieel afscheid in de vorm van een vluggertje onder de blote hemel. "Een laatste keer, Tara, daarna zal ik je nooit meer lastigvallen." Ik geef toe, ik wilde niets liever dan van hem af zijn. Mijn zogenaamde biseksualiteit had wat mij betreft lang genoeg geduurd. Ik ging ervan uit dat ik door in te stemmen met zijn laatste verzoek voorgoed van hem verlost zou zijn. En zo niet voorgoed, dat onze wegen elkaar hooguit zeer sporadisch en puur professioneel zouden kruisen, tijdens een internationale stafvergadering in Parijs of zo. Daar kon ik best mee leven. Ik geef toe, ik reageerde deels ook uit een opwelling van medelijden. Op de een of andere manier klonk hij oprecht.'

Was het zo kinderlijk simpel geweest? vroeg ik me ontdaan af. Een vleugje medelijden, een dwingende arm, een oprecht klinkende eenzijdige bekentenis en een Tara die was bezweken.

Haar ogen zochten de mijne. Ze gloeiden bijna.

'Wat ik niet wist, was dat ons afscheid een welkomstritueel bleek te zijn geweest. Dat saillante detail kwam ik pas enkele dagen later te weten via een verhelderend sms'je van meneer zelf.'

'Jeetje,' merkte ik op. Jezus, schreeuwde het in mij, hoe is het in godsnaam mogelijk?

Tara schoof wat naar beneden totdat haar schouders door de donsdeken bedekt werden. 'Ik laat dit niet over mijn kant gaan, echt niet. Hij heeft niks meer, geen enkel wapen in handen om mijn leven, mijn liefde te vergallen...'

Ze klonk behoorlijk strijdvaardig.

'Tara,' vroeg ik zacht, 'voordat Declerck in je leven kwam, toen je nog gewoon met Lisette was, kon je toen normaal van drank genieten, of liep het steevast uit op een gelag?'

Ze verplaatste haar handen naar achter haar nek. 'Welnee,' antwoordde ze rustig. 'We hielden allebei van een goed glas wijn, en ik wat meer van cocktails dan Lisette, maar ik was dan ook jonger en kon meer hebben...'

Ik boog me over haar heen. 'Waarom heb je je dan door hem laten chanteren?'

'Omdat ik niet beter wist. Omdat ik naar mijn idee geen kant op kon. Ik was bang, ik was zwak, ik was mezelf niet. Ik zal het nooit kunnen uitleggen of goedpraten, laten we het daarop houden.' Ze knipte haar lampje uit. In het donker vervolgde ze: 'Wees gerust, Henri, ik handel dit wel af. Ik zal ervoor zorgen dat hij jou niet langer lastigvalt, ons niet langer lastigvalt. Ik geef je mijn woord.'

Ik kroop dicht tegen haar aan en hoopte uit de grond van mijn hart dat haar woorden geen daden tot gevolg zouden hebben.

Voor het vinden van een baan ontwikkelde ik een eigen ritueel. 's Ochtends surfte ik intensief en klikte alle interessante functies aan, bookmarkte ze om er de volgende ochtend na rijp beraad op te reageren. 's Middags mocht ik van mezelf leuke dingen doen. Mijn interieur veranderen, lopen, opruimen, lezen, keihard muziek opzetten, fietsen, naar de supermarkt, koken.

Begin december was ik inmiddels door drie bedrijven opgeroepen. Zonder uitzondering hadden ze mij een middag lang tot psychologische tests veroordeeld. Tests die ik uit den treure kende, meermaals zelf op kandidaten had losgelaten en die ik als ik de behoefte had gevoeld had kunnen manipuleren.

Die lust ontbrak me te enen male.

Een van de drie nodigde mij uit voor meer tests en aansluitend een gesprek. Een consultancy, gespecialiseerd in assessments en coaching, waar louter vrouwen leken te werken die elkaar in de gangen met 'Mevrouw' en 'u' hadden aangesproken. Ik was zeldzaam opgelucht geweest toen ik er na die eerste keer weer buiten had gestaan. Nu moest ik terug. Ik móést natuurlijk niet echt, ik moest van mezelf.

Opnieuw liet ik me door een resem tests geselen, waarna ik een uur of wat mocht wachten terwijl ik me voorstelde hoe het management zich keurend over mijn resultaten boog, totdat het bedeesde meisje dat ik bij binnenkomst achter de receptie had zien zitten, mij kwam halen voor 'het gesprek'.

Zij leidde mij naar een zaaltje à la 2.11 en kondigde mij na een bescheiden klopje op de deur aan met de woorden: 'Mevrouw Vertongheren, uw kandidate...'

Mevrouw Vertongheren nam niet de moeite haar receptioniste voor deze gedienstige introductie te bedanken en gebaarde rechtstreeks naar mij.

'Gaat u zitten,' zei ze afgemeten, waarbij haar felle ogen mijn hele wezen in enkele seconden probeerden te scannen.

In stilte vergeleek ik mijn alledaagse outfit met de hare. Ze botsten enorm. Vertongheren droeg een driedelig deux-pièces. Ja, dat klinkt raar, maar het was zo. Ze droeg een gebreid rokje met daarop een gebreid truitje en daaroverheen een gebreid vestje, vandaar. Ik hoopte dat zij mij op grond van mijn kleding bij voorbaat zou afwijzen zodat ik meteen weer naar huis kon.

Ik schudde haar uitgestoken hand. 'Henri Delvaux.'

'Mevrouw Delvaux,' stak mevrouw Vertongheren van wal, die het kennelijk een leven lang zonder voornaam had weten te stellen, 'u bent een geval apart.'

Dat begon goed. Ik maakte me op voor de lichte vorm van schizofrenie of sterke neiging tot dominantie die Vertongheren uit mijn antwoordenpatroon kon hebben afgeleid.

'O ja?'

Ze keek op van mijn tests die voor haar op tafel lagen.

'Nu ja,' herstelde ze zich, 'apart is misschien wat sterk

uitgedrukt. Anders, laten we zeggen anders dan anders. Ik zal u een voorbeeld geven.'

De papieren ritselden, terwijl Vertongheren met een vierkant gevijlde harsnagel een van mijn meer aparte antwoorden trachtte te traceren. 'Bevelen...'

'Weigeren,' herhaalde ik mijn schriftelijke reactie automatisch. 'Is daar iets mis mee?'

Ze leek wat onthutst door het feit dat ik antwoordde zonder dat zij mij daar expliciet toestemming voor had gegeven en schudde het hoofd. 'Dat is het niet, alleen... de meeste mensen antwoorden "gehoorzamen" of "opvolgen" als u begrijpt wat ik bedoel.'

O, maar dat begreep ik. Ik knikte.

Weer gleed de nagel over het papier. 'En hier bijvoorbeeld, hier associeert u "actie" met "luieren"...'

'Met een antoniem, ja, u prefereert wellicht reactie?'

Ik kreeg zin in de koffie die onaangeroerd voor mijn potentiële toekomstige manager op tafel stond en dacht met weemoed terug aan mijn glas water waar Tara tijdens onze eerste bijeenkomst heerlijk argeloos een slok van had genomen.

Voor ik het wist, waren Vertongheren en ik in een pingpong-match verwikkeld.

'Rusten...'

'Oprakelen...'

'Bril...'

'Rood...'

'Zus...'

'Ziekte...'

'Verraad...'

'Mees...'

'Begrijpt u waar ik heen wil?'

Ik staarde naar de ongetwijfeld hoogbegaafde psychologe tegenover mij. Naar haar perfect gecoiffeerde donkerblonde carré en het fijne gouden kettinkje met daaraan een onduidelijk bedeltje dat op haar zachte kasjmieren truitje rustte.

'De eerste drie begrijp ik ergens nog, in de zin dat ik kan *hineininterpretieren*, maar dat u verraad aan een vogel koppelt, dat...'

'... dat is inderdaad ongewoon,' viel ik haar bij. 'Had u liever gewild dat ik de test gemanipuleerd had?'

Ze leek te schrikken, want haar wonderbra bewoog even alsof haar borsten een klein windje lieten.

'Integendeel, uw antwoorden zijn verfrissend.' Ze zei het op een manier alsof ik gratis Ambipur verspreidde.

Daarop volgde een hele uitleg van haar kant over wat dit bedrijf van mij zou verwachten, mocht mijn kandidatuur positief uitvallen. Ik luisterde met een half oor, in de overtuiging dat de dame tegenover mij nog liever een zeekoe in dienst zou nemen dan mij dagelijks om zich heen te hebben.

Mijn opluchting was groot toen ze mij rond half zes eindelijk liet gaan met de belofte mij snel iets te laten weten. In mijn snorrende Mini bedacht ik dat ik een functie in een viskraam op de markt, waar ik verzekerd was van een gemoedelijke sfeer, zou prefereren boven het opvolgen van de strikte orders van mevrouw Vertongheren. Ik vond een plaatsje voor het huis van mijn dromen dat nog altijd te koop stond. Misschien zou het wachten tot ik de Lotto won, misschien zou het onverkoopbaar blijken totdat ik genoeg spaartegoed vergaard had. Misschien zat er een verborgen zwam in de kelder die de prijs zou drukken.

Rond half zeven rinkelde mijn vaste telefoon. Ik was net een flesje wijn aan het kraken in de keuken, zodat hij vier keer was overgegaan voordat ik opnam.

'Henri Delvaux.'

'Spreek ik met mevrouw Delvaux?' vroeg een klein stemmetje dat mij vaag bekend voorkwam.

'Ja, daar spreekt u mee.'

'Mevrouw Vertongheren laat weten dat u de job hebt...'

Nauwelijks drie weken werkloos en een nieuwe job. Wie had dat kunnen denken?

Ik weigerde beleefd maar beslist. Het meisje beloofde mijn boodschap aan mevrouw Vertongheren door te geven. Ik kreeg het gevoel dat ze mij buitensporig benijdde.

Ik had verwacht dat Tara me voor gek zou verklaren. Dat deed ze niet. Ze gaf me bij thuiskomst groot gelijk en herinnerde me voor de verandering aan de mogelijkheid zelfstandig te worden. Dat deed ze regelmatig. Dagelijks zelfs. Ik reageerde er bij voorkeur niet op. Vooral omdat mijn zelfstandigheid met een investering van haar kant gepaard zou moeten gaan. Dat vond ik veeleer onzelfstandig. Uiteraard zei ik haar dat niet. Ik voelde geen enkele behoefte om Tara te kwetsen.

Eerlijk gezegd werd het verlangen haar constant om me heen te hebben groter en groter. Haar om me heen te hebben zonder dat we daarvoor steeds onze halve inboedel moesten verhuizen, zonder het gevoel te hebben tussen twee huizen in te leven. Nestdrang, zoiets. Ik snakte naar de dag dat we de door onszelf opgelegde beleefdheid, die we nu nog vol overtuiging in acht namen en inherent was aan een prille relatie, zouden laten varen. Dat we geen van beiden erg bedreven waren in het samenwonen werkte natuurlijk niet in ons voordeel. Bovendien had ze vast niet voor niets aangegeven dat ze een eenzaat was.

Niets ebt zo snel weg als de vreugde over het afwijzen van een job. Nauwelijks een week en zes afwijzingen later, ditmaal afkomstig van door mij aangeschreven en geambieerde bedrijven, was ik radeloos genoeg om me in deux- of trois-pièces naar Vertongheren te slepen en alsnog een knieval te doen. Mijn respect voor de mensen die zich in het verleden door mij hadden laten begeleiden en motiveren, groeide met de dag. Wrang bedacht ik dat ik me voortaan in elk geval ervaringsdeskundige zou mogen noemen. De kommer en kwel van mijn week werd enigszins verlicht door de hartverwarmende mailtjes die ik van Ingo, Richard, Linda en enkele mensen die ik in Brussel en elders begeleid had, ontving.

Met Xavier sprak ik af de vrijdag voor kerst te gaan eten, waarna hij voor de feestdagen naar zijn zusje zou afreizen. De sterfdag van zijn moeder naderde met rasse schreden en leek zich in zijn stem te weerspiegelen. Tara betichtte mij van overgevoeligheid en probeerde mij in bedekte termen te waarschuwen. Ze leek weinig vertrouwen te hebben in Xavier en vond dat ik beter afstand kon houden nu er geen noodzaak meer bestond met hem om te gaan. Mijns inziens had daartoe nooit een noodzaak bestaan. Ik mocht Xavier gewoon graag.

'Pas toch op, Henri,' verzuchtte ze op een gegeven moment. 'Je kent hem nauwelijks, je hebt geen idee welke rol hij in jouw ontslag of dat van Katja heeft gespeeld.'

Die opmerking had ze beter achterwege kunnen laten. Wellicht omdat ze zo akelig logisch klonk. Had ik een grove inschattingsfout gemaakt? Was ik naïef genoeg geweest me om de tuin te laten leiden door een telg van Declerck? In weerwil van mijn ontwaakte achterdocht koos ik ervoor de afspraak voorlopig te laten staan.

Veel sterker was de aandrang kerst aan te kaarten bij Tara, zekerheid te krijgen omtrent haar invulling daarvan. Was ze bereid een avond met mijn moeder en mij aan tafel te zitten of had ze andere plannen? Dat ik haar antwoord op die vraag niet kon inschatten, deed me beseffen hoe oneindig broos onze relatie eigenlijk wel niet was.

Mijn afspraak met Xavier ging uiteindelijk niet door en ik was er eerlijk gezegd niet rouwig om. Hij belde zelf af om ons geplande etentje naar een nader te bepalen datum in het nieuwe jaar te verplaatsen. Langs zijn neus weg meldde hij voorlopig in Brussel te blijven werken. Ik nam aan dat de urgentie van ons rendez-vous daarmee was weggevallen en vroeg hem niet expliciet naar de reden van het uitstel. Het einde van ons korte, vrij oppervlakkige gesprekje leverde mij een fikse geruststelling op. Net voor hij ophing liet Xavier zich namelijk ontvallen dat hij na de kerst met zijn zus en vader tien dagen zou gaan skiën. Het vooruitzicht van een Declerck-vrije vakantie garandeerde mij precies de dosis gemoedsrust die ik nodig had.

Kerstavond bij mijn moeder was als lunch op zaterdag maar dan in een luxe avondversie aan een feestelijk gedekte dis. Voor de verandering waren we bovendien met drie in plaats van twee. Er was een heuse boom, met daaronder onze geschenkjes. Er bleef weinig hangen van die avond. Behalve dat het gemoedelijk was, dat ik een paar dikke handschoenen van mama kreeg en een kleurige gebreide muts met oorklepjes van Tara.

Op kerstochtend wisselden we de meer intieme geschenken

uit. Ik schonk haar een brede zilveren armband met dikke ronde schakels, waarna ze mij nagenoeg dezelfde liet uitpakken. We hadden ze kort tevoren samen voor een etalage staan bewonderen, dus echt toevallig was het niet. Mijn keuze was alleen maar op de armband gevallen omdat een ring te vroeg was. Omdat ik een ring te vroeg vond. Omdat ik dacht dat zij een ring te vroeg zou vinden. Omdat ze al een ring had. Op mijn grote duikershorloge met zijn platte ronde roestvrijstalen kast en zwarte leren band na bezat ik geen enkel sieraad. De komst van de armband deed mij redeloos verlangen naar een ring.

Getooid met onze armbanden trokken we later die dag naar Tara's ouders. Dat waren we net voor de feestdagen overeengekomen. Zij mee naar mijn moeder, ik mee naar haar ouders. Dan was het ijs ineens gebroken.

Ik wist niet wat ik me precies had voorgesteld. Veel te veel waarschijnlijk. Van nature neigde ik naar hooggespannen verwachtingen.

Allereerst droegen ze geen witte jassen.

Dat verwachtingspatroon dankte ik aan mijn bovenbuurman in mijn vorige appartement, een gepensioneerde drogist. Ruim vijf jaar nadat hij zijn geliefde winkel had verkocht, sjokte hij nog steeds in een grijze stofjas rond. Die beroepsdeformatie had ik onwillekeurig en volkomen onterecht in mijn plaatje van Tara's ouders geïntegreerd.

Ze waren best hartelijk. Zij het op een wat afstandelijke manier. De kleine, mollige moeder met het spitse gezichtje en Tara's donkerblauwe ogen droeg het haar in een kunstige chignon. Er liepen dikke zilveren strepen door het donkerbruin alsof ze met vaste hand met een marker waren aangebracht. Ze droeg een eenvoudige, hooggesloten zwarte jurk en klassieke lakschoenen met een bescheiden hak en een goudmetalen biesje achter de hiel. Ze gaf haar dochter een enkel kusje. Ik kreeg een piepkleine hand die zacht en koel aanvoelde.

De vader was iets groter dan ik, zonder daarom echt lang te zijn, en zo kaal als een biljartbal. Zijn donkere ogen schitterden achter een rond brilletje dat een vergrootglaseffect sorteerde zodat ze buitenproportioneel leken in zijn vollemaansgelaat.

Hij klopte zijn dochter op haar rug om haar dan wat onhandig tegen zich aan te drukken. Een kus bleef uit. Ik kreeg een hand. Warm en behaard. Hij droeg een vlinderdasje en bretellen. Ze hadden duidelijk een functie, want hij droeg zijn broek onder zijn geprononceerde buik.

Hoe gaat dat als je ergens voor het eerst op bezoek komt? Je kakelt maar wat in het wilde weg. Over het weer, de autorit, beleefde complimenten uitend over de omgeving waarin je terechtkomt. Beide ouders spraken een keurig Vlaams waar geen streek op te plakken viel en waarvan ik niet wist of het speciaal voor mij werd gebezigd.

Hun huis in de buurt van het Jubelpark was ruim, maar lang niet zo immens als ik uit de verhalen van Tara had begrepen. Het leek alsof haar indrukken uit haar peutertijd stamden en nooit een volwassen vervolg hadden gekregen. Ik vond de inrichting erg strak voor mensen die tegen de zeventig moesten zijn. Alles was gedrenkt in beige. Een oase van rust. Van de eiken vloeren tot en met de reusachtige lage banken en tafels van Natuzzi, de hoge wanden en zelfs de schouw. Her en der stonden manshoge bronzen beelden. Een schilderij viel nergens te bespeuren. Op de beige marmeren schouw prijkten twee lampen met elk een beige stoffen kapje en een hoge houten voet, op elke hoek een. Het overige licht kwam van de vele ingebouwde halogeenspots waarmee het plafond bezaaid was en die kennelijk op een dimmer waren aangesloten.

Wat me vooral bijbleef, was de tuin. Een schitterende Japanse tuin, waar beide ouders zo ongeveer een dagtaak aan moesten hebben. Vanwege die oosterse hof van Eden kon ik me met geen mogelijkheid voorstellen dat ze ooit naar een intiemere woning zouden verhuizen, zoals Tara had gesuggereerd.

We begonnen met een glaasje champagne op de banken. Zelfs mijn dijen konden de afstand tussen de rugleuning en het uiteinde van het stevige kussen maar net overbruggen. Tara ving het euvel op door niet te leunen. Haar moeder door haar benen schuins langs de zijkant te plaatsen. Alleen Tara's vader kon met gebogen knieën en beide voeten op de grond echt relaxed wegzakken.

Het kostte me moeite het gesprek te volgen. Niet omdat het

een moeilijk gesprek was, nee, het was de sfeer die me trof en op een rare manier deed afdwalen, een lichte staat van onthechting over me afriep. Alsof we ons in een chique meubelzaak bevonden in afwachting van een verkoper die zich over ons zou ontfermen. Ik staarde naar de bonsai voor mij op de salontafel en werd opgeschrikt door de moeder die mij een hete dimsum presenteerde, een klein glazen bordje en een servetje aanreikte. Ik hoorde mezelf vertellen dat ik opleider was en verzwijgen dat ik momenteel op non-actief stond.

Tegen zeven uur verhuisden we naar de eettafel in de achterkamer die uitzicht op de inmiddels sprookjesachtig verlichte tuin bood. De sfeer hadden ze blijkbaar voor buiten bewaard. Aan de enorme tafel was plaats voor tien personen. Ze was eenvoudig gedekt met bamboetafellopers en grote beige linnen servetten. Niets verwees naar kerst.

Op een bepaald moment verdween Tara samen met haar moeder naar de keuken, die aan ons blikveld onttrokken was, en gebaarde mij te blijven zitten. Ik nam een slokje van de uitstekende witte wijn die de vader had uitgeschonken en knikte hem minzaam toe. Hij liep naar de stereo om een cd in het laatje te schuiven en ik draaide me om naar de moderne versie van een buffetkast achter mij. Op een bonsai en een houten fotolijst na was die leeg. De foto toonde een meisje van een jaar of zeventien en een iets oudere jongen. Ze hadden de armen om elkaar geslagen en lachten hun tanden bloot, die heel wit afstaken tegen hun gebruinde gezichten. Tara en Cyril. In tegenstelling tot zijn zus had Cyril wat slag in zijn halflange donkere haar.

'Dat is onze zoon.'

Die woorden maakten dat ik me weer omdraaide en instemmend knikte.

'Ze lijken op elkaar.'

De enorme ogen achter de brillenglazen schitterden onverminderd. Hij wees op zijn hoofd en grijnsde.

'Toen wel, nu is hij kaal, net als zijn vader. Tara boft dat ze mama's haar heeft.'

Ik was een beetje beduusd door deze plotse persoonlijke noot en wist me geen houding te geven. Ik zweeg.

'Het eerste project van onze Tara was meteen een schot in de roos...'

Glimmend van trots begon hij een omslachtige uitleg over de software die zijn dochter speciaal voor apotheken had ontwikkeld. Opeens was hij een en al leven en ving ik een glimp van Tara op in zijn vloeiende gebaren. Mijn aandacht was zodanig op hem en zijn verhaal gericht dat ik Tara en haar moeder pas ontdekte toen ze achter zijn rug met allerlei schotels opdoemden.

Net op dat moment lanceerde haar vader: 'Ze had op haar veertigste al kunnen rentenieren als ze direct na haar studie hier in het hoofdkwartier van Europa een eigen zaak had opgezet in plaats van in Parijs voor een multinational te gaan sloven. Zo'n talent...'

Tara werd donkerrood. *'Papa, je t'en prie,'* fluisterde ze.

Ik sprong gedienstig op om een schotel van haar over te nemen, niet goed wetend of ik juist wel of liefst niet op haar vaders opmerking moest reageren. Iets in Tara's blik vertelde me dat ik beter mijn mond kon houden.

'Jeetje...' prevelde ik dus maar en ging opnieuw zitten, mijn blik dwalend over de overdaad aan sushi, sashimi, yaki tori en futomaki. Hier was hard op gezwoegd.

Vader en moeder schakelden over op rijstwijn, Tara op water, ik hield het op wit.

Ik verbrak de stilte met een compliment over de dis, dat de moeder lachend wegwapperde. 'De traiteur, Henri, de traiteur...'

Het was de eerste keer dat ze mijn naam uitsprak.

Ze voegde eraan toe: 'Speciaal voor onze dochter, hè Tatam?'

'Dank je, mama, heerlijk,' zei een iets minder rode Tara die het hoofd boog en voorzichtig een stukje tonijn van de schotel voor haar pikte. Net als haar ouders at ze met stokjes. De enige barbaar met vork en mes was ik.

Hun beleefdheid kon zich met die van de Japanners meten. Ik dacht aan mijn eigen moeder, haar temperament dat zich onder geen beding door tact liet beteugelen, haar klaterende lach, haar wilde gebaren, woeste uitroepen en compromisloze conclusies. Aan onze gesprekken die steevast meer van schermutselingen weg hadden dan van een beheerste dialoog. In het keurslijf van de Japanse rust zegende ik mijn moeder.

De vader leek met zijn opmerking over Tara's rentenierschap en talent al zijn kruit verschoten te hebben. Hij hulde zich in stilzwijgen, zich op het eten en ons algemene gesprek concentrerend. Heel af en toe lardeerde hij de conversatie met een 'hm' of een 'ja'.

Ik volgde zijn voorbeeld en beperkte me eveneens tot luisteren. Zo vernam ik dat Cyril in maart zou overkomen, zonder zijn vrouw Patricia die half februari haar baarmoeder moest laten verwijderen en derhalve nog herstellende zou zijn, dat dokter Roselaer na een uitputtend ziekbed was overleden, dat hun vroegere apotheek door de huidige eigenaars volledig was verbouwd en dat Clementine had gebeld en naar Tara had geïnformeerd.

Die laatste naam deed mij opkijken en ongewild de oren spitsen.

Tara's blik bleef neutraal. 'Je hebt haar toch niet mijn adres of telefoonnummer gegeven?' vroeg ze haar moeder in het Frans.

Haar moeder keek wat schichtig maar schudde het hoofd. 'Natuurlijk niet.' En alsof ze mij een uitleg verschuldigd was: 'Clementine was vroeger ons buurmeisje en is erg op Tara en Cyril gesteld. Ze vond het verschrikkelijk dat zowel onze zoon als onze dochter naar het buitenland vertrokken.'

Voor de tweede keer hoorde ik Tara 'je t'en prie' mompelen, ditmaal voorafgegaan door 'maman'.

Na ons derde kopje koffie, zo rond half elf, kondigde Tara ons vertrek aan. Daarmee oogstte ze een onthutste blik van haar moeder die aandroeg dat ze het beddengoed in Tara's vroegere kamer had verschoond. Dat het toch veel prettiger voor ons zou zijn om te blijven slapen. We bleven niet. Tara presteerde het zelfs een fictieve professionele afspraak voor de volgende dag aan te halen, waarna haar moeder het opgaf. Het was duidelijk dat de plicht voorging in huize Descamps.

Op de terugweg dommelde ik weg zonder werkelijk in te slapen. En tijdens dat dommelen ervoer ik hoe de bijna onwereldse rust bij Tara's ouders omsloeg in een pijnlijke inwendige onrust. Was het omdat ik meende een patroon te hebben ontdekt? Een vluchtpatroon liever gezegd. Declerck had Tara uit Parijs verjaagd. Gold hetzelfde voor Clementine? Had zij Tara naar Parijs doen vluchten in plaats van een softwarebusiness uit de grond te stampen in de Europese hoofdstad? Soms kwam het me voor dat Tara weinig weet had van wat ze bij anderen aan gevoelens ontketende. Waardoor ze er automatisch geen rekening mee hield. Dat kon zo nu en dan gevaarlijk zijn, wist ik. Weglopen was één ding, ermee wegkomen iets totaal anders.

De hoer, de engel, de koelbloedige zakenvrouw. Welbeschouwd kende ik ze geen van drieën. Hoogstens had ik een glimp van ze opgevangen. Wat ik wel wist, was dat ze lief was zonder suikerzoet te zijn, zakelijk zonder over lijken te gaan, intens zonder obsessief te zijn, welgesteld zonder rijk te zijn, van seks hield zonder maniakaal te zijn. Alles duidde kortom op evenwicht. Waarom kreeg ik bij die schijnbare balans dan telkens last van hersenschimmen?

15

Pas tegen het einde van de eerste week van januari stak het besef dat ik werkloos was opnieuw de kop op. In al het feestgedruis had ik er geen seconde bij stilgestaan. Dat feesten was een unicum, want de periode tussen oud en nieuw had mij nooit kunnen bekoren. Bij nader inzien moesten een schreeuwend gebrek aan familie en het ontbreken van een partner daaraan debet zijn geweest. Voor het eerst bevond ik me dus in een luxepositie. Dankzij Tara kreeg deze door mij gehekelde periode opeens veel meer kleur en flair. Wij werden zonder pardon opgeslokt door een stroom van festiviteiten.

Om te beginnen was er Ruuds veertigste verjaardag die in een door Mil afgehuurd café – juist ja, bij mij aan de overkant – met een surpriseparty werd gevierd. Iedereen was na afloop zo ladderzat dat zowat alle taxichauffeurs van Antwerpen er een graantje van hadden meegepikt. Het was meteen ook de eerste keer dat ik Tara dronken meemaakte. Inderdaad, ze werd er onoplettend van. Alsof alles wat ze in die staat deed of ervoer buiten haar om ging. Alsof haar persoonlijkheid, haar wil, voor onbepaalde tijd was uitgeschakeld. Ik begeep in elk geval waarom ze een zekere alcoholdrempel liever niet overschreed.

Ze had een dag of twee nodig om de kater te boven te komen. Waarop het volgende feest zich aandiende. Een grootse oudejaarsparty bij Amber en Claudia. Om te vieren dat de baby onderweg was en een nieuw jaar in te luiden dat hun leventje van duo tot trio zou uitbreiden. Claudia was het leeuwendeel van de avond en een flink stuk van de eerste dag van het nieuwe jaar in Tara's directe omgeving te vinden, wat mij de kans gaf om me zorgeloos op de rest van het gezelschap en meer bepaald op Amber te concentreren. Het ging zelfs zo ver dat ik Tara om een minuut voor twaalf bij Claudia moest wegkapen om me ervan te verzekeren de eerste te zijn die haar zou kussen.

Na deze uitspatting hadden we de vakantiedagen die ons, of liever gezegd Tara, restten wederom hard nodig om te recupereren. Dagen waarop we hele ochtenden in bed doorbrachten, sloten thee dronken, met mijn moeder gingen brunchen, samen dvd's huurden en wandelingen ondernamen in alle parken die Antwerpen rijk is.

Geen wonder dat ik na die weelde van saamhorigheid en gezelligheid even moest slikken toen Tara weer ging werken. Het feit dat ze dagen en dagen achtereen in mijn huis en nabijheid had verkeerd, had de schijn van een leven samen gewekt, die abrupt werd ontmaskerd.

Het kostte me moeite een hele dag voor mezelf te hebben en die op de een of andere manier zinvol in te vullen. Ondanks uitgebreid reageren op de schaarse interessante vacatures die ik op internet tegenkwam, consequent een uurtje joggen, opruimen, de actualiteiten volgen en lezen, hield ik dagelijks een gapend gat van enkele uren over dat me bijna tot waanzin dreef. Zodra ik even niets te doen had, begon ik automatisch te piekeren. Over hoe ik nooit meer aan een job zou raken. Of hoe Declerck na zijn terugkeer uit Les Trois Vallées Tara en mij ergens in een groezelige kelder zou gijzelen en uithongeren totdat we onze relatie voor zijn ogen ontbonden. Of anders zou de mysterieuze Clementine wel als een soort wraakgodin uit het verleden terugkeren en Tara op een snuivend zwart ros schaken om samen met haar een nieuw leven in het frivole zuiden van Frankrijk op te bouwen.

Nee, niets was me te gortig, niets leek onmogelijk behalve de doodgewoonste dingen.

Om mijn ongebreidelde fantasie enigszins in te tomen bracht ik vrijwel iedere dag een bezoekje aan mijn moeder. Die begon op haar beurt te klagen over het surplus aan veel te zwaar belegde broodjes dat ze te verstouwen kreeg en dat ze door mijn ongevraagde aanwezigheid niet toekwam aan haar administratie die ze gewoonlijk op rustige momenten bijwerkte, enzovoorts. Mijn moeder probeerde mij kortom duidelijk te maken dat overdaad schaadt. Ik kon haar geen ongelijk geven. Ik moest mezelf leren vermaken.

Op de tweede maandagochtend van januari nam ik na Tara's

vertrek in de richting van mijn vroegere werkgever het besluit naar Brussel te gaan. Eerst zou ik uitgebreid naar het Museum voor Natuurwetenschappen gaan voor een ontmoeting met de monsters uit de prehistorie, waarna ik rond de middag mijn vader met een bezoekje zou verrassen. Het gaf me een goed gevoel voor de verandering eens een hele dag onder de pannen te zijn dankzij een strak gepland programma.

De eerste die mijn strakke planning doorbrak was de postbode die net arriveerde toen ik naar buiten stapte en die mij drie enveloppen overhandigde. Twee daarvan bevatten afwijzingen, de derde een uitnodiging voor een gesprek. Bij een consultancy in Antwerpen waar ik net voor kerst had gesolliciteerd en waar ik eigenlijk niets van had verwacht, hoewel de functie me bijzonder aansprak. Wat nerveus vatte ik de koe meteen bij de hoorns en toetste in de Mini het nummer van het briefhoofd op mijn gsm in. Een vriendelijke stem gaf mij een afspraak voor vrijdag.

Daarna trok ik de choke uit, blikte op het plattegrondje dat ik had afgeprint en zette mijn voorgenomen kruistocht in. Ik passeerde mijn favoriete huis dat nog altijd te koop stond. Inmiddels stond het leeg, zag ik. De ramen waren aan de buitenkant vuil, de gordijnen weggenomen. Het zag er treurig uit, zo zonder bewoners. Het verdiende beter.

Het museum bleek potdicht. Niet echt verrassend voor een maandag. Daar ging mijn planning. Moedeloos dwaalde ik door het naburige druilerige Leopoldpark totdat ik verkleumd was. In een authentiek Brussels cafeetje kwam ik rond half elf achter een dampende kop thee weer wat op temperatuur. Het bezoek aan mijn vader stond voor een uur op mijn agenda en daar zou ik niet van afwijken. Daarom doorkruiste ik na de thee en een ritje in de auto opnieuw een park, ditmaal het Jubelpark, om nog eens een slordige anderhalf uur dood te slaan.

Net na halfeen arriveerde ik in het stukje Schaarbeek waar mijn vaders appartementsgebouw zich volgens de plattegrond moest bevinden. In tegenstelling tot de straten die naar de zijne hadden geleid, was deze laatste niet geaccidenteerd. Aan beide kanten van een zeer brede middenberm met hoge kale loofbomen, lage struiken, bankjes en aangrenzend parkeerplaatsen leunden gebouwen uit de jaren veertig, vijftig en zestig tegen elkaar. Het vinden van een plekje voor de Mini leverde geen probleem op. Mijn vaders huisnummer kleefde op een van de grotere blokken rechts halverwege de straat.

Voor een man met een hart voor Toscane, oud-studentes en golfen vond ik dat hij zich in een niet bepaald tot de verbeelding sprekend gebouw ophield. Voor alle veiligheid zette ik mijn oversized capuchon op zodat mijn gezicht en krullen niet zichtbaar zouden zijn voor het geval mijn vaders appartement met videofonie was uitgerust. Als een dief in de nacht sloop ik de onverwacht moderne maar steriele daghal van het gebouw binnen waar ik direct vond wat ik zocht. Het bellenpaneel. Mijn ogen snelden over de zilverkleurige naamplaatjes.

Mijn vaders naam, J. Hellenbosch, prijkte links bovenaan. Ik telde de namen. Acht. Ik nam aan dat mijn vader niet door hoogtevrees werd gekweld. Zonder aarzelen drukte ik mijn rechterwijsvinger stevig op de bel. Ik had immers niks te vrezen. Ik had mijn komst niet aangekondigd en hij was er vast niet. Was hij niet op zijn sociëteit, dan zat hij wel ergens in een genoeglijke tearoom een promovenda te coachen. En al was het momenteel geen weer om te golfen, dan struinde hij op dit ogenblik ongetwijfeld ergens in een speciaalzaak rond om een collectie nieuwe ballen of clubs uit te zoeken voor het geval daar verandering in zou komen.

Vrijwel onmiddellijk kreeg ik een reactie.

'Hallo,' klonk een stem.

Ik wist niet wat ik van de stem moest denken en boog het hoofd wat om me extra te focussen. Hij klonk me nogal licht in de oren voor een herenstem, moest ik vaststellen.

'Met wie spreek ik?' vroeg ik alsof mijn vader zojuist bij mij had aangebeld in plaats van andersom.

'Met Hellenbosch, Jean Hellenbosch, met wie anders?' antwoordde de stem geprikkeld.

Het was wel degelijk een mannenstem. Eentje die me allerminst beviel. Ik was voorbereid geweest op een warm, diep geluid. Een dragende stem die grote zalen zonder een centje inspanning zou weten te boeien. Een hees timbre desnoods. Niet op deze metalen stem die eerder computergestuurd dan van een warm menselijk wezen afkomstig leek. Ik had geen enkele affiniteit met deze stem. De zenuwen sloegen in alle hevigheid toe.

Ik zei iets ongelooflijk knulligs, ik zei: 'Weet u het zeker?'

'Neemt u mij soms in de maling, mevrouw?' sneed de stem van mijn vader door mijn onwennige dochterziel.

Enigszins in paniek besefte ik dat hij op zijn beurt op grond van mijn stem mijn geslacht moest hebben herkend. Zijn accent klonk eerder Noord-Nederlands dan Vlaams en in de verste verte niet Frans.

'Nou, vooruit, wat moet u van me?' vervolgde de stem die ondanks zijn metalen randje heetgebakerd begon te klinken.

Ik boog het hoofd nog dieper. Het was nu of nooit. 'Sorry,' riep ik in het luidsprekertje, 'sorry, verkeerde bel!' en ik maakte me schichtig uit de voeten.

Ik meende een halve vloek op te vangen en het lichte gekraak van ruw inhaken, toen stond ik veilig buiten.

Nauwelijks na enen en mijn agenda was afgewerkt, mijn missie mislukt. Had ik hier ruim eenendertig jaar op moeten wachten? Op deze apotheose die meer van een ingezakte soufflé weg had? Kon een contact afketsen op een stem? Zou mijn vaders geluid me evenzeer zijn opgevallen als er een gezicht aan verbonden was geweest? Ik moest hiermee ophouden. Dit had geen zin. Ik zette de radio aan om de stem te overstemmen. Hij stoorde verschrikkelijk maar alles was beter dan de klank van vleesgeworden metaal.

Ik slaagde er niet in te huilen.

Voor de derde maal op enkele uren tijd parkeerde ik in de buurt van een park. In Antwerpen ditmaal. In het Middelheim-museum vond ik de rust die ik zocht. Bij het eeuwig rennende bronzen meisje, het danseresje van Manzù waarvan ik vroeger had gedacht dat het onder mijn warme, kleffe handjes tot leven zou komen, de dansende vrouw met het kind van Bernard, de indrukwekkende zaaier van Meunier...

Dwalend van beeld naar beeld wist ik mijn agenda en daarmee mijn dag alsnog te vullen.

Voor mijn huis deed ik mezelf een belofte. Met mijn hand plechtig op mijn hart zwoer ik dat mijn moeder nooit iets zou weten. Niet van de stem. Niet van het bezoek aan mijn vader. Tijdens die belofte drong het tot me door dat mama ooit, in een ver ver verleden een gelijkaardige dure eed moest hebben gezworen.

De vele mijlen die ik in drie verschillende parken had afgelegd, hadden mij een gezonde trek bezorgd. Dit in tegenstelling tot de liefde van mijn leven die rond zevenen afgepeigerd binnenkwam en mij vlak meldde totaal geen honger te hebben.

'Neem een douche of een bad en trek lekker een jogging aan,' adviseerde ik moederlijk. Ik gaf haar een knuffeltje, nam haar jas aan en hing hem weg.

Toen ik de badkamer binnenkwam, stapte ze net in de badkuip. Ze rilde.

'Ik moet ongesteld worden...' Haar ogen stonden moe.

Ik kwam op de rand zitten, doopte een spons in het warme water en kneep hem uit boven haar rug.

'Vervelende dag?' vroeg ik zacht.

Bij momenten voelde ik me ronduit schuldig. Hoeveel moeite het me ook kosten mocht, ik kon mijn dagen tenminste zonder orders van hogerhand indelen.

Tara richtte de warme straal op haar bovenlijf en ik verkaste naar de kubusvormige houten wasmand.

'Ik denk dat er voor iedereen wel een moment komt dat je denkt: is dit alles?' Ze klonk wat down.

Hoewel ik dondersgoed wist dat ze op haar werk doelde, kon ik het niet helpen dat het cliché 'onze wittebroodsweken zijn voorbij' door me heen flitste. Toekijkend hoe ze de dag van zich afspoelde, stilletjes genietend van haar compacte lijf, vroeg ik me af of Tara het gevoel had dat ze op mij bouwen kon. Ik kon me zo voorstellen dat Lisette, met haar culturele en professionele bagage, voor haar de spreekwoordelijke rots in de branding was geweest.

Wat verwachtte Tara eigenlijk van mij? Voelde ze zich door het leeftijdsverschil genoodzaakt de rol van de verstandigste, de initiatiefnemer te spelen? Wat had zij Lisette te bieden gehad? Spanning en sensatie, dat zeker.

Tara's pose – ze droogde haar linkerbeen dat ze elegant op de badrand liet steunen – had iets weg van een oud-Grieks standbeeld.

Was ik spannend? Dat vroeg ik me licht ongerust af met uitzicht op haar ruggengraat, die decoratief kronkelde terwijl ze de rest van haar lichaam droogwreef. Mijn blik daalde af naar de badmat. Ik dacht van niet. Ik was veeleer voorspelbaar en op de koop toe onhandig. En impulsief was ik bij voorkeur op de verkeerde momenten. Ik was misschien tien jaar jonger maar niet echt van de verrassende soort. Ik zat haar bij thuiskomst niet in pikante lingerie op te wachten. Ik ontvoerde haar niet naar parken om haar vurig bij maanlicht te beminnen. Ik bezat geen bed met spijlen waaraan je speels een paar handboeien kon vastklikken. Ik verstopte geen benwa-balletjes, magic fingers of hoe al dat lekkers uit Ambers speeltjesgids ook heten mocht onder haar kussen. Was ik saai? Die vraag bedrukte me.

Toen ik opkeek zag ik dat Tara pal voor me stond, de handdoek om haar schouders gedrapeerd, haar huid lichtjes nadampend.

'Waar zat je aan te denken?' vroeg ze plagerig met ogen die beduidend minder moe stonden dan tevoren.

'Aan jou,' bekende ik schuchter.

Er speelde een glimlach rond haar lippen die het knipje accentueerde.

'Mooie gedachten hoop ik?'

Haar glimlach werkte aanstekelijk.

'Prachtige, diepzinnige gedachten,' vertelde ik haar en streelde de zachte huid van de binnenkant van haar dijen.

'Mmm,' mompelde ze goedkeurend en schoof naar voren totdat mijn lippen het smalle paadje tussen haar borsten beroerden. Het smaakte zoetpittig naar de gemberaccenten van haar douchegel. De palm van mijn hand deed haar kreunen en pikte haar ritme moeiteloos op. Ik raakte opgewonden van haar opwinding, het contrast tussen haar naakt en mijn gekleed zijn.

Haar overgave, de manier waarop ze zich zonder enige reserves gaf, vervulde me met een diepe ontroering die me op het randje van tranen bracht. Ze welden op in de vloed van mijn gevoelens en ebden bijna ogenblikkelijk weg in haar extase die me euforisch maakte.

'Ik ga vallen,' mompelde ze op een gegeven moment.

Haar waarschuwing gaf me de oerkracht haar op te tillen en tegen de muur te zetten, haar warme rug tegen de gecraqueleerde tegeltjes. Ik genoot van de gloed in haar ogen terwijl ze mijn hand zonder enige schaamte bereed en haar lichaam onder de op fluistertoon uitgesproken woorden 'Soms is macht zo machtig mooi' sidderend verstilde.

Tien lange seconden liet ik me door de roes van de macht overweldigen. Toen keerde ik met een schok op aarde terug.

'Ik moest me maar eens gaan aankleden,' merkte Tara op en verdween naar boven.

Licht ontheemd liep ik naar de keuken. Ik wist me niet goed raad met mijn gevoelens. Was ik ooit eerder zo opgewonden geweest? Ik drukte mijn buik tegen het aanrecht, zette de koude kraan vol open en hield mijn polsen eronder. Ruud had mij eens schertsend toevertrouwd dat koud water uitstekend werkte om de lusten te bekoelen. Vanzelfsprekend moest je het over een andere plek laten stromen, maar die mogelijkheid had ik nu even niet zodat een aanvaardbaar alternatief geboden was. Het vuur diep in mij leek zich geen spat van de koelte aan te trekken. Het waren Tara's handen die de kraan uit het niets dichtdraaiden. Het waren haar lippen die warm in mijn oor prevelden: 'Dacht je nu echt dat ik jou niet zou verlossen?'

Uiteindelijk hadden we alsnog allebei een gezonde trek. We aten aan tafel. Met kleine hapjes. Na iedere hap keken we even naar elkaar op waarna onze ogen terug naar onze borden dwaalden. Ik zag het aan Tara, zoals zij het aan mij moest kunnen zien.

Vroeger had ik honend gelachen als mijn moeder haar vinger waarschuwend naar mij hief onder begeleiding van de naar mijn idee loze kreet: 'Denk erom, Henri, ik zie het aan je ogen!' Daarmee leidde ze steevast mijn avondjes uit in, ervan overtuigd dat haar dreigement mij van intieme uitspattingen zou afhouden. Nu wist ik dat ze gelijk had gehad. Je kon het zien. Die waarheid deed me licht kleuren.

Ik schoof het bord van me af, depte mijn mond met m'n servet en nam een slokje water.

'Vertel eens over Clementine...'

Tara keek op. Haar kaak viel stil. Ze leek haar laatste hap zonder kauwen door te slikken en herhaalde toen mijn laatste gebaren. Met bord, servet, water. Daarna reikte haar hand naar het pakje sigaretten op de fruitschaal. Ik wachtte geduldig tot ze zou spreken. Het duurde een halve sigaret.

'Ik was negentien, zij tweeëntwintig.' De rook volgde haar woorden, haar blik bleef veilig op haar rechterhand rusten. 'Net als ik studeerde ze, maar in tegenstelling tot mij woonde zij al buitenshuis, op een piepkleine verdieping in de Marollen...'

Ik had verwacht dat het moeilijk zou zijn. Met haar afdalen in het verleden. Het viel me alles mee.

'Alle dagen feest dus?'

Mijn opmerking deed haar glimlachen en wiste het smeulende restje schroom uit haar ogen.

'Aanvankelijk wel. Daarna werd het lastig. Ze wachtte me op voor de unief. Claimde mijn weekends. Zo van die dingen. Vrij logisch als je verliefd bent natuurlijk...'

Ze klonk zoals ik me haar als puber voorstelde. Veeleer rationeel dan gevoelig.

'Komaan, Henri, *on n'est pas sérieux quand on a dix-neuf ans...*'

'Volgens mij gingen zowel het gedicht als het liedje over een zeventienjarige... Trouwens, ik zeg toch niets? Ik ben gewoon razend nieuwsgierig, vertel, hoe zag ze eruit?'

Tara deed alsof het haar de grootste moeite kostte een beeld van Clementine uit de catacomben van haar visuele geheugen op te diepen.

'Leuk,' zei ze ten slotte. 'Blond, vrij struis, met een zachte huid en grote borsten.'

'Zozo...'

Ze keek me vol aan. 'Ja,' zei ze alsof ze zichzelf verbaasde,

'Lisette was ook blond toen ik haar leerde kennen, en lekker rond en zacht.' Ze grinnikte. 'Nu ik erover nadenk, val jij nogal uit de toon.'

'Verandering van spijs…,' begon ik vrolijk.

Haar oogleden knipperden even. 'Mijn moeder was bijzonder op Clementine gesteld,' vervolgde ze zonder op mijn opmerking in te gaan. 'Zij vond het veel erger dan ik toen het tussen ons voorbij was. Pas toen ik met Lisette op de proppen kwam, gingen de poppen aan het dansen. Uit ons leeftijdsverschil wist mama ogenblikkelijk te concluderen dat zij in haar moederrol had gefaald.'

'In haar moederrol had gefaald?'

Tara haalde haar schouders op. 'Dat zei ze niet letterlijk, maar ik kon het opmaken uit haar bezwaren. Ouders schrikken van grote leeftijdsverschillen, weet je.'

'Dat is vast een van de weinige dingen waartegen mijn moeder geen bezwaar zou aantekenen,' liet ik me ontvallen.

Ze keek me strak aan. 'Tien jaar is nog altijd geen zesentwintig jaar,' zei ze fijntjes.

'Dat is waar,' gaf ik toe.

'Bovendien was ze maar een jaar of wat jonger dan mijn moeder en qua uiterlijk haar absolute tegenpool.'

Ik dacht niet dat Tara van mij een discours over de moederrol verwachtte. Dat bespaarde ik haar dus voor het gemak.

'Zijn jouw ouders tolerant?' wilde ik weten.

Tara liet de kootjes van haar verstrengelde vingers akelig knakken.

'Ja, eigenlijk wel. Tolerant in de zin dat ze zich van commentaar onthouden. Tot Lisette althans. Maar dat was eenmalig. Het is bij een bezoekje gebleven.'

Eén bezoek in vijftien jaar. Hoe pover.

'En tussen Clementine en Lisette zat niks?' Ik probeerde het achteloos te laten klinken, maar ze had me door.

Ze boog zich naar me toe en kneep in mijn hand. 'Je vroeg me naar Clementine, weet je nog? En nu wil je de hele lijst?'

Dat woordje veroorzaakte een steekje ter hoogte van mijn borstbeen. 'Er is een lijst?'

Ik kreeg het gevoel dat mijn gevraag de losse sfeer binnen de kortste keren om zeep zou helpen. Onzeker keek ik toe hoe Tara haar stoel geïrriteerd naar achter schoof, opstond en naar de keuken liep. Ik hoorde de koelkastdeur open- en dichtgaan, terwijl ik in gedachten zonder enige kans van slagen een lijst probeerde te visualiseren.

Ze reikte me een glas wijn aan.

'Ik ben niet jaloers,' fluisterde ik, 'ik wil gewoon meer van je weten.'

'Ik heb het niet netjes afgehandeld met Clementine, dat is een feit. Ik heb haar vier jaar lang te pas en te onpas bedrogen omdat ze niet toestond dat ik het uitmaakte. Ze wilde er niet van weten. En toen het me uiteindelijk echt teveel werd, ben ik vertrokken. Ik was al die hysterische, jaloerse scènes zodanig beu dat ik Brussel zo ver mogelijk achter me wilde laten.'

'En ze is je niet achterna gekomen?'

Mijn vraag wist haar zowaar een lach te ontlokken.

'Ze zat middenin haar medische specialisatie, ze had met veel pijn en moeite een opleidingsplek weten te bemachtigen, nee, ik was er vrij zeker van dat ze die niet zou laten schieten.'

'Toch geen gynaecologie?'

Tot mijn verrassing was mijn gissing raak.

'Toch wel.'

'Daar moet ik nu echt niet aan denken,' flapte ik eruit.

'Specifiek aan gynaecologie of aan geneeskunde in het algemeen?' vroeg Tara slim. Ze wachtte mijn antwoord niet af.

'Henri,' begon ze, en keek me wat bezorgd aan. 'Is het je ooit al opgevallen dat je heel veel vragen stelt?'

Ik wilde iets in het midden brengen. Ze gaf me de kans niet.

'Je stelt open vragen waarop je duidelijk een antwoord verwacht. En zodra je dat antwoord krijgt, schrik je en na de schrik klap je dicht. Teleurgesteld. Zo teleurgesteld dat je er niet in slaagt gericht door te vragen. En daarmee bereik je het omgekeerde van waar je eigenlijk op uit was. In plaats van door te dringen tot iemands verleden, logische verbanden te leggen, blokkeer je en neem je genoegen met iets dat onaf is, onuitgesproken blijft. Waardoor het een eigen leven gaat leiden in jouw gedachtewereld. Waarom doe je dat toch? Waarom hengel je een levenlang bij je moeder naar je vader en doe je niets als je eindelijk beet hebt? Waarom heb je niks gedaan met je kennis over Declerck? Waarom vraag je mij niet wat je daadwerkelijk, vurig wilt weten? Waarom begin je altijd zo doortastend om dan via omwegen weg te vluchten? Waarom? Moet ik het heft in handen nemen? Moet ik jouw onzekerheid temperen door verantwoording af te leggen voor mijn verleden? Alle mysteries te ontsluieren? Is dat wat je wilt? Of kun je genoegen nemen met stukjes, losse flarden die met de jaren meer kleur en gestalte zullen krijgen zodat jij je ze eigen kunt maken alsof het persoonlijke herinneringen zijn. Ik heb het idee dat mijn verleden jou tegelijkertijd nieuwsgierig en doodsbang maakt. Je staat toe dat onze levens zich verstrengelen, waarom onze verledens dan niet? Welk kwaad zou mijn verleden jou kunnen berokkenen? Mijn verleden heeft me gevormd tot wie ik vandaag ben. Vandaag kies ik voor jou. Ik vind dat ik jouw vertrouwen onderhand wel verdien. Ik vind dat het achteloos noemen van een naam door mijn moeder jouw vertrouwen in mij niet zomaar aan het wankelen mag brengen. O ja, ik heb me behoorlijk defensief opgesteld, jaloers zelfs, ten aanzien van Mil. Maar ik hou me vast aan wat ik zie, aan wat ik heb. Jou, hier, tegenover me. Dat is een statement op zich. Zo redeneer ik. Je moet dingen een plaats geven, Henri. Anders draai je door. Anders wordt ieder stukje verleden waarop je toevallig stuit een handgranaat. Jij kunt zoveel dingen, gevoelens zo mooi en juist benoemen, dat is een gave die je mag koesteren. Maar je moet af van die angst. De redeloze angst voor schimmen uit het verleden, de nodeloze angst voor de toekomst. Die ligt open. En het grote voordeel is dat we er samen voor staan. Dat is momenteel een zekerheid waaraan je je zou moeten optrekken. Begrijp je me een beetje?'

O, ik begreep haar volkomen. Amber had me ooit aangeraden een sessie jassentechniek in een centrum voor relaxatie te gaan volgen. Omdat zij mij het perfecte voorbeeld vond van de overvolle kapstok, behangen met bergen jassen die bij mij vooral angsten vertegenwoordigden. Hoe louterend zou het niet geweest zijn om die stuk voor stuk weg te ruimen en opnieuw te zien wie ik zelf was? Maar ik had het niet aangedurfd, bang als ik was dat er niets zou overblijven nadat de jassen waren weggenomen. Behalve dan een gapend lege kapstok.

Tara zat wat ineengedoken tegenover me, vermoeid als toen ze van haar werk kwam. De gloed van eerder op de avond leek uitgedoofd. Die had ik tenietgedaan. O ja, ik was goed in het duiden en oplossen van problemen. Bij derden welteverstaan, derden die ik nauwelijks of niet kende. Dat was handig in mijn werk, maar op persoonlijk vlak faalde ik op alle fronten. Op persoonlijk vlak kwam mijn studie niet van pas. Sterker nog, ze belemmerde me. Ik was niet in staat om objectief tegenover mezelf te staan.

Hoewel Tara's woorden indruk op me hadden gemaakt, deden ze gek genoeg geen pijn. Ze onderstreepten slechts wat ik al heel lang wist, waar ik al jaren vruchteloos tegen vocht. Ze vormden de kern van het stukje ik waar ik dolgraag vanaf wilde. Dankzij Tara's heldere frasering was het opeens minder vaag geworden.

Mijn fascinatie voor haar was als een avontuur begonnen. Het was spannend geweest om steeds meer over haar te ontdekken. Alleen wist ik nu dat ik teveel van iedere ontdekking had verwacht. Ik had niet willen aanvaarden dat Tara's beweegredenen veel minder doorwrocht waren dan ik ze had ingeschat. Ik nam geen genoegen met simpele antwoorden, ik wilde per se complexe scenario's, een diepe onderstroom, blootleggen. Ik was zo arrogant om iedere keuze in haar al dan niet recente verleden te willen verklaren, terwijl zij daar geen enkele behoefte toe voelde. Tara liet dingen gebeuren, had ze over zich heen laten komen. En ik, idioot die ik was, was zo aanmatigend om te denken dat ik ze alsnog moest of kon orkestreren. Ik probeerde mijn jassen naar haar kapstok te verhangen.

Tara legde mijn stilte verkeerd uit. Ze sloeg met haar handen op haar dijen en keek me wat mismoedig aan.

'Als jij hier niet klaar voor bent, moet je dat zeggen,' zei ze toen. 'Dat heb ik liever, Henri. Ik zou niets liever doen dan al je onzekerheden wegnemen. Maar ze voeden, daar pas ik voor. Het is niet de bedoeling dat jij mijn hoogtepunten, ontgoochelingen, foute en goede keuzes gaat herbeleven of ontrafelen. Ik heb geen behoefte aan biechten noch aan absolutie.'

Er was zoveel dat ik wilde zeggen. Veel te veel. Zeggen dat ze gelijk had, zou volstaan. De recente herinnering aan haar zachte warme huid tegen mijn hand vertelde me alles wat ik weten moest, waarmee ik desnoods jaren zonder vragen verder kon.

'Ik hou van je,' was alles dat ik uit kon brengen.

'Houden van is ook loslaten.'

De schaduw in haar ogen maakte me bang, haar tikje op mijn dij voelde aan als een afscheid.

'Ik wil alles, alles voor je doen,' riep ik haar rug geëmotioneerd toe, 'maar je loslaten, nee, dat kan ik niet...'

Bij de hoek van mijn toogje draaide ze zich om.

'Probeer het overdrachtelijk te zien, Henri,' luidde haar eenvoudige suggestie, waarna ik haar achter de keuken zag verdwijnen. Naar boven, naar bed. Ik nestelde me op de bank voor een nacht alleen. Een nacht in het teken van haar metafoor die ik moest proberen te ontraadselen.

Ze verdween de volgende ochtend in de illusie dat ik sliep. Dat hield ik mezelf althans voor. Ik hield me slapende terwijl ik haar uit mijn halfgeloken ogen zag vertrekken. Jas over de arm, laptop in de linkerhand. De klap van de voordeur zond een vlaag parfum mijn richting uit.

Ik had uren en uren de tijd gehad om over haar woorden en over mezelf na te denken. Een doodvermoeiende nacht, waarin ook flarden van gesprekken met Ruud en Amber de revue hadden gepasseerd. Ergens tegen het einde van zijn verjaardagsmarathon had Ruud me op een idioot moment een opmerking in mijn oor gebruld. We hosten meer bepaald in polonaise door het café. Mijn handen rustten op de schouders van een volledig in oranje uitgedoste Nederlandse vriend van Mil die zijn koningshuis een bijzonder warm hart leek toe te dragen.

'Je bent de laatste tijd zo vreselijk serieus, Henri!'

Omdat ik me met geen mogelijkheid kon omdraaien, was ik genoodzaakt geweest boven de stampende smartlap uit te roepen: 'Waar heb jij het nou over?'

De oranjeman struikelde in zijn enthousiasme over een stoel en verbrak onze keten. Dat gaf Ruud en mij de kans de sliert te verlaten, de jongen op te rapen en even een pauze in te lassen.

'Sinds Tara,' riep Ruud verhit in mijn oor. 'Waar is je gevoel voor humor gebleven?'

'Het is feest,' blies ik terug. 'We zitten midden in een polonaise en jij vindt mij te serieus?'

Mil trok ons meedogenloos terug de hopsende slang in en daarmee was onze korte dialoog abrupt geëindigd.

Op oudejaarsavond was het onderwerp opnieuw ter sprake gekomen. Ditmaal met Amber. Op de geïmproviseerde dansvloer in haar voorkamer, ergens rond half twaalf.

'Je hebt het wel erg te pakken, hè Henri?' vroeg ze lachend terwijl ze mij trachtte te leiden in een kruising tussen een jive en een slow die gespeend was van logica.

'Voor haar zou ik kunnen sterven,' bekende ik blosserig.

'Klaarkomen lijkt me voorlopig meer dan genoeg,' had haar laconieke antwoord geluid en toen ik niet meteen reageerde: 'Jezus Henri, waar is je gevoel voor humor?'

Hadden jaren van onbemind zijn mij in humor doen vluchten? Van nature was ik vrij serieus. Als kind, als puber, als volwassene. Ik nam het leven en alles wat daarbij hoorde, vriendschappen, studie, werk, per definitie serieus. Humor was vooral handig als façade, om onzekerheden te maskeren. Met humor had ik mijn gemis aan liefde na Natassja met goed gevolg weg weten te relativeren. Hoe meer ik er anderen van wist te overtuigen dat ik mezelf niet bar serieus nam des te makkelijker zij zich voor mij openstelden en des te minder het zou opvallen hoe alleen ik in feite was. Hoezeer ik snakte naar zekerheden, ergens bijhoren.

Dat hield steek. Het verklaarde meteen waarom de ernst synchroon met Tara's intrede in alle hevigheid was teruggekeerd. Ik was niet langer alleen. Iets dat anderen deed zweven, maakte mij loodzwaar. Was ik werkelijk niet tegen de liefde opgewassen? Was de angst haar te verspelen zo ontzaglijk dat ik diep in mijn hart beter af dacht te zijn in mijn eentje? Alleen met mijn luchtige zelf die niemand in de weg zat en zich kwinkelerend door het leven voortbewoog om de aandacht vooral niet op haar innerlijke zelf te vestigen? Hoe zat het in feite met mijn behoefte aan aandacht? Aan liefdevolle aandacht? Nam iets dat je jaren had moeten ontberen niet automatisch buitensporige proporties aan?

Was dat wat Tara mij probeerde te vertellen? Werd mijn verbeten queeste door haar verleden puur ingegeven door wat ik in het mijne meende te hebben gemist? Op die manier kon ieder antwoord van haar inderdaad alleen maar pijn veroorzaken. Ik was er niet aan toe. Ik was vooralsnog veel te kwetsbaar om haar over exen te horen jubelen of schamperen. Want alles, alles wat ik tot dusverre van Tara te weten was gekomen, wees erop dat ze de benen nam op het moment dat iemand teveel van haar begon te eisen. Teveel tijd, aandacht, liefde. Was dat de uitwerking die zij op haar geliefden had? Dat ze haar wilden bezitten, volledig voor zichzelf wilden? Die constante had ik grappig genoeg vrij vroeg herkend. Bij Declerck, Lisette, Clementine en god weet wie meer. En nu ik. In de greep van hetzelfde effect.

Opgerold op mijn canvas bank probeerde ik het effect te ontleden.

Zij had van meet af aan het initiatief genomen. Zij was degene die voorstelde langs te komen, die open vertelde zonder zichzelf te sparen. Haar bekentenis dat ik haar opnieuw had leren voelen, zinderde nog altijd na. Die woorden hadden me een grens doen overschrijden, zodat het achteraf leek alsof de eerste stap van mij was gekomen. De aanzet tot onze eerste kus. Daar moest het zijn begonnen.

Het effect.

Want alles vóór de kus had opgehouden te bestaan, wist ik nu. Ik kon me zelfs niet meer herinneren hoe het daarvoor had gevoeld, of ik iets had gevoeld.

Met Natassja, Nadine, Vicky.

Er viel niets te vergelijken. Het was mijn eerste kus geweest. En na de kus was ik door haar ontmaagd. Had de verslaving zich toen genesteld? Ze gaf, en ik wilde meer. Meer en nooit meer anders. Meer en nooit meer met een ander dan zij. Hoe kon ik haar dat ooit zeggen? Dat mijn allergrootste angst erin bestond dat mijn huidige heden op zekere dag tot het verleden zou behoren?

Tijdens het stofzuigen meende ik de bel te horen. Ik had gelijk. Amber stond op de stoep. Ze had een halve dag vrij genomen om met Claudia mee naar de gynaecoloog te gaan. Die bleek voor een bevalling te zijn weggeroepen en had het niet nodig gevonden even af te bellen. En zo had Am na een vergeefse tocht naar hartje Brussel Claudia op de terugweg op haar werk gedropt en besloten mij te verrassen.

'Brussel?' riep ik verbaasd vanuit de keuken terwijl Amber op een bank neerplofte en ik theewater opzette. 'Wie gaat er nou in Brussel naar de gynaecoloog?'

Amber hief beide armen als een moedeloze Maria. 'Hou alsjeblieft op! De discussies die we daarover gevoerd hebben. Volgens Melissa, Claudia's oudere zus, is er in heel België maar één goede gynaecoloog. Die heeft haar eigen kinderen en, als ik het geloven mag, die van haar voltallige vriendenkring op onnavolgbare wijze ter wereld gebracht. Er is kortom geen betere.'

Ik voorzag ons van thee en koos voor de stoel. 'En wat als ze opeens weeën krijgt?' wilde ik weten. 'Dan tuffen jullie rustig in de file naar Brussel op het gevaar af dat jij op de vluchtstrook voor vroedvrouw moet spelen?'

Amber grinnikte en sloeg de benen over elkaar. Ik vond haar akelig mager. Haar knieën staken hoekig af in haar te ruime jeans. De dikke wollen trui slobberde rond haar tengere bovenlijf. Haar ogen stelden me daarentegen gerust. Hun bruin glanzend, hun wit fel.

'Weeën kondigen zich heus wel aan, hoor. Je gaat toch niet wachten met naar het ziekenhuis gaan tot een ontsluiting van tien centimeter?'

Ik zag het niet echt voor me en keek haar vragend aan.

'Tja, vrouwen, hè?' Amber knipoogde. 'Ach Henri, als Claudia Saelens wil, dan krijgt ze Saelens. En als zij het ervoor over heeft om voor ieder onderzoek helemaal naar Brussel te gaan en er zelfs te bevallen, het zij zo...'

'Je klinkt als een vent,' wees ik haar terecht.

'Ik ben gewoon realistisch,' vond Amber. 'Jij klinkt trouwens geweldig down.'

Ik keek haar vol aan. Onder haar blije, open blik begonnen mijn oogleden te trillen. Voor ik het wist, was ik in snikken uitgebarsten.

'Jezus, Henri.' Amber sprong geschrokken overeind om voor mijn knieën neer te zakken. Ze nam mijn beide handen vast. 'Vertel het eens,' zei ze zacht.

En ik vertelde. Van Declerck. Van Clementine. Ik vertelde haar van mijn constante gevraag, mijn fascinatie voor Tara's verleden, dat tegelijkertijd mijn grootste angst vertegenwoordigde. Ik biechtte mijn verslavingstheorie op en de obsessie dat ze mij vroeg of laat zou verlaten.

Amber luisterde. Ze zei er niets van dat ik haar handen bijna fijnkneep en dat mijn snot op haar knieën drupte. Ze wachtte geduldig tot ik stilviel en nasniffend mijn neus snoot. Toen stond ze op en trok mij naast zich op de bank tegen zich aan. Ze rook naar babyolie.

'Beloof dat je naar me luistert, rustig naar me luistert. Ik zeg je wel wanneer jij weer mag praten, oké?'

Als een klein kind knikte ik. Ik voelde me veilig en liet me voeden door haar sussende woorden. Liet me vertellen dat het laatste halve jaar slopend voor me was geweest.

Uit Ambers mond klonk het alsof dat echt zo was. Alsof het doodnormaal was. Alsof iedereen lichtjes zou doordraaien bij alle emoties die ik had doorstaan. Bij hoe mijn flinterdunne familiebrochure in sneltreinvaart het formaat van een vette kroniek had aangenomen, waarin helaas enkele cruciale hoofdstukken ontbraken, zodat ik over een hoop zaken niet anders dan in in het duister zou kunnen blijven tasten. Zou moeten blijven tasten. Ik hoorde haar vertellen hoe de afgelopen maanden mij zekerheid na zekerheid hadden ontnomen.

'En wat doe je als je nauwelijks nog zekerheden hebt?' besloot Amber. 'Dan ga je twijfelen aan de enige zekerheid die je rest. In dit geval Tara.' Haar pezige hand omknelde mijn linkerpols als een bankschroef.

Ik keek haar door een waas van tranen aan. 'Is dat zo?'

Amber liet mijn pols los en ik voelde het bloed weer stromen. 'Zo is dat,' antwoordde ze stellig, pakte me bij mijn kin vast en draaide mijn gezicht naar het hare toe. Haar blik was zacht. 'Henri, luister goed naar me, jij bent nooit een neurotisch mens geweest. Ook nu niet. Hoe kan het ook anders? Jij hebt van jongsaf geleerd om helder te denken. Je moest wel, met die neuroot van een moeder van je.'

Was mijn moeder neurotisch? vroeg ik me wat verwilderd af. Vroeger misschien, nu toch zeker niet meer. Ik opende m'n mond.

'Je zou luisteren!' herinnerde Amber me streng. 'Je bent niet erg bedreven in relaties, dat weet ik wel, maar gun jezelf wat tijd om aan het idee te wennen. Sta jezelf voor een keertje toe dat een ander van je houdt zoals je bent. Wring jezelf niet in duizend bochten om iemand anders te zijn. Want dan, Henri,' en nu klonk ze bijna dreigend, 'want dan zou het inderdaad kunnen gebeuren dat je Tara kwijtraakt. Die is namelijk niet geïnteresseerd in een ander, die wil gewoon jou. Met al je idiote ideeën en onzekerheden. Met je lekkere kop met haar en je onversneden humor, raak die humor alsjeblieft niet kwijt in al dit gespartel...'

'Maar Declerck,' haalde ik zwakjes aan, 'en nu weer die schimmige Clementine en god weet wie nog allemaal...'

Amber grinnikte. 'Zou jij het leuk vinden als ze nooit eerder iemand had liefgehad?' Ze gaf me een speelse por tussen mijn ribben. 'Komaan, Henri, zo'n preutse non, zo'n onbeschreven blad, is dat wat je had gewild? Zo eentje die zich zonder een zucht te slaken met de handen gevouwen boven de lakens door jou zou hebben laten ontmaagden om vervolgens de smaak te pakken te krijgen en zich in het avontuur te storten, zodat jij het nakijken had gehad? Jij weet wel beter! Jij had meteen door dat die Tara een griet met ballen was, eentje die jou pieken en dalen zou laten beleven. Dat is toch precies wat je wil? En weet je wat? Je vaart er wel bij. Ondanks al je loodzware wederwaardigheden straal je als nooit tevoren.'

Ik gaapte haar aan. 'Is dat zo?' herhaalde ik mezelf.

Ik kreeg opnieuw een stoot van Amber. Ditmaal tegen mijn bovenarm. Nog even en ik zag bont en blauw. Ik gaf haar een duw tegen haar platte borstkas en ze viel lachend achterover op mijn bank.

'Reken maar,' riep ze vrolijk, trok haar benen op en vouwde haar handen achter haar nek. 'Wees eerlijk, Henri, de manier waarop jij de laatste jaren leefde, dat was toch niet normaal?'

Langzaam maakte ik me klein in een hoekje van de bank. 'Niet normaal?'

Amber kwam overeind en steunde op haar ellebogen. Ze keek me strak aan. 'Ja, zeg nou zelf, een vrouw als jij, zo'n lekker ding, jaren zonder seks...'

Ik voelde hoe ik kleurde. Het kostte me moeite haar aan te blijven kijken, toch lukte het me.

'Dat is niet waar,' sprak ik haar tegen.

Amber schudde het hoofd. 'Dat is wel waar. Het leek er verdomd veel op dat je het celibaat met hart en ziel aanhing. En je viel ook niet te koppelen, op geen enkele manier.' En toen ik verbaasd keek bij die woorden: 'Sterker nog, je hebt het zelfs niet gemerkt als we je probeerden te koppelen. Je kan je niet voorstellen hoe groot onze opluchting was toen jij met Tara op de proppen kwam. Man, dat was een applaus waard.'

'Ónze opluchting?' vroeg ik licht verontwaardigd. 'Alsof Claudia ook maar iets geeft om...'

'Meer dan je denkt.' Ze klonk gekwetst.

'Sorry,' mompelde ik.

'Diep in jou schuilt een beest, neem dat maar van mij aan.'

'Je bent niet wijs!'

'Ik ken jou beter dan jij jezelf kent. En zelfs al zit het beest niet in jou, jij schudt het in elk geval in anderen wakker. Dat is ook prima. Maakt niet uit van welke kant het beest komt.'

Daar moest ik even over nadenken.

'Hoe weet jij dat eigenlijk allemaal zo haarfijn?' wilde ik wat achterdochtig weten.

Amber kwam met een vaartje overeind en wrong zich in kleermakerszit. Ze liet haar ogen over me heen dwalen op een manier die ik niet van haar kende.

Toen zei ze: 'Waarom denk je dat Clau zo jaloers is op jou?'

Er kriebelde iets in mijn maagstreek. 'O, alsjeblieft, Am, bespaar me Clau's visionaire gedachtegoed.'

'Nee, dat doe ik nu eens lekker niet,' zei Amber heftig. 'Ik ben twee jaar smoorverliefd geweest op jou en jij hebt het niet eens gemerkt. Logisch dat ik mijn hart een keertje moest luchten, al was het jaren later. Bij Clau dus. Niet de slimste tactiek, maar goed.' Ze sloeg haar ogen verlegen neer.

Mijn hartslag versnelde zoals wanneer ik rende. 'Amber toch...'

Opeens viel alles op z'n plaats. Al die keren dat ze me van het werk in haar wrakkige Renault 5 naar huis had gebracht. Hoe ze telkens op mijn stoep was blijven talmen, zelfs nadat ze driemaal had gezegd dringend naar huis te moeten. Hoe onhandig ze was geweest als ze me een afscheidskusje gaf. Het was steevast op de verkeerde plek terechtgekomen. Hoe ze koste wat kost op de bank wilde bivakkeren als ze na een avondje stappen bij mij bleef slapen, hoe ze zich nooit had durven uitkleden in mijn bijzijn. Rund dat ik was. Het was zelfs niet bij me opgekomen.

'Ik ben het inmiddels niet meer, hoor,' onderbrak Amber mijn gedachtestroom op de haar zo eigen nuchtere toon. 'Ik beschik gelukkig over een gezonde dosis zelfbehoud...'

'Je had het tenminste kunnen zeggen,' zei ik licht verwijtend.

'Als het wederzijds was geweest, had je het vast wel aangevoeld,' antwoordde ze eenvoudig. 'Ik pas trouwens beter bij Claudia, maar dat wist ik toen natuurlijk niet.'

Het was niet aan mij om jaloers te zijn. Toch voelde ik een prikje teleurstelling.

'Dank je.'

Amber zuchtte. 'Nee, ik wil kinderen, een huis samen. Ik wil een echte oervrouw...'

'En dat ben ik niet?' vroeg ik opgewonden.

Nog even en het leek alsof Amber míj had afgewezen.

Ze keek me vorsend aan.

'Nee, dat ben jij niet. Ik vind je geweldig sexy en ik geef toe dat ik de wildste dromen over je heb gehad, maar een huiselijk type, een moeder, nee, die zie ik niet in jou, sorry.'

'Daar zou je je wel eens lelijk in kunnen vergissen…'

Amber haalde haar schouders op. 'Misschien, je bent tenslotte ook nog maar eenendertig. Zeven jaar geleden toen ik 's nachts met jouw beeld voor ogen masturbeerde, was ik ook niet met kinderen bezig.' Ze gaf me een knipoog.

Ik proestte. Het voelde bevrijdend.

'Tot zover de romantiek dus. Masturberen, toe maar…'

Amber had altijd makkelijker over seks en andere intieme dingen gepraat dan ik, dat was een feit. Het woord masturberen was in al die jaren echter nooit tussen ons gevallen. Zelfs niet uit haar mond.

Amber giechelde. 'Mas-tur-be-ren,' scandeerde ze. 'Moeilijk woord, hè, Henri'tje? Toch goed dat het bestaat.'

Ik knikte. 'Anders had ik mijn celibataire periode nooit overleefd.'

'Wow! Onze Tara verricht wonderen, Henri laat het achterste van haar tong zien. Doe zo voort.'

Ze had gelijk. Tara had me van een stuk valse schaamte verlost. De valse schaamte die ik van mijn moeder had geërfd en die aan het afbrokkelen was sinds ze mij tussen neus en lippen had bekend ooit promiscue te zijn geweest.

'Je bent een schat,' zei ik tegen Amber. 'Misschien had ik toch beter moeten opletten…'

'Welnee, nu zijn we tenminste nog vriendinnen.'

16

Het mailtje vertelde me dat ik geselecteerd was voor een derde en laatste gesprek. Ik mocht zelf rechtstreeks contact opnemen met de manager voor een afspraak. Ik scrolde naar beneden. Guy Collin. Het was minstens de dertigste keer dat ik het las sinds ik het een week geleden had ontvangen.

Ik staarde naar het scherm. En dacht aan haar.

Ik dacht aan haar. Aan hoe ze vrolijk naar de airhostess opkeek en een glaasje water bestelde, haar laptop op het uitgeklapte tafeltje voor zich, haar brilletje op het puntje van haar neus. Ik dacht aan haar, zag haar zich een weg banen naar de uitgang van een vliegveld dat ik niet kende, met gehaaste passen, net niet rennend, zag haar een taxi instappen, haar hotel noemen zonder de chauffeur werkelijk te registreren, ik zag hem naar haar kijken, via zijn spiegeltje, terwijl ze in haar tas rommelde, haar knipje onder een laagje lipstick verborg, ik zag haar handen door het zwarte haar gaan, half in gedachten verzonken over wat haar wachten zou. Ik dacht aan haar en hoe ik bij haar wilde zijn. Aan hoe ik bij haar had kunnen zijn als het mailtje er niet was geweest. Hoe we dan samen lekker vijf dagen in Genève zouden hebben gezeten, ik als toerist, zij als congresbezoekster.

Ik dacht aan hoe ze nu alleen de deur van haar kamer zou openen, eerst de badkamer zou checken, de kleding uit haar trolley in de kast zou hangen, een blik op het 'Bienvenue Mme. Descamps' op het televisiescherm zou werpen en de minibar zou inspecteren.

'Ben er. Mooi hotel. Groot bad. Mis je.'

Ik sloeg haar sms'je op om te herlezen op alle momenten zonder haar.

Zowel maandag als dinsdag belde ze tussen half zeven en half acht, nadat ze zich had opgefrist en voordat ze zou gaan eten. Zowel maandag als dinsdag sms'te ze me rond half twaalf welterusten.

Beide keren was ze enthousiast. Zoals ik van haar gewend was, trad ze niet in detail over de lezingen. Hoezeer de ICT haar ook mocht boeien, je hoorde haar er nooit over. Althans niet tegen mij. Ze sprak niet over haar werk met niet-ICT'ers. Dat leek ze prettig te vinden.

Op woensdag, de dag van mijn gesprek, hoorde ik niets van haar.

In tegenstelling tot de blokkendoos met zijn open deuren en dichte ramen waarin ik tot voor kort had rondgedoold, was mijn potentiële nieuwe werkgever gehuisvest in een knus, gerenoveerd herenhuis. Een Human Resources Consultancy met slechts negen mensen in dienst. Onder leiding van Guy Collin. In tegenstelling tot mezelf had hij de sprong naar de zelfstandigheid vijftien jaar geleden wel gewaagd.

Ik had geen verwachtingen. Niet toen ik het olifantgrijze pand via de hoge houten deuren binnenstapte. Niet toen ik de hand schudde van een lange, broodmagere man met een rond brilletje en dunnend lichtblond haar. Niet toen ik met een klein kopje espresso tegenover hem zat in de ruime kamer op de eerste verdieping, waar zelfs op deze regenachtige dag de zon leek te schijnen. Niet toen hij sprak over mijn profiel dat perfect aansloot bij wat hij zocht: iemand die zich fulltime met assessments, coaching en outplacement zou gaan bezighouden. Aan het hoofd van een driekoppig team. Ik luisterde naar hem, keek naar hem. Het was alsof ik op slot zat. Hermetisch. Ik dacht niets. Of nee, dat was niet waar. Ik dacht aan Mees. Hoe zijn blik na drie minuten zou zijn weggedwaald, afgedaald naar de vloer waar hij zijn schoenneuzen wist. En terwijl ik aan Mees dacht, kreeg ik het warm. Miste ik Mees? Haatte ik Mees?

Twee uur lang zaten Guy Collin en ik tegenover elkaar aan een enorme beukenhouten tafel op knalrode, comfortabele bureaustoelen. Zijn stem was zacht, soms zelfs licht slepend, af en toe haperend, zijn aanwezigheid haast fluïde alsof hij zichzelf zo min mogelijk wilde benadrukken. Alles aan hem was flets. Zijn ogen, zijn huid, zijn kleding. Daarom begreep ik niet goed dat de uren voorbijstroomden alsof ze minuten waren, dat ik schijnbaar buiten mezelf om precies de juiste antwoorden op zijn vragen gaf, zijn zinnen hier en daar afmaakte, suggesties aandroeg die zijn mondhoeken naar boven tilden en zijn bleekblauwe blik intensiveerden.

Met hem ruiste ik de trappen op, ging ik van kamer tot kamer, schudde ik acht handen omdat één collega afwezig was, daalde ik terug naar beneden af en tekende ik. Onder zijn toeziend oog tekende ik een contract voor onbepaalde duur met een proeftijd van zes maanden. Met extralegale voordelen als maaltijdcheques en een bedrijfswagen.

Toen volgde het moment waarop ik wakker werd en besefte dat de nachtmerrie voorbij was, het moment waarop we afscheid namen en hij die wat achteloze vraag stelde: 'Hoe ben je hier eigenlijk gekomen, Henri?'

'Met de antieke Mini Cooper van mijn moeder...'

De lach die bij mijn woorden op zijn gezicht verscheen, maakte dat ik hem voor het eerst echt zag. Guy Collin. Daar stond hij. Broos, mager en flets te zijn, maar wat een man! Net als Mees keek hij naar beneden, maar hij moest wel, wilde hij mij vanaf zijn hoogte in de ogen kunnen zien. Hij lachte me toe en opende zijn mond. Zijn tanden hadden de kleur en glans van doorleefd ivoor.

'In dat geval zal het prettig voor je zijn dat je Mini kunt blijven rijden, Henri.'

Geloof me, de betekenis van zijn afscheidswoorden drong pas bij thuiskomst tot me door.

Vandaar dat ik Tara moest spreken. Haar bij thuiskomst meteen belde. Vandaar mijn teleurstelling toen ze niet opnam. Niet om half zes en niet om half zeven. Vandaar mijn irritatie toen ze evenmin zelf belde en om half acht nog niet had gebeld.

Er was niks aan de hand. Het zat goed tussen ons. Sinds mijn verhelderende gesprek met Amber hadden Tara en ik veel en vooral anders gepraat. En ik, ik had het vragen weten te laten. Ik vroeg niet meer. Niet naar Clementine, niet naar de lijst. Het leek te werken. Voor ons allebei.

Ondertussen nam ze niet op.

De conferentie was uitgelopen. Ze had haar gsm in haar hotelkamer laten liggen, interessante nerds ontmoet die de stof van de dag in een café wilden nabespreken.

Ik belde Ruud. Ik belde mama. Ik belde Amber. Ik belde Mil. Niemand nam op.

Ik móést mijn nieuws delen of ik ging rare dingen doen. Heel even overwoog ik Mertens te bellen. Die dwaze impuls wist ik te onderdrukken.

Ik had iets te vieren. Ik had nog een volle maand. Voor mezelf. Voor ons. Die gedachte maakte me bijna dronken van blijdschap. We konden ertussenuit als we wilden. Ver weg. Samen. En half maart wachtten mij een Mini en een nieuw begin. Bij Guy Collin. Ik zou een eigen team krijgen. Drie mensen met handen die de mijne hadden geschud en die ik me met de beste wil van de wereld niet meer kon herinneren.

Het deed er niet toe. Niets deed ertoe. Ik moest Tara dringend spreken.

Haar gsm sloeg onmiddellijk op antwoordapparaat. Ik haalde een van de miniflesjes Freixenet uit de koelkast, die Mil had meegebracht toen ze een avondje bij ons was binnengevallen. Terwijl ik een flûte volschonk en het schuimende vocht royaal over de rand stroomde, ging mijn gsm. Ik zag de naam Xavier op het schermpje verschijnen.

Iedereen, maar niet Xavier.

Ik nam een gulzige slok en hoorde twee biepjes. Xavier was weg. Xavier had ingesproken. Ik nam de moeite niet om zijn bericht af te luisteren. Ik had iets te vieren. Zonder de familie Declerck.

Om tien uur belde ze. Ik was de wanhoop nabij en probeerde het niet in mijn stem te laten doorklinken. Ik had me de moeite kunnen besparen. Tara klonk afstandelijk, bijna onverschillig. Niet als Tara.

Ze hakte mijn 'Moet je horen…' af met de mededeling: 'Later Henri, ik moet je eerst even iets zeggen, zodat je weet wat ik…'

De voordeurbel ging. Vier keer achter elkaar. Ik had bij Amber, Ruud, Mil en mama een bericht ingesproken. Het zou vreselijk ondankbaar overkomen als ik niet opendeed.

'Momentje,' onderbrak ik Tara en racete naar de buitendeur

die ik verwachtingsvol opentrok.

'Xavier,' bracht ik uit.

'Xavier?' riep Tara in mijn rechteroor.

'Ik heb een bericht bij je ingesproken,' zei Xavier. Hij leek reusachtig in het deurgat en klonk verwijtend.

'Ik bel je zo terug,' riep ik in mijn gsm.

'Nee, Henri, nee, wacht nou even…'

'Ik bel je zo terug,' herhaalde ik en legde in.

'Is mijn vader soms hier?' vroeg Xavier op een toon waarop een buurkind zou vragen: 'Hebt u onze poes soms gezien?'

Alsof Declerck ongemerkt tussen mijn benen door naar binnen was geglipt en nu ergens boven in mijn slaapkamer in de vensterbank lag te soezen.

Hij keek me onderzoekend aan.

'Natuurlijk niet,' zei ik bits. 'Waarom zou ik in vredesnaam opendoen voor jouw vader?'

Hij zuchtte, volgde me naar binnen en keek toe hoe ik een slok van mijn drankje nam. 'Ik heb iets te vieren,' zei ik om maar iets te zeggen. 'Wil je ook wat?'

Xavier schudde het hoofd. 'Mijn vader is sinds maandag zoek, Henri.'

'Zoek?' vroeg ik sullig.

We leunden naast elkaar tegen mijn toog.

'Hij is maandagmorgen niet komen opdagen tijdens een vergadering van het directiecomité. En gister en vandaag heeft ook niemand hem op zijn werk gezien. Hij is telefonisch onbereikbaar.'

'En wat kan ik daaraan doen?' vroeg ik kattig.

Ik begon over m'n toeren te raken. Ik had iets te vieren en niemand vierde mee.

'Waar is Tara?'

'Is dit een kruisverhoor?'

'Waar is Tara?'

Hij klonk zo dringend dat ik naar waarheid antwoordde: 'Die volgt tot vrijdag een ICT-congres in Genève.'

Xaviers ogen lichtten op.

'Heeft zij hem soms gezien? Is hij bij haar?'

Mijn mond viel open.

'Doe niet zo raar, Xavier, ze heeft zich al maanden geleden ingeschreven. Wat zou jouw vader trouwens te zoeken hebben op een ICT-congres? Volgens mij kan hij niet eens een cd-rom van een dvd onderscheiden!'

'Wat weet jij daar nou van? Mijn vader weet verdomd veel van...'

Weer ging mijn gsm. Het was een opgewonden Tara.

'Je zou toch terugbellen,' beet ze me vanuit het wereldse Genève toe.

'Ik, ik...,' hakkelde ik.

'Luister Henri, ik heb een klotedag achter de rug. Declerck schoof vanochtend om acht uur uit het niets aan mijn ontbijttafeltje aan. Het was vreselijk. Hij leek wel dronken, althans zo rook hij, en hij was totaal overstuur. Uiteindelijk zijn we ergens in een park beland, ik...'

'In een park?' Ik kon mijn oren niet geloven. Ik werd bijna hysterisch. 'Ben je nou helemaal belazerd?' schreeuwde ik.

'Henri, *shut up*, gewoon in een park, om weg te zijn uit het hotel, om gênante taferelen te voorkomen, snap je, *to sober him up!*'

Het was duidelijk dat Tara in extreme ICT-sferen verkeerde. Engelse woorden of uitdrukkingen bezigde ze zelden of nooit.

'Jaja, dat zal wel,' meesmuilde ik.

Xavier staarde me met grote ogen aan. Ik wendde mijn blik af en liep wat van hem weg.

'Wel, daar heb ik hem rond half tien achtergelaten. Tijdens de lunchpauze had ik hem opnieuw aan mijn been. Dus ben ik weer met hem naar een park moeten vluchten. Hij was aan het huilen, huilen, verschrikkelijk gewoon.'

'Waar ben je nu?'

'In mijn hotel. Ik heb de middagconferentie moeten skippen en ik kom mijn kamer niet meer af, anders staat hij me vast weer ergens op te wachten.'

'Dit kan zo niet langer, je moet de politie bellen!' schreeuwde ik buiten mezelf.

'Ja, maar liefst niet hier. Verdomme, wat moet ik nu?'

Die vraag kon ik niet voor haar beantwoorden, want Xavier griste de gsm uit mijn handen.

'Is mijn vader bij jou?' vroeg hij haar met een rood hoofd.

Hij luisterde naar wat Tara hem te vertellen had.

'Jaja, oké, oké, maar waar dan? Zit hij in jouw hotel?' Weer luisterde hij. 'Nee, dat begrijp ik, maar je hebt toch wel een telefoonnummer. Ja, van je hotel bedoel ik.' Tara leek het hem niet al te gemakkelijk te maken aan de andere kant. 'Jezus Tara, een telefoonnummer van een hotel, ik vraag verdomme niet om je pincode, nee, nee, wacht nou even. Oké, ik noteer het.'

Xavier maakte een driftig gebaar naar mij. Ik droeg papier en pen aan en zag hem noteren.

'Was hij er erg aan toe?' wilde hij tot slot weten.

Ik hoorde Tara oreren, maar verstond niet wat ze zei.

'Bedankt,' mompelde Xavier en gaf mij m'n gsm terug.

'Ik bel je nog wel,' zei ik mat. 'Later, oké?'

'Oké, sorry voor het verhitte gesprek, ik…'

'Jaja, we praten straks wel rustig verder,' suste ik haar en legde in.

'Hij zit in kamer 211,' meldde Xavier die ondertussen naar Tara's hotel moest hebben gebeld, 'en hij neemt niet op, dus ga ik als ik zo meteen opnieuw word doorverbonden met de receptie vragen of ze zijn deur willen forceren.'

'Zijn deur forceren?' herhaalde ik zijn woorden flegmatiek.

Ik hoorde Xavier in het Frans ratelen. Ik ving iets over diabetes op. Hij leek een bloedstollend pleidooi te houden. Dat was vast ook wel nodig om een hotelmanager ertoe te bewegen een kamer zonder kloppen binnen te gaan.

'Nu wil ik wel een glaasje,' zei hij nadat hij opgehangen had. 'Ze bellen me terug als hij op zijn kamer is.'

Ik reikte hem een glas aan. We klonken onze glazen niet en bleven beiden wat ongemakkelijk op de bar leunen.

'Is jouw vader suikerziek?'

'Nee,' zei Xavier. 'Maar ik moest toch een plausibele reden verzinnen. Ik heb gezegd dat hij zijn medicatie vergeten is en dat ik hem dringend moet spreken, zodoende…'

'Zei Tara verder nog iets?'

Hij keek me angstig aan. 'Dat hij er niet best aan toe is. Dat is al zo sinds we terug zijn van skivakantie. Hij is haar vast achterna gegaan omdat hij wist dat ze daar alleen zou zijn. Zonder jou, bedoel ik.'

Mijn feeststemming bleek een fata morgana. Ik had niets meer te vieren. De zenuwen gierden door mijn keel.

'Is hij eigenlijk een agressief type?' vroeg ik.

Xavier keek op. 'Papa? Je bedoelt of hij haar iets zou kunnen aandoen?'

Ik dacht aan Declercks knellende hand. Ik hield mijn adem in.

'Nee,' klonk het verlossende antwoord van Xavier. 'Nee, haar zou hij nooit iets aandoen, zo zit hij niet in elkaar, hij zou hooguit...' Het einde van zijn zin stierf weg in de riedel van zijn telefoontje.

Ik zag hem ingespannen luisteren en spierwit worden.

'O mijn God, o mijn God,' stamelde hij. Toen begon hij te beven als een rietje. Het haar op zijn hoofd trilde mee, zijn wimpers bewogen op en neer als vlindervleugels, zijn irissen verzwommen in tranen.

'O God, o God, o God, o God,' bleef hij maar herhalen totdat de gsm uit zijn hand gleed.

Declercks moeder besliste dat Parijs naar België zou komen in plaats van andersom. Haar zoon zou op een steenworp van zijn ouderlijk huis worden gecremeerd.

Tijdens de week die tussen Tara's thuiskomst en de crematie verliep, sprak Tara nauwelijks over het gebeurde. En ik op mijn beurt vroeg er niet naar. Het weinige dat ze me vertelde, wist ik trouwens al van Xavier. Geen pillen voor Declerck ditmaal. De hotelmanager had hem in een vol bad gevonden. Met overlangs doorgesneden polsen. Vakwerk.

Ik was als de dood om Tara vragen te stellen en nog veel banger om antwoorden te krijgen. En dus stelde ik het vragen uit. Zo hoefde ik geen deelgenoot te worden van haar schuldgevoel. Voorlopig niet. Want schuldgevoelens moest ze hebben, dat kon niet anders. Daarom zei ik haar bewust niets over Xavier. Over hoe kapot hij ervan was, hoe hij twee uur bij mij op de bank had liggen snikken totdat ik hem naar zijn oma had gebracht die op haar beurt zijn zusje had ingelicht.

Daarna had ík gehuild. Om Xavier, zijn zusje en zijn oma. Om Tara. En wie weet zelfs om Declerck.

Declercks wanhoopsdaad ontwrichtte ons leven onzichtbaar. Hij temperde mijn blijdschap, stoorde de golflengte van onze communicatie, verlaagde in zekere zin de omgevingstemperatuur. Zijn verscheiden bracht in geen enkel opzicht een opluchting teweeg, veeleer een schaduw. Ik hoopte dat zijn schaduw met de crematie zou verdwijnen.

De opkomst was overweldigend. Toen Tara en ik de zaal binnenkwamen, nota bene de grootste van het gebouw, waren alle zitplaatsen ingenomen. Drommen mensen stonden tegen de muren gedrukt of hadden zich in de vensterbanken verschanst.

Voorzichtig schoven Tara en ik langs het podium waarop de urne stond, omringd door bloemstukken. De foto van Declerck voor de urne deed mijn adem stokken. Hij keek me met een halve lach aan. Het was de Declerck van vóór het kuifje, die met de Robert Redford-lok. Een geretoucheerde Declerck met een gladde gezonde huid zonder putjes. Ik rilde.

Heel even kruiste mijn blik die van Xavier op de eerste rij. Hol was hij en eindeloos droevig. Niettemin knikte hij me minzaam toe.

Naast hem zat zijn zusje. Een vrouwelijke kopie van Declerck. Met dik, lang, in lagen geknipt blond haar en staalblauwe ogen. Ze keek me ernstig en zonder enige herkenning aan. Zonder de halflach van haar vader. Ik sloeg mijn ogen neer en volgde Tara naar achterin de zaal.

In de middenbeuk registreerde ik in de gauwte Mees, Linda, Richard, de leden van het directiecomité en hun vrouwen. Mertens zag ik niet. Wij stelden ons achter de achterste rij stoelen op, schouder aan schouder met onbekenden, onze onderbuiken onbarmhartig tegen de harde rugleuningen gedrukt. Ik had niet het gevoel dat Declerck dood was. Integendeel, ik ervoer zijn aanwezigheid sterker dan ooit.

Ik was hier omwille van Xavier, zo hield ik mezelf voor. Dat was echter een halve waarheid, wist ik. Eigenlijk was ik hier vooral om zekerheid te oogsten omtrent het feit dat Declerck er echt niet meer was. En Tara was er omdat ze er zijn moest. In mijn positie zou zij niet zijn gegaan, zo zonder professionele verplichting. Over een ding waren we het hartgrondig eens geweest. We zouden na de plechtigheid niet naar de koffietafel gaan. Daarvoor was een restaurant in de buurt afgehuurd.

De muziek slingerde me terug naar mijn vroege jeugd, toen mijn moeder bepaalde wat er op de draaitafel kwam: Brassens, gevolgd door Ferré, waarna het heel stil werd en Claire naar voren trad. Net als haar broer was ze lang. Kleiner dan hij, langer dan ik. Ik vond dat ze verrassend beheerst oogde.

'Pillen,' fluisterde Tara in mijn linkeroor.

Ze had een volle, diepe stem, een dragend geluid dat zelfs ons in de achterste gelederen moeiteloos bereikte. Ze droeg een zelfgeschreven gedicht voor. Eerst in rad Frans, daarna in een wat verlegen Vlaams. Het waren woorden zonder sentiment en ik proefde oprechte liefde. Werd zij net als Tara door schuldgevoelens geplaagd? Ik schudde mijn gedachten af. Ik maakte geen deel uit van het gezin Declerck. En nu, na zijn dood, wilde ik dat zeker niet alsnog gaan doen. Ik had hem nooit willen ontmoeten, en nu moest ik hem vergeten, uit mijn leven bannen zodra zijn afscheid voorbij was.

Na Claire trad Xavier aan. Ze bleef naast hem staan, een beschermende hand op zijn schouder. Xavier kwam niet uit zijn woorden. Hij hakkelde tot drie keer toe een beginnetje om dan in snikken uit te barsten en samen met zijn zusje terug te strompelen naar zijn stoel. Twee verweesde wezen. De muziek deed haar best het moeilijke moment te ondervangen. Niemand in de zaal leek te bewegen of ook maar te ademen. Iedereen luisterde stil naar de klanken van Satie's *Gymnopédies*.

Daarna volgden afscheidswoorden van een hele stoet onbekenden: vrienden, familie, golfmaatjes van Declerck. Stuk voor stuk betuigden zij hun persoonlijk verlies. Onwillekeurig gleden mijn ogen langs de wanden naar boven, waar ik zijn onzichtbare ziel ergens tegen het plafond wist geplakt. Voorlopig hield hij zich nog koest. Straks pas, als wij in gepaste stilte het crematorium verlieten, zou hij in actie schieten en ons volgen.

Tijdens de afscheidsplechtigheid had ik geen krimp gegeven. Pas toen Tara haar wagen in mijn straat parkeerde, ik uit mijn zijraam blikte en het grote oranje plakkaat met de dikke zwarte letters zag, voelde ik tranen opwellen. Met knikkende knieën kwam ik uit de auto, sloeg het portier dicht en zette drie stroeve stappen op de stoep tot ik oog in oog met het vuile raam stond. Met mijn linkerhand streek ik over het plakkaat dat triomfantelijk dwars over het groene eronder was geplakt.

Declerck was dood. Dat bewees zijn urne. Ik had Tara. Ik had een job. Mijn moeder was trots op me. Dat had ze me vorige week aan de telefoon gezegd. Het was bijna twaalf uur. Over ruim een half uurtje ging ik naar haar toe. Met een broodje. Zoals iedere zaterdag. Alles was goed. Ik had werk. Ik had een toekomst. Ik begon onbedaarlijk te huilen en draaide me met een ruk om. Tara stond pal voor me.

'Wat is er?' vroeg ze geschrokken.

Ik wees naar het vrolijke huis met de drie verdiepinkjes en de vuile vensters.

'Het is verkocht!' riep ik geëmotioneerd.

In onze pikzwarte tenues met onze zwarte brillen leken we zo te zijn weggevlucht uit een scène van *Bella Mafia*.

Tara zette haar zonnebril af. Haar blik was sereen.

Ze zei: 'Ik heb het gekocht. Voor jou. Voor mij.'

Melk en sneeuw
Leen Van Hulst
graphic novel

Een uitwisselingsstudente komt terecht in Turku, Finland. Het is hartje winter en de lente is nog lang niet in zicht, maar toch wordt ze verliefd op een van de andere studentes.

"Zeker de paginagrote illustraties tonen dat Van Hulst met pastelkrijt en kleurpotlood uit de voeten kan. Haar grafiek maakt van *Melk & sneeuw* een heel tactiele ervaring, wat mooi aansluit bij het breekbare thema van het boek." *Knack Focus*

De mama's van Sterre
Gea van Beuningen en Tinne Van den Bossche
prentenboek voor kleuters

Een verhaal over Sterre die twee mama's heeft.
De fantasierijke tekeningen zijn af en toe bijna zoekplaten
waarop kleuters kunnen meekijken en op zoek kunnen gaan
naar komische details.
Een van de weinige prentenboeken voor kleuters waarin
holebi-ouderschap aan bod komt.

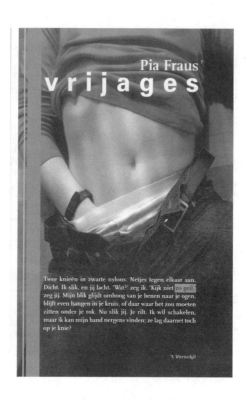

Op de cover:

Pia Fraus'
v r i j a g e s

Twee knieën in zwarte nylons. Netjes tegen elkaar aan.
Dicht. Ik slik, en jij lacht. 'Wat?' zeg ik. 'Kijk niet zo geil,'
zeg jij. Mijn blik glijdt omhoog van je benen naar je ogen,
blijft even hangen in je kruis, of daar waar het zou moeten
zitten onder je rok. Nu slik jij. Je rilt. Ik wil schakelen,
maar ik kan mijn hand nergens vinden; ze lag daarnet toch
op je knie?

't Verschil

Vrijages
Pia Fraus
erotische verhalen

"Pia Fraus schreef met *Vrijages* een lesbisch-erotische
verhalenbundel – de eerste in zijn soort in Vlaanderen! – die
naar meer smaakt." *P-magazine*

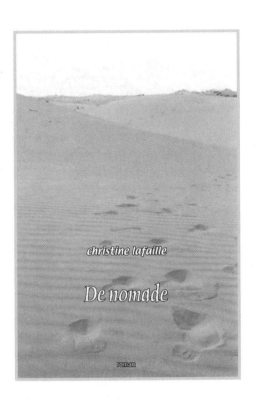

De nomade
christine lafaille
roman

De nomade is een liefdesverhaal. Het vertelt over een zoektocht
naar het recht op bestaan van een liefde van een vrouw voor
een andere vrouw. Daarnaast verhaalt het over een zoektocht
naar een eigen identiteit. Vooral is *De nomade* een verhaal over
verlangen, verlangen om te bestaan, om te zijn wie je bent.
In deze roman wordt op een meeslepende manier een
liefdesverhaal verweven met filosofische overwegingen.

Eén pot nat
Vero Beauprez
cartoons

"Lesbiennes geen gevoel voor humor? Ze kijken misschien
wat stug, maar volgens mij doen ze dat gewoon om hun
mond- en kaakspieren te sparen na de wilde nachten met hun
minaressen." Vero Beauprez

"Het album legt met veel zelfspot de kleine kantjes van de
vrouwenliefde bloot." *De Morgen*

Oud is out
Ann David en Mips Meyntjens
historische non-fictie

Oud is out is een gezamenlijke uitgave van het homo/lesbisch
archief Fonds Suzan Daniel en uitgeverij 't Verschil.
Het bevat interviews met lesbiennes die geboren werden
tussen 1910 en 1945 en is geïllustreerd met prachtige foto's
die een goed beeld geven van hoe het was om
lesbisch te zijn in de jaren vijftig en zestig.

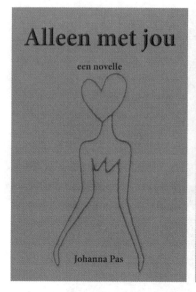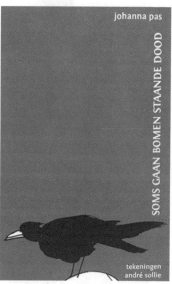

Soms gaan bomen staande dood
Johanna Pas, met tekeningen van André Sollie
poëzie

"Een klein boekje van nog geen zestig pagina's, maar eentje om dicht bij je te houden en te lezen in je warme bed terwijl het buiten vriest dat het kraakt. *Soms gaan bomen staande dood* lees je op verschillende manieren. Als een beknopte roman of als een echte dichtbundel. Een multifuncioneel stukje literatuur. Een boekje om te koesteren." *CJP-magazine*

Alleen met jou
Johanna Pas, met tekeningen van Geert Pas
poëzie

"In dagboekfragmenten, kort, helder en poëtisch, vertelt de 'ik' over het verloop van haar verliefdheid. Erg herkenbaar en door de mooie vormgeving een bijzonder cadeautje." *Zij aan Zij*

"Prikkelend maar herkenbaar, origineel in opzet. Johanna Pas laat zien dat minder soms meer kan zijn." Karin Giphart